The Magic of Believing
का हिंदी अनुवाद

The Magic of Believing

का हिंदी अनुवाद

क्लाउड ब्रिस्टल

प्रभात प्रकाशन

प्रकाशक
प्रभात प्रकाशन प्रा. लि.
4/19 आसफ अली रोड, नई दिल्ली–110002
फोन : 011–23289777 • हेल्पलाइन नं. : 7827007777
इ–मेल : prabhatbooks@gmail.com ❖ वेब ठिकाना : www.prabhatbooks.com

संस्करण
2026

पेपरबैक मूल्य
पाँच सौ रुपए

अनुवाद
नितिन माथुर

मुद्रक
नरुला प्रिंटर्स, दिल्ली

THE MAGIC OF BELIEVING Ka Hindi Anuvad
by Claude Bristol

Published by **PRABHAT PRAKASHAN PVT. LTD.**
4/19 Asaf Ali Road, New Delhi-110002

ISBN 978-93-89982-75-6

₹ 500.00 (PB)

प्रकाशकीय

ऐसी मान्यता है कि संसार में कुछ भी असंभव नहीं। कार्य करते हुए कभी-कभी ऐसी चीज उपस्थित हो जाती है, जो बहुत चमत्कारी होती है और जिसकी हम कल्पना भी नहीं कर सकते हैं। मैं यह मानता हूँ कि इस संसार में ऐसा कोई बल, तत्त्व, शक्ति अथवा विज्ञान है—इसे हम लोग चाहे जो कहकर पुकारें, इसे भी बहुत कम लोग ही समझ पाते हैं, पर मैंने शानदार सफलताएँ प्राप्त करने में इसका उपयोग किया है। इस पुस्तक में मैंने उसी चीज को समझाने का प्रयास किया है। मेरा उद्देश्य यही है कि जिसका उपयोग कर मैंने मनचाही सफलता प्राप्त की, वैसी सफलता आप भी प्राप्त करें।

वर्षों पूर्व जब मैंने इस विज्ञान या इस तकनीक को अपने व्याख्यानों के द्वारा तथा लिखित नोट्स के माध्यम से आम जनों को सिखाना शुरू किया था, तब तक मुझे भी इन पर भरोसा नहीं था कि लोग इन विचारों को समझ पाएँगे? परंतु मेरी धारणा के विपरीत जिन लोगों ने इन विचारों को अपनाया या अपने जीवन में उपयोग किया, उन्होंने अपनी आमदनी को दोगुना, तिगुना कर लिया। अपने टिकाऊ व्यापार, काम-धंधे स्थापित किए, अपनी इच्छाओं को पूरा करते हुए मकान-दुकान बनाकर पर्याप्त संपत्ति अर्जित कर ली। इसके बाद ही मुझे भी विश्वास की इस शक्ति पर पूरा-पूरा यकीन हो गया। अब मैं दावा कर सकता हूँ कि जो व्यक्ति बुद्धिमान है, जो अपने आप पर विश्वास करता है, अपने जीवन में ईमानदार है, वह ऊँचाइयों को प्राप्त कर सकता है।

इस पुस्तक के विचारों के बारे में कुछ लोगों की सम्मति ऐसी हो सकती है कि वे मुझे मूर्ख या सनकी समझ लें। परंतु प्रत्येक महत्त्वाकांक्षी व्यक्ति जीवन में आगे बढ़ना चाहता है। इसलिए आप इस बात का ध्यान रखें कि 'विश्वास की शक्ति' के इस विज्ञान का गलत उपयोग न करें। यदि आपने इसका गलत उद्देश्यों के लिए उपयोग किया तो यह आपका ही नुकसान करेगा। विश्वास की शक्ति को अच्छे कार्यों में लगाएँ, और प्रगति के कीर्तिमान बनाएँ।

अनुक्रम

1

मैंने विश्वास की शक्ति का कैसे उपयोग किया

क्या ऐसा कोई बल, तत्त्व, शक्ति या विज्ञान है—इसे चाहे जो कहकर पुकारें, जिसे बहुत कम लोगों ने समझा और इसका अपनी समस्याओं से पार पाने तथा उत्कृष्ट सफलता हासिल करने में उपयोग किया है? मेरा इसके होने पर पूरा विश्वास है। इस पुस्तक में मेरा उद्देश्य यही समझाने का प्रयास है, जिससे आपकी इच्छा हो तो आप भी इसका उपयोग कर सकें।

सन् 1933 के आसपास की बात है, लॉस एंजेल्स के एक प्रमुख समाचार-पत्र के वित्त संपादक मेरे उस शहर के वित्त संबंधी कार्य करनेवालों के समक्ष दी गई व्याख्यानमाला में शामिल हुए और मेरा ब्रॉशर (विवरणिका) 'टी.एन.टी.—इट रॉक्स द अर्थ' भी पढ़ा। इसके बाद उन्होंने लिखा—

"आपने आकाश से कुछ ऐसा पकड़ लिया है, जिसमें एक रहस्यवादी विशेषता है—कुछ ऐसा, जो संयोग के जादू का खुलासा करता है; वह रहस्य, जो व्यक्ति को भाग्यशाली बनाता है।"

मुझे लगा कि मुझे कुछ ऐसा मिल गया है, जो व्यावहारिक व व्यवहार्य है, लेकिन तब मुझे ऐसा महसूस नहीं हुआ और न ही आज होता—अगर इसकी रहस्यमयता सिर्फ इस संदर्भ में होती कि अधिकांश लोग इसके बारे में कुछ नहीं जानते। यह कुछ ऐसा है, जो बीती शताब्दियों में हमेशा सिर्फ कुछ भाग्यशाली लोगों को ज्ञात रहा है, लेकिन किन्हीं अज्ञात कारणों से साधारण व्यक्ति आज भी इसके बारे में शायद ही कुछ जानता होगा।

सालों पहले जब मैंने इस विज्ञान को अपने व्याख्यानों के माध्यम से और अपने ब्रॉशर द्वारा सिखाना आरंभ किया था, तब मुझे यकीन नहीं था कि आम व्यक्ति इस विचार को समझ सकेगा, लेकिन तभी से मैंने उन लोगों को देखा है, जिन्होंने इसका उपयोग कर अपनी आय को दोगुना या तीन गुना कर लिया है; अपने खुद के सफल व्यापार स्थापित किए, अपने सपनों का घर खरीदा और अत्यधिक संपत्ति एकत्रित कर ली है। अब मुझे पूरा यकीन है कि कोई भी बुद्धिमान व्यक्ति, जो खुद को लेकर गंभीर हो, वह हर उस ऊँचाई तक पहुँच सकता है, जिसकी वह वास्तव में और पूरी ईमानदारी से इच्छा रखता हो। मेरी तब तक दूसरी पुस्तक लिखने की कोई इच्छा नहीं थी, हालाँकि लोग मुझसे ऐसा करने का आग्रह करते रहते थे। फिर पुस्तक व्यवसाय से जुड़ी एक महिला, जिसने मेरी पहली छोटी पुस्तक की बहुत सारी प्रतियाँ बेची थीं, ने मुझे 'द रॉयट एक्ट' पढ़कर सुनाते हुए कहा—

"यह आपकी जिम्मेदारी है कि संसार में अपना स्थान खोजनेवाले स्त्री-पुरुषों को आसानी से समझ आनेवाले प्रारूप में वह प्रदान करें, जिस नई सामग्री को आप अपने व्याख्यानों में दिया करते हैं। प्रत्येक महत्त्वाकांक्षी व्यक्ति आगे बढ़ना चाहता है और आपने पर्याप्त रूप से दरशा दिया है कि आपके पास कुछ ऐसा है, जो किसी की भी मदद कर सकता है। अब यह आप पर है कि आप इसे आगे बढ़ाएँ।"

"यह आपकी जिम्मेदारी है कि संसार में अपना स्थान खोजनेवाले स्त्री-पुरुषों को आसानी से समझ आनेवाले प्रारूप में वह प्रदान करें, जिस नई सामग्री को आप अपने व्याख्यानों में दिया करते हैं। प्रत्येक महत्त्वाकांक्षी व्यक्ति आगे बढ़ना चाहता है और आपने पर्याप्त रूप से दरशा दिया है कि आपके पास कुछ ऐसा है, जो किसी की भी मदद कर सकता है। अब यह आप पर है कि आप इसे आगे बढ़ाएँ।"

मुझे इस बारे में फैसला लेने में वक्त लगता, लेकिन एक सैनिक के रूप में प्रथम विश्व युद्ध में, अधिकांशत: फ्रांस और जर्मनी की सेना में सेवा देने और कई वर्षों तक पूर्व सैनिक संगठन के साथ ही पूर्व सैनिक स्त्री-पुरुषों के पुनर्वास कार्य में राज्य आयोग में सक्रिय रहने के कारण मुझे ज्ञात था कि बहुत से लोगों के लिए यह बहुत कठिन है कि वे उस संसार में अपने लिए उत्कृष्ट स्थान बना सकें, जिससे वे लंबे समय से दूर रहे हैं। उनके साथ ही सभी महत्त्वाकांक्षी स्त्री-पुरुषों की

मदद की वास्तविक इच्छा के कारण मैंने विश्वास की शक्ति के इस अधिक पूर्ण व विस्तृत प्रतिपादन को लिखा है। अतः इसे लिखने का एक उद्देश्य लोगों की सोच और काररवाई को विकसित करने में मदद देना भी है।

इस पुस्तक के ऐसे लोगों के हाथ लग जाने की भी संभावना है, जो मुझे मूर्ख या सनकी समझें, तो मैं उन्हें बता देना चाहता हूँ कि मैं उम्र का अर्ध शतक पार कर चुका हूँ और मुझे कई वर्षों का ठोस व्यावहारिक व्यापारिक अनुभव भी है। इसके अलावा, मैं कई वर्षों तक पत्रकारिता भी कर चुका हूँ। मैंने शुरुआत पुलिस पत्रकारिता से की थी। पुलिस पत्रकार तथ्यों को जानने और किसी भी चीज पर सहज विश्वास न करने के लिए प्रशिक्षित होते हैं। मैं दो वर्ष एक बड़े शहर के अखबार में चर्च संपादक रहा। इस दौरान मैंने पादरियों और सभी पंथों व संप्रदायों के प्रमुखों, मनोचिकित्सकों, दिव्य चिकित्सकों, अध्यात्मविदों, ईसाई वैज्ञानिकों, नव-विचारकों, संघ प्रमुखों, सूर्य व मूर्ति-पूजकों और हाँ, कुछ नास्तिकों एवं बुतपरस्तों के भी निकट संपर्क में रहा हूँ।

उन दिनों जाने-माने अंग्रेज इंजीलवादी जिप्सी स्मिथ अमेरिका के दौरे पर थे। रात देर रात उनके मंच पर बैठकर मैं लोगों को गलियारे में शीश नवाते, कुछ को सुबकते और बाकियों को पागलों की भाँति चीखते-चिल्लाते देखकर हैरान हुआ हूँ।

मैं उस समय भी हैरान हुआ, जब दंगा नियंत्रित करने गई पुलिस के साथ गया था—उन्माद के क्षणों में पवित्र तरंग में डूबे कुछ लोग स्टोव तक पहुँच गए और अपने सम्मेलन कक्ष को आग के हवाले कर दिया। शेकर्स के साथ अपनी पहली (व एकमात्र) बैठक में भी मुझे वैसी ही हैरानी हुई, जैसी मुझे विभिन्न आध्यात्मिक बैठकों में सम्मिलित होते समय हुई थी। ऐसी ही हैरानी मुझे क्रिश्चियन साइंटिस्टों की बुधवार रात की बैठकों के विवरण सुनकर हुई। मैं तब भी हैरान हुआ, जब पहाड़ी झरने के बर्फ जैसे ठंडे पानी में से निकलते लोगों का समूह 'हलिलुय!' पुकार रहा था, जबकि ठंड से उनके दाँत बज रहे थे। मैं इंडियनों के आनुष्ठानिक नृत्य और उनके वर्षा-नृत्य की धार्मिक क्रिया देखकर भी हैरान रह गया था। मुझे बिली सनडे ने भी उतना ही हैरान किया, जितना बाद के वर्षों में एमी सेंपल मैकफेर्सन ने किया।

फ्रांस में प्रथम विश्व युद्ध के दौरान मैं किसानों की सहज आस्थाओं और ग्रामीण उपचारों की शक्ति को देखकर आश्चर्यचकित रह गया। मैंने लूर्डेस के चमत्कारों की कहानियों के साथ ही कुछ-कुछ वैसे ही चमत्कार अन्य तीर्थ स्थलों पर भी होते सुने हैं। एक विख्यात प्राचीन रोमन गिरजाघर में मैंने एक वृद्ध पुरुष व स्त्री को वस्तुतः अपने घुटनों के बल पर बेहद लंबी सीढ़ियाँ चढ़ते देखा, जहाँ

वे पवित्र कलश को देखने जा रहे थे। वह चढ़ाई खिलाड़ी का प्रशिक्षण प्राप्त युवा व्यक्ति के लिए भी आसान नहीं थी। उसे देखकर मैं एक बार फिर हैरान रह गया।

व्यापार के कारण मैं मोरमोंस के संपर्क में आया और मैं जोसेफ स्मिथ की कहानी तथा स्वर्ण पट्टिकाओं पर श्रुतियों की बात सुनकर फिर एक बार हैरान रह गया। पश्चिमी कनाडा के दुखोबोर, जो उकसाए जाने पर अपने कपड़े उतार फेंकते हैं, मुझे उतना ही हैरान करते हैं। हवाई में मैंने काहुनों की शक्ति के बारे में सुना था, जिनके बारे में दावा किया जाता है कि वे प्रार्थना द्वारा लोगों को जीवन या मृत्यु दे सकते हैं। काहुनों को दी गई महान् शक्तियों ने भी मुझे अत्यधिक प्रभावित किया।

बतौर पत्रकार अपने शुरुआती दिनों में मैंने एक प्रसिद्ध माध्यम को देखा था, जो उपहास उड़ानेवाले विरोधियों की भीड़ से भरी अदालत में आत्माओं को बुलाने का प्रयास कर रहा था। जज ने अदालत में आत्मा से बात करवाने पर उसे रिहा करने का वादा किया था, लेकिन ऐसा हो नहीं सका और मैं हैरान होकर सोचने लगा कि ऐसा क्यों हुआ ? क्योंकि माध्यम के अनुयायियों को एक जगह निगरानी में रखा गया था।

बतौर पत्रकार अपने शुरुआती दिनों में मैंने एक प्रसिद्ध माध्यम को देखा था, जो उपहास उड़ानेवाले विरोधियों की भीड़ से भरी अदालत में आत्माओं को बुलाने का प्रयास कर रहा था। जज ने अदालत में आत्मा से बात करवाने पर उसे रिहा करने का वादा किया था, लेकिन ऐसा हो नहीं सका और मैं हैरान होकर सोचने लगा कि ऐसा क्यों हुआ ? क्योंकि माध्यम के अनुयायियों को एक जगह निगरानी में रखा गया था।

कई वर्ष बाद मुझे उन लोगों पर लेख लिखने का काम सौंपा गया, जिन्हें पुलिस 'ठग भविष्यवक्ता' कहा करती थी। मैं दिमाग पढ़ने में माहिर जिप्सियों से लेकर क्रिस्टल बॉल देखनेवालों तक और ज्योतिषियों से लेकर आध्यात्मिक माध्यमों तक सबसे मिला हूँ। मैंने वे आवाजें भी सुनीं, जिन्हें प्राचीन इंडियन मार्गदर्शकों की कहा जा रहा था और जो मेरा अतीत, वर्तमान और भविष्य बता सकती थीं। मैंने उन रिश्तेदारों को भी सुना, जिनके अस्तित्व से भी मैं अनजान था।

कई बार मैं अस्पताल के ऐसे कक्ष में रहा हूँ, जहाँ मेरे आसपास बहुत से लोगों की मौतें हुईं, जबकि उनसे अधिक बीमार प्रतीत होनेवालों के स्वास्थ्य में न केवल सुधार आया, बल्कि कुछ ही समय में वे पूरी तरह से ठीक हो गए। मैं ऐसे आंशिक

लकवाग्रस्त लोगों को भी जानता हूँ, जिनकी बीमारी कुछ ही दिनों में दूर हो गई। मैं ऐसे लोगों को भी जानता हूँ, जो अपनी कलाई में एक ताँबे का कड़ा पहनने से और कुछ लोगों को मानसिक चिकित्सा द्वारा संधिवात या गठिया के ठीक होने का दावा करते थे। मैंने अपने परिजनों व निकट संबंधियों से ऐसी कहानियाँ सुनी हैं, जिनमें हाथों पर से मस्से अचानक गायब हो गए। मैं ऐसी बहुत सी कहानियों से परिचित हूँ, जिनमें लोग अपने आपको जहरीले साँपों से कटवाने के बावजूद जीवित हैं; और ऐसी ही सैकड़ों कहानियाँ, जिनमें रहस्यपूर्ण घटनाएँ और उपचार हुए हैं।

इसके अतिरिक्त, मैं इतिहास के महान् स्त्री-पुरुषों के जीवन से परिचित हूँ और मैं हर क्षेत्र के असाधारण स्त्री-पुरुषों से मिला हूँ तथा उनका साक्षात्कार किया है। मैं अकसर इस बात पर हैरान होता हूँ कि ऐसा क्या है, जो उन्हें शीर्ष पर ले गया? मैंने ऐसे कोच देखे हैं, जो कमजोर प्रतीत होती बेसबॉल और फुटबॉल टीम में कुछ ऐसा भर देते हैं, जो उन्हें जीत तक ले आता है। मंदी के दिनों में मैंने ऐसे विक्रय संगठन देखे, जिनके हालात बेहद खराब थे। उन्होंने उसका सामना किया और पहले से भी अधिक काम हासिल कर सके।

> ***प्रत्यक्ष तौर पर मैं जन्म से ही अत्यधिक जिज्ञासु हूँ। मेरे भीतर उत्तर व स्पष्टीकरण खोजने की अतृप्त ललक है। मेरी यह खोज मुझे बहुत से अजीब स्थानों पर ले गई, बहुत से विशिष्ट मामलों से परिचित करवाया और इसी कारण मैंने धर्मों, पंथों व भौतिक तथा शारीरिक विज्ञान से संबंधित हर उस पुस्तक को पढ़ डाला, जो मेरे हाथ लगी।***

प्रत्यक्ष तौर पर मैं जन्म से ही अत्यधिक जिज्ञासु हूँ। मेरे भीतर उत्तर व स्पष्टीकरण खोजने की अतृप्त ललक है। मेरी यह खोज मुझे बहुत से अजीब स्थानों पर ले गई, बहुत से विशिष्ट मामलों से परिचित करवाया और इसी कारण मैंने धर्मों, पंथों व भौतिक तथा शारीरिक विज्ञान से संबंधित हर उस पुस्तक को पढ़ डाला, जो मेरे हाथ लगी। मैंने आधुनिक मनोविज्ञान, तत्त्वविज्ञान, प्राचीन इंद्रजाल, वूडू, योग, थियोसॉफी, ईसाई विज्ञान, एकता, सत्य, नव-विचार, कूयेवाद और ऐसी बहुत सी चीजें, जिन्हें मैं 'माइंड स्टफ' (चित्त) कहता हूँ, के साथ-ही-साथ अतीत के महान् गुरुओं के दर्शन और शिक्षाओं से संबंधित लगभग हजारों पुस्तकें पढ़ डालीं।

उनमें से अनेक बेतुकी, बाकी अजीब और कुछ बेहद गहन-गंभीर थीं। धीरे-धीरे मुझे बोध होने लगा कि ये सभी शिक्षाएँ एक सुनहरे धागे से बँधी हैं, जो उन्हें

पूरी गंभीरता के साथ स्वीकार व कार्यान्वित करनेवालों के लिए कार्य करती हैं। एक शब्द में इस धागे को विश्वास का नाम दिया जा सकता है। विश्वास ही वह तत्त्व या पहलू है, जो लोगों को मानसिक चिकित्सा द्वारा ठीक करता है, तो कुछ को सफलता की सीढ़ी द्वारा ऊँचाई तक पहुँचने में सक्षम बनाता है। इसे स्वीकार करनेवालों को असाधारण परिणाम हासिल होते हैं। विश्वास जादू की तरह कैसे काम करता है, इसकी कोई संतोषजनक व्याख्या नहीं हो सकती; लेकिन इस बात में कोई संदेह नहीं कि विश्वास में एक विशुद्ध जादू है। 'विश्वास का जादू' ऐसा वाक्य बन गया, जिसके इर्द-गिर्द मेरे विचार निरंतर घूमते रहते हैं।

मुझे पूरा यकीन है कि एक तथाकथित गुप्त भ्रातृ संगठन है, जो ऐसे 'राजसी रहस्य' की चौकसी कर रहा है, जिसे बहुत कम सदस्य समझ पाते हैं। इसका निष्कर्ष अवश्य यह होगा कि "कोई भी मन सत्य को तब तक प्राप्त नहीं कर पाता, जब तक वह इसे प्राप्त करने के लिए तैयार न हो।" कोई संस्थान अपने अभ्यर्थियों को बहुत गंभीर पुस्तक देता है (जिसे डिग्री लेने के लिए पढ़ा जाता है), जो अपने आप में व्यावहारिक रूप से जीवन का द्वार खोल देने जैसा साबित होगा, अगर अभ्यर्थी इसके सिद्धांतों को समझें और इसका पालन करें, लेकिन बहुत कम लोग इसे पढ़ते हैं और इसके 'अत्यधिक गहरा' होने की शिकायत करते हैं। मुझे इसपर भी यकीन है कि इनमें से कुछ संगठन, जीवन का ज्ञान एवं बोध रखनेवाली अन्य गुप्त समितियों की तरह गुमराह करने के लिए गलत उदाहरणों व व्याख्याओं का उपयोग करते हैं।

जब 'टी.एन.टी.—इट रॉक्स द अर्थ' पहली बार प्रकाशित हुई, मेरा मानना था कि यह आसानी से समझ आ जाएगी, क्योंकि मैंने इसे काफी आसान भाषा में लिखा है, लेकिन समय बीतने के साथ ही कुछ लोगों ने प्रतिरोध किया कि बहुत अधिक संक्षेप में है। बाकी लोगों ने कहा कि वे इसे समझ नहीं पा रहे। मैं मान रहा था कि अधिकांश लोग विचार की शक्ति के बारे में कुछ तो जानते होंगे। मुझे अब एहसास हुआ है कि मैं गलत था और जिन लोगों को इस विषय के बारे में कुछ भी पता है, उनकी संख्या तुलनात्मक रूप से काफी कम है। बाद में कई सालों तक क्लबों, व्यापारिक और विक्रय संगठनों के समक्ष व्याख्यान देने के बाद मैंने पाया कि अधिकांश लोगों की इस विषय में सचमुच रुचि है; लेकिन इसके लिए इसे पूरी तरह समझाना होगा। अंत में, मैंने इस पुस्तक को ऐसी भाषा में लिखने का फैसला किया, जिसे कोई भी समझ सके। साथ ही यह उम्मीद भी रखी कि इससे बहुत से लोगों को जीवन में अपने लक्ष्यों तक पहुँचने में मदद मिलेगी।

विचारों का विज्ञान उतना ही पुराना है, जितना मनुष्य खुद है। सभी युगों के बुद्धिमान व्यक्ति इसे जानते थे और उन्होंने इसका उपयोग भी किया। मैंने सिर्फ इतना किया कि इस विषय को आधुनिक भाषा में ढाला, जिससे पाठकों का ध्यान उस ओर आकृष्ट हो, जिसे आज के कुछ लोग उत्कृष्ट मन से कर रहे हैं और जो सदियों से चली आ रही महान् सच्चाइयों को प्रमाणित करता है।

विचारों का विज्ञान उतना ही पुराना है, जितना मनुष्य खुद है। सभी युगों के बुद्धिमान व्यक्ति इसे जानते थे और उन्होंने इसका उपयोग भी किया। मैंने सिर्फ इतना किया कि इस विषय को आधुनिक भाषा में ढाला, जिससे पाठकों का ध्यान उस ओर आकृष्ट हो, जिसे आज के कुछ लोग उत्कृष्ट मन से कर रहे हैं और जो सदियों से चली आ रही महान् सच्चाइयों को प्रमाणित करता है।

दुनिया का सौभाग्य रहा कि लोग समझने लगे कि इस 'माइंड स्टफ' में कुछ तो है। मुझे विश्वास है कि लाखों लोग इसे और अच्छी तरह समझना चाहते हैं, जिससे साबित हो जाएगा कि यह काम करता है।

इसलिए, मैं शुरुआत अपने जीवन के कुछ उदाहरणों से करता हूँ, इस आशा के साथ कि इससे आप पूरे विज्ञान को अच्छी तरह समझ सकेंगे।

सन् 1918 के आरंभ में मैं आम सैनिक की तरह फ्रांस पहुँचा, जो किसी नियमित कंपनी से जुड़ा नहीं था। इसके परिणामस्वरूप, मेरा सर्विस रिकॉर्ड (वेतन के लिए आवश्यक) तैयार होने में कई हफ्ते लग गए। उस दौरान मेरे पास च्यूइंगम, कैंडी, सिगरेट और ऐसी ही अन्य चीजें खरीदने के लिए भी पैसे नहीं थे; क्योंकि समुद्री यात्रा शुरू करने से पहले मेरे पास जो डॉलर रखे थे, वे परिवहन जहाज की कैंटीन के नियमित मेन्यू की एकरसता से बचने में खर्च हो चुके थे। किसी भी व्यक्ति को सिगरेट जलाते या च्यूइंगम चबाते देख मुझे याद आ जाता कि मेरे पास अपने ऊपर खर्च करने के लिए पैसे नहीं थे। निश्चित ही, मेरे पास सेना से मिला भोजन व कपड़ा तथा सोने के लिए थोड़ी सी भूमि थी; लेकिन खर्च करने के लिए पैसे न होना और उसे प्राप्त करने की आशा न दिखने से मैं चिड़चिड़ा होता जा रहा था। एक रात अग्रिम मोरचे पर जाते समय भीड़ भरी ट्रेन में, जहाँ सोना भी मुहाल था, मैंने फैसला किया कि मैं फिर से नागरिक जीवन में जाऊँगा और मेरे पास बहुत पैसा होगा। उसी घड़ी मेरे जीवन का संपूर्ण स्वरूप बदल गया था।

यह सच है कि किशोरावस्था से ही मेरी पढ़ने में रुचि थी; हमारे परिवार में 'बाइबल' पढ़ना जरूरी था। बचपन से ही मेरी रुचि वायरलेस टेलीग्राफी, एक्स-रे, हाई-फ्रीक्वेंसी उपकरणों और विद्युत् की समान अभिव्यक्ति में थी और मुझे इस विषय पर जो भी पुस्तकें मिलीं, मैंने वे सब पढ़ डालीं, लेकिन जिस दौरान मैं रेडिएशन फ्रीक्वेंसी, तरंगों, दोलनों, चुंबकीय प्रभावों आदि जैसे शब्दों से परिचित हुआ, उन दिनों मेरे लिए उनका अर्थ विद्युतीय क्षेत्र से बाहर और कुछ नहीं था। संभवतः मुझे मन और विद्युत् या तरंगीय प्रभावों के बीच संपर्क की पहली झलक उस समय मिली, जब मैंने अपनी कानून की पढ़ाई पूरी की और मेरे प्रशिक्षक ने मुझे एक पुरानी पुस्तक थॉमसन जे. हडसन की 'लॉ ऑफ साइकिक फिनॉमिना' दी। मैंने उसे पढ़ा, लेकिन बस, ऊपर-ऊपर से। या तो मैं उसे समझ नहीं सका या मेरा मन उसके गहन सत्यों को समझ नहीं पाया। सन् 1918 के वसंत की उस सौभाग्यशाली रात जब मैंने अपने आपसे कहा कि एक दिन मेरे पास बहुत सारा पैसा होगा, उस समय मुझे जरा भी एहसास नहीं था कि मैं ऐसे कारणों की श्रृंखला तैयार कर रहा हूँ, जो ऐसी शक्तियों को प्रवर्तित करेगा, जिससे ये हासिल हो सकेंगी। वास्तव में, मेरे मन में यह विचार कभी नहीं आया था कि मैं अपनी सोच और विश्वास से अपना भाग्य भी बना सकता हूँ।

> ***सन् 1918 के वसंत की उस सौभाग्यशाली रात जब मैंने अपने आपसे कहा कि एक दिन मेरे पास बहुत सारा पैसा होगा, उस समय मुझे जरा भी एहसास नहीं था कि मैं ऐसे कारणों की श्रृंखला तैयार कर रहा हूँ, जो ऐसी शक्तियों को प्रवर्तित करेगा, जिससे ये हासिल हो सकेंगी। वास्तव में, मेरे मन में यह विचार कभी नहीं आया था कि मैं अपनी सोच और विश्वास से अपना भाग्य भी बना सकता हूँ।***

मेरा सेना का वर्गीकरण कार्ड मुझे पत्रकार बताता था। मैं तैनाती के लिए आर्मी ट्रेनिंग स्कूल में प्रशिक्षण ले रहा था, लेकिन हमारे कोर्स समाप्त करने तक उस प्रशिक्षण स्कूल कार्यक्रम को समाप्त कर दिया गया। अतः हम में से अधिकांश को गैर-सूचीबद्ध सैनिकों के तौर पर फ्रांस भेज दिया गया। हालाँकि मैं अपने को प्रशिक्षित पत्रकार मानता था और मुझे लगता था कि मेरे लिए अमेरिकन एक्सपैडिशनरी फोर्स बेहतर रहेगा। तो भी, मैं बाकी सबकी तरह पहिया ठेला को धकेल और भारी-भरकम बम व अन्य हथियारों को ढो रहा था।

तब एक रात टाउल के निकट हथियार डिपो में कुछ घटना हो गई। मुझे कमांडिंग ऑफिसर के सामने पेश होने का आदेश मिला, जिन्होंने मुझसे पूछा कि मैं फर्स्ट आर्मी हेडक्वार्टर में किसे जानता हूँ? मैं वहाँ किसी को नहीं जानता था, बल्कि मुझे यह भी नहीं पता था कि वह कहाँ स्थित है, और मैंने उनसे यही कहा। तब उन्होंने मुझे तुरंत वहाँ रिपोर्ट करने का आदेश दिखाया। मुझे एक कार और ड्राइवर दिया गया और मुझे अगले दिन फर्स्ट आर्मी हेडक्वार्टर में दैनिक प्रगति बुलेटिन का कार्य सँभालना था। मैं केवल कर्नल के प्रति जवाबदेह था।

आगामी महीनों में मैं उस कार्य के बारे में सोचता रहा, जो मुझे सौंपा गया था। तब संपर्कों की श्रृंखला बननी आरंभ हो गई। एक दिन अचानक ही मुझे सेना के समाचार-पत्र 'स्टार्स एंड स्ट्राइप्स' में स्थानांतरित किए जाने का ऑर्डर आया। मेरी काफी समय से वहाँ काम करने की तमन्ना थी, लेकिन यह मेरे हाथ में नहीं था। अगले दिन, जब मैं पेरिस जाने की तैयारी कर रहा था, मुझे कर्नल ने बुलाया और मुझे जी.एच.क्यू. के एडजुटेंट जनरल के दफ्तर का हस्ताक्षरित टेलीग्राम दिखाया, जिसमें मुझसे वहाँ जाने के बाबत पूछा गया था। कर्नल ने मुझसे पूछा कि क्या मैं तैनाती की जगह सेना के समाचार-पत्र में काम करना चाहूँगा? युद्ध के जल्द ही समाप्त होने की संभावना को देखते हुए मुझे लगा कि मैं अन्य पत्रकारों के बीच अधिक खुश रहूँगा। मैंने 'स्टार्स एंड स्ट्राइप्स' में स्थानांतरण स्वीकार कर लिया। मुझे कभी पता नहीं चला कि वह टेलीग्राम किसने भेजा था, लेकिन स्पष्ट था कि कोई मेरे हित में काम कर रहा था।

युद्ध विराम के बाद मेरी सेना छोड़ने की इच्छा और बढ़ गई। मैं अपना भाग्य बनाना चाहता था, लेकिन 'स्टार्स एंड स्ट्राइप्स' ने सन् 1919 की गरमियों तक प्रकाशन जारी रखा और मैं अगस्त तक घर लौट सका। हालाँकि मैंने अनजाने में जिन शक्तियों को सक्रिय कर दिया था, उन्होंने मेरे लिए पहले ही मंच तैयार कर दिया था।

युद्ध विराम के बाद मेरी सेना छोड़ने की इच्छा और बढ़ गई। मैं अपना भाग्य बनाना चाहता था, लेकिन 'स्टार्स एंड स्ट्राइप्स' ने सन् 1919 की गरमियों तक प्रकाशन जारी रखा और मैं अगस्त तक घर लौट सका। हालाँकि मैंने अनजाने में जिन शक्तियों को सक्रिय कर दिया था, उन्होंने मेरे लिए पहले ही मंच तैयार कर दिया था।

घर लौटने के बाद अगली सुबह लगभग 9.30 बजे मुझे उस क्लब के अध्यक्ष

का फोन आया, जिसमें मैं सक्रिय था। उन्होंने मुझे निवेश बैंकिंग व्यवसाय से जुड़े एक प्रमुख व्यक्ति को फोन करने के लिए कहा, जो मेरे लौटने के बारे में पढ़ चुके थे और मेरे पुनः पत्रकारिता के काम पर जाने के पूर्व मुझसे मिलना चाहते थे। मैंने उन्हें फोन किया। दो दिन बाद मैंने निवेश बैंकर का वह लंबा कॅरियर आरंभ किया, जो बाद में मुझे प्रशांत तट की एक जानी-मानी फर्म के उपाध्यक्ष पद तक ले गया।

मेरा वेतन शुरुआत से ही अच्छा था, इसके बावजूद मुझे एहसास हुआ कि मैं ऐसा कार्य कर रहा हूँ, जहाँ पैसा बनाने के बहुत से अवसर मौजूद हैं। बस, यह स्पष्ट नहीं था कि मैं ऐसा कैसे करूँ; लेकिन मैं बस, जानता था कि मेरे मन में जो इच्छा है, वह दस साल से भी कम में पूरी होने वाली है और ऐसा ही हुआ भी; और यह न केवल मात्रा में अधिक थी, बल्कि मैं कंपनी में एक मजबूत साझेदार बना और बाहर भी कुछ लाभदायक सौदे किए। उन वर्षों के दौरान मेरे सामने निरंतर धन की मानसिक तसवीर बनी रहती।

'टी.एन.टी.—इट रॉक्स द अर्थ' विचार आने के तुरंत बाद, लेकिन इसके वास्तविक होने से पहले मैं अपने शानदार भोजन के लिए विख्यात 'एंप्रेस ऑफ जापान' द्वारा जापान की जल-यात्रा पर गया। कनाडा और यूरोप की अपनी यात्रा के माध्यम से ही मेरा क्यूबेक के ट्रेपिस्ट साधुओं द्वारा निर्मित ट्रेपिस्ट चीज का शौक विकसित हुआ।

बहुत से लोग कल्पना के क्षण में या टेलीफोन पर बात करते हुए कागज पर अजीब से डिजाइन या ऊटपटाँग आकार उकेरते रहते हैं। मेरा ऊटपटाँग आकार डॉलर के चिह्न की तरह कुछ ऐसा—$$$$$-$$$$-$$$-$$—था, जो मेरी डेस्क पर आए प्रत्येक कागज पर बना रहता। मेरे सामने दिन भर पेश होनीवाली फाइलों के गत्ते के कवर पर और हमारी टेलीफोन डायरेक्टरी, स्क्रैच पैड, बल्कि जरूरी कागजों के ऊपर भी यही चिह्न बना रहता। मैं चाहता हूँ कि पाठक इस विवरण को याद रखें, क्योंकि यह तकनीक उस जादू को कार्यान्वित करने में उपयोगी होगी, जिसे मैं बाद में विस्तार सहित बताने वाला हूँ।

बीते वर्षों में अब तक मैंने पाया है कि लोगों को परेशान करनेवाली सबसे बड़ी समस्या वित्त संबंधी होती है। आज की अत्यधिक प्रतिस्पर्धा में लाखों लोग इसी समस्या का सामना कर रहे हैं। हालाँकि इस विज्ञान के लिए इससे निपटना बहुत छोटी बात है। यह आपको आपकी इच्छित वस्तु दिलवाने में प्रभावकारी है और मैं

आपको इसी संदर्भ में अपना एक और अनुभव बताता हूँ।

'टी.एन.टी.—इट रॉक्स द अर्थ' विचार आने के तुरंत बाद, लेकिन इसके वास्तविक होने से पहले मैं अपने शानदार भोजन के लिए विख्यात 'एंप्रेस ऑफ जापान' द्वारा जापान की जल-यात्रा पर गया। कनाडा और यूरोप की अपनी यात्रा के माध्यम से ही मेरा क्यूबेक के ट्रेपिस्ट साधुओं द्वारा निर्मित ट्रेपिस्ट चीज का शौक विकसित हुआ। जब मुझे जहाज के मेन्यू में यह नहीं दिखाई दिया तो मैंने मजाक में इसकी शिकायत मुख्य स्टीवर्ड से की कि मैं इस जहाज पर केवल विख्यात 'ट्रेपिस्ट चीज' ही खाने आया था। उसने माफी माँगते हुए उत्तर दिया कि जहाज पर यह मौजूद नहीं है।

मैं उसके बारे में जितना अधिक सोचता, वह चीज खाने की भूख उतनी ही बढ़ती जाती। एक रात जहाज पर पार्टी थी। आधी रात को अपने केबिन में वापस लौटने पर मुझे एक बैठक में बड़ी सी टेबल सजी दिखाई दी। उस पर इतना बड़ा चीज का टुकड़ा रखा था, जितना मैंने इससे पहले कभी नहीं देखा था। वह 'ट्रेपिस्ट चीज' था।

बाद में मैंने मुख्य स्टीवर्ड से पूछा कि उसे यह कहाँ मिला? उसने उत्तर दिया, "जब पहली बार आपने इसका जिक्र किया था, उस समय मुझे पता था कि यह मौजूद नहीं है; लेकिन इसके प्रति आपकी चाहत देखकर मैंने इसे जहाज के सभी स्टोर्स में खोजना आरंभ किया। हमें यह निचले तल पर आपातकालीन स्टोर रूम में मिल गया।" उस यात्रा में कुछ तो ऐसा था, जो वहाँ भी मेरी मदद कर रहा था, क्योंकि मैं वहाँ सामान्य सेवा से अधिक का दावा नहीं कर सकता था। फिर भी, मैं कार्यकारी अधिकारी की टेबल पर था और उनके कक्ष के साथ ही जहाज के जाँच दौरों में हमेशा उनका निजी अतिथि रहा।

स्वाभाविक है कि मुझे मिली ऐसी सेवा का मुझ पर बड़ा प्रभाव पड़ा और होनोलूलू में मैं अकसर सोचा करता था कि घर वापस लौटने की यात्रा के दौरान दूसरे जहाज पर भी मेरा इतना ही ध्यान रखा जाए। एक दोपहर मुझे अचानक ही स्वदेश वापस जाने की लालसा जागी। जब मैं टिकट एजेंसी तक पहुँचा, उनकी छुट्टी का समय हो चुका था। एक जहाज अगले दिन दोपहर को जाने वाला था और मैंने आखिरी बचा केबिन टिकट खरीद लिया।

अगले दिन दोपहर से कुछ ही मिनट पहले जहाज के तख्ते द्वारा उसपर चढ़ते हुए मैं अनायास ही अपने आप से कह रहा था, "एंप्रेस ऑफ जापान में उन्होंने तुम्हारे साथ किसी राजा की तरह व्यवहार किया। यहाँ कम-से-कम तुम कप्तान की टेबल

जहाज अपनी यात्रा आरंभ करने वाला था। जब हम बंदरगाह से निकले, तब डाइनिंग-रूम स्टीवर्ड ने यात्रियों से भोजन कक्ष में उनके लिए निश्चित टेबल पर पहुँचने के लिए कहा। जब तक मैं पहुँचा, लगभग आधे लोग बैठ चुके थे। उसने मुझसे मेरा टिकट लिया, उस पर नजर डाली और मुझसे कहा, "आपकी टेबल है ए, सीट नंबर 5।" वह कप्तान की टेबल थी और मैं उनके ठीक सामने बैठा था।

पर तो बैठ ही सकते हो। निश्चित ही तुम कप्तान के साथ उनकी टेबल पर बैठोगे।"

जहाज अपनी यात्रा आरंभ करने वाला था। जब हम बंदरगाह से निकले, तब डाइनिंग-रूम स्टीवर्ड ने यात्रियों से भोजन कक्ष में उनके लिए निश्चित टेबल पर पहुँचने के लिए कहा। जब तक मैं पहुँचा, लगभग आधे लोग बैठ चुके थे। उसने मुझसे मेरा टिकट लिया, उस पर नजर डाली और मुझसे कहा, "आपकी टेबल है ए, सीट नंबर 5।" वह कप्तान की टेबल थी और मैं उनके ठीक सामने बैठा था। उस जहाज से उतरने तक ऐसी बहुत सी घटनाएँ घटीं, जो इस पुस्तक की विषय-वस्तु बनीं, जिनमें सबसे अहम मेरे सम्मान में दी गई बर्थडे पार्टी थी—यह सिर्फ कप्तान का मन था, क्योंकि वास्तव में मेरे जन्मदिन में अभी एक महीना था।

बाद में, जब मैंने व्याख्यान करना आरंभ किया, मुझे लगा कि कप्तान साहब से इस कहानी की सत्यता बताने संबंधी पत्र लेना अच्छा रहेगा और मैंने उन्हें इस बाबत लिखा। उन्होंने उत्तर दिया, "कई बार जीवन में अनायास ही ऐसा कुछ करने का विचार आ जाया करता है। उस दोपहर मैं अपने केबिन के दरवाजे पर बैठा जहाज के तख्ते से अंदर आते यात्रियों को देख रहा था, जैसे ही आप आए, मुझे एहसास हुआ कि आपको अपनी टेबल पर साथ बैठाऊँ। मैं इससे अधिक कुछ नहीं बता सकता। इससे अधिक यही कह सकता हूँ कि किस तरह मैं जहाज को पहले ही प्रयास में सही स्थान पर रोक सका।"

इस कहानी को सुननेवाले जो लोग विश्वास के जादू के बारे में कुछ नहीं जानते, वे कप्तान के मुझे चुनने को मात्र संयोग बता सकते हैं। मुझे यकीन है कि ऐसा नहीं है और मुझे इस पर भी यकीन है कि कप्तान (जिन्हें इस विज्ञान की आंशिक जानकारी है) मेरी बात से सहमत होंगे। उस जहाज पर यात्रा करनेवालों में मुझसे अधिक महत्त्वपूर्ण दर्जनों लोग थे। मैं उनसे किसी तरह अलग नहीं था। मैं

बस, गुजरती भीड़ में से एक था। इसलिए जाहिर है कि मेरे पहने कपड़े या मैं जैसा दिख रहा था, उसमें ऐसा कुछ नहीं था, जो कप्तान को उन सैकड़ों यात्रियों में से निजी सेवा देने के लिए मुझे चुने।

आपके समक्ष इस व्यावहारिक विज्ञान को पेश करते हुए मैं जानता हूँ कि इस विषय को पहले कई कोणों से परखा गया है, साथ ही मुझे यह भी एहसास है कि लोग ऐसे किसी भी विचार से संकोच करते हैं, जिससे धर्म, गुप्त विद्या या अलौकिकता की गंध आती हो। तदनुसार, मैं व्यापारी की भाषा उपयोग कर रहा हूँ, जिसे विश्वास है कि गंभीर विचार, स्पष्ट लेखन और सरल भाषा किसी भी संदेश को प्रसारित कर सकती है।

आपने अकसर सुना होगा कि आप कोई काम तभी कर सकते हैं, जब आपको विश्वास हो कि आप ऐसा कर सकेंगे। एक प्राचीन लैटिन कहावत है, "इसके मिलने पर विश्वास करें और यह आपको मिल जाएगा।" विश्वास वह प्रेरणादायी शक्ति है, जो आपको अपने लक्ष्य तक पहुँचने में सक्षम बनाती है। यदि आप बीमार हैं और अपने भीतर इस विचार या विश्वास को सन्निहित कर लेते हैं कि आप ठीक हो जाएँगे तो चाहे कितनी भी परेशानियाँ आएँ, आप ऐसा कर सकेंगे। यह आपके भीतर का विश्वास या बुनियादी यकीन है, जिसके बाह्य भौतिक परिणाम आते हैं। मैं यहाँ सामान्य व मानसिक रूप से स्वस्थ लोगों की बात कर रहा हूँ। मैं किसी विकलांग व्यक्ति को नहीं कह सकता कि वह बेसबॉल या फुटबॉल में श्रेष्ठ हो सकता है, न ही किसी सादा दिखनेवाली महिला को वह कहता हूँ कि वह रातोरात बेहद खूबसूरत बन सकती है; क्योंकि हालात इसके खिलाफ हैं। फिर भी ऐसा होता है, क्योंकि ऐसा

आपने अकसर सुना होगा कि आप कोई काम तभी कर सकते हैं, जब आपको विश्वास हो कि आप ऐसा कर सकेंगे। एक प्राचीन लैटिन कहावत है, "इसके मिलने पर विश्वास करें और यह आपको मिल जाएगा।" विश्वास वह प्रेरणादायी शक्ति है, जो आपको अपने लक्ष्य तक पहुँचने में सक्षम बनाती है। यदि आप बीमार हैं और अपने भीतर इस विचार या विश्वास को सन्निहित कर लेते हैं कि आप ठीक हो जाएँगे तो चाहे कितनी भी परेशानियाँ आएँ, आप ऐसा कर सकेंगे। यह आपके भीतर का विश्वास या बुनियादी यकीन है, जिसके बाह्य भौतिक परिणाम आते हैं।

करने के बहुत से अद्भुत उपचार हैं। और जब अधिक-से-अधिक लोग मन की शक्ति के बारे में सीख जाएँगे तो मेरा दृढ़ विश्वास है कि हम ऐसे बहुत से उपचार खोज सकते हैं, जो आज के चिकित्सा पेशे में असंभव प्रतीत होते हैं। अंत में, मैं किसी को हतोत्साहित नहीं करता। जीवन में सबकुछ संभव है—इससे गुजरने में सबसे अच्छी मदद उम्मीद से मिलती है।

डॉ. अलेक्जेंडर कैनन एक प्रसिद्ध ब्रिटिश वैज्ञानिक व चिकित्सक थे, जिनकी विचार विषय पर लिखी पुस्तकें यहाँ तथा विदेशों में भी विवाद का कारण बनीं। उन्होंने कहा कि फिलहाल भले ही आज व्यक्ति नया पैर नहीं उगा सकता (जैसे केकड़ा नया पंजा उगा लेता है), लेकिन वह ऐसा कर सकता है, यदि उस व्यक्ति का मन इस संभावना से इनकार न कर दे। इस सुप्रसिद्ध वैज्ञानिक ने दावा किया कि यदि अवचेतन मन की अंतरतम गहराई में विचारों को परिवर्तित किया जा सके तो मनुष्य उतनी ही आसानी से नया पैर उगा सकता है, जैसे केकड़ा नया पंजा उगा लेता है। मुझे पता है कि ऐसे बयान अविश्वसनीय प्रतीत होते हैं, लेकिन हम यह नहीं कह सकते कि ऐसा कभी किया ही नहीं जा सकता!

मैं अकसर दोपहर का भोजन चिकित्सकों के एक समूह के साथ किया करता था, जो चिकित्सा व सर्जरी की विभिन्न शाखाओं के विशेषज्ञ थे। मुझे पता था कि उनके सामने ये विचार रखने पर वे मुझे अपने दिमाग की जाँच करवाने की सलाह देंगे। फिर भी, मुझे ज्ञात हुआ कि उनमें से कुछ चिकित्सक, खासतौर पर वे, जो हाल ही में हमारे बेहतरीन स्कूलों से स्नातक हुए हैं, उनका दिमाग शरीर की परिचालन बाधाओं के निदान व उपचार में विचारों की भूमिका को लेकर अभी भी खुला था।

मेरे यह अध्याय लिखने के कुछ ही सप्ताह पूर्व मेरा एक पड़ोसी मुझे यह बता रहा था कि किस तरह उसके मस्से गायब हो गए। एक अस्पताल में रहते हुए उसने बरामदे में घूमते हुए ठीक हो चुके किसी दूसरे रोगी को अपने दोस्त से बात करते सुना। उसका दोस्त रोगी से कह रहा था, "क्या तुम अपने हाथों के इन मस्सों से पीछा छुड़ाना चाहते हो? तो मुझे इन्हें गिनने दो और ये गायब हो जाएँगे।"

मेरे पड़ोसी ने बताया कि उसने एक क्षण उस अजनबी को देखा और कहा, "यदि आपका ये मानना है, तो क्या आप मेरे मस्से गिन भी सकते हैं?" उसने गिन दिए और मेरे पड़ोसी ने घर जाने तक इस पर और अधिक विचार नहीं किया और एक दिन जब उसने अपने हाथों को देखा तो वह मस्सों का झुंड पूरी तरह गायब हो चुका था!

एक दिन मैंने चिकित्सकों के उस समूह को यह कहानी बताई। एक जाने-माने चिकित्सक और मेरे अच्छे दोस्त ने भुनभुनाते हुए इसे 'हास्यास्पद' बताया। सामने बैठे मेडिकल स्कूल में पढ़ा रहे एक अन्य चिकित्सक मेरे बचाव में आए और उन्होंने मस्सों के उपचार में सुझावों के उपयोग संबंधी बहुत सारे प्रामाणिक मामलों के होने की बात बताई।

मैं उन्हें याद दिलाना चाहता था कि कुछ साल पहले अखबारों व मेडिकल पत्रिकाओं में खबर आई थी कि किस तरह स्विस भू-वैज्ञानिक हीम द्वारा सुझावों के माध्यम से मस्से हटाए; साथ ही मैंने उन्हें वह दृष्टांत भी बताता, जिसमें स्विस विशेषज्ञ प्रो. ब्लॉक द्वारा मनोविज्ञान के उपयोग से सुझावों द्वारा इसी उद्देश्य की पूर्ति की गई थी। अभी जनवरी 1945 में कोलंबिया विश्वविद्यालय के 'कॉलेज ऑफ फिजिशियंस एंड सर्जन्स' में देश का पहला मनोवैश्लेषिक व मनोदैहिक क्लिनिक स्थापित किया गया, जिसका उद्देश्य अवचेतन मन और शरीर के बीच के रिश्तों का अध्ययन करना है, लेकिन इस तर्क में अपने पक्षधरों की कमी को देखते हुए मैं मौन रहा।

अभी जनवरी 1945 में कोलंबिया विश्वविद्यालय के 'कॉलेज ऑफ फिजिशियंस एंड सर्जन्स' में देश का पहला मनोवैश्लेषिक व मनोदैहिक क्लिनिक स्थापित किया गया, जिसका उद्देश्य अवचेतन मन और शरीर के बीच के रिश्तों का अध्ययन करना है, लेकिन इस तर्क में अपने पक्षधरों की कमी को देखते हुए मैं मौन रहा।

इस चर्चा के बाद कनाडाई विशेषज्ञ डॉ. फ्रेडरिक काल्ज की उस खोज का काफी प्रचार हुआ, जिसमें उन्होंने स्पष्ट रूप से बहुत से मामलों में सुझावों के कामयाब रहने की बात कही, जिनमें मस्सों का ठीक होना भी शामिल था, जो वायरस के कारण होते हैं और संक्रामक हैं। सन् 1945 में कनाडाई मेडिकल एसोसिएशन जर्नल के एक लेख में डॉ. काल्ज ने कहा कि "दुनिया के सभी देशों में मस्सों के उपचार हेतु कुछ जादुई प्रक्रियाएँ ज्ञात हैं…ये मस्सों को मकड़ी के जाले से ढकने से लेकर अमावस्या को चौराहे पर मेढक के अंडों को दबाने जैसी कुछ भी हो सकती हैं। यदि रोगी का इनमें विश्वास हो तो ये सभी जादुई प्रक्रियाएँ असर भी करती हैं।" त्वचा रोग से पीड़ितों के उपचार का वर्णन करते हुए वे कहते हैं, "मैंने अकसर रोगी को आशाजनक बातें कहते हुए वही मलहम दिए हैं, जिन्हें किसी दूसरे चिकित्सक ने असफलतापूर्वक आजमाया था और मेरी जल्द उपचार के लिए तारीफ हुई।"

उन्होंने यह भी उल्लेख किया कि एक्स-रे पद्धति मुख्य रूप से सुझावात्मक है। यह तब भी कामयाब रहती है, जब तकनीशियन उच्च ऊर्जा को शुरू भी न कर सकें! यह पर्यवेक्षण पद्धतिबद्ध कृत्रिम विकिरण चिकित्सा के प्रयोगों द्वारा किया गया। यहाँ डॉ. काल्ज के काम में हम मस्सों को ठीक करने और त्वचा की समस्याओं के उपचार संबंधी वास्तविक उदाहरणों में विश्वास के जादू को काम करते देख सकते हैं। एक अन्य अवसर पर मैं व मेरे चिकित्सक मित्रगण टेलीपैथी (दूर संवेदन) पर चर्चा कर रहे थे। मैंने कहा कि हमारे बहुत से महान् छात्रों व अध्येताओं को इस पर विश्वास है। 'रॉकफेलर इंस्टीट्यूट फॉर मेडिकल रिसर्च' के डॉ. अलेक्सिस कारेल का इस प्रतिभास पर न केवल दृढ़ विश्वास था, बल्कि उनका कहना था कि इस बात के निश्चित वैज्ञानिक परिणाम हैं कि व्यक्ति बहुत दूर से भी अन्य लोगों के मन तक अपने विचारों का प्रक्षेपण कर सकता है।

"अरे, वे तो सठिया गए थे।" हमारे साथ बैठे एक अन्य विशेषज्ञ ने कहा, जो राष्ट्रीय स्तर पर जानी-मानी अमेरिकन मेडिकल एसोसिएशन के सदस्य थे।

उसकी बात सुनकर मैं हैरान रह गया, क्योंकि डॉ. कारेल को उनके इस चिकित्सा अनुसंधान के लिए नोबेल पुरस्कार से नवाजा गया था। जिस समय उन्होंने सन् 1935 में प्रकाशित अपनी अद्भुत पुस्तक 'मैन एंड अननोन' में इन विचारों को प्रकट किया, उस समय उन्हें संसार के अग्रणी चिकित्सा वैज्ञानिकों व अन्वेषकों में शुमार किया जाता था।

मेरी चिकित्सा बिरादरी से कोई लड़ाई नहीं है; बल्कि इसके सदस्य आमतौर पर काफी गंभीर, क्षमतावान् और खुले मन के लोग होते हैं और इसके कुछ सदस्य मेरे नजदीकी मित्र हैं। फिर भी कुछ चिकित्सा विशेषज्ञ, विशेष रूप से अपने विषय तक सीमित रहने की प्रवृत्तिवाले, ऐसी किसी भी चीज को स्वीकार करने से इनकार कर देते हैं, जो उनकी पुरानी शिक्षा या कट्टर मान्यताओं को उलट सकती हो।

मेरी चिकित्सा बिरादरी से कोई लड़ाई नहीं है; बल्कि इसके सदस्य आमतौर पर काफी गंभीर, क्षमतावान् और खुले मन के लोग होते हैं और इसके कुछ सदस्य मेरे नजदीकी मित्र हैं। फिर भी कुछ चिकित्सा विशेषज्ञ, विशेष रूप से अपने विषय तक सीमित रहने की प्रवृत्तिवाले, ऐसी किसी भी चीज को स्वीकार करने से इनकार कर देते हैं, जो उनकी पुरानी शिक्षा या कट्टर मान्यताओं को उलट सकती हो। यह प्रतिरोध चिकित्सक के पेशे तक ही सीमित नहीं

है—व्यापार समेत अन्य क्षेत्रों के भी अनगिनत विशेषज्ञ अपने चयनित क्षेत्र से बाहर के बारे में बहुत कम जानते हैं और अपनी सीमित कल्पना-शक्ति से परे की किसी भी चीज के प्रति उनके दिमाग बंद होते हैं। मैंने ऐसे कई विशेषज्ञों को अपनी पुस्तकें देने की पेशकश की है—सिर्फ यह सुनने के लिए कि विषय-वस्तु जानने के बाद वे कहते हैं कि उनकी इनमें कोई रुचि नहीं है।

क्या विरोधाभास है—इनमें से ऊपरी तौर पर अत्यधिक पढ़े-लिखे स्त्री-पुरुष, जो अपने संबंधित क्षेत्रों में सफल हैं, अपनी व्यापक अज्ञानता के चलते विचार-शक्ति की अवधारणा की भर्त्सना करते हैं और इसके बारे में और अधिक सीखने का कोई प्रयास नहीं करते। फिर भी उनमें से प्रत्येक अवचेतन रूप से इसे उपयोग कर रहा होता है। पुनः बहुत से लोग सिर्फ उन्हीं चीजों पर विश्वास करते हैं, जिन पर वे विश्वास करना चाहते हैं, या जो उनकी सोच के अनुसार होती हैं। संक्षेप में, वे इससे उलट किसी भी चीज को अस्वीकार कर देते हैं। जिन अनगिनत लोगों ने हमारी उस सभ्यता को विकसित किया, जिसमें हम आज जी रहे हैं, उनका मजाक उड़ाया गया, उन पर तंज कसे गए; बल्कि उस समय के मूर्ख लोगों ने तो उन्हें सूली पर भी चढ़ा दिया। मुझे उन्नीसवीं शताब्दी की विश्व-विख्यात अंग्रेजी उपन्यासकार मैरी कॉरेली के शब्द याद आते हैं—

"यह मूल विचार कि एक प्राणी (मनुष्य) इतना सौभाग्यशाली रहा कि वह दूसरों पर कुछ विशिष्ट अनुकूलता पा गया, जिसे वे अपनी निष्क्रियता या लापरवाही के कारण प्राप्त नहीं कर सके, इस बात से चूक जाते हैं कि यह कमजोरों या अज्ञानियों की ईर्ष्या को उत्तेजित करने के लिए पर्याप्त है...किसी भी बाहरी व्यक्ति को अपने आसपास के रहस्यमय आध्यात्मिक-प्राकृतिक जगत् का स्पष्ट बोध होना असंभव है और इसके परिणामस्वरूप उस आध्यात्मिक-प्राकृतिक जगत् की शिक्षाएँ और सिद्धांत ऐसे लोगों के लिए कमोबेश बंद पुस्तक के जैसे होते हैं—ऐसी पुस्तक, जिसे पढ़ने या खोलने की परवाह या साहस वे शायद कभी नहीं करें। यही कारण है कि ज्ञानियों ने अपने गूढ़ ज्ञान को आम लोगों से छिपाए रखा, क्योंकि वे संकीर्ण मन की सीमाओं और पूर्वग्रही नजरिए से भलीभाँति परिचित थे...मूर्ख जिस बात को नहीं सीख पाता, उसका मजाक उड़ाता है, यह सोचकर कि इसका मजाक उड़ाकर वह अपनी प्रच्छन्न मूढ़ता की श्रेष्ठता दिखा सकेगा।"[1]

विश्व के प्रसिद्ध खोजकर्ता और विचारक, जिनमें बहुत से विख्यात वैज्ञानिक भी

---

1. मैरी कॉरेली की 'द लाइफ एवरलास्टिंग' से

शामिल हैं, आज बेहद खुले हुए हैं। वे इस विषय पर मुक्त भाव से चर्चा करते हैं और अपने प्रयोगों से प्राप्त परिणाम बताते हैं। अपनी मृत्यु से कुछ ही समय पूर्व जनरल इलेक्ट्रिक कंपनी के विख्यात इंजीनियर चार्ल्स पी. स्टीनमेट्ज ने कहा कि "अगले पचास सालों में सबसे महत्त्वपूर्ण तरक्की आत्मा व विचारों से संबंधित अध्यात्म के क्षेत्र में होगी।" डॉ. रॉबर्ट गॉल्ट ने नॉर्थ-वेस्टर्न विश्वविद्यालय में प्रोफेसर रहते हुए बयान दिया, "हम अपनी गुप्त मानवीय शक्तियों के ज्ञान की दहलीज पर हैं।"

विश्व के प्रसिद्ध खोजकर्ता और विचारक, जिनमें बहुत से विख्यात वैज्ञानिक भी शामिल हैं, आज बेहद खुले हुए हैं। वे इस विषय पर मुक्त भाव से चर्चा करते हैं और अपने प्रयोगों से प्राप्त परिणाम बताते हैं। अपनी मृत्यु से कुछ ही समय पूर्व जनरल इलेक्ट्रिक कंपनी के विख्यात इंजीनियर चार्ल्स पी. स्टीनमेट्ज ने कहा कि "अगले पचास सालों में सबसे महत्त्वपूर्ण तरक्की आत्मा व विचारों से संबंधित अध्यात्म के क्षेत्र में होगी।"

रहस्यमय शक्तियों, अज्ञात शक्तियों, गुप्त विद्याओं, अध्यात्म विज्ञान (विज्ञानातीत), मानसिक भौतिकी, मनोविज्ञान (मन के विज्ञान), जादू व काला जादू और ऐसे कई विषयों पर बहुत कुछ लिखा व कहा जा चुका है, जिससे अधिकांश लोगों को विश्वास हो चला है कि वे किसी अलौकिक क्षेत्र में हैं। शायद कुछ लोग हैं भी, लेकिन मेरे लिए इन शक्तियों में केवल यही बात सबसे गूढ़ है कि ये विश्वास के बल पर काम करती हैं।

जिन वर्षों में मैं लंचिओन क्लबों, व्यापारिक प्रतिष्ठानों और विक्रय संगठनों में जाने के साथ ही रेडियो पर हजारों लोगों के साथ इस विज्ञान पर बात किया करता था, तब मैंने कुछ ऐसे परिणाम देखे, जिन्हें मैं अभूतपूर्व कहूँगा।

जैसा मैंने पहले कहा, बहुत से लोगों ने इसे अपने व्यापार व आय को दोगुना, तीन गुना, बल्कि चार गुना तक करने में उपयोग किया है। मेरी फाइल हर क्षेत्र से आनेवाले लोगों के पत्रों से भरी हुई है, जो इस विज्ञान के उपयोग से प्राप्त उनकी उपलब्धियों की गवाही देते हैं। जैसे कि मुझे एश्ले सी. डिक्सन याद आते हैं, जो पैसिफिक नॉर्थ-वेस्ट के हजारों रेडियो श्रोताओं के बीच जाना-माना नाम था। कुछ साल पहले उन्होंने स्वेच्छा से मुझे पत्र लिखा, यह बताने के लिए कि उन्होंने इस विषय का शास्त्रीय रीति से अध्ययन किया; लेकिन उन्हें 43 साल का होने तक

इस पर तब तक विश्वास नहीं हुआ, जब उनके नाम पर सिर्फ 65 डॉलर थे, कोई रोजगार नहीं था और न ही कोई नौकरी थी। उन्होंने अपने आप को साबित किया कि यह विज्ञान काम करता है। मैं श्री डिक्सन के पत्र से निम्न उद्धरण देता हूँ—

"आपकी पुस्तक टी.एन.टी. मेरे पास है। इसमें वे सभी बातें कार्यशील प्रारूप में दी गई हैं, जिन्हें मैं पहले से जानता था। यह नियाग्रा फॉल को पहली बार देखने के जैसा था। इसकी उपस्थिति से सब वाकिफ हैं; लेकिन इसकी पुष्टि वहाँ स्वयं जाने से ही हो सकती है। इस तरह टी.एन.टी. में मुझे मुद्रित रूप में वे तथ्य मिले, जिन्हें मैं जानता व उपयोग करता था। बस, यह अधिक स्पष्ट रूप में थे। यह कुछ ऐसा था, जिसे मैं पढ़ तथा रोजाना उपयोग कर सकता था और उन विचारों को तब तक बनाए रख सकता था, जब तक वे पूर्णतः साबित न हो जाएँ।"

"आपकी पुस्तक टी.एन.टी. मेरे पास है। इसमें वे सभी बातें कार्यशील प्रारूप में दी गई हैं, जिन्हें मैं पहले से जानता था। यह नियाग्रा फॉल को पहली बार देखने के जैसा था। इसकी उपस्थिति से सब वाकिफ हैं; लेकिन इसकी पुष्टि वहाँ स्वयं जाने से ही हो सकती है। इस तरह टी.एन.टी. में मुझे मुद्रित रूप में वे तथ्य मिले, जिन्हें मैं जानता व उपयोग करता था। बस, यह अधिक स्पष्ट रूप में थे। यह कुछ ऐसा था, जिसे मैं पढ़ तथा रोजाना उपयोग कर सकता था और उन विचारों को तब तक बनाए रख सकता था, जब तक वे पूर्णतः साबित न हो जाएँ।"

इसका रुपए या पैसों के रूप में मेरे लिए क्या मोल है ? जाहिर है, एक आम आदमी यही सवाल करेगा। वह इसके मुनाफे के कॉलम को भरा देखना चाहता है, जो रुपए या पैसों के रूप में भौतिक किस्म का हो। तो इसका जवाब यह है। मैंने कई लाख डॉलर कमाए हैं। इनमें से ज्यादातर बीमे के भुगतान या वार्षिकी से प्राप्त हैं। मैंने अपना व्यापार बेचा था, जिसे मैंने 5,000 डॉलर में खरीदा (मूल ऋण) था और इसे 30,000 डॉलर में बेच दिया और अब मैं अनुबंध पर काम कर रहा हूँ, जो अगले दस वर्षों तक जारी रहेगा। मैं यदि आलस्य भी दिखाऊँ तो इससे मुझे कुल 50,000 डॉलर मिल जाएँगे और यदि डटकर काम करूँ तो अधिक भी कमा सकता हूँ। ऐसा एक क्षण, दिन या महीने में नहीं किया जा सकता, लेकिन ऐसा किया जा सकता है।"

सन् 1934 के दौरान मंदी के न्यूनतम बिंदु पर विशाल पैसिफिक कोस्ट सिटी स्थित 'बैटर बिजनेस ब्यूरो' के प्रमुख को ज्ञात हुआ कि मेरी शिक्षाओं का पालन करनेवाली फर्मों और लोगों के साथ क्या हुआ! उन्होंने मेरे कार्य की जाँच करने का फैसला किया। बाद में उन्होंने सार्वजनिक रूप से मुझे बधाई दी और इसके बाद मुझे यह पत्र लिखा—

"मेरा कहना है—बीते वर्ष मेरे व्यापार को किसी एक घटक या एजेंसी से अधिक शिक्षाओं ने उत्प्रेरित किया है। यह ऐसे अनगिनत अधिकारियों के बयानों पर आधारित है, जिन्होंने इस विषय-वस्तु को अपने व्यापार में सफलतापूर्वक उपयोग किया है···जब मैंने इसके द्वारा आपको मिल रहे अद्‍भुत परिणामों के बारे में पहली बार सुना तो मेरे मन में इस तथ्य को लेकर सवाल उठने लगे। यह सच नहीं लगता था, लेकिन जाँच करने पर इस विषय-वस्तु का उपयोग करनेवाली फर्मों के अध्यक्षों और अपनी आय को दो गुना व तीन गुना करनेवाले सेल्समैनों से बात की और इसके साथ-ही-साथ आपके बहुत से व्याख्यानों को सुना और स्वयं इस विषय को सीखने के बाद इसमें निहित शानदार व गतिशील शक्ति पूर्णत: प्रत्यक्ष हो गई। सभी लोग एक दिन में नहीं समझ सकते; लेकिन जिन फर्मों और लोगों ने, आपने उन्हें जो दिया है, उसे स्वीकार किया और पालन किया तो उन्हें इसके अद्‍भुत व असाधारण परिणाम की उम्मीद है। आपने इसे पूर्ण रूप से साबित कर दिया है। इसके लिए आप बधाई के पात्र हैं।"

इसके बाद से वह व्यक्ति व्यापार जगत् की सर्वोच्च ऊँचाइयों को छू रहा है और उसने मुझे इस विज्ञान के काम करने के अपने देखे अन्य वास्तविक प्रमाणों के बारे में भी लिखा।

इस पुस्तक को लिखना आरंभ करने पर मैंने उन लोगों व फर्मों से

इस पुस्तक को लिखना आरंभ करने पर मैंने उन लोगों व फर्मों से बात करने का निर्णय लिया, जिन्होंने मुझे इस विज्ञान को उपयोग करने से प्राप्त उपलब्धियों के अभूतपूर्व परिणामों की पुष्टि के लिए पत्र लिखा था। निरपवाद रूप से इसकी जाँच करनेवाले सभी लोगों की निरंतर प्रगति इसकी गवाही देती है। इसमें सबसे मशहूर किस्सा श्री डॉन क्येल से संबंधित है, जिन्हें एक समय 'डिसेबल्ड अमेरिकन वॉर वेटरन्स' के लिए जाना जाता था, जो नॉर्थ-वेस्ट में सेवानिवृत्त सैनिकों के मामलों में सक्रिय रहते थे।

बात करने का निर्णय लिया, जिन्होंने मुझे इस विज्ञान को उपयोग करने से प्राप्त उपलब्धियों के अभूतपूर्व परिणामों की पुष्टि के लिए पत्र लिखा था। निरपवाद रूप से इसकी जाँच करनेवाले सभी लोगों की निरंतर प्रगति इसकी गवाही देती है। इसमें सबसे मशहूर किस्सा श्री डॉन क्येल से संबंधित है, जिन्हें एक समय 'डिसेबल्ड अमेरिकन वॉर वेटरन्स' के लिए जाना जाता था, जो नॉर्थ-वेस्ट में सेवानिवृत्त सैनिकों के मामलों में सक्रिय रहते थे। सन् 1937 में उन्होंने मुझे लिखा—

"सबसे पहले तो आपके विचार को पूरी तरह से स्वीकार करना कोई आसान काम नहीं था, लेकिन मेरे हालात और शारीरिक स्थिति ने मुझे तब तक ऐसा करने के लिए मजबूर किया, जब तक मैं इसे समझ नहीं गया। आप देख सकते हैं, फरवरी 1924 में मेरा निचला शरीर आंशिक रूप से लकवाग्रस्त हो गया। मुझे किसी भी काम के लिए बैसाखियों का सहारा लेना पड़ता, वह भी सिर्फ कम दूरी और कछुए की गति से। ऐसे बैंक अधिकारी के लिए, जो व्यवसाय जगत् में सक्रिय रहा हो, ऐसी जबरन निष्क्रियता का आदी होना आसान नहीं था। मैं इसे मात्र सरकारी मुआवजे के कारण झेल सका—मेरी विकलांगता का कारण विश्व युद्ध के दौरान दी गई सेवा को माना गया। हालाँकि सन् 1933 में सरकार ने मेरा नाम मुआवजा सूची से निकाल दिया और मुझे मजबूरन काम करने निकलना पड़ा। मेरा घर व अन्य संपत्ति जब्त हो गई। हालात अच्छे नहीं थे और न ही भविष्य को लेकर कोई उम्मीद थी।

"आवश्यकताओं ने मुझे उन सिद्धांतों का पालन करने के लिए मजबूर किया, जिन्हें आपने इतनी अच्छी तरह समझाया है। इन पर दृढ़ रहने से ये साबित हो जाते हैं। शायद मैं भाग्यशाली रहा, क्योंकि मैंने किसी भी तरह का कार्य करने में अपनी अक्षमता के चलते बीमा और सार्वजनिक लेखा कारोबार को छोड़ा नहीं था। दृढ़ता से ही विश्वास मिलता है तथा उचित मानसिक दृष्टिकोण के साथ निरंतर कार्य करते रहने से ही सफलता आती है। मैं सफलता की अपनी इच्छित ऊँचाइयों को नहीं छू पाया; लेकिन अब यह बात मुझे परेशान नहीं करती। अब मेरी आय अच्छी है। अपना घर बना लिया है और वह फॉर्मूला सीख गया हूँ, जो पूर्ण सफलता की ओर ले जाता है। जब आप भीतर से इसे जान लेते हैं तो भय तिरोहित हो जाता है और इसी तरह बाधाएँ भी यह बोध स्थापित होने से इसे समझ लेते हैं तो आप भयभीत नहीं होते और सब तरह से बेहतर जीवन जीने में आनेवाली बाधाएँ भी दूर हो जाती हैं।"

श्री क्येल से मेरी पहली मुलाकात उस समय हुई थी, जब वह एक नलसाजी

श्री क्येल से मेरी पहली मुलाकात उस समय हुई थी, जब वह एक नलसाजी की दुकान के आगे अपनी डेस्क लगाकर काम करते थे। बाद के वर्षों में उन्हें एक से दूसरे स्थान पर जाते देखना सुखद रहा। उनका व्यवसाय दिन दूना-रात चौगुना बढ़ रहा था। यहाँ तक कि उन्होंने ग्रेट वेस्टर्न सिटी के प्रमुख मार्ग पर स्थित एक इमारत में पूरा निचला तल ले लिया। मुझे उनकी सफलता की यह कहानी अद्‌भुत लगी, इसलिए मैंने उनके पिछले पत्र को उद्धृत करने की अनुमति माँगी।

की दुकान के आगे अपनी डेस्क लगाकर काम करते थे। बाद के वर्षों में उन्हें एक से दूसरे स्थान पर जाते देखना सुखद रहा। उनका व्यवसाय दिन दूना-रात चौगुना बढ़ रहा था। यहाँ तक कि उन्होंने ग्रेट वेस्टर्न सिटी के प्रमुख मार्ग पर स्थित एक इमारत में पूरा निचला तल ले लिया। मुझे उनकी सफलता की यह कहानी अद्‌भुत लगी, इसलिए मैंने उनके पिछले पत्र को उद्धृत करने की अनुमति माँगी।

उन्होंने उत्तर दिया, "यदि आपको लगता है कि इससे अन्य लोगों को मदद मिलेगी तो आप जैसा चाहें, वैसा करें। आप इसमें यह भी जोड़ सकते हैं कि अब 20 सैंडी का संपूर्ण चौथाई काम मेरे पास है और मेरे यहाँ बाईस लोग काम करते हैं। मुझे हाल ही में सैंडी के 28 से 29 के बीच बहुत सारा काम मिला है और यहाँ मैं खुद अपनी ऑफिस बिल्डिंग का निर्माण करवाने वाला हूँ। मैं पूरी ईमानदारी से चाहता हूँ, सब लोग आपकी शिक्षाओं को स्वीकार करें।"

जिस समय मैं इस विज्ञान को सीख रहा था, तब मैंने बाद में इसे पुस्तक का रूप देने के बारे में सोचा भी नहीं था। मेरा शुरुआती विचार इसका अपने खुद के संगठन को दिवालिया होने से बचाने में उपयोग करना था। उस समय मैं एक निवेश बैंकिंग फर्म का उपाध्यक्ष था और हम वित्तीय संकट में फँस गए थे तथा संकट की ओर बढ़ रहे थे।

मुझे पता नहीं कि मुझे प्रेरणा मिली या क्या हुआ, लेकिन मैंने अपने ब्रॉशर का पूरा पहला ड्राफ्ट पाँच घंटे से भी कम समय में तैयार कर दिया और वह भी तब, जब मेरे सामने किसी तरह के नोट्स या संदर्भ नहीं थे। इसी के साथ मेरे दिमाग में ब्रॉशर का विचार आया। मेरे मन में 'कॉस्मिक कॉन्शिएसनेस' नाम तैर रहा था। उस समय यह निरर्थक-सा लग रहा था।

लेकिन 'टी.एन.टी.—इट रॉक्स द अर्थ' प्रकाशित होने के बाद न्यूयॉर्क में

रहनेवाली एक महिला लेखिका के पास पहुँचा, जिन्होंने मुझे पत्र में निम्नलिखित बातें लिखीं—

"यह बिल्कुल सच है कि मैं पिछले दस सालों से पूर्णतः (आपके) दर्शन पर चल रही हूँ। यह मुझे एक भी पाई खर्च किए बिना न्यूयॉर्क ले आया। इसने मेरी सामग्री उस समय प्रकाशक को बिकवाई, जब मैं 30 डॉलर सप्ताह की नाममात्र की कमाई कर रही थी···वह मुझे कई बार यूरोप ले गया और मुझे कई अनुभवी लोगों से मिलवाया।"

"यह बिल्कुल सच है कि मैं पिछले दस सालों से पूर्णतः (आपके) दर्शन पर चल रही हूँ। यह मुझे एक भी पाई खर्च किए बिना न्यूयॉर्क ले आया। इसने मेरी सामग्री उस समय प्रकाशक को बिकवाई, जब मैं 30 डॉलर सप्ताह की नाममात्र की कमाई कर रही थी···वह मुझे कई बार यूरोप ले गया और मुझे कई अनुभवी लोगों से मिलवाया।"

इसी पत्र में उन्होंने मुझसे डॉ. रिचर्ड मॉरिस बक की 'कॉस्मिक कॉन्शिएसनेस' पढ़ने का आग्रह किया। उन्होंने कहा कि इसमें रोशनी के वास्तविक अनुभव के काफी अच्छे उदाहरण दिए गए हैं। इसे पढ़ने पर मैं दंग रह गया कि डॉ. बक ने वस्तुतः मेरे ही जैसे रोशनी के अनुभवों को सूचीबद्ध व व्यक्त किया था। अपने ब्रॉशर के मूल प्रारूप में मैंने विस्तार सहित एक 'शानदार सफेद प्रकाश' का विवरण दिया था, लेकिन जब मैंने इसकी पांडुलिपि अपने नजदीकी मित्र को दिखाई तो उसने इन शब्दों को सरल बनाने का आग्रह करते हुए कहा, "लोग समझ नहीं पाएँगे कि इस 'सफेद प्रकाश' से आपका क्या मतलब है? कुछ लोग सोच सकते हैं कि आप गहन अंत के पार गए हैं।" इसलिए मैंने इसे बदल दिया, लेकिन आप में से जो भी लोग 'ब्रह्मांडीय प्रकाश' से थोड़ा भी परिचित हैं, वे मेरी शुरुआती पुस्तक पढ़ते हुए मेरे दिए 'प्रकाश' के संदर्भ को समझ जाएँगे। फिर भी, मुझे वह एकमात्र अनुभव हमेशा याद रहेगा—उन कुछ क्षणों में मुझे इतना अधिक ज्ञान व बोध प्राप्त हुआ, जो मुझे वर्षों की पढ़ाई या अध्ययन से प्राप्त हुआ होगा।

उसी दौरान एक क्षण में मैं यह भी समझ गया कि मेरी फर्म क्यों उतार पर है। इसका कारण बाहरी घटनाओं का खतरा नहीं, बल्कि हमारे कर्मचारियों का मानसिक दृष्टिकोण था। हम सभी हर ओर फैले भयपूर्ण विचारों से वशीभूत थे। हमें डर था कि मंदी हमारे उत्साह को घटा देगी और सब मिटाते हुए हमें वित्तीय सर्वनाश के निचले स्तर तक पहुँचा देगी। अपने नष्ट होने के विचारों द्वारा हम

मैं स्वीकार करता हूँ कि मेरे कुछ बयानों का रूढ़िवादी मनोवैज्ञानिकों ने खूब मजाक बनाया, लेकिन दिन-प्रतिदिन हजारों लोग स्वयं प्रमाण देने लगे कि यह विज्ञान कार्य करता है। जैसाकि आप पाठकों के लिए सबसे महत्त्वपूर्ण यह है कि क्या यह आपके लिए काम करेगा? इसे जानने का सिर्फ यही तरीका है कि आप इसे खुद प्रयोग करके देखें।

स्वयं ही विनाश को आमंत्रित कर रहे थे।

मैं समझ गया कि फर्म को बचाने और खुद मंदी से लड़ाई आरंभ करने के लिए मुझे अपने संगठन से जुड़े सभी लोगों की सोच को उलटना होगा। मैंने ऐसा ही किया, जिसे बाद में मेरे ब्रॉशर की प्रस्तावना में फ्रैंक डब्ल्यू. कैंप ने इसे 'लोगों के साथ ही संगठन का भी सबसे बेहतरीन रूपांतरण' बताया।

मैं स्वीकार करता हूँ कि मेरे कुछ बयानों का रूढ़िवादी मनोवैज्ञानिकों ने खूब मजाक बनाया, लेकिन दिन-प्रतिदिन हजारों लोग स्वयं प्रमाण देने लगे कि यह विज्ञान कार्य करता है। जैसाकि आप पाठकों के लिए सबसे महत्त्वपूर्ण यह है कि क्या यह आपके लिए काम करेगा? इसे जानने का सिर्फ यही तरीका है कि आप इसे खुद प्रयोग करके देखें।

मैंने आपको यह विज्ञान इस विश्वासपूर्ण बोध के साथ दिया है कि आप इसका जैसे भी उपयोग करेंगे, आपको परिणाम हासिल होंगे; लेकिन यहाँ मैं अपने ब्रॉशर में दी गई चेतावनी को पुन: दोहराना चाहूँगा कि इसे कभी भी अहितकर या बुरे उद्‌देश्य से उपयोग न करें। शुरुआत से ही इस जगत् में अच्छी व बुरी—दो महान् सूक्ष्म शक्तियाँ मौजूद हैं। दोनों ही अपने संबंधित क्षेत्रों व चक्रों में अत्यधिक शक्तिशाली हैं। इन दोनों का मूल परिचालन सिद्धांत मन की शक्ति—मन की व्यापक शक्ति है। कुछ क्षणों में बुराई प्रमुख हो जाती है, जबकि बाकी समय अच्छाई नियंत्रित करती है। यह मन की शक्ति ही है, जिसने राज्यों का निर्माण किया और हमने यह भी देखा है कि विनाश में इसका कैसे उपयोग किया गया है! इतिहास में ये सभी तथ्य दर्ज हैं।

इस पुस्तक को संजीदगी से पढ़ने पर आप इस विज्ञान को अत्यधिक विनाशकारी बल के साथ उपयोग करते हुए अच्छे व रचनात्मक परिणाम कैसे हासिल करने हैं, यह समझ जाएँगे। ये मानव के लिए अत्यधिक लाभकारी विविध प्राकृतिक शक्तियाँ जल व अग्नि के जैसी हैं। ये दोनों ही अत्यधिक प्रलयकारी होने के बावजूद इस पर निर्भर हैं कि इन्हें रचनात्मक या विध्वंसात्मक किस तरह

के उद्देश्य से उपयोग किया जा रहा है।

अतः इस बात का पूरा ध्यान रखें कि आप इस 'माइंड स्टफ' के विज्ञान का गलत उपयोग न करें। मैं इस पर अधिक जोर नहीं देता, क्योंकि अगर आपने इसका हानिकारक या बुरे उद्देश्यों से उपयोग किया तो यह उलटकर वार करेगा और आपको विनष्ट कर देगा, जैसा इसने बीती सदियों में दूसरों के साथ किया है। ये थोथे शब्द नहीं हैं, बल्कि समझदारी भरे चेतावनी के शब्द हैं। □

2

माइंड स्टफ के प्रयोग

हमारे विषय को उचित ढंग से समझने के लिए आपको स्वयं इस विचार एवं इसके चमत्कार पर विचार करना होगा। कोई नहीं जानता कि वास्तव में विचार मानसिक क्रिया के अलावा और क्या है? लेकिन विद्युत् जैसे अनजान तत्त्व की भाँति हम इसे भी हर ओर अभिव्यक्त होता देखते हैं। हम इसे बच्चों, बड़ों, पशुओं तथा प्रत्येक जीवित वस्तु में विभिन्न स्तरों पर देख सकते हैं। हम विचार के बारे में जितना अधिक पढ़ेंगे व समझेंगे, उतना ही अधिक हमें एहसास होगा कि यह कितना उत्कृष्ट बल है तथा इसकी शक्तियाँ कितनी असीम हैं!

इसे पढ़ते समय अपने चारों ओर नजर डालिए। यदि आप एक सुसज्जित कक्ष में हैं तो आपकी आँखें बता देंगी कि आप बहुत सी निर्जीव वस्तुओं को देख रहे हैं। जहाँ तक दृष्ट अनुभूति की बात है, यह बिल्कुल सच है कि वास्तव में आप उन विचारों या अवधारणाओं को देख रहे हैं, जिनका प्रकटीकरण किसी रचनात्मक मनुष्य के कार्य द्वारा हुआ है। एक विचार ही था, जिसने फर्नीचर का निर्माण किया, खिड़कियों के शीशों को सजाया तथा परदों व आवरणों को आकार दिया।

मोटर गाड़ी, गगनचुंबी इमारतें, बादलों को चीरनेवाले शानदार विमान, सिलाई मशीन, छोटी सी सुई और ऐसी एक हजार एक चीजें हैं—जी हाँ, लाखों वस्तुएँ हैं—मूलत: ये कहाँ से आई हैं? सिर्फ एक स्रोत से उस अद्भुत बल—विचार से। आगे विश्लेषण करने पर हमें एहसास होता है कि इन उपलब्धियों, बल्कि अधिकार में आनेवाली सभी एक हजार एक वस्तुएँ—इसी रचनात्मक सोच का परिणाम हैं। राल्फ वाल्डो एमर्सन ने घोषणा की थी कि हर क्रिया का जन्म विचार से होता है; इसे समझने पर आप यह भी समझने लगते हैं कि हमारा संसार विचारों द्वारा शासित

है और बाहर मौजूद हर चीज का प्रतिरूप मूलतः मन ही होता है। यह बिल्कुल वैसा ही है, जैसा बुद्ध ने कई शताब्दियों पहले कहा था—"हम जो कुछ भी हैं, वह हमारी सोच का परिणाम है।"

आपका वर्तमान जीवन आपके विचारों जैसा—और आपकी विचार-प्रक्रिया का परिणाम है। आपके मांस, हड्डियों एवं मांसपेशियों को 70 प्रतिशत पानी और थोड़ी मात्रा के कुछ रसायनों तक घटाया जा सकता है; लेकिन यह आपका मन और जैसे आपके विचार हैं, उन्होंने ही आपको वह बनाया है, जो आप हैं। सफलता का रहस्य कहीं बाहर नहीं, बल्कि मनुष्य के विचारों में विद्यमान है।

लाक्षणिक तौर पर, विचार ही छोटों को बड़ा और अकसर बड़ों को छोटा बना देते हैं। इतिहास ऐसे किस्सों से भरा पड़ा है कि किस तरह विचारों ने कमजोर लोगों को मजबूत और मजबूत लोगों को कमजोर बनाया है और आप इसके कार्यों के प्रमाणों को अपने आसपास नित्य देख सकते हैं।

पूर्ववर्ती विचारोत्तेजना के बिना आपके लिए खाना, कपड़े पहनना, बस के पीछे दौड़ना, कार चलाना, टेलीविजन खोलना या अखबार पढ़ना; बल्कि अपनी बाँह उठाना भी संभव नहीं होगा। आपको लगता होगा कि आप जो भी क्रियाएँ करते हैं, वे आप कमोबेश स्वतः करते हैं, जो संभवतः किसी शारीरिक सजगता के कारण होता है। जबकि आप जीवन में जो भी कदम उठाते हैं, फिर चाहे वह किसी भी दिशा में हो, उसके पीछे यही दुर्जेय एवं शक्तिशाली बल—विचार होता है।

पूर्ववर्ती विचारोत्तेजना के बिना आपके लिए खाना, कपड़े पहनना, बस के पीछे दौड़ना, कार चलाना, टेलीविजन खोलना या अखबार पढ़ना; बल्कि अपनी बाँह उठाना भी संभव नहीं होगा। आपको लगता होगा कि आप जो भी क्रियाएँ करते हैं, वे आप कमोबेश स्वतः करते हैं, जो संभवतः किसी शारीरिक सजगता के कारण होता है। जबकि आप जीवन में जो भी कदम उठाते हैं, फिर चाहे वह किसी भी दिशा में हो, उसके पीछे यही दुर्जेय एवं शक्तिशाली बल—विचार होता है।

आप जिस तरह चलते हैं, जिस तरह स्वयं को प्रस्तुत करते हैं, आपकी बातचीत, आपका कपड़े पहनने का तरीका—यह सब आपकी सोच को दरशाता है। बेढंगा स्वरूप बेढंगे विचारों का सूचक है, जबकि सजग व सरल स्वरूप आंतरिक शक्ति

व विश्वास का बाहरी संकेत है। आप बाहर जैसा दिखाते हैं, वैसे ही भीतर से होते हैं। आप खुद अपने विचारों का उत्पाद हैं। आप अपने बारे में जैसा विश्वास करते हैं, वैसे ही बन जाते हैं।

विचार ही प्रत्येक संपत्ति, प्रत्येक सफलता, प्रत्येक भौतिक उन्नति, प्रत्येक महान् खोज व आविष्कार तथा प्रत्येक उपलब्धि का मूल स्रोत हैं। इसके बिना न कोई दवा होगी, न अच्छे संग्रहालय, न शानदार नाटक व उपन्यास, न आधुनिक सुख-सुविधाएँ; बल्कि अधिकांश आदिम युगों में तो जीवन की प्रगति भी नहीं हो पाती।

आपके वे विचार, जो सबसे प्रबल हों—आपके चरित्र, आपके कॅरियर और निश्चित ही आपके दैनिक जीवन को निर्धारित करते हैं। इस तरह "व्यक्ति के विचार ही उसे बनाते या बिगाड़ते हैं।" उक्ति को सरलता से समझा जा सकता है। और जब आप समझ जाते हैं कि विचारों की शक्ति से उत्पन्न बल के बिना अच्छे या बुरे में से किसी भी तरह की क्रिया या प्रतिक्रिया नहीं होती है, तब 'बाइबल' का कथन—"व्यक्ति जो कुछ भी बोता है, वह वही काटता है।" और शेक्सपियर के शब्द "अच्छा या बुरा कुछ नहीं होता, विचार इसे ऐसा बनाते हैं।" अधिक बोधगम्य हो जाते हैं।

प्रख्यात अंग्रेज भौतिक-शास्त्री सर आर्थर एडिंगटन ने कहा है कि किसी संदेह-रहित सीमा तक हम जिस ब्रह्मांड में रहते हैं, यह हमारे मन की ही रचना है, जबकि इस क्षेत्र में समान रूप से प्रसिद्ध सर जेम्स जींस ने बताया कि यह ब्रह्मांड हम सभी के मन को अंतर्निहित व समन्वित करनेवाले किसी महान् सार्वभौमिक मन की रचना का परिणाम मात्र है।

प्रख्यात अंग्रेज भौतिक-शास्त्री सर आर्थर एडिंगटन ने कहा है कि किसी संदेह-रहित सीमा तक हम जिस ब्रह्मांड में रहते हैं, यह हमारे मन की ही रचना है, जबकि इस क्षेत्र में समान रूप से प्रसिद्ध सर जेम्स जींस ने बताया कि यह ब्रह्मांड हम सभी के मन को अंतर्निहित व समन्वित करनेवाले किसी महान् सार्वभौमिक मन की रचना का परिणाम मात्र है।

हाल ही में, विज्ञान ने उप-परमाणविक कणों व पूर्वी अध्यात्म विज्ञान के विभिन्न सिद्धांतों के बीच की समानता को उद्घाटित किया। महानतम वैज्ञानिक एवं विचारक न केवल प्राचीन विद्वानों के विचारों से सहमत हैं, बल्कि इस पुस्तक के बुनियादी सिद्धांतों की भी पुष्टि करते हैं।

मानव जाति का लगभग शुरुआत से ही मनुष्यों को गढ़ने का कार्य उन लोगों ने किया है, जो विचारों की महान् शक्ति से कुछ हद तक परिचित थे। सभी महान् धार्मिक नेता, राजा, योद्धा और राजनीतिज्ञों ने इस विज्ञान को समझा व जाना कि लोग जैसा सोचते हैं, वैसा ही व्यवहार करते हैं; साथ ही वे दूसरों के विचारों पर भी प्रतिक्रिया देते हैं, विशेष रूप से तब, जब वे उनके खुद के विचारों से शक्तिशाली और अधिक प्रभावशाली हों। इसके फलस्वरूप शक्तिशाली व गतिशील विचारोंवाले मनुष्यों ने लोगों के मन को आकर्षित कर उन्हें प्रभावित किया है, फिर चाहे वह उन्हें स्वतंत्र करने के लिए हो या गुलाम बनाने के लिए। इतिहास में ऐसा कोई काल नहीं रहा, जब हमारे पास अपने विचारों को पढ़ने, उन्हें समझने और उनका अपने जीवन को सुधारने के लिए हम सबके भीतर की ऊर्जा के महान् स्रोत को प्राप्त कर किस तरह उपयोग किया जाए, ये सीखने के कारण मौजूद हों। निश्चित ही, हम जैसा सोचते हैं, वैसे बन जाते हैं। एक समय था, जब मैं विचारों की चुंबकीय शक्ति, विचारों का अपने विषय से जुड़ा होने और वे लोगों व उसके आसपास की चीजों को काफी दूर से भी किस तरह प्रभावित करते हैं, पर लोगों को बातें करता देख उनकी हँसी उड़ाता था, लेकिन अब मैं इसका मजाक नहीं बनाता, न ही इस शक्ति के बारे में थोड़ा सा भी जाननेवाले ऐसा करते हैं। जिस व्यक्ति में थोड़ी भी बुद्धि है, उसे कभी-न-कभी यह एहसास हो ही जाता है कि विचार संपूर्ण पृथ्वी की सतह को परिवर्तित कर सकते हैं।

> ***हम दूसरों के विचारों द्वारा गढ़े जाते हैं; हम चर्चाओं में जो सुनते हैं; अखबारों, पत्रिकाओं और पुस्तकों में जो पढ़ते हैं तथा टी.वी. पर फिल्मों या रेडियो पर जो सुनते हैं; फिर चाहे वह पीछे खड़े लोगों की संयोगवश की गई टिप्पणियाँ ही क्यों न हों। और ये विचार हम पर निरंतर बरसते रहते हैं। इनमें से कुछ, जो हमारे अपने आंतरिक विचारों के अनुकूल होते हैं और हमारे जीवन में महान् दृष्टिकोण का मार्ग खोलने में मददगार होता है, लेकिन अकसर ऐसे विचार परेशान तथा हमारे आत्मविश्वास को कमजोर करनेवाले और हमें हमारे महान् उद्देश्यों से दूर कर देते हैं। ये बाहरी विचार हैं, जो उपद्रवी होते हैं।***

विख्यात आयरिश संपादक व कवि जॉर्ज रसेल ने एक बार यह कहावत उद्धृत की थी कि हम वैसे बन जाते हैं, जैसे हमारे विचार होते हैं। और निस्संदेह उन्होंने

महान् लेखक, व्याख्याता, चित्रकार व कवि बनकर इसे प्रमाणित भी किया। फिर भी, यह बात ध्यान रखनी चाहिए कि हमें आनेवाले बहुत से विचार हमारे अपने नहीं होते, कम-से-कम उनके मूल में हम नहीं होते। हम दूसरों के विचारों द्वारा गढ़े जाते हैं; हम चर्चाओं में जो सुनते हैं; अखबारों, पत्रिकाओं और पुस्तकों में जो पढ़ते हैं तथा टी.वी. पर फिल्मों या रेडियो पर जो सुनते हैं; फिर चाहे वह पीछे खड़े लोगों की संयोगवश की गई टिप्पणियाँ ही क्यों न हों। और ये विचार हम पर निरंतर बरसते रहते हैं। इनमें से कुछ, जो हमारे अपने आंतरिक विचारों के अनुकूल होते हैं और हमारे जीवन में महान् दृष्टिकोण का मार्ग खोलने में मददगार होता है, लेकिन अकसर ऐसे विचार परेशान तथा हमारे आत्मविश्वास को कमजोर करनेवाले और हमें हमारे महान् उद्देश्यों से दूर कर देते हैं। ये बाहरी विचार हैं, जो उपद्रवी होते हैं। आगे चलकर मैं आपको यह बताऊँगा कि इनसे कैसे मुक्त रह सकते हैं!

ऐसे बहुत कम लोग हैं, जो कारण व प्रभाव के नियम पर विचार करते हैं; क्योंकि यह मन की कार्यशीलता पर लागू होता है। साथ ही वे 'सबकुछ भीतर है; कोई भी इससे रहित नहीं है,' या 'मन ही शक्ति का स्रोत है' जैसी सूक्तियों को भी कम ही समझ पाते हैं। इसकी एक शानदार व्याख्या 10 दिसंबर, 1932 को 'कॉमर्शियल एंड फाइनेंशियल क्रॉनिकल' में 'एल डोराडो' शीर्षक से प्रकाशित हुए लेख में दिखाई दी—

"एल डोराडो—वह राष्ट्र, जो स्वर्ण व आभूषणों के मामले में सभी पूर्ववर्तियों से कहीं आगे है, हर व्यक्ति तक पहुँच चुका है। आपकी समृद्धि आपके कदमों तले है। आपका सौभाग्य आपके हाथ है। यहाँ सबकुछ है—किसी चीज की कमी नहीं। इसके बावजूद अकसर ऐसा लगता है कि व्यक्ति व लोग इत्तफाक या लालच या प्रभाव या अतिशय आत्मविश्वास के चलते इन उपहारों की अवहेलना कर किसी अच्छे दिन दूर देशों में समृद्धि को तलाशने चल देते हैं…मनुष्य को अकेले व सामूहिक रूप से संपूर्ण प्राचुर्य के साथ जीने का अधिकार है। यह लगभग प्रमाणित तथ्य है। धर्म व दर्शन इस पर जोर देते हैं, इतिहास और विज्ञान इसे प्रमाणित करते हैं। "जो जीवित हैं, उन्हें इसे भरपूर जीना चाहिए।" यही नियम है। आप जो चाहते हैं, उसकी कीमत चुकाएँ और प्राप्त करें। आपूर्ति की कोई सीमा नहीं है; लेकिन चीज जितनी मूल्यवान् होगी, उसकी कीमत भी उतनी ही अधिक होगी। हम जो कुछ भी प्राप्त करते हैं, उसके लिए हमें अपने उत्साह के स्वर्ण का सौदा करना पड़ता है…।

"सर्वशक्तिमान स्वर्ण को कहाँ तलाशें? अपने को खोज लेने पर ही व्यक्ति

उत्साह के स्वर्ण को सुरक्षित रख सकता है। अपने को खोज लेने पर वह मुक्ति तथा हर प्रकार की संपदा, उपलब्धि और समृद्धि को खोज लेता है। बड़ी बात लगती है न? नहीं, सभी इतिहासों में अमेरिकी इतिहास व जीवनियाँ इसका सबसे प्रत्यक्ष प्रमाण हैं। अगर हम आँखें खोलकर देखेंगे तो वर्तमान घटनाओं में भी ऐसे ठोस प्रमाण स्पष्ट दिखाई देते हैं। उन लोगों के सिवाय और कोई कुछ भी सारभूत, स्थायी, शक्तिशाली या मर्मभेदी हासिल नहीं कर सकता और न ही कर पाएगा, जिसने अपने में उत्साह का स्वर्ण नहीं खोज लिया हो; जो प्रभुत्व, शक्ति व प्राप्ति को नियंत्रित करता हो। अपने आपको पहचान लेनेवाले मनुष्य शीघ्र जान जाते हैं कि सभी भौतिक चीजों व विचारों का आध्यात्मिक प्रतिरूप या आधार होता है। वे धन में, प्रतिष्ठा में इसी को देखते हैं। माँग व आपूर्ति का नियम जाग्रत् व्यक्ति के लिए केवल एक आर्थिक सिद्धांत नहीं है, बल्कि आध्यात्मिक नियम का भौतिक प्रत्यक्षीकरण है। ऐसा स्वतंत्रता-प्रार्थी मनुष्य गुरुत्वाकर्षण, रासायनिक आकर्षण तथा सूक्ष्म व विराट् जगत् में इसी सिद्धांत को कार्य करते देखता है।

अपने आपको पहचान लेनेवाले मनुष्य शीघ्र जान जाते हैं कि सभी भौतिक चीजों व विचारों का आध्यात्मिक प्रतिरूप या आधार होता है। वे धन में, प्रतिष्ठा में इसी को देखते हैं। माँग व आपूर्ति का नियम जाग्रत् व्यक्ति के लिए केवल एक आर्थिक सिद्धांत नहीं है, बल्कि आध्यात्मिक नियम का भौतिक प्रत्यक्षीकरण है। ऐसा स्वतंत्रता-प्रार्थी मनुष्य गुरुत्वाकर्षण, रासायनिक आकर्षण तथा सूक्ष्म व विराट् जगत् में इसी सिद्धांत को कार्य करते देखता है।

"अमेरिका लंबे समय से एल डोरडोस में महानतम रहा है, उस अवस्था तक जब स्वयं को पानेवाले अधिक-से-अधिक मनुष्यों ने अपने अप्रत्याशित लाभ और जादुई विचारों को बड़े पैमाने पर खुद के और मनुष्य जाति के समृद्धीकरण के लिए इस्तेमाल किया। इसमें कोई शोषण नहीं है, केवल उपहारों की बौछार है, जो मुक्त उत्साह द्वारा सहज ही लाया गया और सभी के बीच सौदेबाजी के मौलिक नियम, स्थायी स्वामी और प्रथम उत्पादक के अनुसार उदारतापूर्वक बिखेरा है। आत्म-पहचान रखनेवाला सक्रिय व्यक्ति अपनी धन-दौलत, प्रतिष्ठा और पूँजीगत माल का उपयोग कर सकता है।''सन् 1849 में साहसी अमेरिकी युवाओं—मैके, ओ' ब्रायन, हर्स्ट और फेयर ने कैलिफोर्निया में धनवान् बनने के पूर्व अपने भीतर का स्वर्ण खोज लिया था। उन्हें ऐसा करना ही

था। उन्होंने एक-दूसरे से कहा, "यदि यहाँ पर स्वर्ण है तो हमें हमारा हिस्सा मिल जाएगा…जेम्स जे. हिल जैसे मुक्त व्यक्ति की आध्यात्मिक संपत्ति कितनी उत्कृष्ट होगी, जिन्होंने ऐसे सुदूर-से-सुदूर स्थान तक ग्रेट नॉर्दर्न रेल रोड का निर्माण किया, जहाँ के निर्जन प्रदेश में कोई नहीं रहता था। उनके इस पागलपन ने साम्राज्य संस्थापित किया। उन्होंने आध्यात्मिक शक्ति के द्वारा जंगलों व मैदानों को हजारों एल डोराडो में बदल दिया और इसी बल के द्वारा उन्होंने एम्सटर्डम और लंदन के बाजारों के लिए आवश्यक स्वर्ण व धन को वशीभूत किया तथा लाखों अमेरिकियों को ठंडे उत्तर-पश्चिम में अपने महान् उपहारों को खोजने में सक्षम बनाया।

"थॉमस अल्वा एडिसन ने अपनी मृत्यु से कुछ वर्ष पूर्व कहा था, 'विचार अंतरिक्ष से आते हैं। इस पर विश्वास करना अद्भुत या असंभव प्रतीत होता है, लेकिन यह सच है। विचार बाहर अंतरिक्ष से आते हैं।' निश्चित ही एडिसन को यह पता होगा, क्योंकि बहुत कम लोग अधिक विचारों को प्राप्त या प्रदान कर पाते हैं…प्रत्येक व्यक्ति को उसके भीतर एल डोराडो खोजने दीजिए। शक्ति भरपूर है, स्रोत अक्षय है। जैसा गिरजाघर के कैनोनिकल पादरी कहते हैं कि व्यक्ति को वही मिलता है, जिसके वह योग्य होता है। यहाँ कमी शक्ति की नहीं, इच्छा की है। जब व्यक्ति अपने को पा जाता है तो उसकी इच्छा स्वतः ही एल डोराडो की ओर सुनिश्चित हो जाती है।

> *एक पूर्ण व शक्तिशाली कल्पना द्वारा किसी भी वस्तु को ठोस आकार दिया जा सकता है। महान् चिकित्सक पेरासेलसस ने कहा है, 'मानवीय उत्साह इतनी महान् वस्तु है कि कोई भी व्यक्ति इसे व्यक्त नहीं कर सकता। यदि हम मनुष्य के मन को उचित ढंग से समझ पाएँ तो इस धरती पर कुछ भी करना असंभव नहीं है। निष्ठा से कल्पनाओं को मजबूत व पूरा किया जा सकता है, जिससे वे सचमुच साकार हो सकती हैं, अन्यथा प्रत्येक संदेह इसकी पूर्णता को बिगाड़ता है। निष्ठा से कल्पना को मजबूत करना होगा, क्योंकि निष्ठा ही इच्छा स्थापित करती है।'*

"एक पूर्ण व शक्तिशाली कल्पना द्वारा किसी भी वस्तु को ठोस आकार दिया जा सकता है। महान् चिकित्सक पेरासेलसस ने कहा है, 'मानवीय उत्साह इतनी महान् वस्तु है कि कोई भी व्यक्ति इसे व्यक्त नहीं कर सकता। यदि हम मनुष्य के

मन को उचित ढंग से समझ पाएँ तो इस धरती पर कुछ भी करना असंभव नहीं है। निष्ठा से कल्पनाओं को मजबूत व पूरा किया जा सकता है, जिससे वे सचमुच साकार हो सकती हैं, अन्यथा प्रत्येक संदेह इसकी पूर्णता को बिगाड़ता है। निष्ठा से कल्पना को मजबूत करना होगा, क्योंकि निष्ठा ही इच्छा स्थापित करती है।' निष्ठा व्यक्तिगत व निजी वस्तु है। मुक्ति, चाहे आप इसे किसी भी रूप में लें, निजी होती है। स्वयं की खोज से निष्ठा आती है, स्वयं की खोज से निष्ठा बढ़ती है। यह आत्म-खोज व्यक्ति की अनंत के साथ पहचान को स्पष्ट रूप से स्थापित कर देती है। मजबूत व शक्तिशाली पुरुषों ने अमेरिका के इस एल डोराडो का निर्माण किया है। 'मनुष्य, अपने को जानो, अपने अंतर्मन को पहचानो', यही ईश्वर का सनातन आदेश है। स्वयं को जाननेवाले सदा एल डोराडो में निवास करते हैं; वे फाउंटेन ऑफ यूथ से जल पीते हैं और सदा-सर्वदा उन चीजों का आनंद लेते हैं, जिनकी वे इच्छा करते हैं।"

यहाँ उद्धृत पेरासेलसस के ये शब्द बार-बार पढ़ने योग्य हैं, क्योंकि एक बार जब आप इनका अर्थ समझ जाएँगे और यह खोज लेंगे कि इन सिद्धांतों को किस तरह कार्यान्वित करना है तो निश्चित ही आप इस संबंध में और अधिक समझ सकेंगे कि अपने कार्यों में किस तरह सफल होना है। तथापि मैं यहाँ यह उल्लेख करना चाहता हूँ कि केवल कड़ी मेहनत से ही सफलता नहीं मिलती। दुनिया ऐसे लोगों से भरी पड़ी है, जिन्होंने खूब मेहनत की, लेकिन उनके पास दिखाने के लिए बहुत कम है। कड़ी मेहनत से कुछ अधिक चाहिए होता है—जो है, रचनात्मक सोच और अपने इन विचारों को निष्पादित करने की अपनी क्षमता पर दृढ़ विश्वास। इतिहास में सफल रहे लोग अपने विचारों के कारण ही सफल हुए हैं। उनके हाथ उनके मस्तिष्क के सहायक मात्र थे।

एक और महत्त्वपूर्ण बिंदु—सफलता के लिए यह आवश्यक है कि आपकी आकांक्षा आप पर हावी हो जाए, आपके विचार और लक्ष्यों में समन्वय हो और आपकी ऊर्जा बिना रुके केंद्रित व प्रयुक्त हो। आपको धन या यश या पद अथवा ज्ञान, किसी की भी इच्छा हो सकती है; क्योंकि प्रत्येक व्यक्ति का सफलता के मायने संबंधी अपना विचार होता है। आप इसे जो चाहे मानें। यदि आप इसे अपने जीवन की प्रबल अभिलाषा बनाने की इच्छा रखेंगे तो आप अपना उद्देश्य अवश्य हासिल कर सकेंगे। आप इसे बड़ा आदेश कहेंगे? कतई नहीं। विश्वास की गतिशील शक्ति का उपयोग करके आप अपनी सभी आंतरिक शक्तियों को इस तरह तैयार कर सकते

विश्वास की गतिशील शक्ति का उपयोग करके आप अपनी सभी आंतरिक शक्तियों को इस तरह तैयार कर सकते हैं, जो बदले में आपको आपके लक्ष्य तक पहुँचने में मदद करेंगी। यदि आप विवाहित हैं तो आपको वे उत्तेजनापूर्ण व भावुक अनुभव याद होंगे, जहाँ आप अपने भावी जीवनसाथी से मिलने जाते हैं। निश्चित ही, यह तनावपूर्ण कार्य नहीं था; बल्कि इसके उलट, आप स्वीकार करेंगे, लेकिन आप जिसे उपयोग कर रहे थे, चाहे अनजाने में ही सही, वो यही विज्ञान नहीं था क्या?

हैं, जो बदले में आपको आपके लक्ष्य तक पहुँचने में मदद करेंगी। यदि आप विवाहित हैं तो आपको वे उत्तेजनापूर्ण व भावुक अनुभव याद होंगे, जहाँ आप अपने भावी जीवनसाथी से मिलने जाते हैं। निश्चित ही, यह तनावपूर्ण कार्य नहीं था; बल्कि इसके उलट, आप स्वीकार करेंगे, लेकिन आप जिसे उपयोग कर रहे थे, चाहे अनजाने में ही सही, वो यही विज्ञान नहीं था क्या? मन में विचार आने से लेकर विवाह होने तक जीवनसाथी को पाने की इच्छा आपके मन में सर्वोपरि थी। यह विचार, यह विश्वास, दिन में हर पल—संभवत: आपके स्वप्न में भी—आपके साथ था।

अब, जब आपके लिए अपने दैनिक जीवन में विचारों और इच्छाओं की भूमिका की तसवीर स्पष्ट हो चुकी है, तब सबसे पहले आपको यह पहचानना होगा कि आप वास्तव में चाहते क्या हैं? आम लोगों की तरह—बस, सफल होने की इच्छा के साधारण विचार से शुरुआत करना बहुत अस्पष्ट है। आपके मन में इसका स्पष्ट पैटर्न चित्रित होना आवश्यक है। अपने आप से पूछें—आप किस ओर बढ़ रहे हैं? आपका वास्तविक लक्ष्य क्या है? क्या आपको जो चाहिए, उसकी आपने काल्पनिक तसवीर बना ली है? यदि सफलता को धन के पैमाने पर नापा जाए तो क्या आप इन आँकड़ों की मात्रा तय कर सकते हैं? उपलब्धियों के पैमाने पर क्या आप इसका सटीक वर्णन कर सकते हैं?

आपको ये प्रश्न अवश्य पूछने चाहिए, क्योंकि इन जवाबों में वे कारक छिपे हैं, जो आज के बाद आपके संपूर्ण जीवन को निर्धारित करेंगे।

अधिकांश लोगों में सफल होने की सामान्य इच्छा होती है; लेकिन उसके आगे सबकुछ अनिश्चित है। वे दिनोंदिन बस, आगे बढ़ते रहते हैं, यह देखते हुए कि आज उनके पास जो नौकरी है, वह कल भी बनी रहे—तो इस तरह उनकी वृद्धावस्था में

भी देखभाल हो जाएगी। वे लकड़ी के ऐसे कुंदे हैं, जो पानी में लहरों के थपेड़ों के अनुसार निरुद्‌देश्य तैरते रहते हैं। इसी तरह बहते हुए वे या तो किनारे आ जाते हैं या पानी को रोकने लगते हैं अथवा अंततः डूब जाते हैं।

इसलिए यह महत्त्वपूर्ण है कि आपको ठीक-ठीक पता हो कि आप अपने जीवन से क्या चाहते हैं? आपको पता होना चाहिए कि आप किस ओर बढ़ रहे हैं और अपनी दृष्टि एक लक्ष्य पर स्थिर रखिए। निश्चित रूप से यह संपूर्ण तसवीर है। इस बात से कोई अंतर नहीं पड़ता कि आप नौकरी या और अच्छी नौकरी चाहते हैं, नया घर चाहते हैं, देश में स्थान चाहिए या मात्र जूतों की नई जोड़ी चाहते हों। आप जिसे प्राप्त करना चाहते हैं, उस संबंध में आपके विचार स्थिर होने चाहिए।

आपको ठीक-ठीक पता हो कि आप अपने जीवन से क्या चाहते हैं? आपको पता होना चाहिए कि आप किस ओर बढ़ रहे हैं और अपनी दृष्टि एक लक्ष्य पर स्थिर रखिए। निश्चित रूप से यह संपूर्ण तसवीर है। इस बात से कोई अंतर नहीं पड़ता कि आप नौकरी या और अच्छी नौकरी चाहते हैं, नया घर चाहते हैं, देश में स्थान चाहिए या मात्र जूतों की नई जोड़ी चाहते हों। आप जिसे प्राप्त करना चाहते हैं, उस संबंध में आपके विचार स्थिर होने चाहिए।

याद रखिए, आवश्यकता और इच्छा के बीच बड़ा अंतर होता है। काम पर जाने के लिए नई कार की आवश्यकता होगी, जबकि अपने परिवार के आनंद के लिए इसे लेना आपकी इच्छा होगी। वहीं व्यापार के लिए आपका इसे खरीदना आवश्यकता के कारण हो सकता है। आप इसे अपने परिवार के लिए जितना हो सके, उतनी जल्दी लेंगे। यह कार लेने के लिए आप ब्रॉशर पढ़ेंगे और बहुत से डीलर्स से मिलेंगे, क्योंकि यह ऐसा मॉडल होगा, जो आपके पास पहले कभी नहीं था, कुछ ऐसा, जिससे आपकी जिम्मेदारियाँ बढ़ेंगी और जिसके लिए आपको अपने भीतर निर्णय लेने की नई शक्ति और बाहर नए संसाधनों को खोजना होगा। किसी नई व अलग चीज की इच्छा करना, जिससे आपकी जिंदगी बदल सकती है, आपको अधिक प्रयास पर बल देगी। और यह सिर्फ विश्वास की शक्ति ही है, जो इस आंतरिक बल को ऐसी गतिशीलता दे सकती है, जिसके द्वारा आप अपने जीवन भर वह जोड़ सकते हैं, जिसे मैं अतिरिक्त मूल्य कहता हूँ।

अतः यदि आप कुछ भी हासिल करने की आशा रखते हैं या आपके पास

अभी जो है, उससे अधिक प्राप्त करना चाहते हैं, इसकी शुरुआत इच्छा से होती है। यह हम सभी के भीतर का मुख्य प्रेरक बल है और सर्वग्राही इच्छा के बिना कुछ भी हासिल या प्राप्त नहीं किया जा सकता। फिर भी, जैसाकि आप देख सकते हैं, इसमें मात्र इच्छा से अधिक और भी कुछ है।

मुझे पता है कि तत्त्व मीमांसकों का दावा है कि विचार केवल वस्तु हैं। साधारण संदर्भों में यह सच हो सकता है, लेकिन जहाँ तक व्यक्तिगत प्रभाव की बात है, हमारे लिए यह तब तक वास्तविक नहीं होती, जब तक हम अपनी सोच या अपनी कल्पनाओं की कार्यशीलता द्वारा उन्हें प्राणवान् नहीं बनाते।

यदि आप कुछ भी हासिल करने की आशा रखते हैं या आपके पास अभी जो है, उससे अधिक प्राप्त करना चाहते हैं, इसकी शुरुआत इच्छा से होती है। यह हम सभी के भीतर का मुख्य प्रेरक बल है और सर्वग्राही इच्छा के बिना कुछ भी हासिल या प्राप्त नहीं किया जा सकता। फिर भी, जैसाकि आप देख सकते हैं, इसमें मात्र इच्छा से अधिक और भी कुछ है।

पहली बार पढ़ने पर यह थोड़ा अजीब लग सकता है; लेकिन यदि मैं इसके कुछ उदाहरण दूँ तो यह शायद स्पष्ट हो जाए। जैसे, बारिश में जाने से पहले बरसाती पहनने को कहा जाता है। हम सब ने यह बात सुनी होगी कि "ऐसा न करने पर आपको सर्दी लग सकती है।" इस विचार का मुझ पर जरा भी प्रभाव नहीं हुआ। मैंने बचपन से ही कभी बरसाती नहीं पहनी। मैंने सैकड़ों बार अपने जूते और पैर भीगे रखे हैं, लगभग हजारों घंटों तक; लेकिन मुझे याद नहीं कि इसके फलस्वरूप मुझे कभी सर्दी हुई हो। कई लोगों को हवा के झोंकों से डर लगता है; लेकिन मैं अकसर सोचता हूँ कि यदि उन्हें कभी हवा लगकर सर्दी होती भी है तो इसका कारण उनके भयपूर्ण विचार होते हैं, न कि हवा का झोंका। मैं रोजाना लंबे समय तक हवा के झोंकों के बीच बैठा हूँ और रात को मैं कोने वाले कमरे में सोता हूँ, जिसके दोनों ओर खिड़कियाँ हैं। मैं हर मौसम में उन्हें खोले रखता हूँ, जिससे हवाएँ बार-बार मुझे छूकर गुजरें। इसके बावजूद मुझे कभी सर्दी नहीं हुई, क्योंकि मैंने कभी अपने मन में ऐसा विचार नहीं आने दिया।

फिर भी, मैं बरसाती पहनने के अभ्यस्त किसी व्यक्ति को उसके बिना जाने का सुझाव नहीं देता, न ही मैं ठंडी हवा के झोंकों से भयभीत होनेवालों को उनके बीच रहने की सलाह देता हूँ; क्योंकि जीवन भर की आदतें और विश्वास तथा उनके

परिणाम रात भर में नहीं बदले जा सकते।

सदियों से उत्कृष्ट विचारक दावा करते आए हैं कि मनुष्य केवल अपने मन द्वारा घटनाओं को आकार दे सकता है और पदार्थों को नियंत्रित कर सकता है और आप इस विज्ञान का जितना अधिक अध्ययन करते हैं, उतना ही आपको खुद अपने मन की अद्‌भुत शक्तियों का एहसास होने लगता है।

> ***सदियों से उत्कृष्ट विचारक दावा करते आए हैं कि मनुष्य केवल अपने मन द्वारा घटनाओं को आकार दे सकता है और पदार्थों को नियंत्रित कर सकता है और आप इस विज्ञान का जितना अधिक अध्ययन करते हैं, उतना ही आपको खुद अपने मन की अद्‌भुत शक्तियों का एहसास होने लगता है।***

'शरलॉक होम्स' के रचयिता तथा कई वर्षों तक ब्रिटिश सोसाइटी फॉर साइकिक रिसर्च के सदस्य सर ऑर्थर कानन डॉयल ने घोषणा की कि सिर्फ विचारों में ही वह रचनात्मक एवं विध्वंसात्मक शक्ति होती है, 'भरोसा, जो पहाड़ को भी हिला सकता है' के समान है। उन्होंने कहा कि जहाँ परिणाम खुद निर्णायक हों तो उन्हें नहीं पता कि मनुष्य के मन से वह कौन सी शक्ति आती है, जो ठोस वस्तुओं के अणुओं को उस दिशा में अलग करते हैं, जिस ओर उन्हें निर्देशित किया जाता है। मैं जानता हूँ कि भौतिकवादी ऐसे बयान की हँसी उड़ाएँगे, लेकिन जरा देखिए कि किस तरह रेडियो तरंगें लकड़ी, ईंट, स्टील और अन्य कथित ठोस वस्तुओं के बीच से गुजर जाती हैं। यदि विचार तरंगें या वे जो कुछ भी हैं, को उच्चतर स्पंदनों से समायोजित किया जाए तो फिर वे ठोस वस्तुओं के अणुओं को प्रभावित क्यों नहीं करते?

ऐसे बहुत से पेशेवर जुआरी हैं, जो दावे के साथ कहते हैं कि कथित सौभाग्यशाली परिणाम पाने में ताश, पासे, रूले आदि जैसे भाग्य आधारित खेलों में ठोस मानसिक प्रभावों से अत्यधिक संबंधित हैं। मैं एक ऐसे व्यक्ति को जानता हूँ, जो एक पुराने ढंग के सिगार स्टोर में पंचबोर्ड खेल रहा था और कुछ ही बार में उसने शानदार इनाम जीत लिया। एक बार जब मैंने उससे इस बारे में बात की तो उसने कहा, "मैं तब तक पंचबोर्ड के निकट नहीं जाता, जब तक मेरा मूड न हो और इसका अर्थ हुआ कि मेरे मन में यह भाव होना चाहिए कि मैं जीत जाऊँगा। मैंने ध्यान दिया है कि यदि मेरे मन में थोड़ा भी संशय होता है तो मैं जीत नहीं पाता, लेकिन मुझे ऐसा कोई समय याद नहीं, जब खेलना शुरू करने के पूर्व जीत का

विचार मेरे मन में पूरी तरह दृढ़ न हो गया हो।"

ड्यूक विश्वविद्यालय के डॉ. जे.बी. राइन और उनके सहयोगियों ने साबित किया कि भौतिक वस्तुओं को प्रभावित करनेवाली मन की शक्ति को दिया गया 'साइकोकिनेसिस' नाम निष्क्रिय सिद्धांत से कहीं अधिक है। पासे (जी हाँ, मूर्खतापूर्ण खेलों में उपयोग होनेवाला पुराना आम पासा) को किसी भी तरह के व्यक्तिगत प्रभाव या चालाकी की संभावना दूर करने के लिए एक यांत्रिक उपकरण द्वारा फेंका गया। इस तरह के प्रयोगों की शुरुआत सन् 1934 से हुई और ऐसे बहुत से परीक्षण किए गए, जिनमें पासे को लाखों बार फेंका गया। इससे ऐसे परिणाम मिले कि डॉ. राइन ने घोषणा की कि "इससे बेहतर कोई स्पष्टीकरण नहीं हो सकता, जहाँ विषय ने पासे को बिना उनसे ज्ञात भौतिक संपर्क स्थापित किए, उन्हें प्रभावित किया है।" कुछ खास अंकों पर मानसिक ध्यान केंद्रित करते हुए कुछ दूरी पर खड़े रहकर फेंकनेवाले यंत्र और पासे से किसी तरह का भौतिक संपर्क बनाए बिना प्रयोगकर्ता बारंबार पासे के गिरने को नियंत्रित कर पा रहे थे। अनेकानेक प्रयोगों में उन्हीं अंकों का आना उस पारंपरिक गणितीय संभावना को झूठा ठहराता है, जिसमें एक के बाद पुनः किसी निश्चित अंक संयोजन के आने की संभावना लाखों में एक बार बताई जाती है। (डॉ. राइन के कार्य के बारे में अधिक जानने के लिए अध्याय-7 देखें)

> ***"विचार अपने विषय से संबद्ध होते हैं।" "विचार उसी वस्तु को आकर्षित करते हैं, जिस ओर उन्हें निर्देशित किया जाए।" और ऐसे ही अन्य वक्तव्यों का क्या अर्थ है, जिनका दावा तत्त्व-मीमांसक वर्षों से करते आए हैं? जॉब ने कहा था, "मैं जिस चीज से सबसे अधिक डरता हूँ, वही मुझे मिलती है।" हमारे भयप्रद विचार समस्याओं को हमारी ओर आकर्षित करने में उतने ही रचनात्मक और चुंबकीय हैं, जितने शुभ परिणामों को आकर्षित करनेवाले रचनात्मक एवं सकारात्मक विचार।***

इस पर कुछ मिनट के लिए विचार करें और अपने लिए इसका अर्थ जानने का प्रयास करें। इन प्रयोगों से आपको कुछ अंदाजा हो जाएगा कि "विचार अपने जैसी रचना करते हैं।" "विचार अपने विषय से संबद्ध होते हैं।" "विचार उसी वस्तु को आकर्षित करते हैं, जिस ओर उन्हें निर्देशित किया जाए।" और ऐसे ही अन्य वक्तव्यों का क्या अर्थ है, जिनका दावा तत्त्व-मीमांसक वर्षों से करते आए हैं? जॉब

ने कहा था, "मैं जिस चीज से सबसे अधिक डरता हूँ, वही मुझे मिलती है।" हमारे भयप्रद विचार समस्याओं को हमारी ओर आकर्षित करने में उतने ही रचनात्मक और चुंबकीय हैं, जितने शुभ परिणामों को आकर्षित करनेवाले रचनात्मक एवं सकारात्मक विचार। इसलिए इस बात से कोई अंतर नहीं पड़ता कि आपके विचार किस तरह के हैं। वे जैसे हैं, वैसा ही निर्माण करते हैं। जब यह चीज आपकी चेतना में शामिल हो जाएगी, तब आपको अपनी उस विस्मयकारी व प्रेरक शक्ति का आभास होगा, जिसे आप उपयोग कर सकते हैं।

जहाँ विचार को मनुष्य की ज्ञात किसी भी सीमा से अधिक सृजित व उपयोग किया जा सकता है, ऐसे में मैं उस सिद्धांत पर अडिग रहना चाहता हूँ कि वे केवल अपनी मुखरता, तीव्रता, भावनात्मक गुणों, एहसास की गहराई या कंपन आधार के अनुपात में ही सृजन कर सकते हैं। दूसरे शब्दों में, विचारों की सृजनात्मक व नियंत्रक शक्ति उसी अनुपात में होती है, जितनी उसकी निरंतरता, तीव्रता और शक्ति होती है। इसकी तुलना किसी प्रसारण केंद्र की वेवलेंथ और वॉट क्षमता से की जा सकती है।

इतने सारे स्पष्टीकरणों के बाद यह स्पष्ट रूप से सुनिश्चित है कि विचार विद्युत् ऊर्जा के रूप में नहीं होते, बल्कि इन्हें किसी और तरह परिभाषित करना होगा। सिलसिलेवार टेलीपैथिक प्रयोगों में विषयों को फैराडे केज में रखा गया था, जो किसी भी तरह की विद्युतीय ऊर्जा के संभावित संचार को प्रभावशाली ढंग से रोक देता है। इसके बावजूद विषय का स्कोर संयोगवश होने से काफी अधिक था, जो किसी भी डाटा को एक मन से दूसरे तक पहुँचा रहा था, वह स्पष्टतः विद्युतीय नहीं था। हालाँकि मैंने उच्च आवृत्ति विद्युत् के साथ भी कई प्रयोग किए हैं, वह क्षेत्र, जिसमें अत्यधिक विद्युत् प्रतिभायुक्त निकोला टेस्ला अग्रणी हैं। और इसलिए, मैं जब भी विचारों एवं उसके रेडिएशन या कंपनों के बारे में सोचता हूँ, मैं सहज ही उनका संबंध विद्युत् और इसके तथ्यों से जोड़ने लगता हूँ। ऐसा करने पर ये मेरे लिए अधिक समझने योग्य हो जाते हैं।

मुझे ज्ञात हुआ कि इस सादृश्यता तक पहुँचनेवाला मैं अकेला नहीं हूँ। आजकल लगभग सभी अस्पतालों में रोगी की मस्तिष्कीय तरंगों को जाँचने व दर्ज करनेवाला उपकरण ई.ई.जी. या इलेक्ट्रो-एंसीफेलोग्राफ मौजूद है। ये तरंगें वस्तुतः मस्तिष्क के दोनों गोलार्ध का विद्युत् कंपन होती हैं। चिकित्सक इनका उपयोग मस्तिष्क और तंत्रिका तंत्र के स्वास्थ्य की जाँच में करने के साथ ही रोगी के सामान्य मानसिक स्वास्थ्य, उसके सपनों एवं भावनात्मक स्थिति और यहाँ तक कि शरीर में अन्य

कहीं भी हुई बीमारी के बारे में जानने के लिए भी करते हैं।

सन् 1944 में डॉ. हैरॉल्ड एस. बर और उनके सहकर्मी येल विश्वविद्यालय में बारह सालों तक अनुसंधान के बाद इस नतीजे पर पहुँचे कि सभी जीवित वस्तुएँ चारों ओर से खुद अपने विद्युतीय वर्तुल से घिरी रहती हैं और जीवन विद्युतीय तौर पर पूरी तरह ब्रह्मांड के पैटर्न से संबंधित है। वर्षों से रहस्यवादी, अध्यात्मवादी और तत्त्व-मीमांसक दावा करते रहे हैं, यह वर्तुल प्रत्येक व्यक्ति में है और ऐसे अनगिनत मामले हैं, जिनमें इन वर्तुलों को सचमुच देखे जाने की बात दर्ज की गई है।

सन् 1944 में डॉ. हैरॉल्ड एस. बर और उनके सहकर्मी येल विश्वविद्यालय में बारह सालों तक अनुसंधान के बाद इस नतीजे पर पहुँचे कि सभी जीवित वस्तुएँ चारों ओर से खुद अपने विद्युतीय वर्तुल से घिरी रहती हैं और जीवन विद्युतीय तौर पर पूरी तरह ब्रह्मांड के पैटर्न से संबंधित है। वर्षों से रहस्यवादी, अध्यात्मवादी और तत्त्व-मीमांसक दावा करते रहे हैं, यह वर्तुल प्रत्येक व्यक्ति में है और ऐसे अनगिनत मामले हैं, जिनमें इन वर्तुलों को सचमुच देखे जाने की बात दर्ज की गई है।

तब 1960 के दशक के अंत में सोवियत अनुसंधानकर्ताओं ने 'ऑरा' (वर्तुल) को फोटोग्राफी फिल्म पर उतारने की तकनीक 'किर्लियन फोटोग्राफी' के आविष्कार की घोषणा की। एक पत्ती की किर्लियन फोटो लिये जाने पर उसमें वे तेज दमकते तारक-पुंज जैसे दिखे, जो हालाँकि पत्ती के कुम्हलाने से धीरे-धीरे धुँधले होते गए। विषय के हाथों की किर्लियन फोटो लेने पर उँगलियों में से चमकदार प्रकाश निकलता दिखाई दिया, जो तत्त्व-मीमांसकों की युगों पुरानी उस धारणा की पुष्टि करता प्रतीत होता था कि व्यक्ति के हाथ उपचारात्मक ऊर्जा का स्रोत हैं। आलोचकों ने इसका यह कहते हुए विरोध किया कि किर्लियन प्रक्रिया के दौरान जिस मंद विद्युत् क्षेत्र के बीच फोटो ली जा रही है, उससे उत्पन्न विद्युतीय कोरोनल रिसाव से अधिक और कुछ रिकॉर्ड नहीं होता। जबकि इसी के साथ यह भी स्पष्ट हो गया कि किर्लियन 'ओरा' की शक्ति का विषय की भावनात्मक स्थिति के साथ कोई सह-संबंध नहीं होता। बहुत से मनोवैज्ञानिकों, विशेष रूप से न्यूयॉर्क के डॉ. ली.आर. स्टेनर को यह सह-संबंध इतना विश्वसनीय लगा कि वे किर्लियन फोटोग्राफी का उपयोग अपने रोगियों की प्रगति के वस्तुगत मापन में करने लगे।

हम इस प्रत्यक्ष विरोधाभास का समाधान निकाल सकते हैं, यदि हम विद्युत्, कोरोनल रिसाव और किर्लियन प्रभाव को अभी पहचानी जानेवाली विचार ऊर्जा के उपोत्पाद की तरह ऐसे देखें, जैसे समुद्र में ज्वारीय तरंगें उस भूकंप का 'दृष्ट रूपांतरण' होती हैं, जो संभवतः समुद्र की सतह पर हजारों मील दूर आया होगा।

हर्मीस ट्रिसमेजिस्टस और इससे संबंधित रासायनिक दार्शनिक सभी ने कंपन के सिद्धांत की शिक्षा दी है। ईसा पूर्व छठी शताब्दी के महान् गणितज्ञ एवं दार्शनिक पाइथागोरस ने कहा कि जो भी अस्तित्वगत है, वह कंपन है। यह हमारे आज के वैज्ञानिक विद्युतीय सिद्धांतों का मूल भाव है कि सभी पदार्थ इलेक्ट्रॉन (ऋणात्मक आवेश वाले), न्यूट्रॉन (ऋणात्मक आवेश), प्रोटोन्स (सकारात्मक आवेश) तथा अन्य उप-परमाणवीय कणों से निर्मित हैं, जिनका सभी का अपना आवेश है, जो निरंतर दूसरों के प्रति क्रिया व प्रतिक्रिया देते रहते हैं।

अधिक बेहतर शब्द चाहूँ तो मैं 'कंपन' या 'स्पंदन' का उपयोग करूँगा। जब इन संघटक अणुओं के कंपन की गति बढ़ती है तो अकसर भौतिक वस्तु का रूप बदल जाता है—जैसे बर्फ का टुकड़ा गरम बरतन में पिघलने लगता है और जल्दी ही भाप बनकर उड़ जाता है, लेकिन पदार्थों और तथाकथित तत्त्वों, जैसा हम उन्हें जानते हैं, में तात्त्विक अंतर होने का प्रमुख कारण उनकी इलेक्ट्रॉन, न्यूट्रॉन और प्रोटॉन की संख्या में अनिवार्य भिन्नता है। परमाणु वैज्ञानिक वास्तव में इन प्रोटॉन्स को जोड़कर तथा घटाकर एक अणु को बदलकर दूसरे अणु में बदल रहे हैं। यह प्राचीन रसायनविदों के उस दावे की पुष्टि करता है कि कमतर तत्त्वों, जैसे लोहा या सीसा, को चाँदी या स्वर्ण में बदला जा सकता है। रसायनविद् इसी शक्ति के द्वारा सभी बीमारियों को ठीक करने की क्षमता प्राप्त कर सकते हैं।

परमाणु वैज्ञानिक वास्तव में इन प्रोटॉन्स को जोड़कर तथा घटाकर एक अणु को बदलकर दूसरे अणु में बदल रहे हैं। यह प्राचीन रसायनविदों के उस दावे की पुष्टि करता है कि कमतर तत्त्वों, जैसे लोहा या सीसा, को चाँदी या स्वर्ण में बदला जा सकता है। रसायनविद् इसी शक्ति के द्वारा सभी बीमारियों को ठीक करने की क्षमता प्राप्त कर सकते हैं।

अब आपको एहसास हो जाता है कि आपके तंत्रिका तंत्र तक केवल कंपन के माध्यम से पहुँचा जा सकता है। दूसरे शब्दों में, हमारी पाँच ज्ञानेंद्रियाँ बाहरी वस्तुओं

द्वारा दिए गए कंपनों को दृश्य, श्रवण, स्पर्श, स्वाद और गंध के माध्यम से रिकॉर्ड करती हैं कि आप कंपनों की प्रकृति को भलीभाँति समझ पाएँगे। उदाहरण के लिए, हमें तेज शोर सुनाई देता है। यह हम तक केवल हवा द्वारा ध्वनि कंपनों के माध्यम से पहुँचता है। हम एक हरी पत्ती देखते हैं, लेकिन यह मात्र प्रकाश तरंगों का पैटर्न है, जिसे हमारी आँखें एकत्रित कर मस्तिष्क तक पहुँचाती हैं। फिर भी, ऐसे बहुत से कंपन हैं, जो हमारी इंद्रियों की अनुकूलता से बहुत अधिक आवृत्ति पर स्वरमान होते हैं, जिनके बारे में हमें कुछ नहीं पता होता। उदाहरण के लिए, एक सीटी होती है, जिसका स्वरमान इतना अधिक है कि उसे केवल कुत्ते ही सुन पाते हैं।

सर्दियों के दिनों में ऊँचाई वाले स्थानों पर आपने अकसर कालीन पर चलने या किसी धातु की वस्तु को छूने के फलस्वरूप विद्युतीय चिनगारी को देख या महसूस कर सकते हैं। निश्चित ही यह घर्षण से उत्पन्न स्थैतिक विद्युत् का एक रूप है, लेकिन इससे हमें यह अंदाजा हो जाता है कि किस तरह शरीर के माध्यम से एक प्रकार की विद्युत् विकसित होती है।

हम सबने 'सिर पर हाथ रखने से मिले आराम' की बात सुनी होगी और हममें से अधिकांश लोग जानते हैं कि किस तरह अपनी खोपड़ी पर थपकी दिए जाने से सिरदर्द की तीव्रता कम हो जाती है। क्या इसका कारण हमारी उँगलियों के सिरे से निकलनेवाली किसी तरह की ऊर्जा होती है? 'बाइबल' में ऐसे कई उदाहरण देखने को मिलते हैं, जहाँ जीजस ने अपने हाथ से छूकर रोगों को ठीक किया था। क्या इसका विवरण विद्युत् के इस कम ज्ञात क्षेत्र-कंपन के विज्ञान में निहित है? और क्या यह विद्युतीय वातावरण, जिसे डॉ. हैरॉल्ड बर हमारे खुद के बनाए होने का दावा करते हैं और जो सभी जीवित प्राणियों को घेरे है, यह हमें वस्तुतः हमारी उँगलियों या हमारे मन से निकलनेवाले सुनिश्चित संवेगों को बाहर निकालने का कारण बनता है—और यही कंपन बल दूसरी ओर कथित भौतिक वस्तुओं पर कार्य करता है। सर्दियों के दिनों में ऊँचाई वाले स्थानों पर आपने अकसर कालीन पर चलने या किसी धातु की वस्तु को छूने के फलस्वरूप विद्युतीय चिनगारी को देख या महसूस कर सकते हैं। निश्चित ही यह घर्षण से उत्पन्न स्थैतिक विद्युत् का एक रूप है, लेकिन इससे हमें यह अंदाजा हो जाता है कि किस तरह शरीर के माध्यम से एक प्रकार की विद्युत् विकसित होती है।

येल के अनुसंधानकर्ताओं के प्रयोगों से संबंधित तसवीरों में से एक दरशाती

है कि यदि विषय अपनी तर्जनी को गैल्वानोमीटर से जुड़े नमकीन पानी के कप में डुबोएँ तो हमारे सकारात्मक बाएँ हाथ और नकारात्मक दाएँ हाथ के बीच 1.5 मिली वोल्ट्स की विद्युत् प्रवाहित होगी। दूसरी तसवीर में दोनों बीच की उँगलियाँ, जिनमें से एक के छोर पर हलकी सी कटी हो, उन्हें आंशिक रूप से कप में डुबोया गया है, लेकिन इस बार हाथों की ध्रुवीयता बदल गई है। बायाँ हाथ सकारात्मक की जगह नकारात्मक और दायाँ सकारात्मक हो गया है और विद्युत् प्रवाह 12 मिली वोल्ट्स तक हो गया है।

जब मैं इन तसवीरों को देख रहा था तो मुझे कई साल पहले फ्रांसीसी वैज्ञानिक डॉ. हिप्पोलाइट बैराडुक द्वारा तैयार किया गया उपकरण याद आ गया। इसे 'बायोमीटर' के नाम से जाना जाता था। यह गोलाकार काँच था, जिसमें ताँबे की सुई को रेशम के धागे की मदद से लगाया जाता था। इस सुई के नीचे, लेकिन काँच के भीतर, कार्डबोर्ड के गोलाकार टुकड़े पर डिग्री के निशान बने थे।

ऐसे दो उपकरण साथ-साथ रखे गए तथा ऑपरेटर दोनों हाथों की उँगलियों को गिलास में आधे इंच तक डुबोता है और अपने मन को कुशलतापूर्वक संतुलित सुई पर केंद्रित रखता है। अपनी मानसिकता और विचारों की ध्रुवीयता को बदलकर ऑपरेटर सुई की दिशा में समरूपी परिवर्तन कर सकता है—कभी एक दिशा में तो कभी दूसरी दिशा में सुई उनके बदलते विचारों की तरंगों का पालन करती है।

> *एक पानी के उलटे गिलास पर कॉर्क के सुई लगे भाग को ऊपर करके रख दें, जिससे कागज किसी भी ओर हिलाया जा सके, जिससे सुई की नोक भी घूम सके। इसके बाद कागज का टुकड़ा लें और उसे उस स्थान पर रख दें, जहाँ सुई की नोक के नीचे सिलवटें एक-दूसरे को काटती हों और जहाँ से चारों दिशाओं में पिरामिड नीचे की ओर ढलान लेता हो।*

यहाँ ऐसे ही सिद्धांतों को मूर्त करनेवाला आसान प्रयोग बताता हूँ। एक मध्यम भार वाला लगभग तीन इंच का चौकोर कागज लीजिए और उसे एक कोने से दूसरे कोने से मिलाकर तिरछा मोड़ दीजिए। इसके बाद उसे खोलिए और दूसरे कोने से तिरछा मोड़िए, जिससे एक-दूसरे को काटती दो सिलवटें होनी चाहिए। कागज को फिर से खोलिए, जिससे अब वह छोटे व आंशिक रूप से चपटे पिरामिड जैसा दिखाई देता है। अब एक लंबी सुई लें और उसे कॉर्क के ऊपरी भाग में इतना प्रवेश

कराएँ कि वह कॉर्क के शीर्ष पर लगभग एक इंच तक बाहर निकली रहे। एक पानी के उलटे गिलास पर कॉर्क के सुई लगे भाग को ऊपर करके रख दें, जिससे कागज किसी भी ओर हिलाया जा सके, जिससे सुई की नोक भी घूम सके। इसके बाद कागज का टुकड़ा लें और उसे उस स्थान पर रख दें, जहाँ सुई की नोक के नीचे सिलवटें एक-दूसरे को काटती हों और जहाँ से चारों दिशाओं में पिरामिड नीचे की ओर ढलान लेता हो।

इस गिलास को कॉर्क, सुई और कागज को टेबल व डेस्क पर किसी ऐसे कक्ष में रखें, जहाँ हवा के झोंके न आते हों। किसी भी तरह की गरम तरंगों और हवा के थपेड़ों की संभावनाओं से बचने के लिए इसे हीट रजिस्टर या खिड़कियों से दूर रखें। अब अपने हाथ को अर्ध-अंजुली अवस्था में कागज के टुकड़े के पास लाएँ, उँगलियों को लगभग आधा इंच दूर रखें, जिससे कागज स्वतंत्र रूप से घूम सके। अब इसे सुई की नोक पर घूमने का आदेश दें। पहले यह थोड़ा थरथराएगा—संभवत: शुरुआत में थोड़ा धीरे और एक दिशा से दूसरी में घूमे; लेकिन यदि आपके हाथ स्थिर रहें और आप इसे एक दिशा में घुमाने पर ध्यान केंद्रित कर सकें तो कागज सुई की नोक पर तब तक घूमता रहेगा, जब तक यह काफी तेज नहीं हो जाता। यदि आप इसे मानसिक रूप से दिशा बदलने का आदेश देंगे तो यह जिस दिशा में घूम रहा होगा, रुक जाएगा और विपरीत दिशा में घूमना आरंभ कर देगा। निस्संदेह यह अनिवार्य है कि आप कागज की ओर श्वास को न भरें और न ही छोड़ें।

> ***एक पानी के उलटे गिलास पर कॉर्क के सुई लगे भाग को ऊपर करके रख दें, जिससे कागज किसी भी ओर हिलाया जा सके, जिससे सुई की नोक भी घूम सके। इसके बाद कागज का टुकड़ा लें और उसे उस स्थान पर रख दें, जहाँ सुई की नोक के नीचे सिलवटें एक-दूसरे को काटती हों और जहाँ से चारों दिशाओं में पिरामिड नीचे की ओर ढलान लेता हो।***

कागज के घूमने के कई स्पष्टीकरण दिए जा सकते हैं—हथेली की तप्त तरंगें, किसी तरह की शारीरिक क्रिया या ऐसा ही कुछ। यदि कागज एक ही दिशा में घूमता रहता तो ये कारण मान्य हो सकते थे, लेकिन जब एक व्यक्ति थोड़े से अभ्यास व आत्मविश्वास और एकाग्र चिंतन तथा अपनी सोच द्वारा कागज का ध्रुवीकरण बदलकर उसे पहले एक दिशा में और फिर दूसरी दिशा में घुमा देता है तो

यह स्पष्ट हो जाता है कि यह सिद्धांत बायोमीटर के प्रयोगों का संचालन करनेवाले के समान ही है।

ऐसे ही एक और प्रयोग में डायलेट का उपयोग हुआ है। कार्डबोर्ड के छोटे गोलाकार टुकड़े पर घड़ी की प्रतिकृति, जिसमें 1 से 12 तक नंबर लिखे हों। (इसे अधिकांशत: 'रोजीक्रूशन डायलेट' के नाम से जाना जाता है, जिसे एमॉर्क, रोजीक्रूशियन ब्रदरहुड ने जारी किया था।) उसके मध्य में एक पैनी सुई प्रविष्ट की जाती है और उस सुई के ऊपर पतले कार्डबोर्ड का तीर के आकारवाला लंबा टुकड़ा संतुलित किया जाता है। उस गोलाकार टुकड़े को पानी भरे गिलास के ऊपर इस तरह रखा जाता है कि सुई का निचला हिस्सा उसमें डूबा रहे। ऑपरेटर उस गिलास, गोलाकार टुकड़े और तीर के शीर्ष पर अपना हाथ रखता है और तीर को घूमने, अपनी स्थिति बदलने या इच्छित अवस्था अथवा अंक पर रुकने का आदेश देता है।

फिर भी, इन प्रयोगों में सभी को तुरंत ही संतोषजनक परिणाम नहीं प्राप्त हुए, क्योंकि हर व्यक्ति की मन की शक्ति, विचार की एकाग्रता और प्रक्षेपी प्रभाव अलग था। यदि हमारे हाथों और विशेष रूप से उँगलियों से किसी प्रकार की विद्युत् निकलती है और यदि हमारे विचारों द्वारा गतिशील या चुंबकीय किसी भी तरह के कंपन उत्पन्न होते हैं तो हमारे पास टेबल टिपिंग, स्वत: लेखन तथा प्लांचेट और ओइजा बोर्ड और बहुत से अन्य माध्यम एवं रहस्यमय गतिविधियों का स्पष्टीकरण मिल जाता है।

डॉ. फिलिप्स थॉमस, सन् 1937 में वेस्टिंगहाउस इलेक्ट्रिक कंपनी में अनुसंधान इंजीनियर ने अमेरिकन इलेक्ट्रिक इंस्टीट्यूट के उटाह अधिवेशन में कहा, "हमें पक्का विश्वास है कि हम जो कुछ भी करते, कहते या सोचते हैं, वह किसी प्रकार के रेडिएशन द्वारा ही संपादित किया जाता है। हम सोचते हैं कि यह रेडिएशन विद्युत् है। निकट भविष्य में हम विद्युतीय तरंगों के माध्यम से विचारों एवं व्यक्तित्व के रेडिएशन को पकड़ने और व्याख्या करने में सक्षम हो सकेंगे।"

डॉ. फिलिप्स थॉमस, सन् 1937 में वेस्टिंगहाउस इलेक्ट्रिक कंपनी में अनुसंधान इंजीनियर ने अमेरिकन इलेक्ट्रिक इंस्टीट्यूट के उटाह अधिवेशन में कहा, "हमें पक्का विश्वास है कि हम जो कुछ भी करते, कहते या सोचते हैं, वह किसी प्रकार के रेडिएशन द्वारा ही संपादित किया जाता है। हम सोचते हैं कि यह रेडिएशन विद्युत्

है। निकट भविष्य में हम विद्युतीय तरंगों के माध्यम से विचारों एवं व्यक्तित्व के रेडिएशन को पकड़ने और व्याख्या करने में सक्षम हो सकेंगे।"

क्योंकि मेरे कुछ पाठक संभवतः विचारों के रेडिएशन को अच्छी तरह नहीं समझते, मैं इसका एक सरल स्पष्टीकरण देता हूँ। एक कंकड़ को जैसे ही तालाब में डाला जाता है तो उससे छोटी तरंगों की श्रृंखला या छोटी लहरें उठती हैं और पानी की सतह पर गोलाकार में फैल जाती हैं और आखिरकार तट तक पहुँचकर समाप्त होती दिखाई देती हैं। कंकड़ जितना बड़ा होगा, लहरें भी उतनी ही ऊपर उठेंगी। दो भिन्न आकार व वजन वाले पत्थरों को दो अलग, लेकिन निकट स्थानों पर एक साथ फेंका जाए तो उन दोनों से तरंगों की श्रृंखला उठेंगी, जो एक-दूसरे में मिल जाएँगी। इन दोनों समूहों के मिल जाने पर वहाँ टकराव-सा दिखाई देगा कि उनमें से कौन दूसरे पर हावी हो या उस पर से गुजर जाए। जहाँ तक हमारी भौतिक दृष्टि की बात है, यदि दोनों तरंगें समान आकार की होंगी तो दो मिलन बिंदुओं पर दोनों रुकती या एक-दूसरे में मिलती प्रतीत होंगी; लेकिन यदि उनमें से एक बड़ी हो तो वह छोटी तरंगों को बहा ले जाएगी और छोटी तरंगों में नई तरंगों का निर्माण कर देगी।

इसे अपनी मानसिक तरंगों से जोड़कर देखें, उदाहरण के लिए, किस तरह एक तरह के विचार दूसरों पर हावी हो जाते हैं। आप आसानी से समझ सकते हैं कि जो विचार जितना अधिक शक्तिशाली या केंद्रित होगा, उसकी गति उतनी ही तेज होगी, उसका कंपन उतना ही अधिक होगा। वह कमजोर तरंगों को जितना अधिक किनारे हटा सकेगा, उतनी ही तीव्रता से अपना रचनात्मक काम कर सकेगा।

हमने ध्यान के विभिन्न चरणों, चेतना के स्तरों, वैचारिक एकाग्रता और आस्था की शक्ति के बारे में बहुत कुछ सुना है। ये सभी शक्ति की उस गंभीरता या डिग्री से संबंधित हैं, जिसे हम आगे बढ़ाते हैं। रचनात्मक शक्ति तभी काम करती है, जब विचार पूरी तरह तैयार हो जाता है, जब कल्पना आपकी महत्त्वाकांक्षा को रूप दे देती है और मन आपकी इच्छित वस्तु की तसवीर देखने लगता है—एक घर या कार या टेलीविजन—जैसे ये आपको पहले ही मिल चुके हों।

कथित रहस्यमय शिक्षाओं, विभिन्न मानसिक विज्ञानों और गिरजाघर की नियमित शिक्षाओं के अध्ययन के पश्चात् मुझे पूरी तरह से यह विश्वास हो गया है कि ये सभी विभिन्न स्तरों पर काम करती हैं, लेकिन केवल उस हद तक, जहाँ तक इनके अनुयायी इन पर विश्वास करते हैं। यही प्रार्थनाओं के साथ भी है, फिर चाहे वे चर्च सेवा का हिस्सा हों या पूर्णतः स्वाभाविक और व्यक्ति का अपना अनुनय-विनय हो।

फिर भी निष्कर्ष रूप में मुझे कहना पड़ रहा है कि बहुत से लोग प्रार्थनाओं को केवल मुँह से बोलते हैं। उन्हें इस बात पर रत्ती भर भी विश्वास नहीं होता कि उनकी इन प्रार्थनाओं का उत्तर मिलेगा। इसी कारण इनका उत्तर भी नहीं मिलता। मुझे अकसर उस बूढ़ी महिला की कहानी याद आती है, जो प्रार्थनाओं में विश्वास को स्वीकार करती थी और एक दिन उसने खरीदारी के लिए जाने की योजना बनाई। जाने से एक दिन पहले उसने प्रार्थना की, उसके खरीदारीवाले दिन धूप खिली रहे। प्रार्थना समाप्त करने के बाद उसने खिड़की से बाहर झाँका तो उसे कुछ काले बादल दिखाई दिए और उसने तुरंत कह दिया, "लेकिन मुझे पता है कि बारिश जरूर होगी।"

सन् 1944 के अंत में 'सैटरडे रिव्यू ऑफ लिटरेचर' के एक लेख में थॉमस सग्रू ने घोषणा की कि माइंड-क्योर (मन-उपचार) आंदोलन इतनी तेजी से बढ़ रहा है कि अब यह हर कहीं दिखाई देता है। उन्होंने कुछ मामलों का दृष्टांत दिया, जहाँ पीड़ितों को विशिष्ट परिणाम हासिल हुए थे। एक महिला, जो बासठ वर्ष की उम्र में आंशिक रूप से अपंग थी, गठिया के कारण उसकी उँगलियाँ मुड़ गई थीं। उसने यौगिक श्वसन की प्रणाली को अपनाया और वह अपने सभी शारीरिक विकारों से मुक्त हो गई। श्री सग्रू ने घोषित किया कि ठीक होने के बाद देखनेवाले उसे लगभग चालीस साल का बताते थे। एक और महिला को तत्त्व-मीमांसा की एक अन्य रहस्यमय प्रणाली से शानदार परिणाम हासिल हुए और वह अपनी वास्तविक उम्र से पंद्रह वर्ष कम लगने लगी। सग्रू ने एक सेवानिवृत्त पादरी के बारे में भी बताया, जो बीते बारह सालों से मानसिक प्रतिभास के साथ प्रयोग कर रहा था और उसे चौंका देनेवाले परिणाम हासिल हुए।

सन् 1944 के अंत में 'सैटरडे रिव्यू ऑफ लिटरेचर' के एक लेख में थॉमस सग्रू ने घोषणा की कि माइंड-क्योर (मन-उपचार) आंदोलन इतनी तेजी से बढ़ रहा है कि अब यह हर कहीं दिखाई देता है। उन्होंने कुछ मामलों का दृष्टांत दिया, जहाँ पीड़ितों को विशिष्ट परिणाम हासिल हुए थे। एक महिला, जो बासठ वर्ष की उम्र में आंशिक रूप से अपंग थी, गठिया के कारण उसकी उँगलियाँ मुड़ गई थीं। उसने यौगिक श्वसन की प्रणाली को अपनाया और वह अपने सभी शारीरिक विकारों से मुक्त हो गई।

इससे हम केवल इस निष्कर्ष पर पहुँचते हैं कि सभी प्रणालियाँ, मजहब और

संप्रदाय व्यक्ति की दृढ़ आस्था से ही परिणाम देते हैं—और यही हमें विश्वास के जादू तक लाता है।

मनोविश्लेषण के संस्थापक सिगमंड फ्रायड ने इस परिकल्पना को प्रस्तुत किया कि हमारे भीतर का एक शक्तिशाली बल, मन का अप्रकाशित भाग, जो हमारे चेतन मन से भिन्न है—निरंतर हमारे विचारों, एहसासों और कार्यों का गठन करता रहता है। यह कथित भौतिक पदार्थ का अंग नहीं है, जैसा हम मस्तिष्क को मानते हैं। विज्ञान मानव शरीर में इसकी वास्तविक स्थिति को नहीं खोज पाया है। इसके बावजूद यह वहीं है और शुरुआत से ही मनुष्य को इसके होने का पता है। पुराने लोग अकसर इसे 'आत्मा' बताते थे। पैरासेलस ने इसे इच्छा-शक्ति कहा, बाकी सब इसे मस्तिष्क से संबंधित मन कहते थे। कुछ लोगों ने इसे चेतना बताया, जो हमारे 'भीतर की स्थिर, मंद आवाज' है। बाकियों ने इसे हमारे मानसिक अस्तित्व एवं आत्मा की विभक्ति कहा और कुछ तत्त्व-मीमांसक शिक्षकों ने दावा किया कि यह स्नायु गुच्छ में अवस्थित है। बाकी सब ने इसे सर्वोच्च-अहं, आंतरिक शक्ति, सर्वोच्च चेतना, अचैतन्य, अवचेतन तथा अन्य कई नामों से पुकारा। इसके बाद भी कुछ लोगों ने दावा किया कि यह सर्वोच्च बुद्धिमत्ता का हिस्सा है, जिससे हम सभी जुड़े हुए हैं। अतः इसे 'सार्वभौमिक मन' का नाम दिया, जो मनुष्यों के साथ ही पेड़-पौधों और पशुओं जैसे सभी जीवित प्राणियों में समाविष्ट है।

हम चाहे इसे जिस नाम से पुकारें, मैं इसे 'अवचेतन' कहता हूँ। इसे जीवन के सार के रूप में पहचानना चाहिए और इसकी शक्ति की सीमा अज्ञात है। यह कभी सोता नहीं। यह बेहद मुश्किल समय में हमारी सहायता करता है। यह हमें नजदीकी खतरों से आगाह करता है। यह अकसर हमें ऐसे कार्य करने में सहायता करता है, जो असंभव लगते हैं। यह कई तरह से हमारा मार्गदर्शन करता है और यदि उचित ढंग से उपयोग किया जाए तो कथित चमत्कार भी करता है।

हम चाहे इसे जिस नाम से पुकारें, मैं इसे 'अवचेतन' कहता हूँ। इसे जीवन के सार के रूप में पहचानना चाहिए और इसकी शक्ति की सीमा अज्ञात है। यह कभी सोता नहीं। यह बेहद मुश्किल समय में हमारी सहायता करता है। यह हमें नजदीकी खतरों से आगाह करता है। यह अकसर हमें ऐसे कार्य करने में सहायता करता है,

जो असंभव लगते हैं। यह कई तरह से हमारा मार्गदर्शन करता है और यदि उचित ढंग से उपयोग किया जाए तो कथित चमत्कार भी करता है।

यह तटस्थ भाव से वह सब करता है, जो कहा गया है, यानी जब चेतन मन इसे निर्देश देता या विनती करता है तो यह प्रमुख रूप से इसकी अपनी पहल पर कार्य करता है; हालाँकि कभी-कभी ऐसा भी होता है, जब इसके कार्य बाहरी प्रभावों का परिणाम प्रतीत होते हैं।

सर ऑर्थर एडिंगटन की उक्ति है, "मेरा विश्वास है कि मन के पास अणुओं के समूह, बल्कि आणविक व्यवहारों की असमानता को प्रभावित करने की शक्ति है और संसार-क्रम भी भौतिक नियमों से पूर्व निर्धारित नहीं होते, बल्कि मनुष्यों के अनुचित संकल्प द्वारा संभवतः बदला भी जा सकता है।"

एक बार पूरी तरह समझ आ जाने पर यह विचार विस्मयकारी हो जाता है। इसे विद्युतीय और कंपन सिद्धांत के आलोक में अधिक आसानी से समझा जा सकता है।

इस विषय का प्रत्येक छात्र जानता है कि अवचेतन मन के साथ सीधा संबंध स्थापित हो जाने के बाद क्या हासिल किया जा सकता है! संसार में हजारों लोगों ने इसके उपयोग से धन, शक्ति और यश के साथ-ही-साथ शारीरिक व्याधियों का उपचार प्राप्त करने के साथ ही अनगिनत मानवीय समस्याओं को भी सुलझाया है। और इस शक्ति का आप भी उपयोग कर सकते हैं। इसके लिए आपको सिर्फ यह कदम उठाना है कि इसकी शक्ति पर विश्वास करें और इस पुस्तक में आगे बताई तकनीक का उपयोग करें—या इसकी जगह अपनी खुद की प्रणाली पर विचार करें, जो आपके लिए काम कर सके।

1920 के दशक में डाना स्लीथ के देहाती लोगों के पर्यवेक्षण पर लिखे शृंखलाबद्ध स्तंभ अखबार के पाठकों के बीच प्रसिद्ध हैं। उन्होंने एक बार मुझे बताया था कि वे अवचेतन मन को अपने सबसे बड़े सहायकों में से एक मानते हैं, जो न केवल विचार प्रदान करता है, बल्कि उन्हें खोए हुए संसाधनों व अन्य लेखों में भी मदद देता है। श्री स्लीथ उस समय शहरों व कस्बों से दूर पहाड़ पर रहते थे, जहाँ वे एक स्तंभकार व किसान के रूप में कार्य करते थे। उन्होंने इस विषय का विशद अध्ययन किया था और हम अकसर पत्रों द्वारा अपने विचारों पर चर्चा किया करते थे। अवचेतन मन—यह बहुत शानदार चीज है, (श्री स्लीथ ने कहा है) और जैसा मेरा जीवन है, मुझे नहीं पता कि अधिक-से-अधिक लोग इसे सीखना और उपयोग करना क्यों नहीं चाहते? मुझे नहीं पता कि कितनी हजार बार इसने मेरी समस्याओं को सुलझाने में मेरी मदद की है। मेरे दिमाग में फीचर लिखने संबंधी विचार अकसर

उस समय आए हैं, जब मैं खूँटे खोदने जैसे छोटे कामों में व्यस्त होता था। और जहाँ तक खोए औजार ढूँढ़ने की बात है, ये सबसे आगे है।

आप जानते होंगे कि कोई भी चीज खोती नहीं है—बस, गलत जगह रखी होती है। इसे खोजने की सबसे सही जगह वह है, जहाँ आपने इसे रखा या छोड़ा था। मैंने दर्जनों बार खोए हुए औजारों को लगभग उसी जगह खोजा है, जहाँ मेरे अवचेतन मन ने उन्हें खोजने के लिए कहा था। जैसे—उदाहरण के लिए, वह एक जेबी चाकू था—मेरा वाला थोड़ा बड़ा था। मैंने उसे खो दिया या कहीं गिरा दिया है। मैं कहूँगा, "जेबी चाकू, तुम कहाँ हो?" तब मैं क्षण भर के लिए अपनी आँखें बंद करूँगा या शून्य में टकटकी लगाकर घूरता हूँ। उत्तर हमेशा फौरन नहीं मिलता, लेकिन जब मिलता है तो एक झटके से मिलता है और यह मुझे उस सही जगह ले जाएगा, जहाँ वह चाकू वास्तव में है। यह हमेशा काम करता है; बल्कि कुल्हाड़ी, रेक और ऐसे ही अन्य औजार पर भी, जिन्हें मैं हमेशा कहीं रखकर भूल जाता हूँ। आपको पता ही होगा कि हम अखबारवाले अधिक सुव्यवस्थित नहीं होते।

आप जानते होंगे कि कोई भी चीज खोती नहीं है—बस, गलत जगह रखी होती है। इसे खोजने की सबसे सही जगह वह है, जहाँ आपने इसे रखा या छोड़ा था। मैंने दर्जनों बार खोए हुए औजारों को लगभग उसी जगह खोजा है, जहाँ मेरे अवचेतन मन ने उन्हें खोजने के लिए कहा था। जैसे—उदाहरण के लिए, वह एक जेबी चाकू था—मेरा वाला थोड़ा बड़ा था। मैंने उसे खो दिया या कहीं गिरा दिया है। मैं कहूँगा, "जेबी चाकू, तुम कहाँ हो?" तब मैं क्षण भर के लिए अपनी आँखें बंद करूँगा या शून्य में टकटकी लगाकर घूरता हूँ। उत्तर हमेशा फौरन नहीं मिलता, लेकिन जब मिलता है तो एक झटके से मिलता है और यह मुझे उस सही जगह ले जाएगा, जहाँ वह चाकू वास्तव में है।

मुझे नाम याद करने में खासी परेशानी होती है; लेकिन मैंने देखा है कि मैं जिस पुरुष व स्त्री का नाम अस्थायी तौर पर भूल रहा हूँ, यदि मैं उसकी विशेषताओं, आँखों व बालों का रंग, कपड़े पहनने का तरीका आदि की कल्पना कर सकूँ तो अवचेतन मन बिना किसी परेशानी के उसका नाम बता देता है।

मुझे नहीं पता कि मैंने यह कहाँ से सीखा है; लेकिन किसी बात को याद करने में, उस वक्त की कोई विशेष कहानी या विशेष तथ्य काम आता है। मैं आराम से

बैठ जाता हूँ, अपना सिर थोड़ा ऊँचा उठा लेता हूँ और अपने दाएँ हाथ को अपने माथे से कुछ इंच दूर रख लेता हूँ। कई बार मैं अपनी आँखें बंद कर लेता हूँ या शून्य में ताकने लगता हूँ; लेकिन इस छोटी सी तरकीब से हमेशा परिणाम मिले हैं।

हमेशा याद रखें—आविष्कार, महान् संगीत रचनाएँ, कविताएँ, काल्पनिक कहानियाँ और मौलिक उपलब्धियों से संबंधित विचार अवचेतन से ही आते हैं। इस पर विचार करें या सामग्री दें और इसे प्रदर्शन से संबंधित गहन इच्छा से जोड़े रखें और आपको परिणाम अवश्य मिलेंगे। पुरानी कहावत है—एक बार जब हम बुनाई आरंभ कर देते हैं तो उसकी सभी गड़बड़ियों को ईश्वर सुलझाते हैं और यह बिल्कुल सच है।

जब आप इस शक्ति की सहायता से कार्य करने लगते हैं तो सभी टुकड़े अपने आप इस तरह सही जगह लगने लगते हैं, जैसे उन्हें किसी जादुई हाथ ने छू दिया हो! निश्चित रूप से परिणाम बेहद अद्भुत ढंग से प्राप्त होंगे। जैसे ही किसी वस्तु को पाने की इच्छा उत्पन्न होगी, वहीं ये उत्पन्न हो जाएँगे।

देखने में जो संयोग प्रतीत होते हैं, वास्तव में वे कतई संयोग नहीं होते, बल्कि उस प्रारूप का फल होते हैं, जिसकी शुरुआत आपने खुद बुनकर की थी।

देखने में जो संयोग प्रतीत होते हैं, वास्तव में वे कतई संयोग नहीं होते, बल्कि उस प्रारूप का फल होते हैं, जिसकी शुरुआत आपने खुद बुनकर की थी। मुझे पूरा विश्वास है कि हजारों स्त्री-पुरुषों ने, जो महान् ऊँचाइयों तक पहुँचे और शानदार परिणाम हासिल किए, जबकि वे अवचेतन मन के बारे में कुछ नहीं जानते थे और न ही उन्हें यह पता था कि उन्होंने इसी की शक्ति से सबकुछ हासिल किया है।

मुझे पूरा विश्वास है कि हजारों स्त्री-पुरुषों ने, जो महान् ऊँचाइयों तक पहुँचे और शानदार परिणाम हासिल किए, जबकि वे अवचेतन मन के बारे में कुछ नहीं जानते थे और न ही उन्हें यह पता था कि उन्होंने इसी की शक्ति से सबकुछ हासिल किया है।

यहाँ पहाड़ों, लोगों से दूर और दैनिक प्रभावों से अछूता रहकर मुझे अकसर लगता है कि जो लोग प्रकृति के निकट रहते हैं, वे अपने अवचेतन मन का बाकी सबके मुकाबले अधिक अच्छी तरह उपयोग कर सकते हैं। मुझे विश्वास है कि एक दिन आएगा, जब विज्ञान इस बात को साबित कर देगा कि अवचेतन की महान् शक्ति उन सबसे दुर्जेय बलों में से है, जो हमारे जीवन को आकार देते हैं व नियंत्रित करते हैं।

क्षण भर को अचानक आया विचार जन्म के साथ ही मर जाता है, हालाँकि बाद में यह संचयी शक्ति के तौर पर प्रकट होता है, लेकिन जो बल अवचेतन की महान् प्रणाली को खेल में लाती है, वो सतत विचार है—या जैसा मैंने पहले बताया, एक स्थिर मानसिक तसवीर है। अवचेतन बल को सक्रिय करने के लिए चेतन विचारों के कंपन की गति बढ़ाने के बहुत से तरीके मौजूद हैं; हालाँकि कई बार, सिर्फ एक उक्ति, एक क्षणिक झलक और एक व्यक्ति से दूसरे तक पहुँचे एक या दो शब्द, अवचेतन मन को फौरन सक्रिय कर देते हैं। यह कोई आफत भरा खतरा, बेहद विपत्ति का क्षण या अत्यधिक तनाव का काल हो सकता है, जहाँ ये व्यक्ति की तुरंत कारवाई की आवश्यकता को देखकर फौरन मुकाबले के लिए तैयार करता है। अवचेतन उनकी भी सहायता करता है, जिन्हें फौरन लगभग तभी फैसले लेने की आदत होती है और यह उस समय कार्य करने लगता है, जब आप अपने चेतन मन में विविध विचारों के टकराव को दूर कर चुके हों। 'मौन में जाना' इसे प्रकट करने का एक और तरीका है। डॉन जुआन ने कार्लोस कास्तेदा से कहा था कि मन का निरंतर बोलते रहना वह सबसे बड़ी बाधा है, जो उच्चतर मार्गदर्शन तक नहीं पहुँचने देती। अवचेतन को वास्तविक उपयोग में लाने का संभवतः सबसे प्रभावशाली तरीका इसकी मानसिक तसवीर बनाना है। अपनी कल्पना का उपयोग कर उस वस्तु या जैसे हालात आप चाहते हों, उनके भौतिक प्रारूप की एक निर्दोष तसवीर बनाएँ। आमतौर पर इसे 'मानस दर्शन' (विजुअलाइजेशन) कहा जाता है।

> ***इसे भावनाओं का दौर, आध्यात्मिक बल, किसी प्रकार का विद्युतीय कंपन, आप जो चाहें, वो कह सकते हैं—लेकिन यही वह बल है, जो अप्रतिम परिणाम प्रदान करता है, आकर्षण के नियम को परिचालित करता है और विषय से संबंधित विचारों को सतत बनाए रखता है। विश्वास मन की गति या विचार-आवृत्ति को बदल देता है।***

तथापि सबसे सतत व निरंतर अभिव्यंजना का परिणाम गहन विश्वास के रूप में मिलता है। इस विश्वास के द्वारा इसकी अद्‌भुत शक्ति से चमत्कार होते हैं और वह विशिष्ट घटनाक्रम घटता है, जिसका कोई स्पष्टीकरण नहीं मिलता। यहाँ मैं उस निर्विवाद विश्वास को संदर्भित कर रहा हूँ, जो आपके उस पर पूरे हृदय व आत्मा से विश्वास करने पर एक दृढ़ व सकारात्मक धारणा के रूप में आपके अस्तित्व के प्रत्येक रेशे से निकलती है।

इसे भावनाओं का दौर, आध्यात्मिक बल, किसी प्रकार का विद्युतीय कंपन, आप जो चाहें, वो कह सकते हैं—लेकिन यही वह बल है, जो अप्रतिम परिणाम प्रदान करता है, आकर्षण के नियम को परिचालित करता है और विषय से संबंधित विचारों को सतत बनाए रखता है। विश्वास मन की गति या विचार-आवृत्ति को बदल देता है। एक विशाल चुंबक की भाँति यह अवचेतन बल को कार्यशील करता है, जिससे आपका संपूर्ण ऑरा (तेज) परिवर्तित हो जाता है और आपकी सभी चीजों को प्रभावित करता है, जिनमें सुदूर स्थित लोग व वस्तुएँ भी शामिल रहती हैं। यह आपके जीवन के व्यक्तिगत परिवेश में ऐसे परिणाम लाता है, जो चौंका देनेवाले होते हैं—ऐसे परिणाम, जिनके सच होने का आपने कभी सपना भी नहीं देखा होगा।

'बाइबल' में विश्वास से जुड़े अनगिनत संदर्भ मिलते हैं। बहुत से धार्मिक, सहयोगी और राजनीतिक संस्थाओं में यह सदस्यता की पहली शर्त होती है। नेता हर जगह ऐसे लोगों को खोजते रहते हैं, जो उसी पर विश्वास करते हों, जिसके लिए वे संघर्षरत हैं; क्योंकि मजबूत विश्वास कंपन से तरंगित लोग बहुधा ऐसी चमत्कारिक चीजें कर देते हैं, जो अकसर अन्य लोगों के लिए अविश्वसनीय होती हैं। इस प्रकार के विश्वास में जादुई स्पर्श होता है। निश्चित ही यही वह मूल सिद्धांत है, जो सफेद और काले दोनों प्रकार के जादू में होता है। □

3

अवचेतन मन वास्तव में क्या है?

प्रतिष्ठित फ्रांसीसी मनोवैज्ञानिक तथा 'फ्रॉम दि अनकॉन्शियस टू द कॉन्शियस' के लेखक गुस्ताव गेले ने कहा है, "ऐसा कोई चित्रकार, विज्ञान से संबंधित व्यक्ति या किसी भी श्रेणी का लेखक नहीं है, जिसका आत्म-विश्लेषण की तरफ थोड़ा भी झुकाव हो और जो अपने व्यक्तिगत अनुभव से इन्हीं के समान महत्त्वपूर्ण अवचेतन के बारे में नहीं जानता हो।" वे स्पष्ट करते हैं कि उन्नीसवीं शताब्दी तक अवचेतन मन के मनोविज्ञान को पूरी तरह उपेक्षित किया गया और इन्हें केवल असाधारण रोग या दुर्घटना का कारण माना जाता है। गेले कहते हैं कि "जीवन के सबसे अच्छे परिणाम तब मिलते हैं, जब चेतन व अवचेतन मन के बीच निकटस्थ सामंजस्य और सहयोग हो।"

विश्वास के जादू में अवचेतन मन बहुत महत्त्वपूर्ण भूमिका अदा करता है। इससे आप इस विज्ञान को अधिक शीघ्रता से समझ सकेंगे। अवचेतन मन क्या है, कहाँ स्थित होता है और यह अकेला तथा चेतन मन के साथ मिलकर दोनों ही तरह कैसे कार्य करता है, इसकी स्पष्ट व विस्तृत तसवीर आपको मिल सकेगी। इस अध्याय की कुछ सामग्री का संदर्भ व वर्णन आपको आगामी अध्यायों में भी मिल सकता है, लेकिन याद रखिए कि यह दोहराना इस विज्ञान की तकनीक का अनिवार्य भाग है। दोहराव इस विज्ञान को सिखाने में समान रूप से प्रभावी है। इसके अतिरिक्त, आप इसे जितनी जल्दी समझेंगे, अपनी इच्छित वस्तु को पाने के मार्ग पर उतनी ही जल्दी बढ़ सकेंगे।

अवचेतन मन की यह तसवीर आपके समक्ष प्रस्तुत करने में मैं बीच-बीच में वैज्ञानिक शब्दावली का प्रयोग अनिवार्य रूप से करूँगा; क्योंकि वास्तव में अवचेतन

मन से संबंधित सभी तरह का ज्ञान संसार के कुछ महान् मनोवैज्ञानिकों के अध्ययन और शोध से प्राप्त हुआ है, लेकिन फिर भी, शुरुआत में आपको इसे समझना थोड़ा कठिन हो सकता है। इसे बारंबार पढ़ने से यह सब स्पष्ट हो जाएगा और आपको वह ठोस बुनियाद मिलेगी, जिस पर चलकर आप इस विज्ञान के सक्रिय भाग की ओर बढ़ सकेंगे।

जैसा मैंने आपको पहले अध्याय में बताया, थॉमस जे. हडसन के 'द लॉ ऑफ साइकिक फिनॉमिना' से मैंने पहली बार अवचेतन मन तथा दैनिक जीवन में लोगों की मदद करने की इसकी महान् संभावनाओं के बारे में सोचना आरंभ किया। उस समय तक अन्य पुस्तकें, जैसे—एरमा फेरेल ग्रैबे और पॉल सी. फेरेल की 'द सब-कॉन्शियस स्पीक्स', थिओडोर क्लिंटन फूट की 'द सोर्स ऑफ पावर', मोर्टन प्रिंस, एम.डी. की 'द अन्कॉन्शियस' और हैनबरी हैन्किन की 'कॉमन सेंस एंड इट्स कल्टिवेशन' इस विषय संबंधी ज्ञान में अत्यधिक वृद्धि कर चुकी थीं। मेरी मंशा आपको चेतन व अवचेतन मन की तसवीर दिखाने के साथ ही वह सुनिश्चित निर्देश भी देना भी है कि आप किस तरह इसे नियंत्रित करते हुए इसकी ऊर्जा को अपनी इच्छा को पूरा करने की दिशा में निर्देशित कर सकते हैं।

बारह-मासी पद्य (दिवस) में मैंने जो कुछ भी लिखा है, उसकी संरचना और शोधन के बारे में मुझे कुछ याद नहीं और आज मैं उन्हें उस तरह नहीं लिख सकता और उनके मेरा होने के प्रमाण के तौर पर मेरे पास एम.एस. जैसे विभिन्न बाहरी प्रमाण हैं, जिनमें मुझे इनके तथा मैंने किन हालात में इनकी प्रतिलिपि अपने मित्रों तक पहुँचाई, यह ज्ञात है, आदि-आदि।" तो वे मनुष्य की मानसिक संरचना के दोहरे चरित्र से परिचित थे।

'द सब-कॉन्शियस स्पीक्स' के लेखकों ने लिखा है—"प्रत्येक मनुष्य में एक ऐसी सुषुप्त योग्यता होती है, जो विकसित हो या न हो, यदि उस व्यक्ति के चेतन मन में सफल होने की इच्छा मौजूद हो तो उसे सफल बना सकती है।" यह 'योग्यता' अपनी अद्भुत और असाधारण शक्तियों के लिए जानी जाती है, लेकिन लगभग डेढ़ सदी पहले तक जिन मनोवैज्ञानिकों ने इसे अपने विशिष्ट अनुसंधान व प्रयोगों का विषय बनाया, उन्होंने इसे 'अवचेतन मन' कहा। निश्चित ही एमर्सन जब अपने जर्नल में लिखते हैं कि "मुझे ज्ञात हुआ कि मन की एक अवस्था दूसरी अवस्था को न तो याद रखती है और न ही उसे समझ सकती है। इसलिए बारह-मासी पद्य

(दिवस) में मैंने जो कुछ भी लिखा है, उसकी संरचना और शोधन के बारे में मुझे कुछ याद नहीं और आज मैं उन्हें उस तरह नहीं लिख सकता और उनके मेरा होने के प्रमाण के तौर पर मेरे पास एम.एस. जैसे विभिन्न बाहरी प्रमाण हैं, जिनमें मुझे इनके तथा मैंने किन हालात में इनकी प्रतिलिपि अपने मित्रों तक पहुँचाई, यह ज्ञात है, आदि-आदि।" तो वे मनुष्य की मानसिक संरचना के दोहरे चरित्र से परिचित थे।

आज 'चेतन' व 'अवचेतन' शब्द को व्यापक रूप से समझा जाता है। यह ज्ञात हो चुका है कि हम सभी के दो मन हैं। इनमें से हर एक के पास अपना भिन्न और पृथक् गुण व शक्तियाँ हैं और इसमें से प्रत्येक कुछ सुनिश्चित परिस्थितियों में स्वतंत्र रूप से कार्य करने में सक्षम है। इसलिए यह समझने में कोई परेशानी नहीं है कि चेतन मन मस्तिष्क में कार्य करता है, क्योंकि जब भी आप पूरे एकाग्रचित्त ध्यान से कुछ करते हैं, आप अपने सिर में उसकी उपस्थिति महसूस करते हैं। कई बार ये विचार इतने तीव्र व दीर्घ होते हैं कि आपके सिर में दर्द होने लगता है या आपकी आँखें थक जाती हैं या आपकी कनपटी फड़कने लगती है। साथ ही आप साधारणतः अपने विचारों के स्रोत को खोजकर पता लगा सकते हैं। संभव है कि यह आपकी किसी देखी, सुनी या पढ़ी गई चीज से संबंधित हो; शायद यह आपके व्यापार या घर से जुड़ा कोई नया विचार हो। हो सकता है, यह किसी ऐसे विचार का विस्तार हो, जिसके बारे में आप लंबे समय से सोच रहे थे। संक्षेप में कहें तो आप इससे किसी ऐसी चीज से जुड़े होते हैं, जो पहले से ही आपकी चेतना से संबंधित है। कई बार आपका मन किसी जटिल समस्या को सुलझाने के प्रयास में होता है और समाधान तक न पहुँचने पर आप इतने थके व निराश होते हैं कि आप 'हार मान जाते हैं।' 'सब भूल जाने', 'मन को इससे दूर हटाने' से हल करते हैं। यह क्रिया आप अकसर तब करते हैं, जब इस विचार के कारण मस्तिष्क में चल रही उमड़-घुमड़ के कारण आप सो नहीं पाते। जिस क्षण आप इसे त्याग देते हैं, यह डूबना आरंभ हो जाता है और यह आपके भीतर गहरे में उतरता जाता है। तब आपके चेतन मन का तनाव घट जाता है। जल्दी ही आप सो जाते हैं। अगली सुबह जब आप उठते हैं, आपका चेतन मन उस समस्या पर एक बार फिर उस समय विचार करना आरंभ कर देता है और तब अचानक आपके मन की आँखों के समक्ष इसका पूर्ण समाधान एवं इस दिशा में आपके करने योग्य कार्यों से संबंधित दिशा-निर्देशों की मानसिक तसवीर आ जाती है।

आपके इसे अपने चेतन मन से निकाल देने पर यह विचार कहाँ गया था?

आपके भीतर की किस शक्ति के माध्यम से यह समस्या हल हुई? बहुत से लेखक, वक्ता, कलाकार, संगीतकार, डिजाइनर, आविष्कारक और अन्य रचनात्मक कार्य करनेवाले, जाने-अनजाने, लंबे समय से इस अवचेतन मन का उपयोग कर रहे हैं। जाने-माने पुस्तक संपादक मर्टन एस. यूडेल ने अमेरिकी उपन्यासकार लुइस ब्रोमफील्ड की इस उक्ति की ओर मेरा ध्यान खींचा—

बहुत समय पूर्व मैंने दूसरे लेखकों तथा अपने बीच एक अत्यंत उपयोगी खोज की कि मनोवैज्ञानिकों द्वारा 'अवचेतन' कहा जानेवाला मन का एक ऐसा भी हिस्सा होता है, जो उस समय भी काम कर रहा होता है, जब आप सो रहे हों, या बल्कि जब आप आराम कर रहे हों या कोई ऐसा कार्य कर रहे हों, जिसका लेखन से कोई वास्ता नहीं। मैंने मन के इस हिस्से को अत्यधिक संयोजित रूप से कार्य करने के लिए प्रशिक्षित कर लिया है। अकसर सुबह जागने पर मैं जिस तकनीक या कथानक या किरदार से जुड़ी समस्या को लेकर लंबे समय से परेशान था, मेरे सोने के दौरान वह पूरी तरह हल हो जाती है। वंशानुगत प्रवृत्तियों और अनुभव संचित 'अवचेतन मन' का फैसला वास्तव में अचूक होता है और मैं बोधपूर्ण विचारों की लंबी व तार्किक प्रक्रिया के फैसले की जगह हमेशा उसके निर्णय पर भरोसा करता हूँ।

बहुत समय पूर्व मैंने दूसरे लेखकों तथा अपने बीच एक अत्यंत उपयोगी खोज की कि मनोवैज्ञानिकों द्वारा 'अवचेतन' कहा जानेवाला मन का एक ऐसा भी हिस्सा होता है, जो उस समय भी काम कर रहा होता है, जब आप सो रहे हों, या बल्कि जब आप आराम कर रहे हों या कोई ऐसा कार्य कर रहे हों, जिसका लेखन से कोई वास्ता नहीं। मैंने मन के इस हिस्से को अत्यधिक संयोजित रूप से कार्य करने के लिए प्रशिक्षित कर लिया है।

निस्संदेह अब तक आप अपने दो मनों की मानसिक तसवीर बना चुके होंगे—चैतन्य की सीमा से ऊपर आपके मस्तिष्क में चेतन मन और चैतन्य की सीमा से नीचे आपके शरीर में अवचेतन मन, जिनके बीच संवाद का माध्यम भी है।

यह चेतन मन विचारों का स्रोत है। साथ ही, यह हमें हमारे सामान्य जाग्रत् जीवन में जागरूकता का भाव भी प्रदान करता है। हमारे यहाँ और अभी होने का ज्ञान; अपने वातावरण को पहचानने व समझने, जिसके पास हमारी मानसिक शक्तियों

पर शासन का अधिकार है, पिछले जीवन की घटनाएँ याद दिलाता है और हमारी भावनाओं एवं उनके महत्त्व को समझता है। यह हमें अपने से जुड़े लोगों व वस्तुओं के संबंध में, हमारी सफलताओं व कमियों, तर्क की वैधता या किसी कला के सौंदर्य के प्रति तर्कसंगत बोध हासिल करने में सक्षम बनाता है।

चेतन मन की प्रमुख शक्तियाँ कारण, तर्क, आकार, निर्णय, गणना, विवेक और नैतिक बुद्धि हैं। इनके द्वारा हम भौतिक जगत् का ज्ञान लेते हैं और हम अपनी पाँच भौतिक इंद्रियों द्वारा इसका अवलोकन करते हैं। हमारा चेतन मन हमारी भौतिक आवश्यकताओं का नतीजा होने के साथ ही भौतिक वातावरण से संघर्ष में हमारा मार्गदर्शक भी है। इसका प्रमुख कार्य तर्क-वितर्क है। ऐसा यह—प्रेरक और उत्प्रेरक, विश्लेषणात्मक और कृत्रिम सभी तरीकों से करता है। उदाहरण के लिए, मान लीजिए, आप कोई नया सिद्धांत खोज रहे हैं। आप अपने चेतन मन का उपयोग करते हुए तर्क-वितर्क की प्रेरक पद्धति को काम में लेते हैं। इसके लिए सबसे पहले आप अपनी विवेकानुभूति के समक्ष पेश हुए तर्कों व तत्त्वों को संकलित करते हैं। इसके बाद आप उनकी दूसरों के साथ तुलना करते हैं और उनके बीच की समानता व असमानता पर ध्यान देते हैं। तब आप उनमें से उनको छाँटते हैं, जो गुण, उपयोग या कार्य करने में एक समान हों। इसके बाद आप एक साधारणीकरण या नियम को आकार देने की तरफ बढ़ते हैं कि वे चीजें, जिनमें ऐसी विशेषताएँ हों, वे इस तरह से कार्य करती हैं।

यह ज्ञान तक पहुँचने की वैज्ञानिक विधि है और यही स्कूलों व कॉलेजों में आधुनिक शिक्षा का आधार बनता है। हम सब इसका किसी-न-किसी रूप में उपयोग करते हैं; अपनी निजी, सामाजिक, व्यापारिक, पेशेवर या आर्थिक समस्याएँ सुलझाने में मदद लेते हैं। बहुत बार हमारी समस्याओं का समाधान इसी चेतन मन के उपयोग का परिणाम होता है, लेकिन यदा-कदा जब समाधान नहीं मिल पाता तो हम इन निरंतर प्रयासों के कारण थक जाते हैं।

यह ज्ञान तक पहुँचने की वैज्ञानिक विधि है और यही स्कूलों व कॉलेजों में आधुनिक शिक्षा का आधार बनता है। हम सब इसका किसी-न-किसी रूप में उपयोग करते हैं; अपनी निजी, सामाजिक, व्यापारिक, पेशेवर या आर्थिक समस्याएँ सुलझाने में मदद लेते हैं। बहुत बार हमारी समस्याओं का समाधान इसी चेतन मन के उपयोग

का परिणाम होता है, लेकिन यदा-कदा जब समाधान नहीं मिल पाता तो हम इन निरंतर प्रयासों के कारण थक जाते हैं। हम अपने आप में विश्वास खोने लगते हैं और अकसर हम इस विचार पर पहुँचते हैं कि हम असफल हो गए हैं और अब इस मामले में और कुछ नहीं किया जा सकता। यहीं अवचेतन मन आता है—यह हमारे अपने पर विश्वास के नवीकरण में मदद करता है, हमें हमारी कठिनाई से पार पाने में सहायता करता है और हमें उपलब्धियों व सफलता के मार्ग पर लाता है।

जिस तरह चेतन मन विचारों का स्रोत है, अवचेतन मन शक्ति का स्रोत है। सहज वृत्ति की बुनियाद सहित ये व्यक्ति की सबसे तात्त्विक इच्छा से परिचित है और यह हमेशा इसे ऊपर सचेतन अस्तित्व की ओर धकेलता रहता है। यह मनुष्य व प्रकृति के सहज विचारों का भंडार गृह है और एक स्मृति कोष है, जिसमें चेतन मन समय-समय पर तथ्यों व अनुभवों को दर्ज कर उन्हें भविष्य में उपयोग करने के लिए सुरक्षित करता है। अत: अवचेतन मन न केवल हर तरह की सदैव तैयार सामग्री के लिए एक विशाल भंडार गृह है, जो चेतन मन की निगरानी में है, बल्कि यह ऊर्जा का ऐसा पावर हाउस है, जिससे व्यक्ति को चार्ज किया जा सकता है। इससे वह अपने भीतर शक्ति, साहस और आस्था को पुन: प्राप्त करने में सक्षम बनाता है। अवचेतन मन इतना शक्तिशाली होता है।

अवचेतन मन न केवल हर तरह की सदैव तैयार सामग्री के लिए एक विशाल भंडार गृह है, जो चेतन मन की निगरानी में है, बल्कि यह ऊर्जा का ऐसा पावर हाउस है, जिससे व्यक्ति को चार्ज किया जा सकता है। इससे वह अपने भीतर शक्ति, साहस और आस्था को पुनः प्राप्त करने में सक्षम बनाता है। अवचेतन मन इतना शक्तिशाली होता है।

अवचेतन मन जगह एवं समय से परे है और मूल रूप से सार्वभौमिक अंत:संपर्क का एक शक्तिशाली प्रेषण व प्राप्ति स्टेशन है। यह शारीरिक, मानसिक, मनोवैज्ञानिक और बहुत से अनुसंधानकर्ताओं के अनुसार आध्यात्मिक जगत् से संवाद करती है। संक्षेप में, अवचेतन में अतीत के एहसास व बुद्धिमत्ता, वर्तमान की जागरूकता और ज्ञान तथा भविष्य के विचार व विजन को साकार करता है। एमर्सन ने हालाँकि 'सहज वृत्ति' के विविध उच्चतर गुणों के बारे में बहुत लिखा है कि निस्संदेह वे अवचेतन मन पर विचार कर रहे थे कि "विचार और क्रिया संबंधी प्रत्येक वास्तविक प्रज्ञा इसी सहज वृत्ति तथा विलंब सहित सहनशीलता से आती है।

अवचेतन मन में बहुत सी शक्तियाँ हैं—सहज बोध, भावना, विश्वास, प्रेरणा, सुझाव, अनुमान, कल्पना, नियोजन और निस्संदेह स्मृति और सक्रिय ऊर्जा। ये भौतिक संदर्भों में स्वतंत्र रहते हुए अपने वातावरण का ध्यान रखते हैं। इन्हें सहज बोध द्वारा जाना जा सकता है। ये अत्यधिक सफल परिचालन व सर्वश्रेष्ठ प्रदर्शन तब करते हैं, जब वस्तुगत संवेदना स्थिर हो। यह जागते व सोते दोनों समय काम कर सकता है।

इस सहज वृत्ति का जीवन के प्रत्येक क्षेत्र में व्यावहारिक उपयोग करने में वास्तविक प्रज्ञा शामिल रहती है और हमें ऐसी आदत बनानी होगी कि हमें सभी मामलों में इससे मार्गदर्शन जैसा प्राप्त होगा, वैसे ही उपयोग करेंगे।"

अवचेतन मन में बहुत सी शक्तियाँ हैं—सहज बोध, भावना, विश्वास, प्रेरणा, सुझाव, अनुमान, कल्पना, नियोजन और निस्संदेह स्मृति और सक्रिय ऊर्जा। ये भौतिक संदर्भों में स्वतंत्र रहते हुए अपने वातावरण का ध्यान रखते हैं। इन्हें सहज बोध द्वारा जाना जा सकता है। ये अत्यधिक सफल परिचालन व सर्वश्रेष्ठ प्रदर्शन तब करते हैं, जब वस्तुगत संवेदना स्थिर हो। यह जागते व सोते दोनों समय काम कर सकता है। भिन्न अस्तित्व होने से इसकी शक्तियाँ व गतिविधियाँ भी स्वतंत्र होती हैं तथा इसका मानसिक गठन भी विशिष्ट होता है। ये अपने अस्तित्व का भौतिक शरीर तथा व्यक्ति के जीवन के साथ निकट संबंध बनाए रखते हैं। इसके बावजूद ये शरीर से स्वतंत्र होकर कार्य करते हैं।

अब अवचेतन मन के तीन मुख्य कार्य हैं—पहला, शारीरिक आवश्यकताओं के प्रति सहज बोध के द्वारा ये शारीरिक स्वास्थ्य और यथार्थतः व्यक्ति के जीवन की देख-रेख व परिरक्षण करते हैं (चेतन मन की सहायता के बिना); दूसरा, जैसा हमने पिछले अध्याय में बताया था, अत्यंत आपातावस्था में यह तुरंत काररवाई करता है (एक बार पुनः चेतन मन के बिना स्वतंत्र रूप से) और अविश्वसनीय निश्चितता, तीव्रता, सटीकता एवं बोध के साथ कार्य करते हुए सुप्रीम कमांड बन जाना तथा तीसरा, ये अलौकिक जगत् में क्रियाशील रहता है। अवचेतन मन की अलौकिक शक्तियाँ टेलीपैथी, दिव्य दृष्टि और सायकोकिनेसिस जैसी अद्‌भुत घटनाओं में प्रत्यक्ष होता है। इसके अतिरिक्त अत्यधिक निजी आवश्यकता के समय इसे चेतन मन की मदद के लिए भी बुलाया जा सकता है। तब चेतन मन अवचेतन को बुलाकर उसे

अपनी शक्तियों व संसाधनों के माध्यम से महत्त्वपूर्ण समस्या का हल या व्यक्ति जो चाहता है या उसकी इच्छा को पूरा करवाने के लिए कहता है। इस पुस्तक में हम विशेष रूप से उस तकनीक पर केंद्रित रहेंगे, जिसके द्वारा अवचेतन मन आपके लाभ हेतु कार्य करने लगे।

तदनुसार, अवचेतन मन की शक्तियों व संसाधनों को प्राप्त करने और उन्हें कार्य में प्रवृत्त करने के लिए आपको सबसे पहले यह सुनिश्चित करना होगा कि आप वह चीज माँग रहे हैं, जो आपकी अपनी है और जिसे सँभालने की आप में क्षमता है; क्योंकि अवचेतन मन अपने आपको केवल उतना ही प्रकट करता है, जितनी व्यक्ति में क्षमता होती है। तत्पश्चात् अवचेतन तक अपनी आवश्यकता पहुँचाते समय यह काम के पहले ही पूरा हो जाने की तसवीर के रूप में होना चाहिए। अतः, जहाँ आपका स्वयं को सफल अनुभव करना व मानना आवश्यक है, वहीं यह भी महत्त्वपूर्ण है कि आप एक कदम आगे जाएँ और अपने आपको पहले से ही सफल हुआ देखें। अगला व अंतिम कदम यह है कि जब अवचेतन मन आपकी समस्या के तत्त्वों को आत्मसात् कर रहा हो, उस दौरान धैर्यपूर्वक प्रतीक्षा करें और उसे आपके लिए समाधान निकालने हेतु अपने तरीके से काम करने दें। आप में धैर्य व पूर्ण आस्था होना आवश्यक है, जैसा फ्रांसीसी दार्शनिक थिओडोर साइमन जोफ्रॉय ने कहा था, "अवचेतन मन उनके लिए कार्य करने की तकलीफ नहीं उठाएगा, जो उस पर विश्वास नहीं करता।"

उचित समय आने पर आपके विचारों के प्रवाह और आपके प्रतीक्षारत चेतन मन के अवचेतन की योजना द्वारा आपकी समस्याओं का हल आपके सामने आ जाएगा और आपको सही मार्ग का संकेत भी मिल जाएगा। आपको अवचेतन मन के इस संदेश को मुक्त भाव से लेना होगा और इसे समझने के बाद आपको बिना सोच-विचार किए उसी क्षण व तुरंत कारवाई करनी होगी। केवल शीघ्र और स्वचालित प्रतिक्रिया देने पर ही आपका अवचेतन मन हर बार बुलाने पर जवाब देता है।

उचित समय आने पर आपके विचारों के प्रवाह और आपके प्रतीक्षारत चेतन मन के अवचेतन की योजना द्वारा आपकी समस्याओं का हल आपके सामने आ जाएगा और आपको सही मार्ग का संकेत भी मिल जाएगा। आपको अवचेतन मन के इस संदेश को मुक्त भाव से लेना होगा और इसे समझने के बाद आपको बिना सोच-

विचार किए उसी क्षण व तुरंत काररवाई करनी होगी। केवल शीघ्र और स्वचालित प्रतिक्रिया देने पर ही आपका अवचेतन मन हर बार बुलाने पर जवाब देता है।

हो सकता है कि आपकी समस्या उनमें से हो, जिसे इस तरह नहीं सुलझाया जा सकता हो। तब आपको यह समाधान पूर्ण प्राप्ति तक पहुँचने के निर्देशित कदमों के ब्लू प्रिंट के रूप में नहीं, बल्कि इसकी जगह थोड़े अंतराल पर आपको ऐसा महसूस हो सकता है कि कोई रहस्यमय शक्ति आपको कुछ ऐसी चीजें करने के लिए मजबूर कर रही है, जिनका कोई विशेष महत्त्व या तार्किक संबंध दिखाई नहीं देता। इसके बावजूद आपको अवचेतन की शक्ति व बुद्धिमत्ता पर विश्वास बनाए रखना होगा। वे अप्रासंगिक चीजों का आज्ञा-पालन करते रहें और एक दिन आप अपने आपको उस स्थिति में पाएँगे, जिसमें आप वह काम कर रहे होंगे, जिसे करने की आपने कल्पना की थी। तब, जब आप पीछे मुड़कर देखेंगे कि अवचेतन ने आपको जो भी कार्य करने के लिए कहा था, वे सब तार्किक घटनाओं की श्रृंखला का रूप ले लेंगे और उनका अंत वहीं होगा, जहाँ आप चाहते होंगे। यह आपकी निष्कपट आशा व इच्छा तथा अपनी व्यक्तिगत सफलता की विजय का पुरस्कार होगा।

□

4
सुझाव शक्ति है

कितनी ही बार आपने लोगों को कहते सुना होगा कि "बस, विश्वास करो कि आप ऐसा कर सकते हैं और आप कर लेंगे।" चाहे जो भी काम हो, यदि उसे इस विश्वास के साथ शुरू किया जाए कि आप उसे कर सकते हैं तो आप उसे अच्छे तरीके से पूरा कर सकेंगे। व्यक्ति को विश्वास से अकसर वह शक्ति मिलती है, जिसे दूसरे लोग असंभव मानते होंगे। विश्वास की क्रिया वह शुरुआती ताकत है, जो प्राप्ति की ओर अग्रसर करनेवाली ऊर्जा उत्पन्न करती है।

चाहे वह फुटबॉल का खेल हो या युद्ध का मैदान या व्यावसायिक जगत् का टकराव, नेतृत्व कहता है, " आओ साथियो, हम उन्हें हरा सकते हैं।" विश्वास से भरी वह तेज आवाज इतनी चुनौतीपूर्ण व उत्साहवर्धक होती है कि लहरों को सफलता की ओर मोड़ देती है—हार से जीत की ओर; और केवल इसलिए कि कोई प्रबल विश्वासी जानता था कि ऐसा किया जा सकता है।

जहाज डूबने पर आप छिटककर पानी के नजदीक स्थित पथरीले किनारे तक पहुँच जाते हैं। एक क्षण को आप भयभीत हो सकते हैं कि आपका बचना आसान नहीं। अचानक आपको एहसास होता है कि आप बच सकते हैं या अपने को बचा सकते हैं। जिस क्षण यह एहसास होता है, तभी से विश्वास आकार लेने लगता है। और इसी विश्वास से आपको वह ताकत मिलती है, जो आपकी सहायता करती है।

आप आग में घिरे हो सकते हैं। हर ओर लपटें और धुआँ तथा उन्मत्त भय छाया है। तब यही ताकत जोर मारती है—और आप बच सकते हैं। एमर्सन ने इसको समझाते हुए कहा है कि कठिन परिस्थिति या आपातस्थिति में हमारा तुरंत कारवाई करना सबसे अच्छा रहता है। अवचेतन मन की महान् से संबंधित बहुत सी कहानियाँ

सुनाई जाती हैं कि किस तरह इसके मार्गदर्शन में (और इसको अति मानवीय शक्ति प्रदान करने से), कमजोर स्त्री-पुरुष भी अपनी साधारण शक्ति से कहीं बेहतर प्रदर्शन करने में सक्षम हुए हैं। वक्ता, स्टैंड-अप कॉमेडियन और लेखक अवचेतन मन की शक्ति को, उनके विचारों के सतत व सुसज्जित प्रवाह तथा श्रोताओं व पाठकों को इसका आनंद लेते देख अकसर चमत्कृत रह जाते हैं।

विभिन्न रहस्यमय धर्मों और विभिन्न शिक्षाओं व चित्त व्यवस्थाओं का अध्ययन करने के बाद मुझे इस बात ने प्रभावित किया कि इन सबकी बुनियादी कार्यशैली एक जैसी है। वो यह कि ये सभी दोहराव—कुछ निश्चित मंत्रों, शब्दों या सूत्रों के दोहराव से सफल हुए हैं। विलियम सीब्रूक ने कहा था, "ओझा, वूडू महायाजक, 'हेक्सर्स' और अजीब संप्रदायों के अनुयायी आत्माओं को जगाने या काला जादू करने के लिए मात्र अनर्गल शब्दों (मंबो जंबो) का उपयोग करते हैं। यही सिद्धांत जाप, मंत्र, लिटानी, दैनिक पाठों (जिन्हें सप्ताह भर जितना अधिक संभव हो, उतना दोहराया जाए) तथा बौद्धों व मुसलिमों की निरंतर उपासना में एक समान है या ब्रह्म-विद्यावादी और एकता, पूर्णता एवं सत्य, नव विचारों और दिव्य विज्ञान के अनुयायियों पर गौर करें; बल्कि सभी धर्मों की बुनियाद यही है, बस, इनमें काले जादू की जगह सफेद जादू है। आगे खोज करने पर आपको संसार के सभी हिस्सों में प्राचीन मनुष्यों द्वारा ढोल या नगाड़े बजाने में यही सिद्धांत काम करता नजर आएगा। ये ध्वनि-तरंगें इन कथित 'पुरातन' लोगों की मानसिक प्रवृत्ति में समान कंपनों को उत्प्रेरित करती थीं, जिससे वे इस हद तक उत्तेजित, उत्साहित व भावुक हो जाते थे, जिससे वे मौत को भी धता बता देते थे। अमेरिकी इंडियनों का युद्ध नृत्य और

थिओस बर्नार्ड ने सन् 1939 में प्रकाशित अपनी पुस्तक 'पेंटहाउस ऑफ द गॉड्स' में कुछ दोहराए जानेवाले रहस्यमय जाप व प्रार्थनाओं से संबंधित दिलचस्प तथ्य बताए थे। यह लिखते समय उन्होंने दावा किया कि वे उच्च हिमालय स्थित तिब्बती रहस्यमय शहर ल्हासा में प्रवेश करनेवाले पहले अंग्रेज व्यक्ति हैं। वहाँ के मठों में बुद्ध के अनुयायी लामा हजारों की संख्या में निवास करते हैं। यह पुस्तक पढ़ने पर आपको ज्ञात होता है कि लामा या साधु अपने शरीर की भौतिक इच्छाओं की पूर्ति या भोजन आदि बंद कर देते हैं तथा अपने प्रार्थना-चक्र घुमाते हुए हमेशा व निरंतर रहस्यमय जप करते रहते हैं।

उनका लयबद्ध शारीरिक गतिविधियों को दोहराना, बारिश लाने की कबीलाई रस्में, गोलाकार घूमते दरवेशों का नृत्य, बल्कि संकट काल में बजाया जानेवाला युद्ध संगीत तथा औद्योगिक संयंत्रों के कर्मचारियों के लिए बजाया जानेवाला सुखदायक पृष्ठभूमि संगीत—सभी के पीछे यही सिद्धांत है।

थिओस बर्नार्ड ने सन् 1939 में प्रकाशित अपनी पुस्तक 'पेंटहाउस ऑफ द गॉड्स' में कुछ दोहराए जानेवाले रहस्यमय जाप व प्रार्थनाओं से संबंधित दिलचस्प तथ्य बताए थे। यह लिखते समय उन्होंने दावा किया कि वे उच्च हिमालय स्थित तिब्बती रहस्यमय शहर ल्हासा में प्रवेश करनेवाले पहले अंग्रेज व्यक्ति हैं। वहाँ के मठों में बुद्ध के अनुयायी लामा हजारों की संख्या में निवास करते हैं। यह पुस्तक पढ़ने पर आपको ज्ञात होता है कि लामा या साधु अपने शरीर की भौतिक इच्छाओं की पूर्ति या भोजन आदि बंद कर देते हैं तथा अपने प्रार्थना-चक्र घुमाते हुए हमेशा व निरंतर रहस्यमय जप करते रहते हैं। बर्नार्ड ने बताया कि एक मंदिर में साधु दिन की शुरुआत से ही सारा दिन प्रार्थनाएँ करने में गुजारते हैं। उनके जाप की निश्चित संख्या 1,08,000 होती है। उन्होंने यह भी बताया कि किस तरह उनके साथी लामा अतिरिक्त शक्ति पाने के लिए निश्चित संख्या में जप किया करते थे।

सभी धर्मों, संप्रदायों और व्यवस्थाओं में स्पष्ट निर्धारित रस्में होती हैं, जिसमें कुछ शब्दों (रहस्यमय या दूसरे प्रकार के) को दोहराने की महत्त्वपूर्ण भूमिका होती है और यही हमें सुझाव के नियम से रू-ब-रू कराता है। इसकी परिचालन शक्ति एक सीमा के भीतर अप्रत्याशित परिणाम उत्पन्न करने में सक्षम है। सुझावों में इतनी शक्ति होती है—वह चाहे स्व-सुझाव (आपका अपने आपको) या बाहरी सुझाव (बाहरी स्रोतों से मिला) हो—यह मशीन का परिचालन शुरू करता है, जिससे अवचेतन मन अपना रचनात्मक कार्य आरंभ कर देता है—और यहीं से प्रतिज्ञापन या दोहराव अपनी भूमिका निभाता है। एक ही जाप, वही मंत्र, वही प्रतिज्ञापन विश्वास की ओर ले जाता है। एक बार जब यह विश्वास गहन आस्था बन जाता है, तब काम बनने लगते हैं। एक बिल्डर या कॉण्ट्रेक्टर किसी पुल या इमारत की निर्माण संबंधी योजनाओं को देखता है, तब वह इच्छा द्वारा इस काम का कॉण्ट्रेक्ट मिलने की विनती करता है, वह खुद से कहता है, "मैं यह कर सकता हूँ। हाँ, मैं यह कर सकता हूँ।" वह इसे अपने आप से चुपचाप हजारों बार बिना इसे लेकर असहज हुए कह सकता है। ऐसा करने पर, इस सुझाव को जड़ें जमाने की जगह मिल जाती है और उसे वह कॉण्ट्रेक्ट मिल जाता है और आखिरकार ढाँचा खड़ा हो जाता है। इसके विपरीत, अगर वह

कहता है कि वह ऐसा नहीं कर सकेगा—तो वह ऐसा कभी नहीं कर पाएगा।

हिटलर ने ऐसी ही शक्ति और कुछ तकनीकों का उपयोग कर जर्मन नागरिकों को दुनिया पर हमला करने के लिए उकसाया था। उसकी पुस्तक 'मीन कांफ' पढ़ने से इसकी पुष्टि होती है। विख्यात फ्रांसीसी मनोवैज्ञानिक डॉ. रेने फॉवेल ने यह कहते हुए समझाया कि हिटलर में सुझाव के नियम और उसे कार्यान्वित करनेवाले विभिन्न प्रारूपों की अद्‍भुत समझ थी और उसने अपने सुझाव संबंधी विशाल अभियान में अपने विलक्षण कौशल और दक्ष शोमैनशिप द्वारा प्रचार के प्रत्येक साधन का उपयोग किया। हिटलर ने खुलेआम कहा था कि सुझाव का मनोविज्ञान ऐसे किसी भी व्यक्ति के हाथों में एक भयानक हथियार है, जो उसका उपयोग करना जानता हो।

नारे, पोस्टर, विशाल बोर्डों और झंडों के ढेर से जर्मनी ढका हुआ था। हिटलर की तसवीरें सब जगह थीं। 'एक जर्मन राज्य, एक व्यक्ति, एक नेता' नारा बन चुका था। हर जगह यही सुनाई दे रहा था कि एक समूह एकत्र हो रहा है। जर्मन युवाओं का कदम-ताल गीत—'आज जर्मनी हमारा है, कल सारी दुनिया हमारी होगी' रोजाना हजारों कंठों से उच्चारित होता।

आइए, देखते हैं कि उसने किस तरह जर्मनों को उस बात पर विश्वास दिलाया, जो वह उनसे करवाना चाहता था। नारे, पोस्टर, विशाल बोर्डों और झंडों के ढेर से जर्मनी ढका हुआ था। हिटलर की तसवीरें सब जगह थीं। 'एक जर्मन राज्य, एक व्यक्ति, एक नेता' नारा बन चुका था। हर जगह यही सुनाई दे रहा था कि एक समूह एकत्र हो रहा है। जर्मन युवाओं का कदम-ताल गीत—'आज जर्मनी हमारा है, कल सारी दुनिया हमारी होगी' रोजाना हजारों कंठों से उच्चारित होता। 'जर्मनी ने बहुत इंतजार किया है', 'उठें, खड़े हों, आप तृतीय जर्मन राज्य के कुलीन हैं', 'जर्मनी बहादुर हिटलर के पीछे है' और ऐसे ही सैकड़ों अन्य नारे विशाल बोर्डों, इमारतों, रेडियो और प्रेस के माध्यम से चौबीसों घंटे बम की तरह बरसते रहते। हर बार जब वे चलते, मुड़ते या एक-दूसरे से बात करते तो यह उनका खुद का उच्चतर जाति का होने का विचार आता और एक बार जब विश्वास स्थिर हो जाता, तब वे अपना आतंक का अभियान आरंभ करते। इस विश्वास के सम्मोहक प्रभाव में, सुझावों के दोहराव की शक्ति से उन्होंने यह साबित करना आरंभ कर दिया। उनका दुर्भाग्य, अन्य देशों की राष्ट्रीय आस्था भी उतनी ही मजबूत थी, जो आखिरकार जर्मनी की हार का कारण बना।

मुसोलिनी ने भी इटली का नाम चमकाने के लिए इसी सुझाव के नियम का उपयोग करने का प्रयास किया। 'विश्वास, अनुपालन, संघर्ष', 'इटली का विश्व में सबसे महान् स्थान होना चाहिए', 'हमें नए व पुराने बहुत से मसलों को निपटाना है' के नारे और विज्ञापनों से हजारों इमारतों की दीवारें अँटी पड़ी थीं तथा रेडियो व प्रत्यक्ष संवाद के सभी अन्य माध्यमों द्वारा यही विचार लोगों में भरे जा रहे थे।

जोसेफ स्टालिन ने, रूस जैसा आज है, उसे वैसा बनाने में इसी विज्ञान का उपयोग किया। नवंबर 1946 में 'इंस्टीट्यूट ऑफ मॉडर्न हिप्नोटिज्म' ने देखा कि स्टालिन ने रूसी नागरिकों को उनकी शक्ति पर विश्वास दिलाने के लिए निरंतर सुझाव की महान् शक्ति का उपयोग किया, जिसके चलते उसे 'विश्व के सबसे सम्मोहजनक आँखोंवाले' दस लोगों में शामिल करते हुए उसे 'समूह सम्मोहक' की उपाधि दी।

जोसेफ स्टालिन ने, रूस जैसा आज है, उसे वैसा बनाने में इसी विज्ञान का उपयोग किया। नवंबर 1946 में 'इंस्टीट्यूट ऑफ मॉडर्न हिप्नोटिज्म' ने देखा कि स्टालिन ने रूसी नागरिकों को उनकी शक्ति पर विश्वास दिलाने के लिए निरंतर सुझाव की महान् शक्ति का उपयोग किया, जिसके चलते उसे 'विश्व के सबसे सम्मोहजनक आँखोंवाले' दस लोगों में शामिल करते हुए उसे 'समूह सम्मोहक' की उपाधि दी।

जापानी योद्धा इसका उपयोग अपने लोगों को कट्टर योद्धा बनाने में करते थे। जन्म से ही जापानी बच्चों को यह सुझाव घुट्टी में पिलाया जाता था कि वे सीधे देवताओं के वंशज हैं, जो दुनिया पर शासन करने आए हैं। वे इसी को पूजते, दोहराते व विश्वास करते थे; लेकिन पुनः इसका गलत ढंग से उपयोग किया गया।

रूस-जापान युद्ध के चौवालीस वर्षों बाद जापानियों ने जापान के शुरुआती आत्मघाती लड़ाके और महान् हीरो नौसेना के वारंट ऑफिसर मागोशिची सुगिनो को अमर घोषित किया। उनकी स्मृति में हजारों मूर्तियाँ स्थापित की गईं। उनसे संबंधित गीतों व कहानियों को दोहराकर युवा निप्पोनीस को यह विश्वास करना सिखाया जाता कि वीरगति पाने का उनसे अच्छा और कोई उदाहरण नहीं है। लाखों लोगों ने इस पर भरोसा किया और युद्ध के दौरान उनमें से हजारों कामीकाजे विमान चालक के रूप में मारे गए। जबकि सुगिनो, जिनके बारे में माना जाता है कि वे पोर्ट ऑर्थर पर रूसी सेना को रोकने के दौरान जहाज के साथ डूब गए थे, की मौत युद्ध में नहीं हुई थी। उन्हें एक चीनी नौका ने बचा लिया था, लेकिन जब उन्हें पता चला कि

लोग उन्हें महान् शहीद मानकर उनकी प्रशंसा कर रहे हैं तो उन्होंने छिपे रहने और मंचूरिया में गुमनाम रहने का फैसला किया। हालाँकि वे जीवित व पूर्णत: स्वस्थ थे, लेकिन युवा निप्पोनीस के कानों में यही बात डाली जाती रही कि मरने के लिए सुगिनो से अच्छा तरीका और कोई नहीं है। यह भयानक, हठपूर्ण और गहन स्थापित विश्वास, जो हालाँकि पूर्णत: कल्पित कहानी पर आधारित था, ने युद्ध के दौरान हजारों जापानियों के खुद का जीवन दाँव पर लगाने का कारण बना। आखिरकार, नवंबर 1946 में टोकियो के 'एसोसिएटेड प्रेस' ने बताया कि किस तरह इतने वर्षों बाद उन्हें खोजा गया और वे घर वापस लौटे।

अमेरिकी भी प्रथम विश्व युद्ध के बहुत समय पूर्व से ही सुझाव के अधीन थे और एन.आर.ए. योजना के अंतर्गत जनरल ह्यूग जॉनसन के मार्गदर्शन में बड़े पैमाने पर एक बार फिर यही किया। द्वितीय विश्व युद्ध में हमें निरंतर यही बताया जाता रहा कि जर्मनी और जापान को हराना आवश्यक है। इस विचार के निरंतर दोहराव से इस विचार ने प्रत्येक व्यक्ति की सोच को कुंठित कर दिया और पूरे समूह का मन एक निश्चित प्रारूप में ढल गया कि इस युद्ध को अनिवार्य रूप से जीतना होगा। जैसा कि एक लेखक ने पटुतापूर्वक कहा है—"युद्ध में फूट की आवाज देशद्रोह की आवाज बन जाती है।"

सभी सफल विज्ञापनों का यही मूल सिद्धांत है—पहले सुझावों की निरंतरता व दोहराव द्वारा आपको इस पर विश्वास दिलाना, जिसके बाद आप इसे खरीदने को आतुर हो जाते हैं। हाल के वर्षों में हम विटामिन की मौज-मस्ती का आनंद ले रहे हैं। विटामिन्स, मिनरल्स और विभिन्न 'प्राकृतिक' तथा 'ऑर्गेनिक' आहार हर ओर से हम तक पहुँच रहा है और लाखों लोग इन्हें खरीद रहे हैं। उनके गुण संबंधी सुझाव दोहराना इतना संभावनाशील है।

एक बार फिर हम विचारों के दोहराव की भयानक शक्ति को देखते हैं। यह हमारी शासक है और हम वही करते हैं, जैसा इसका आदेश होता है। निरंतर सुझाव का यह सूक्ष्म बल हमारे तर्कों पर हावी हो जाता है, सीधे हमारे उत्साह व भावनाओं पर कार्य करती है और आखिरकार हमारे अवचेतन मन में बहुत गहरे उतर जाती है। सभी सफल विज्ञापनों का यही मूल सिद्धांत है—पहले सुझावों की निरंतरता व दोहराव द्वारा आपको इस पर विश्वास दिलाना, जिसके बाद आप इसे खरीदने को आतुर हो जाते हैं। हाल के वर्षों में हम विटामिन की मौज-मस्ती का आनंद ले रहे हैं। विटामिन्स, मिनरल्स

और विभिन्न 'प्राकृतिक' तथा 'ऑर्गेनिक' आहार हर ओर से हम तक पहुँच रहा है और लाखों लोग इन्हें खरीद रहे हैं। उनके गुण संबंधी सुझाव दोहराना इतना संभावनाशील है।

सदियों से टमाटर को जहरीला माना जाता रहा है। लोग उसे खाने की तब तक हिम्मत नहीं जुटा पाए, जब तक एक निर्भीक व्यक्ति इसे चखने के बाद भी जीवित रहा। आज लाखों लोग टमाटर का सेवन करते हैं, बिना यह जाने कि कभी इन्हें मानव के न खाने योग्य समझा जाता था। इसके विपरीत, दीन-हीन पालक लगभग कूड़े के ढेर में जा रहा है, जब से अमेरिकी सरकार ने यह घोषणा की है कि इसका वह आहार मूल्य नहीं है, जो दशकों से समझा जा रहा था। लाखों लोगों ने इस पर विश्वास किया और अब वे 'पोपेये' (पालक खाने के लिए प्रसिद्ध कार्टून चरित्र) के इस पसंदीदा आहार को वैसी इज्जत नहीं देते।

स्पष्ट है कि सभी महान् धार्मिक आंदोलनों के संस्थापक सुझावों के दोहराव की शक्ति से भलीभाँति परिचित थे और उन्होंने इनसे महत्त्वपूर्ण नतीजे हासिल किए। धार्मिक शिक्षाएँ जन्म के साथ ही हमारे भीतर, हमसे पहले हमारी माँ और पिता में और उनके माता-पिता में तथा उससे पहले उनके माता-पिता में भर दी गई थीं। इस तरह के विश्वास में निश्चित ही किसी तरह का सफेद जादू है।

यह बयान—जैसे, 'हम जो नहीं जानते, उससे दुःख भी नहीं पाते।' और 'अज्ञानता परम सुख है' उस समय अत्यधिक महत्त्वपूर्ण हो जाते हैं, जब आपको यह एहसास हो जाता है कि आपको केवल वे ही चीजें नुकसान पहुँचा या परेशान कर सकती हैं, जिनके प्रति आप सजग हों। हम सभी ने उस व्यक्ति की कहानी सुनी होगी, जो नहीं जानता था कि इसे किया नहीं जा सकता, वह आगे बढ़ा और कर डाला। मनोवैज्ञानिक बताते हैं कि बचपन में हमें सिर्फ दो भय होते हैं—तेज आवाज का भय और गिरने का भय। बाकी हर तरह का भय हमें अपने व दूसरों के अनुभवजन्य परिणामों के फलस्वरूप प्राप्त होते हैं। यह हमें जो कुछ भी सिखाया जाता है या जो हम देखते या सुनते हैं, उससे मिलता है। मैं पुरुषों व स्त्रियों को ऐसे मजबूत ओक वृक्ष के रूप में देखता हूँ, जो अपने इर्द-गिर्द विचारों के अत्यधिक झंझावातों के बीच भी अडिग खड़े रहते हैं, लेकिन अधिकांश लोग छोटे पौधों के जैसे होते हैं, जो हवा के हर छोटे झोंके से बह जाते हैं। आखिरकार वे विचारों की ऐसी ताकतवर हवा की दिशा में बढ़ने लगते हैं, जो उनके विपरीत बह रही होती है।

'बाइबल' में विचारों और सुझावों की शक्ति के उदाहरण भरे पड़े हैं। उत्पत्ति,

'बाइबल' बताती है कि किस तरह उसने चित्तीवाले और चितकबरे मवेशियों, भेड़-बकरियों को विकसित किया। उसने पेड़ की टहनियों को आंशिक रूप से छीला, जिससे वे धब्बेदार व धारीदार दिखने लगीं और उन्हें पानी पीने के कठौतों में खड़ा किया, जहाँ वे पशु पानी पीने आते थे, जैसा कि आपने अनुमान लगा ही लिया होगा, यह पशुओं के झुंड इन धब्बेदार छड़ियों के समक्ष आकर गाभिन हो गए और उन्होंने 'धारीवाले, चित्तीवाले और चितकबरे' बच्चे जने और इसके फलस्वरूप याकूब अत्यधिक धनाढ्य हो गया।

अध्याय 30, छंद 36 से 43 तक पढ़ने पर आपको ज्ञात होगा कि याकूब भी इनकी शक्ति से परिचित थे। 'बाइबल' बताती है कि किस तरह उसने चित्तीवाले और चितकबरे मवेशियों, भेड़-बकरियों को विकसित किया। उसने पेड़ की टहनियों को आंशिक रूप से छीला, जिससे वे धब्बेदार व धारीदार दिखने लगीं और उन्हें पानी पीने के कठौतों में खड़ा किया, जहाँ वे पशु पानी पीने आते थे, जैसा कि आपने अनुमान लगा ही लिया होगा, यह पशुओं के झुंड इन धब्बेदार छड़ियों के समक्ष आकर गाभिन हो गए और उन्होंने 'धारीवाले, चित्तीवाले और चितकबरे' बच्चे जने और इसके फलस्वरूप याकूब अत्यधिक धनाढ्य हो गया। मूसा भी सुझाव में सिद्धहस्त थे। उन्होंने चालीस वर्षों तक इनका उपयोग इजरायलियों पर किया और उन्हें दुग्ध व शहद की उस भूमि पर ले गए, जिसका उनसे वादा किया गया था। डेविड ने खुद को परिचालित कर रहे सुझाव के बल का अनुपालन किया और विशालकाय, हथियारों से लैस गोलियथ को गुलेल से निकले कंकड़ से मार गिराया।

जोन ऑफ आर्क, ओरलेंस की छोटी सी नाजुक लड़की ने कुछ आवाजें सुनीं और उनके सुझावपूर्ण प्रभाव से यह विचार उसमें रच-बस गया कि उसका मिशन है कि वह फ्रांस को बचाए। वह अपनी अदम्य भावना को अपने सैनिकों के हृदय तक पहुँचा सकी और उसने ओरलेंस में अंग्रेजों की शक्तिशाली सेना को हरा दिया।

अमेरिका में आधुनिक मनोविज्ञान के जनक विलियम जेम्स ने कहा कि किसी संदिग्ध कार्य में पहले ही आस्था जता देना अकसर उसे सफल निष्कर्ष तक ले जाना सुनिश्चित करता है। जेम्स के अनुसार, मनुष्य की आस्था उस पर प्रभावी शक्तियों पर कार्य करते हुए अपनी पहचान बनाते हुए उनका दावा करता है। दूसरे शब्दों में, विचार वस्तुतः तथ्य का जनक होता है। आस्था और उसकी शक्ति को बढ़ाने के

लिए मेरी सलाह है कि आप नए विधान में जेम्स का सामान्य धर्म-पत्र पढ़ें।

वास्तव में, कभी भी फुटबॉल या बेसबॉल का खेल देखनेवाले ने इन सुझावों की शक्ति को कार्य करते देखा होगा। नोट्रे डेम के प्रसिद्ध कोच क्नूत रॉक्ने सुझावों का मूल्य समझते थे और उन्होंने इसका बार-बार उपयोग किया; लेकिन वे इस पद्धति को प्रत्येक टीम की मनोदशा के अनुसार कार्यान्वित करते थे। शनिवार की एक दोपहर नोट्रे डेम एक विशेष रूप से कठिन मुकाबला खेल रहा था। खेल के आधे भाग तक वह बुरी तरह पिछड़ चुका था। सभी खिलाड़ी ड्रेसिंग रूम में घबराते हुए रॉक्ने के आने की प्रतीक्षा कर रहे थे। आखिरकार दरवाजा खुला और रॉक्ने धीरे से भीतर आए। उन्होंने टीम पर जिज्ञासापूर्ण दृष्टि डाली और कहा, "ओह, क्षमा करें, मैंने गलती कर दी। मुझे लगा कि यह नोट्रे डेम टीम का कमरा है।" दरवाजा बंद हुआ और रॉक्ने चले गए।

हैरानी और फिर आवेश से भरी टीम अगला भाग खेलने बाहर निकली और मैच जीत लिया।

अन्य लेखकों ने भी रॉक्ने द्वारा उपयोग किए गए मनोवैज्ञानिक तरीकों के बारे में लिखा और यह भी बताया कि किस तरह मिशिगन के फीाल्डिंग योस्ट, वेंडरबिल्ट के डान मैग्विन, प्रिंसटन के हर्बर्ट क्रिसलर और दर्जनों अन्य लोगों ने 'सुझाव के जादू' का उपयोग अपनी टीम को अत्यधिक भावनात्मक ऊँचाई तक उभारने में किया। सन् 1934 में रोज बाउल खेल के पूर्व 'सयाने' टिपस्टर कोलंबिया की टीम को कमजोर बता रहे थे।

अन्य लेखकों ने भी रॉक्ने द्वारा उपयोग किए गए मनोवैज्ञानिक तरीकों के बारे में लिखा और यह भी बताया कि किस तरह मिशिगन के फील्डिंग योस्ट, वेंडरबिल्ट के डान मैग्विन, प्रिंसटन के हर्बर्ट क्रिसलर और दर्जनों अन्य लोगों ने 'सुझाव के जादू' का उपयोग अपनी टीम को अत्यधिक भावनात्मक ऊँचाई तक उभारने में किया। सन् 1934 में रोज बाउल खेल के पूर्व 'सयाने' टिपस्टर कोलंबिया की टीम को कमजोर बता रहे थे। उन्होंने कोच लाऊ लिटिल की अपनी टीम के साथ रोजाना की जानेवाली उकसाऊ वार्त्ता पर ध्यान नहीं दिया। खेल की अंतिम सीटी बजने तक कोलंबियाई खिलाड़ी अपने से बेहतर स्टेनफोर्ड टीम को पछाड़ चुके थे।

सन् 1935 में पश्चिम में देखे गए सबसे बड़े उलट-फेर वाले खेल में गोंजेगा विश्वविद्यालय ने दमदार वॉशिंगटन स्टेट टीम को 13:6 से हराया। गोंजेगा चर्चा

कई वर्ष पूर्व डेट्रॉयट टाइगर्स के मिकी कोचरेन ने वस्तुतः दूसरे दर्जे की मानसिकता वाले बेसबॉल खिलाड़ियों को अमेरिकन लीग में शीर्ष तक पहुँचाने में सुझाव दोहराने की शक्ति का उपयोग किया। मैं एक अखबार की खबर बताता हूँ—"दिन-प्रतिदिन उत्साहपूर्ण व कड़ी मेहनत करवानेवाले (कोचरेन) ने जीत का मंत्र दिया, जिसने टाइगर्स को यह सतत विचार दिया कि जीतनेवाली टीम को आगे बढ़ना होगा।"

में भी नहीं थी, जबकि वॉशिंगटन स्टेट टीम को उसके शानदार रिकॉर्ड के कारण अपराजेय माना जा रहा था। उस समय के अखबारों में रिपोर्ट थीं कि सहायक कोच सैम डाग्ले ने कहा कि गोंजेगा ने प्रेरणादायी फुटबॉल खेली। उन्होंने बताया कि खेल आरंभ होने के आधा घंटा पहले कोच माइक पैक्रोविच ने रॉक्ने की एक सबसे उत्प्रेरक उत्साहपूर्ण वार्त्ता का फोनोग्राफ रिकॉर्ड बार-बार चलाया था।

कई वर्ष पूर्व डेट्रॉयट टाइगर्स के मिकी कोचरेन ने वस्तुतः दूसरे दर्जे की मानसिकता वाले बेसबॉल खिलाड़ियों को अमेरिकन लीग में शीर्ष तक पहुँचाने में सुझाव दोहराने की शक्ति का उपयोग किया। मैं एक अखबार की खबर बताता हूँ—"दिन-प्रतिदिन उत्साहपूर्ण व कड़ी मेहनत करवानेवाले (कोचरेन) ने जीत का मंत्र दिया, जिसने टाइगर्स को यह सतत विचार दिया कि जीतनेवाली टीम को आगे बढ़ना होगा।"

आप इसी शक्ति को शेयर बाजार के उतार-चढ़ाव में सक्रिय रूप से कार्य करता देख सकते हैं। बुरी खबर फौरन भाव गिरा देती है, वहीं अच्छी खबर भाव चढ़ा देती है। यह शेयरों के आंतरिक मूल्यों में बदलाव के कारण नहीं होता, बल्कि इसका कारण बाजार परिचालकों की सोच में आया आसन्न परिवर्तन है, जो एक साथ शेयरधारकों के मन में प्रतिबिंबित होता है। यह सचमुच नहीं हुआ होता, लेकिन शेयरधारक जो होने पर विश्वास करते हैं, वही उन्हें खरीदने या बेचने का कारण बनता है।

मंदी के वर्षों में—और वर्ष भविष्य में फिर आ सकते हैं—में हमने इसी सुझाव के बल को अधिकाधिक काम करते देखा। दिन-प्रतिदिन हमें, 'बहुत मुश्किल समय है', 'व्यापार मंदा है', 'बैंक डूब रहे हैं', 'सुधार की संभावना नहीं है' तथा हर तरफ से व्यवसायों के डूबने की भयानक कहानियाँ सुनने को मिल रही थीं और आखिर में यही राष्ट्रीय मंत्र बन गया। लाखों लोगों को विश्वास हो चला था कि समृद्धि के

दिन कभी वापस नहीं आएँगे। सैकड़ों, बल्कि हजारों दृढ़ इच्छा शक्तिवाले लोग निरंतर आघात सह रहे थे। ऐसे ही भयप्रद विचारों की चोटें लगातार जारी थीं। सदा संवेदनशील रहनेवाला पैसा, भयप्रद सुझावों के प्रसार की शुरुआत होते ही छिपने को दौड़ पड़ता है और इसके फौरन बाद व्यावसायिक विफलताएँ और बेरोजगारी आ जाती है। हमने बैंकों के असफल होने, बड़ी कंपनियों के मटियामेट होने जैसी हजारों कहानियाँ सुनी होंगी और लोग इस पर विश्वास कर उसी के अनुसार कार्य करते हैं।

व्यापारिक मंदी फिर कभी न आए, अगर लोग यह समझ सकें कि इस कठिन समय का निर्माण वस्तुतः खुद उनके भयपूर्ण विचारों से होता है। वे बुरे समय के बारे में सोचते रहते हैं और बुरा समय आ जाता है। यही युद्ध के साथ भी है। जब दुनिया भर के लोग मंदी और युद्ध के बारे में सोचना बंद कर देंगे तो इसका अस्तित्व समाप्त हो जाएगा; क्योंकि हमारे आर्थिक क्षेत्र में ऐसा कुछ नहीं घट सकता, जिसका हमने पहले अपनी भावनात्मक सोच द्वारा निर्माण न किया हो।

व्यापारिक मंदी फिर कभी न आए, अगर लोग यह समझ सकें कि इस कठिन समय का निर्माण वस्तुतः खुद उनके भयपूर्ण विचारों से होता है। वे बुरे समय के बारे में सोचते रहते हैं और बुरा समय आ जाता है। यही युद्ध के साथ भी है। जब दुनिया भर के लोग मंदी और युद्ध के बारे में सोचना बंद कर देंगे तो इसका अस्तित्व समाप्त हो जाएगा; क्योंकि हमारे आर्थिक क्षेत्र में ऐसा कुछ नहीं घट सकता, जिसका हमने पहले अपनी भावनात्मक सोच द्वारा निर्माण न किया हो।

विख्यात मनोवैज्ञानिक और लंबे समय तक नॉर्थवेस्ट विश्वविद्यालय के अध्यक्ष रहे डॉ. वॉल्टर डिल स्कॉट ने यह कहने के बाद पूरी कहानी बताई कि "व्यापार में सफलता या असफलता का कारण मानसिक क्षमताओं से अधिक मानसिक दृष्टिकोण होता है।"

संभवतः आपने 20 अक्तूबर, 1938 की रात के बारे में पढ़ा होगा, जब ऑरसन वेलेंस और उनके मरकरी थिएटर के कलाकारों ने एच.जी. वेल्स के उपन्यास 'द वॉर ऑफ द वर्ल्ड्स' का नाटकीय प्रसारण किया था। वह मंगल ग्रह के अजीबोगरीब योद्धाओं द्वारा आक्रमण की कहानी थी, लेकिन उससे हजारों लोगों के बीच भय फैल गया। कुछ लोग घरों से बाहर निकल आए, पुलिस थानों को घेर लिया गया, पूर्वी टेलीफोन एक्सचेंज को रोक दिया गया, न्यूजर्सी के हाईवे लोगों

स्कूलों व कॉलेजों में किसी महत्त्वपूर्ण खेल प्रतियोगिता के ठीक पहले होनेवाली रैलियाँ इसी सिद्धांत पर आधारित होती हैं। उसके भाषण, गीत और शोरगुल सुझावों के सृजन का साधन बनने के साथ ही जीतने की इच्छा भी जगाते हैं। बहुत से सेल्स मैनेजर अपनी सुबह की सेल्स मीटिंग में इसी सिद्धांत का उपयोग करते हैं, जहाँ सेल्समैन को भावुक बनाने और उनके मन में यह विचार बैठाने के लिए कि वे अपने सभी पुराने सेल्स रिकॉर्ड तोड़ सकते हैं, निरंतर संगीत का उपयोग किया जाता है। यही सिद्धांत कुछ अन्य तकनीकों सहित सेना, बल्कि सभी सेनाओं का मूल है।

से भर गए; बल्कि प्रसारण के बाद के उन कुछ घंटों में उन लाखों श्रोताओं के बीच सचमुच घबराहट फैल गई, जिन्हें विश्वास था कि हमारी पृथ्वी पर मंगल ग्रह के आक्रमणकारियों ने हमला कर दिया है। हाँ, निश्चित ही विश्वास बहुत अनूठी व असाधारण घटनाओं को अंजाम दे सकता है।

दुनिया भर में सभी मनुष्य एक जैसे हैं, सभी एक जैसी भावनाओं, एक जैसे प्रभावों और एक जैसे कंपनों के अधीन होते हैं। और बड़ा व्यवसाय, गाँव, शहर, देश व्यक्तियों का मात्र ऐसा समूह है, जो अपने विचारों और विश्वास से परिचालित होते हैं। व्यक्ति जैसा सोचता एवं विश्वास करता है, ये भी वैसे ही करते हैं। इसी तरह उनका पूरा शहर सोचता है, इसी तरह उनका देश सोचता है। ये अवश्यंभावी परिणाम हैं। प्रत्येक व्यक्ति ने अपना निर्माण खुद किया है। वह अपने ही विचार व विश्वास की तसवीर है। जैसा राजा सोलोमन ने इसे बयान किया है, "व्यक्ति अपने मन में जैसा सोचता है, वह भी वैसा ही सोचता है।"

स्कूलों व कॉलेजों में किसी महत्त्वपूर्ण खेल प्रतियोगिता के ठीक पहले होनेवाली रैलियाँ इसी सिद्धांत पर आधारित होती हैं। उसके भाषण, गीत और शोरगुल सुझावों के सृजन का साधन बनने के साथ ही जीतने की इच्छा भी जगाते हैं। बहुत से सेल्स मैनेजर अपनी सुबह की सेल्स मीटिंग में इसी सिद्धांत का उपयोग करते हैं, जहाँ सेल्समैन को भावुक बनाने और उनके मन में यह विचार बैठाने के लिए कि वे अपने सभी पुराने सेल्स रिकॉर्ड तोड़ सकते हैं, निरंतर संगीत का उपयोग किया जाता है। यही सिद्धांत कुछ अन्य तकनीकों सहित सेना, बल्कि सभी सेनाओं का मूल है। इन आदेशों और विन्यासों को आंतरिक ड्रिल के दौरान निरंतर दोहराया जाता है, जिससे सैनिकों में शीघ्र ही अनुशासन विकसित होने लगता है, जो अंततः उनका स्वभाव

बन जाता है। ये आदेश व विन्यास उनके मन एवं शरीर में इतने स्थायी हो जाते हैं कि लगभग स्वचालित गतिविधि बन जाते हैं, जो बदले में ऐसा आत्मविश्वास उत्पन्न करता है, जो सक्रिय संघर्ष के लिए अति आवश्यक है।

यह ध्यान रखना होगा कि अवचेतन मन उस समय तुरंत कार्य करने लगता है, जब चेतन मन (या जो बाहरी स्रोतों से प्राप्त होकर चेतन मन द्वारा उसे प्रेषित किया जाता है) के आदेशों या सुझावों द्वारा प्रेरणा मिलती है, लेकिन चेतन मन के संदेश के साथ यदि इच्छित लक्ष्य की मानसिक तसवीर भी हो तो यह अधिक शीघ्रतापूर्वक परिणाम देता है। यह तसवीर धुँधली, अधूरी, अनगढ़ ही क्यों न हो, बल्कि इसकी केवल रूपरेखा हो, तो भी अवचेतन मन के इस पर काम करने के लिए काफी है।

और यह बात हमें गिरजाघरों एवं अन्य गुप्त संप्रदायों के नाटकीय वातावरण में होनेवाले अनुष्ठानों और समारोहों तक ले आती है, जिनमें से सभी को इस तरह बनाया जाता है कि ये इसमें शामिल लोगों की भावनाएँ आकर्षित करने के साथ ही उनके मन में रहस्यमय तसवीर भी तैयार कर सकें। ये अनुष्ठान चाहे जिस भी तरह किए जाएँ, इनका उद्देश्य आपका ध्यान केंद्रित करना और इन प्रतीकों में छिपे अर्थों को आपके मन में बैठाए जानेवाले विचार विशेष से जोड़ना होता है। विविध प्रकाश व्यवस्था, विभिन्न आडंबरपूर्ण सामग्री तथा अकसर इन निर्देशों व गतिविधियों से संबंधित विशिष्ट ज्ञान—इन सबके साथ धीमा, प्रायः धार्मिक संगीत, यह सभी आपको उचित भावनात्मक (और प्रसंगवश ग्रहणशील) स्थिति तक लाने में मदद करते हैं। यह बहुत पुराना तरीका है। न केवल सभ्य लोग, बल्कि अत्यंत आदिम जनजातियों में भी उनके विशिष्ट समारोह हुआ करते थे। माध्यम बनना और भविष्य देखनेवाला क्रिस्टल, जिसे जिप्सी भविष्यवक्ता भी अपनी सामग्री का भाग मानते हैं, व्यक्ति को

यह बात हमें गिरजाघरों एवं अन्य गुप्त संप्रदायों के नाटकीय वातावरण में होनेवाले अनुष्ठानों और समारोहों तक ले आती है, जिनमें से सभी को इस तरह बनाया जाता है कि ये इसमें शामिल लोगों की भावनाएँ आकर्षित करने के साथ ही उनके मन में रहस्यमय तसवीर भी तैयार कर सकें। ये अनुष्ठान चाहे जिस भी तरह किए जाएँ, इनका उद्देश्य आपका ध्यान केंद्रित करना और इन प्रतीकों में छिपे अर्थों को आपके मन में बैठाए जानेवाले विचार विशेष से जोड़ना होता है।

प्रभावित करनेवाली ऐसी ही पद्धतियाँ हैं। इस वातावरण के अभाव में, जो हमारे चेतन मन को निद्रालु बनाते हुए उसे अस्थायी निद्रावस्था में ले आए, तब तक हमें विश्वास दिलाना इतना आसान नहीं होता, क्योंकि रहस्यमय और चमत्कारिक लालसा को पूर्णत: संतुष्ट करने की हमारी इच्छा अकसर अपने आप में इतनी बलवान् नहीं होती कि किसी धारणा को अनुमति दे सके।

यह बात किसी धर्म-विरोधी विचार से नहीं कही जा रही। इसका उद्देश्य जन-समूह को आकर्षित करने की ऐतिहासिक पद्धति की तसवीर प्रस्तुत करना है। लोगों की भावनाएँ जाग्रत् करने के लिए पहला कदम नाटकीयता द्वारा रिझाना होता है, फिर चाहे उसका उद्देश्य कुछ भी हो। उनकी भावनात्मक रुचि को जगाने और क्रियाशील करने से उनके तार्किक मन तक पहुँचने का मार्ग तैयार हो जाता है।

यह बात किसी धर्म-विरोधी विचार से नहीं कही जा रही। इसका उद्देश्य जन-समूह को आकर्षित करने की ऐतिहासिक पद्धति की तसवीर प्रस्तुत करना है। लोगों की भावनाएँ जाग्रत् करने के लिए पहला कदम नाटकीयता द्वारा रिझाना होता है, फिर चाहे उसका उद्देश्य कुछ भी हो। उनकी भावनात्मक रुचि को जगाने और क्रियाशील करने से उनके तार्किक मन तक पहुँचने का मार्ग तैयार हो जाता है।

क्या एमी सेंपल मैकफेर्सन अपनी नाटकीयता की शक्ति की शानदार समझ के बिना अपनी लंबी व सफेद पोशाक और मनोहर सुनहरे भूरे बालों द्वारा आत्माओं के बचाने के साथ ही उपचार करने का महान् कार्य कर सकती थीं? यह इसलिए हैरानी की बात है, क्योंकि जब बात शोमैनशिप (बेहतरीन प्रदर्शन) और स्पष्ट प्रभावकारिता की आती है तो बिली सनडे अपने बेहतरीन टेबल-स्लाइडिंग करतब में भी एमी की तुलना में नौसिखिया लगते हैं। एमी अपनी पूरी चालाकी और मंच संयोजन के साथ सबसे गंभीर प्रदर्शन करती थीं और उनके अनुयायियों ने—कम-से-कम प्रशांत तट पर—घोषणा की कि एमी को जो परिणाम हासिल हुए, वे वास्तविक और स्थायी हैं। श्रीमती मैकफेर्सन इससे अप्रभावित रहीं, क्योंकि उनके अनुयायी बहुत गंभीर थे और उन्हें उनके कार्यों, उनकी शिक्षाओं व परिणामों में पूरा विश्वास था—और सिर्फ यही बात महत्त्व रखती है।

हालाँकि मजबूत व्यक्तिगत आकर्षणवाले पुरुष व स्त्री और महान् वक्ता बिना

रंगमंच सामग्री या मंच स्थापना की सहायता के वैसा ही भावनात्मक प्रभाव उत्पन्न करते हैं। वे ध्वनि प्रभाव, भावनात्मक निवेदन, हाव-भाव, शारीरिक गतिविधियाँ, आँखों की आकर्षण शक्ति आदि में सिद्धहस्त थे, जिसके द्वारा वे आपको आकर्षित करते हैं और आप उनके शक्तिशाली आकर्षण के आगे नतमस्तक हो जाते हैं।

चलिए, हम रक्षा-सूत्र, यंत्र, ताबीज, भाग्यशाली नग, चार फूलोंवाली लौंग, घोड़े की पुरानी नाल, खरगोश का पाँव और अनगिनत अन्य सस्ते आभूषणों पर हजारों लोग विश्वास करते हैं। अपने आप में वे हानि-रहित एवं निर्जीव चीजें हैं, जिनमें कोई शक्ति नहीं है, लेकिन जब लोग अपने विचारों द्वारा उनमें प्राण फूँक देते हैं तो वे शक्तिशाली हो जाती हैं, हालाँकि फिर भी यह शक्ति उनमें नहीं होती है। शक्ति केवल विश्वास से मिलती है—और सिर्फ यही उन्हें प्रभावकारी बनाती है।

एक चटका या टूटा शीशा तब तक आपके दुर्भाग्य का कारण नहीं बन सकता, जब तक आपका उस पर विश्वास न हो। जब तक आपका विश्वास पोषित व पल्लवित होता रहेगा और आपके आंतरिक स्वत्व का हिस्सा बना रहेगा, वह आपके दुर्भाग्य का कारण बनेगा; क्योंकि अवचेतन मन हर उस चीज को वास्तविक बना देता है, जिस पर उसे विश्वास होता है।

इसका उत्कृष्ट चित्रण सिकंदर महान् और नेपोलियन की कथाओं में मिलता है। सिकंदर के समय में एक भविष्यवक्ता ने घोषणा की कि जो भी गोर्डियन की गाँठ खोल देगा, वह पूरे एशिया का शासक बनेगा। सिकंदर ने अपनी तलवार के एक वार से उस गाँठ को काट दिया और सर्वोत्तम ऊँचाई व शक्ति तक पहुँचा। नेपोलियन को बचपन में एक सितारा नीलम इस भविष्यवाणी के साथ दिया गया था कि यह उसके लिए सौभाग्य लाएगा और एक दिन वह सम्राट् बनेगा। क्या इस भविष्यवाणी में अत्यधिक विश्वास ने ही उस महान् व्यक्ति को फ्रांस का सम्राट् बनाया? वे और सिकंदर इसलिए महान् बन सके, क्योंकि उनका विश्वास अति असाधारण था।

एक चटका या टूटा शीशा तब तक आपके दुर्भाग्य का कारण नहीं बन सकता, जब तक आपका उस पर विश्वास न हो। जब तक आपका विश्वास पोषित व पल्लवित होता रहेगा और आपके आंतरिक स्वत्व का हिस्सा बना रहेगा, वह आपके दुर्भाग्य का कारण बनेगा; क्योंकि अवचेतन मन हर उस चीज को वास्तविक बना देता है, जिस पर उसे विश्वास होता है।

बर्ड और टॉम्पकिंस की 'द सीक्रेट लाइफ ऑफ प्लांट्स' दावा करती है कि ऐसे लोग भी हैं, जिनके मन की शक्ति इतनी विशिष्ट है कि जब वे उसे किसी पौधे, जैसे—गेहूँ, सब्जियाँ, फूलों, वृक्षों की ओर निर्देशित करके उन्हें अधिक प्रचुरता से उगाते हैं। कुछ साल पहले हमारे यहाँ एक बूढ़ा स्विस माली था, जो इस बात पर जोर देता था कि हम अपने बाड़े से पुराने पौधे हटाकर उनके बदले बहुत से छोटे वृक्ष और झाड़ियाँ लगाएँ। पहली बार में मुझे पुराने पौधों को निकालने और बाकियों को फिर से लगाने का कारण नहीं दिखाई दिया; लेकिन उस बूढ़े व्यक्ति का आग्रह बहुत प्रबल था। मैंने देखा कि पौधों को लगाते समय जब उसने छोटे पौधों को जमीन पर लगाया और उनकी जड़ों को ढका, तो उसने बुलंद आवाज में किसी किस्म के निरर्थक शब्द कहे। झाड़ियाँ लगाते हुए भी उसने ऐसा ही किया। एक दिन मुझमें जिज्ञासा उत्पन्न हुई। मैंने उससे पूछा कि जमीन पर पौधे और झाड़ियाँ लगाते हुए आप क्या बुदबुदा रहे थे ? उसने एक क्षण मेरे चेहरे को देखा और कहा, "आप शायद समझ न सकें, लेकिन मैं उनसे बातें कर रहा था। मैं उन्हें कह रहा था कि उन्हें जीना और पुष्पित होना होगा। जब मैं बच्चा था, तब पुराने देश में रहते हुए अपने शिक्षक से यह सीखा था। विकसित होनेवाली सभी चीजों को प्रोत्साहन चाहिए होता है, मैं उन्हें वही दे रहा था।" कुछ लोगों को पौधों से एक तरह का लगाव होता है और लगता है कि पौधे भी इसे महसूस करते हैं। हजारों पेशेवर माली चंद्रमा की विशेष स्थिति होने पर ही बीज डालते हैं। आप इसे अंधविश्वास कहेंगे। शायद यह व्यावहारिक रहस्यवाद हो! येल के अनुसंधानकर्ताओं ने निष्कर्ष निकाला है कि पौधों के जीवन में विद्युत् क्षेत्रों का बहुत महत्त्व है और निश्चित ही यह एक वैज्ञानिक पर्यवेक्षण है। स्विट्जरलैंड से ब्रिटिश कोलंबिया बहुत दूर है; लेकिन इस कनाडाई इलाके में इंडियन्स की एक प्रजाति है, जिसके सदस्य वास्तव में मछली पकड़ना शुरू करने से पहले अपनी रस्सियों और काँटों के बारे में बात करते हैं। उनका दावा है कि ऐसा न करने पर हैलबट और सैमन मछली काँटे में नहीं फँसेगी। साउथ सी के द्वीपवासियों की ऐसी बहुत सी कहानियाँ हैं, जिसमें वे अपने औजारों व उपकरणों को खाना खिलाते हैं और उनके साथ ऐसे बातें करते हैं, जैसे वे जीवित हों और उनसे अच्छे परिणाम देने की विनती करते हैं। इन प्रथाओं से लंबी छलाँग लगाते हुए सभ्य देशों में बड़े मछलीमार बेड़े में जहाज को शामिल करते या उन्हें रवाना करते हुए आशीर्वाद दिया जाता है, जहाँ आज भी जलयात्रा या कार्य में सफलता के लिए प्रार्थनाएँ की जाती हैं।

मुझे अपना एक कंजूस पड़ोसी याद आता है, जो बुद्धिमान व परिपक्व उम्र

का होने के बावजूद चंद्रमा की विशेष स्थितियाँ होने पर ही बाल कटवाता था। मुझे याद नहीं कि वह ऐसा शुक्ल पक्ष में करता था या कृष्ण पक्ष में, लेकिन वह इस चीज का ध्यान रखता था कि वह जो भी पक्ष चुनता है, उसमें बाल अधिक न बढ़ें और उसे फिर से नाई के पास न जाना पड़ा। एक बार मैंने उससे पूछा कि उसे यह विचार कहाँ से मिला? उसने मेरी ओर इस तरह देखा, जैसे मैं उसकी बुद्धिमत्ता को कम आँक रहा हूँ; और मुझे अपने उस प्रश्न का उत्तर कभी नहीं मिला।

मुझे अपना एक कंजूस पड़ोसी याद आता है, जो बुद्धिमान व परिपक्व उम्र का होने के बावजूद चंद्रमा की विशेष स्थितियाँ होने पर ही बाल कटवाता था। मुझे याद नहीं कि वह ऐसा शुक्ल पक्ष में करता था या कृष्ण पक्ष में, लेकिन वह इस चीज का ध्यान रखता था कि वह जो भी पक्ष चुनता है, उसमें बाल अधिक न बढ़ें और उसे फिर से नाई के पास न जाना पड़ा। एक बार मैंने उससे पूछा कि उसे यह विचार कहाँ से मिला? उसने मेरी ओर इस तरह देखा, जैसे मैं उसकी बुद्धिमत्ता को कम आँक रहा हूँ; और मुझे अपने उस प्रश्न का उत्तर कभी नहीं मिला।

मैंने पौधों और जानवरों के जीवन से संबंधित जो भी बातें कही हैं, भौतिकवादी व्यक्ति उन्हें गंभीर मुद्दा बना सकते हैं, लेकिन याद रखना चाहिए कि दुनिया में ऐसी बहुत सी शक्तियाँ कार्य कर रही हैं, जिनके बारे में बहुत कम या कुछ भी नहीं जानते। याद करिए कि दूसरे विश्व युद्ध के दौरान कितने सारे नए सिद्धांत विकसित हुए। 1940 के दशक के अंत में अमेरिकन रॉकेट सोसाइटी ने अमेरिकी सरकार को चंद्रमा पर जमीन लेने के लिए आवेदन किया। संभवतः वह आवेदन केवल मजाक की भावना से किया गया था, लेकिन इसके सिर्फ बीस वर्ष बाद अमेरिकी चाँद पर पहुँच गए थे।

इस बात पर कोई सवाल नहीं कि अवचेतन मन के चुंबकीय बल को विकसित करने में मानवीय कल्पना, मानसिक दर्शन और एकाग्रता प्रमुख पहलू हैं। आपने अकसर यह कथन सुना होगा, "इसी अवस्था में रहे!" जाहिर है, इसका अर्थ मानसिक तसवीर या विजन को बनाए रखना है। यहाँ एक बार फिर सुझाव—निरंतर सुझाव—अपनी भूमिका निभाता है।

उदाहरण के लिए, आप नया घर लेना चाहते हैं। आपकी कल्पना ने काम

करना शुरू कर दिया है। सबसे पहले आप कैसा घर लेना चाहते हैं, इसका आपको अस्पष्ट विचार होगा। इसके बाद जब आप अपने परिवार के अन्य सदस्यों के साथ इस बारे में बात करते हैं—या बिल्डरों से इस बारे में सवाल करते हैं, या नए घरों की तसवीरें देखते हैं—तो यह मानसिक तसवीर स्पष्ट होती जाती है और अंत में आप अपने लिए आदर्श घर का उसके सभी विवरणों सहित मानसिक दर्शन कर सकेंगे।

'बाइबल' चेतावनी देती है, "जहाँ विजन नहीं होता, वहाँ लोगों का नाश हो जाता है।" यह एक बुनियादी सत्य है। इसे निजी रूप से देखें या सामूहिक रूप से। इसकी मानसिक तसवीर पूरी किए बिना बहुत कम मात्रा में किया जा सकता है। आपको एक अच्छी नौकरी चाहिए। यदि आप अपने अवचेतन मन को वह नौकरी पाने की मानसिक तसवीर दिखा सके तो आपको वह मिल जाएगी।

इसके बाद अवचेतन आपको वह घर दिलवाने के लिए काम करने लगता है। यह कई तरीकों से संभव हो सकता है, लेकिन क्या आपको इससे कोई फर्क पड़ने वाला है कि आपने उसे अपने हाथों से खुद बनाया हो या वह खरीदने पर आपको मिला हो, या किसी बाहरी व्यक्ति के प्रयासों से मिला हो? वह आपको कैसे मिला है, इससे कोई अधिक फर्क नहीं पड़ता।

जब आप अधिक बेहतर नौकरी चाहते हों या छुट्टियों पर यात्रा की योजना बना रहे हों, यह प्रक्रिया ऐसी ही रहेगी। आपको इसे अपने मन की आँखों से देखना होगा। कल्पना में अपने आपको वह नौकरी पाते या सचमुच वह यात्रा करते देखें। हमारे कुछ डर हमारी इसी कल्पना के माध्यम से सच बन जाते हैं, जैसे नौकरी के साथ होता है। सौभाग्यवश, ऐसा सबके साथ नहीं होगा, तब तक, जब तक हमारी बनाई यह मानसिक तसवीर अस्थायी हो या हम कम-से-कम इस पर इतनी देर केंद्रित न रहें कि यह हमारे अवचेतन के परदे पर पूरी तरह अंकित न हो जाए। 'बाइबल' चेतावनी देती है, "जहाँ विजन नहीं होता, वहाँ लोगों का नाश हो जाता है।" यह एक बुनियादी सत्य है। इसे निजी रूप से देखें या सामूहिक रूप से। इसकी मानसिक तसवीर पूरी किए बिना बहुत कम मात्रा में किया जा सकता है। आपको एक अच्छी नौकरी चाहिए। यदि आप अपने अवचेतन मन को वह नौकरी पाने की मानसिक तसवीर दिखा सके तो आपको वह मिल जाएगी।

इसे लिखते समय मुझे वे सभी अनुभव याद आ रहे हैं, जो मुझे इस विज्ञान को

कार्य करने के दौरान उसे एक इलेक्ट्रिक ड्रिल की आवश्यकता महसूस हुई; लेकिन उसे यह जिस तरह की चाहिए थी, उसके लिए वह 75 या 80 डॉलर खर्च नहीं करना चाहता था, खासतौर पर तब, जब उसे इसे केवल कुछ ही महीने इस्तेमाल करना था। पहले उसने ड्रिल को किराए पर लेने का प्रयास किया; लेकिन वह उसे केवल रात भर ही उपयोग कर सकता था और अगली सुबह उसे ये वापस लौटानी होती थी। उसे यह व्यवस्था बहुत असुविधाजनक लगी।

बीते वर्षों के दौरान उपयोग करनेवालों ने गुप्त रूप से बताए हैं। मैं आपको वे कहानियाँ सुनाना चाहता हूँ, संभव है कि इनमें आपको वे सूत्र मिल सकें, जिससे आप इस सिद्धांत तथा मैं जो क्रियाविधि आगे बताने वाला हूँ, उसे और भी प्रभावकारी ढंग से उपयोग कर सकें!

एक मित्र को नाव बनाने का विचार आया। वह नाव बनाने के बारे में कुछ नहीं जानता था; लेकिन उसे विश्वास था कि कुछ सरल मार्गदर्शन मिलने पर वह इसे बना सकता है। उसने प्रयास किया। कार्य करने के दौरान उसे एक इलेक्ट्रिक ड्रिल की आवश्यकता महसूस हुई; लेकिन उसे यह जिस तरह की चाहिए थी, उसके लिए वह 75 या 80 डॉलर खर्च नहीं करना चाहता था, खासतौर पर तब, जब उसे इसे केवल कुछ ही महीने इस्तेमाल करना था। पहले उसने ड्रिल को किराए पर लेने का प्रयास किया; लेकिन वह उसे केवल रात भर ही उपयोग कर सकता था और अगली सुबह उसे ये वापस लौटानी होती थी। उसे यह व्यवस्था बहुत असुविधाजनक लगी। उसने मुझसे बताया, "एक रात मैं सोचने लगा कि मेरे पास ड्रिल है और मैंने उसे अपने हाथों में पकड़ रखा है। मैं उस बारे में जितना अधिक सोचता, वैसा होने का विचार उतना ही बढ़ता जाता। हालाँकि आनेवाले दिनों में कुछ नहीं हुआ और एक शाम मेरा मित्र दोस्त, जो बहुत बड़े गैराज का मालिक था और जिससे मिले मुझे कई साल हो चुके थे—मुझसे मिलने आया। उसे भी नौकाओं में दिलचस्पी थी और जब उसने सुना कि मैं एक नौका बना रहा हूँ तो उसने कहा कि वह इसे देखना चाहता है। जब उसने मुझे मेरे द्वारा उपयोग की जा रही आधे इंच की भारी-भरकम ड्रिल से जूझते देखा तो उसने पूछा कि मैं इसे कहाँ से लाया हूँ? मैंने बताया कि इसे मैंने किराए पर लिया है। यह सुनकर वो हँसने लगा और बोला, "कल मेरी दुकान पर आओ, मैं तुम्हें छोटी ड्रिल दे दूँगा, जिसे तुम अधिक आसानी से सँभाल सकोगे।"

कहने की आवश्यकता नहीं कि मुझे वह मिल गई और नाव बनाने की पूरी अवधि के दौरान वह मेरे ही पास रही।

ऐसा ही एक छोटा सा अनुभव मुझे तब हुआ, जब मैं नाव का बीच का ढाँचा काट रहा था। मुझे पता चला कि मेरी छोटी आरी उस सवा तीन इंच के लकड़ी के कुंदे को नहीं काट सकती। तब मुझे अपने पास एक बड़ा आरा होने की इच्छा हुई। यह विचार मुझे मेरे घर से कुछ ब्लॉक दूर स्थित बढ़ई की दुकान पर ले गया। मुझे उपयोग के लिए बड़ा आरा मिल सकता था; लेकिन इसके लिए मुझे आरे के मालिक को 50 सेंट प्रति घंटा देना होगा। हालाँकि जल्द ही मैंने देखा कि बीच के ढाँचे को सही तरह से बनाने और फिर आकार देने के लिए अपने घर से यहाँ चक्कर लगाने में मेरा बहुत समय बरबाद हो रहा है। उन दिनों मैं लगातार अपने आपसे कहता रहता कि बड़ा आरा उपयोग करने का कोई आसान तरीका अवश्य होगा, और वह था।

ऐसा ही एक छोटा सा अनुभव मुझे तब हुआ, जब मैं नाव का बीच का ढाँचा काट रहा था। मुझे पता चला कि मेरी छोटी आरी उस सवा तीन इंच के लकड़ी के कुंदे को नहीं काट सकती। तब मुझे अपने पास एक बड़ा आरा होने की इच्छा हुई। यह विचार मुझे मेरे घर से कुछ ब्लॉक दूर स्थित बढ़ई की दुकान पर ले गया। मुझे उपयोग के लिए बड़ा आरा मिल सकता था; लेकिन इसके लिए मुझे आरे के मालिक को 50 सेंट प्रति घंटा देना होगा।

आगामी रविवार मेरा एक और दोस्त नाव का काम कैसा चल रहा है, यह देखने आया। जब मैंने उसे बताया कि बड़े आरे के उपयोग ने काम की गति घटा दी है तो वह भी हँसने लगा। उसने कहा, "मैंने अभी गुरुवार को एक आरा खरीदा है और मैं कुछ समय तक उसे इस्तेमाल नहीं करने वाला। मुझे अपनी दुकान तैयार करवानी है। इस दौरान तुम चाहो तो उसे इस्तेमाल कर सकते हो।" बल्कि उसने उसी दिन उसे मेरे पास भिजवा दिया और वह कई महीनों तक मेरे ही पास रहा। इस तरह मैंने नाव तैयार कर ली!

एक अन्य व्यक्ति ने मुझे बताया कि किस तरह उसे वह तीस फीट की बड़ी सीढ़ी मिल सकी, जिससे उसने अपना घर पेंट किया। उसने मुझे बताया, "मैंने सोचा कि खाली समय में मैं यह पेंटिंग का काम निपटा लूँगा और इसी उद्देश्य से मैं सीढ़ी खोजने लगा। वह मुझे ऐसी जगह मिली, जहाँ से मैं उसे किराए पर ले सकता था;

लेकिन उसके लिए समय निश्चित होना चाहिए था, जो मेरी योजना के अनुकूल नहीं था। मुझे याद नहीं कि मैंने अपने आपसे कितनी बार कहा होगा कि 'तुम्हें सीढ़ी मिल जाएगी।' और मुझे वह मिल गई। उस दिन मेमोरियल डे था। मैंने देखा कि मेरी गली के दूसरी तरफ रहनेवाला मेरा पड़ोसी अपने घर की दीवारें धोने में लंबी सीढ़ी का उपयोग कर रहा है। मैंने उसे फोन किया और पूछा कि उसे वह सीढ़ी कहाँ से मिली? उसने बताया, जब उसने वह घर खरीदा था तो उसे वह सीढ़ी उसके साथ मिली थी। उसी दोपहर वह मेरे बैंकयार्ड में थी और ये मुझे कुछ हफ्तों के लिए मिल गई थी।"

एक अन्य व्यक्ति ने मुझे बताया कि पर्ल हार्बर के फौरन बाद वह एक निश्चित आकार का कूड़ेदान खोज रहा था, लेकिन युद्धकालीन प्राथमिकताओं के कारण उसे वह मिल नहीं रहा था। वह इस तरह का कूड़ेदान ढूँढ़ने सेकंड-हैंड स्टोर्स, पुराने सामान की दुकानों, बेकरियों और गैराजों में गया, लेकिन सफलता नहीं मिली। वह आशा छोड़ने ही वाला था कि एक सुबह उसने अपने घर के सामनेवाली पक्की इमारत पर मिस्त्री को काम करते देखा। वॉटरप्रूफिंग करने के लिए वह जिस पात्र का उपयोग कर रहे थे, वह बिल्कुल वैसा ही था, जैसा पाने की उसने मन में तसवीर बनाई थी।

एक अन्य व्यक्ति ने मुझे बताया कि पर्ल हार्बर के फौरन बाद वह एक निश्चित आकार का कूड़ेदान खोज रहा था, लेकिन युद्धकालीन प्राथमिकताओं के कारण उसे वह मिल नहीं रहा था। वह इस तरह का कूड़ेदान ढूँढ़ने सेकंड-हैंड स्टोर्स, पुराने सामान की दुकानों, बेकरियों और गैराजों में गया, लेकिन सफलता नहीं मिली। वह आशा छोड़ने ही वाला था कि एक सुबह उसने अपने घर के सामनेवाली पक्की इमारत पर मिस्त्री को काम करते देखा। वॉटरप्रूफिंग करने के लिए वह जिस पात्र का उपयोग कर रहे थे, वह बिल्कुल वैसा ही था, जैसा पाने की उसने मन में तसवीर बनाई थी। उसने ठेकेदार से पूछा कि काम पूरा हो जाने के बाद वे उस पात्र का क्या करेंगे? उसे बताया गया कि इसे टो करके ले जाने के लिए जमीन पर रख दिया जाएगा। तब उसने उन्हें अपनी जरूरत बताई और कुछ दिनों बाद वह पात्र उसके गैराज में था। मिस्त्रियों ने देने के पूर्व उसे न केवल खाली, बल्कि अंदर से अच्छी तरह साफ भी कर दिया था।

मैं अपनी कार के इग्निशन सिस्टम में आई खराबी को दूर करने के लिए एक

दुकान के मालिक के पास ले गया। कोई भी मेकैनिक खराबी का कारण नहीं खोज सका। तब मैंने उसे बताया कि वास्तव में कार किस तरह का व्यवहार कर रही है। मुझे सुनने के बाद उसने कहा, “मुझे लगता है कि मैं इसे ठीक कर सकता हूँ।”

मैंने सहज ही कह दिया, “विश्वास बहुत बड़ी चीज है, है न!” उसने थोड़ी कड़वाहट के साथ कहा, “निस्संदेह विचार इस संसार की सबसे महान् शक्ति है और जब आप इसके बारे में बात करते हैं तो मूर्ख लोग इसका मजाक उड़ाते हैं।”

“मुझे ऐसा लगता तो नहीं, लेकिन मेरी इसमें दिलचस्पी है। मुझे कोई ऐसी घटना बताएँ, जहाँ आपने इन विचारों की शक्ति का प्रदर्शन किया हो।” मैंने उत्तर दिया।

“मैं आपको इसकी शक्ति से संबंधित मेरे जीवन में घटे कम-से-कम किस्से सुनाने के लिए यहाँ दिन भर नहीं रोक सकता।”

“अच्छा, कुछ तो बताओ! आपको इसका पहली बार कब एहसास हुआ ?”

“ओह, मेरे खयाल से लगभग बारह साल पहले, जब मैं गिर गया था और मेरी रीढ़ की हड्डी टूट गई थी। मैं लंबे समय तक साँचा पहने रहा और डॉक्टरों ने मुझे बताया कि ठीक होने के बाद भी मुझे जीवन भर बैसाखियों पर चलना पड़ेगा। मैं अपनी पीठ के बल अस्पताल में लेटा अपने भविष्य की चिंता करता रहता था। मुझे मेरी माँ द्वारा प्रयुक्त किया जानेवाला वाक्य रह-रहकर याद आ रहा था, ‘व्यक्ति को सिर्फ विश्वास होना चाहिए।’ एक दिन मुझे महसूस हुआ कि यदि मैं इस तरह की मानसिक तसवीर तैयार कर सकूँ कि मैं बिल्कुल ठीक हो गया हूँ और इस पर मेरा विश्वास पर्याप्त रूप से दृढ़ हो जाए तो मैं ठीक हो सकता हूँ। संक्षेप में कहूँ तो अब मैं यहाँ कारों के ऊपर और नीचे काम कर रहा हूँ और बैसाखियों से दूर हूँ, जैसा आप खुद देख सकते हैं।”

मुझे मेरी माँ द्वारा प्रयुक्त किया जानेवाला वाक्य रह-रहकर याद आ रहा था, ‘व्यक्ति को सिर्फ विश्वास होना चाहिए।’ एक दिन मुझे महसूस हुआ कि यदि मैं इस तरह की मानसिक तसवीर तैयार कर सकूँ कि मैं बिल्कुल ठीक हो गया हूँ और इस पर मेरा विश्वास पर्याप्त रूप से दृढ़ हो जाए तो मैं ठीक हो सकता हूँ। संक्षेप में कहूँ तो अब मैं यहाँ कारों के ऊपर और नीचे काम कर रहा हूँ और बैसाखियों से दूर हूँ, जैसा आप खुद देख सकते हैं।”

“बेहद दिलचस्प!” मैंने कहा, “कुछ और बताओ!”

“दरअसल, मैं अपना काम बढ़ाने के लिए अकसर इसका उपयोग करता हूँ; बल्कि मेरी काम करने की यह जगह इसी का परिणाम है। जैसाकि आप जानते

हैं, कुछ हफ्ते पहले मेरा पुराना कार्यस्थल आग से नष्ट हो गया और शहर में इस तरह की जगह को खोजना लगभग असंभव है। दो या तीन दिन मैं दूसरी जगह न मिलने को लेकर परेशान रहा और किसी दूसरे के यहाँ काम करने के बारे में सोचने लगा। एक रात मैंने पक्का मन बना लिया कि मैं अपने बलबूते व्यापार को फिर खड़ा करूँगा। यह मेरे जीवन का नया मोड़ था। रात को सोने से ठीक पहले मैंने अपने आपसे कहा, 'तुम्हें आनेवाले कुछ दिनों में जगह मिल जाएगी। विचारों की इस शक्ति ने तुम्हें कभी धोखा नहीं दिया।' मैं पूरे विश्वास के साथ सो गया कि मुझे जगह मिलने ही वाली है। ठीक अगले दिन मैं उस पेंटर से मिलने गया, जिसे मैंने आग से बचाई कार दी थी और मैंने उसे बताया कि मैं दूसरी जगह की तलाश में हूँ। उसने कहा, 'यह तो बढ़िया है। तुम यह जगह किराए पर ले सकते हो। मैंने अगले ब्लॉक में एक जगह खरीद ली है, जिसका मालिक अपने काम से रिटायर होना चाहता है।' और आज मैं यहाँ हूँ, मुख्य मार्ग के नजदीक और इतना काम आ रहा है, जिसे सँभालना मुश्किल है।"

मैं जानता हूँ कि कुछ पाठक इन्हें मात्र संयोग बताएँगे, लेकिन मेरी फाइलें ऐसे ही संयोगों से भरी पड़ी हैं। आप में से कुछ लोगों के लिए ये ऐसी होंगी; लेकिन जो लोग इस विज्ञान से परिचित हैं, वे जानते हैं कि इन चीजों का मिलना गहन विचार या मानसिक तसवीर बनाने का परिणाम है। हम फिर से राय के मसले पर हैं, जिसमें उन लोगों के बीच निष्कर्षों पर मतभेद रहता है, जिनसे एक इसे बकवास मानता है तो दूसरे वे, जो जानते हैं कि इस तरह हम अपनी मनचाही चीजें हासिल कर सकते हैं। हम एक बार फिर पैरासेलस की बात याद दिलाना चाहते हैं, 'जिस मनुष्य के पास आध्यात्मिक बोध की शक्ति नहीं है, वह उन चीजों को नहीं पहचान सकता, जिन्हें भौतिक रूप से नहीं देखा जा सकता।'

मैं जानता हूँ कि कुछ पाठक इन्हें मात्र संयोग बताएँगे, लेकिन मेरी फाइलें ऐसे ही संयोगों से भरी पड़ी हैं। आप में से कुछ लोगों के लिए ये ऐसी होंगी; लेकिन जो लोग इस विज्ञान से परिचित हैं, वे जानते हैं कि इन चीजों का मिलना गहन विचार या मानसिक तसवीर बनाने का परिणाम है। हम फिर से राय के मसले पर हैं, जिसमें उन लोगों के बीच निष्कर्षों पर मतभेद रहता है, जिनसे एक इसे बकवास मानता है तो दूसरे वे, जो जानते हैं कि इस तरह हम अपनी मनचाही चीजें हासिल कर सकते हैं।

इस बात से सभी सहमत होंगे कि अवचेतन मन का कार्य उन्हीं तसवीरों का परिणाम होता है, जो हम उसके परदे तक पहुँचाते हैं; लेकिन यदि आपके विक्षेप उपकरण या मूल स्लाइड खराब हो जाएँ, तब पहुँचाई गई तसवीर धुँधली, प्रतिलोमित या पूरी तरह से कोरी होगी। संदेह, भय, विरोधी विचार उस तसवीर को धुँधला कर देते हैं, जिन्हें आप सजग भाव से प्रकल्पित करना चाहते हैं।

चित्रकारों, लेखकों और आविष्कारकों जैसे पूर्णत: विकसित कल्पना-शक्तिवाले व्यक्ति अपनी लगभग सभी इच्छाओं का मानस दर्शन या मानसिक तसवीर बनाने में सक्षम होते हैं। हालाँकि मैं आगे विस्तार सहित जो पद्धति बताने वाला हूँ और अब तक जो स्पष्टीकरण दिए जा चुके हैं, उनका अनुपालन करनेवालों को, जो अपनी इच्छाओं को वास्तविक में जैसा देखना चाहते हैं, उस तरह अपने मन की आँखों से चीजों, वस्तुओं और परिस्थितियों को देखने की क्षमता पाने में कोई कठिनाई नहीं होगी।

चित्रकारों, लेखकों और आविष्कारकों जैसे पूर्णत: विकसित कल्पना-शक्तिवाले व्यक्ति अपनी लगभग सभी इच्छाओं का मानस दर्शन या मानसिक तसवीर बनाने में सक्षम होते हैं। हालाँकि मैं आगे विस्तार सहित जो पद्धति बताने वाला हूँ और अब तक जो स्पष्टीकरण दिए जा चुके हैं, उनका अनुपालन करनेवालों को, जो अपनी इच्छाओं को वास्तविक में जैसा देखना चाहते हैं, उस तरह अपने मन की आँखों से चीजों, वस्तुओं और परिस्थितियों को देखने की क्षमता पाने में कोई कठिनाई नहीं होगी।

मैं जिस एक शानदार मछुआरे को जानता था, वह मानस दर्शन की इसी पद्धति का उपयोग करता था। वह एक या दो अन्य व्यक्तियों के साथ अपनी नाव में बैठ जाता और पानी से एक के बाद एक ट्राउट मछली निकालता जाता। जबकि उसी तरह का चारा और लगभग उसी तरह की यांत्रिक तकनीक का उपयोग करके भी उसके साथी बारंबार उसी स्थान पर काँटा डालते रहते और उनके हाथ कुछ नहीं लगता।

मैंने एक बार उससे इस बारे में पूछा तो उसने हँसते हुए उत्तर दिया, "मैं उन पर पुराना 'स्क्विज मा जिंटुम' (उसके जादुई शब्द) मंत्र फूँकता हूँ। मैं प्रतीकात्मक या मानसिक रूप से नीचे वहीं पहुँच जाता हूँ, जहाँ वे होती हैं और उन्हें चारा या

मक्खी पकड़ने को कहता हूँ। दूसरे शब्दों में, मैं उन्हें काँटे पर मुँह मारते देखता हूँ और विश्वास रखता हूँ कि यह काम करेगा। मैं आपको बस, यही स्पष्टीकरण दे सकता हूँ।"

जब यह कहानी किसी ऐसे दूसरे मछुआरे को सुनाई गई, जो पहले मछुआरे जितना सौभाग्यशाली नहीं था तो उसने इसे हास्यास्पद बताया। उसने कहा, "सभी अच्छे मछुआरे धाराओं, छिद्रों, मछलियों की आदतें, उपयोग किए जानेवाले चारे या मक्खियों के प्रकार के बारे में जानते हैं और यदि वहाँ मछलियाँ हों तो वो उन्हें पकड़ लेते हैं।" हालाँकि वह यह नहीं बता पाया कि मछली पकड़ने की विद्या में कुशल बाकी लोग उसी स्थान पर उस तरह मछली क्यों नहीं पकड़ सके, जिस तरह प्राचीन 'स्क्विज मा जिंटुम' का उपयोग करनेवाला व्यक्ति पकड़ सका था?

'बेन हर लैंपमैन द ओरेगोनियन' के सहायक संपादक तथा मछली पकड़ने एवं ऐसे ही अन्य बहुत तरह के लेखों व पुस्तकों के लेखक तथा जाने-माने प्रकृतिविद् थे। यह कहानी पढ़ने के बाद उन्होंने कहा—

"जो व्यक्ति इस काम में किसी तरह से जादू या आकर्षण को हास्यास्पद बता रहा था, वह दरअसल अपनी अज्ञानता दिखाकर खुद को हास्यास्पद दिखा रहा है। मैं नहीं कह सकता कि आपका दोस्त मछली पकड़ने में हमेशा इतना भाग्यवान् कैसे रहता था, बल्कि इससे आगे बढ़कर निश्चित रूप से कहा जा सकता है कि मछली पकड़ने में सफलता के पीछे कुछ तो अलौकिक था। जिस किसी ने भी मछलियों की आदतों का अध्ययन कर उन्हें पकड़ने का प्रयास किया होगा, कभी-न-कभी वह समझ गया होगा कि मछली पकड़ने में सफल होने के लिए जहाँ मछलियों के होने की उम्मीद है, वहाँ चारा डाल देने मात्र से अधिक कुछ और भी है। मन व मछली के बीच क्या संबंध हो सकता है—और अगर कोई है, तो मैं नहीं बता सकता; लेकिन अपना लगभग पूरा जीवन मछलियों, उनके तौर-तरीकों या आदतों का अध्ययन करने के बाद मुझे नहीं पता था कि मछली पकड़ने में सफल होने का कोई न समझ में आनेवाला तत्त्व या पहलू—चाहे आप इसे जो कहकर पुकारें—कार्य करता है! निस्संदेह अलौकिक घटनाओं के क्षेत्र में आपके सफल मछुआरे मित्र के इस कथित मछुआरा 'सौभाग्य' या 'स्क्विज मा जिंटुम' का स्पष्टीकरण अवश्य होगा।"

मैं मछुआरा नहीं हूँ; लेकिन निश्चित ही यदि आकर्षण का यह नियम अन्य तरीकों से काम करता है तो ऐसा कोई कारण नहीं कि इसे मछली पकड़ने में लाभकारी ढंग से उपयोग न किया जा सके।

कई वर्षों से मेरी गोल्फ में दिलचस्पी है और मैं कुछ क्लबों का सदस्य भी हूँ। मैं अकसर एक व्यक्ति के साथ खेला करता था, जो अपनी युवावस्था में विश्व टेनिस चैंपियन रहा था। वह प्रशांत तट के सबसे अद्भुत खिलाड़ियों में से एक था। अपनी मेशी और मेशी निबलिक (गोल्फ स्टिक्स) वह गेंद को मैदान में पूरी सटीकता के साथ अपने इच्छित स्थान पर और पिन से जितना वह चाहे, उतना पास या दूर पहुँचा सकता था और वह ऐसा अकसर एक ही प्रहार में कर देता था। उनका प्रहार भी अचंभित कर देनेवाली कला थी।

कई वर्षों से मेरी गोल्फ में दिलचस्पी है और मैं कुछ क्लबों का सदस्य भी हूँ। मैं अकसर एक व्यक्ति के साथ खेला करता था, जो अपनी युवावस्था में विश्व टेनिस चैंपियन रहा था। वह प्रशांत तट के सबसे अद्‌भुत खिलाड़ियों में से एक था। अपनी मेशी और मेशी निबलिक (गोल्फ स्टिक्स) वह गेंद को मैदान में पूरी सटीकता के साथ अपने इच्छित स्थान पर और पिन से जितना वह चाहे, उतना पास या दूर पहुँचा सकता था और वह ऐसा अकसर एक ही प्रहार में कर देता था। उनका प्रहार भी अचंभित कर देनेवाली कला थी।

एक दिन उन्होंने हम चार खिलाड़ियों को अपने साधारण प्रहारों से हैरान कर दिया।

"आपने ऐसा कैसे किया जॉर्ज?" मैंने पूछा।

उन्होंने उत्तर दिया, "आपने हैंडबॉल और स्क्वैश खेला होगा। आप जानते हैं कि सामनेवाली दीवार पर प्रहार करने का क्या अर्थ होता है। आप जान-बूझकर इसे ऊँचा या नीचा रखते हैं, जिससे यह बगल की दीवार से टकराए या बाधा हटा सके या गेंद अत्यधिक नीची रहे। मैंने टेनिस में जगह बनाने के दौरान सीखा था। आपको गेंद पर अपने रैकेट से प्रहार करने के पूर्व एक तरह की मानसिक तसवीर बनानी पड़ती है कि आप गेंद को कहाँ पहुँचाना चाहते हैं! मैं इसी सिद्धांत को शॉर्ट शॉट और पुटिंग में उपयोग करता हूँ। दूसरे शब्दों में, मैदान पर मुकाबले के दौरान अपनी गोल्फ स्टिक घुमाने से पहले मैं गेंद को जहाँ पहुँचाना चाहता हूँ, उसकी तुरंत एक मानसिक तसवीर बनाता हूँ और पुट के समय मैं गेंद को सचमुच छिद्र में गिरते देखता हूँ। निस्संदेह, इसके लिए उचित मुद्रा और गोल्फ स्टिक को सँभालने का ज्ञान होना आवश्यक है, लेकिन अधिकांश गोल्फ खिलाड़ी यह जानते हैं, फिर भी उन्हें परिणाम नहीं मिलते। यह सच है कि मैंने कई घंटे अभ्यास किया है। बाकियों ने भी

किया है; लेकिन मुख्य चीज यह है कि मैं गेंद पर स्टिक से प्रहार के पूर्व जानता हूँ कि वह कहाँ जाकर गिरने वाली है। मुझे विश्वास या आस्था होती है कि मैं ऐसा कर सकता हूँ और मेशी और मेशी निबलिक द्वारा मैं ऐसी बैंकस्पिन करता हूँ, जिससे गेंद गिरने के साथ ही एकदम रुक जाती है।"

इस पर संदेह से भौंह चढ़ानेवालों, चलिए, हम अखबार में आई एक खबर में तथ्य की तलाश करते हैं, जिसे तीसवें दशक के मध्य में प्रसिद्ध खेल पत्रकार ग्रांटलैंड राइस ने लिखा था। राइस ने घोषणा की थी—अभूतपूर्व शौकिया गोल्फ खिलाड़ी जॉन मोंटागु किसी से भी बेहतर प्रदर्शन में सक्षम हैं। गेंद हमेशा वहीं पहुँचती है, जहाँ वे उसे पहुँचाना चाहते हैं, फिर चाहे ये 300 यार्ड दूर फेयरवे पर हो या दो ये तीन फीट का गेंद को कप में पहुँचानेवाला चिप शॉट हो; और जब वे पुट करते हैं तो यह खेल के अंत जैसा होता है। राइस कहते हैं कि गेंद वहीं जाकर गिरती है, जहाँ जॉन मोंटागु उसे पहुँचाना चाहते हैं। अब मोंटागु का अपना स्पष्टीकरण पढ़िए, जो उन्होंने अखबार की उसी खबर में दिया था—"मेरे लिए गोल्फ दिमाग, मन या मस्तिष्क या आप इसे जो भी कहना चाहें, उससे खेलने की वस्तु है। निस्संदेह कुछ बुनियादी मुद्राएँ, पकड़, स्विंग भी हैं; लेकिन शॉट खेलने के पूर्व मेरे मन में यह मानसिक तसवीर पूरी तरह से साफ होती है कि मैं क्या करने जा रहा हूँ! यह मानसिक तसवीर मांसपेशियों की गतिविधियों को नियंत्रित करती है। यदि मानसिक तसवीर न हो तो जो होगा, वह मात्र अनुमान है। यदि आप दबाव में हों तो इसका अर्थ विचारों की लगभग अनंत एकाग्रता है और किसी भी

अब मोंटागु का अपना स्पष्टीकरण पढ़िए, जो उन्होंने अखबार की उसी खबर में दिया था—"मेरे लिए गोल्फ दिमाग, मन या मस्तिष्क या आप इसे जो भी कहना चाहें, उससे खेलने की वस्तु है। निस्संदेह कुछ बुनियादी मुद्राएँ, पकड़, स्विंग भी हैं; लेकिन शॉट खेलने के पूर्व मेरे मन में यह मानसिक तसवीर पूरी तरह से साफ होती है कि मैं क्या करने जा रहा हूँ! यह मानसिक तसवीर मांसपेशियों की गतिविधियों को नियंत्रित करती है। यदि मानसिक तसवीर न हो तो जो होगा, वह मात्र अनुमान है। यदि आप दबाव में हों तो इसका अर्थ विचारों की लगभग अनंत एकाग्रता है और किसी भी खेल में तब तक उत्तेजना नहीं आती, जब तक आप दबाव में न हों।"

खेल में तब तक उत्तेजना नहीं आती, जब तक आप दबाव में न हों।"

जीन साराजेन, सबसे बेहतरीन गोल्फ पेशेवरों में से एक, अपने मैचों में ऐसी ही पद्धति उपयोग करते हैं। उनकी छोटी सी पुस्तक 'गोल्फ टिप्स' मानसिक तसवीरों, उद्देश्यों, एकाग्रता और आत्मविश्वास के बारे में बहुत कुछ कहती है। सभी गोल्फ खिलाड़ियों ने 'मानसिक बाधा' के बारे में सुना होगा। जबकि वास्तव में ये बंकर, जाल, जलीय बाधा आदि होते हैं, लेकिन बहुत से लोगों की कल्पनाओं में ये दुर्जेय अवरोध हैं, जो खिलाड़ियों के मन में भय उत्पन्न करते हैं।

बहुत सारे पूल व बिलियर्ड्स खेलों का निरीक्षण करने के बाद मुझे विश्वास हो गया कि कुछ कुशल खिलाड़ी मन के नियंत्रण द्वारा गेंद की दिशा और गिरने को प्रभावित कर लेते हैं, जबकि उन्हें इस शक्ति के बारे में कुछ नहीं पता होता, जिसका वे उपयोग कर रहे होते हैं। यदि यह गोल्फ की गेंद पर काम कर सकता है तो निश्चित ही यह बिलियर्ड्स के गेंद पर भी काम कर सकता है।

मैं जिस मैदान में अकसर खेला करता, वहाँ पानी का एक गड्ढा था। टी से छिद्र तक की दूरी लगभग 120 यार्ड होगी। इसमें 50 फीट चौड़ा छोटा सा तालाब था—ये मेशी या मेशी निबिलिक के साथ औसत खिलाड़ी के लिए आसान शॉट था। लंबे समय तक इस क्लब का सदस्य रहा एक व्यक्ति, जो अपनी युवावस्था में अच्छा बेसबॉल और फुटबॉल खिलाड़ी था, वह इस जलीय बाधा को कभी पार नहीं कर पाया। उसकी गोल्फ स्टिक से निकली गेंदें एक के बाद एक पानी में चली जातीं, जो उसके लिए गाली देते तो हमारे लिए हँसी का कारण बन जाता। आखिरकार, कुछ माह बीतने पर वे गेंद को मैदान के पार भेजने में अपनी गोल्फ स्टिक का प्रयोग करने लगे।

एक दिन मैंने उनसे कहा, "मैं जानता हूँ कि तालाब आपकी परेशानी का कारण बना हुआ है; लेकिन अगली बार जब आप आप टी और मैदान के बीच पानी होने की तसवीर को अपने मन से पूरी तरह सोख दें और उसकी जगह मानसिक रूप से उसे अपने सामने एक आसान, छोटे व सीधे शॉर्ट के तौर पर देखें।" पहली बार जब उसने सुझाव पर अमल किया तो उसकी गेंद पिन से सिर्फ कुछ इंच दूर गिरी। और उन्होंने बाद में बताया कि जब तक वे उस सोखने की तकनीक का पालन करते रहे, उन्हें कोई समस्या नहीं आई, लेकिन जब वे अपनी टीम के अन्य सदस्यों द्वारा

हँसी-ठट्ठा करने के कारण अपनी मानसिक तसवीर पर एकाग्र नहीं हो सके तो उन्हें समस्याओं का सामना करना पड़ा।

बहुत सारे पूल व बिलियर्ड्स खेलों का निरीक्षण करने के बाद मुझे विश्वास हो गया कि कुछ कुशल खिलाड़ी मन के नियंत्रण द्वारा गेंद की दिशा और गिरने को प्रभावित कर लेते हैं, जबकि उन्हें इस शक्ति के बारे में कुछ नहीं पता होता, जिसका वे उपयोग कर रहे होते हैं। यदि यह गोल्फ की गेंद पर काम कर सकता है तो निश्चित ही यह बिलियर्ड्स के गेंद पर भी काम कर सकता है।

प्रकृतिवादी रॉय चैपमैन एंड्रयू ने सैन एंटोनियो, टेक्सास के एक व्यक्ति की कहानी सुनाई, जिसने .22 कैलिबर की बंदूक से बिना एक भी गलती किए 14,500 गोलियाँ चलाकर लकड़ी के एक छोटे से कुंदे को हवा में टिकाए रखा। श्रीमान एंड्रयू ने उसकी समय-सटीकता और अचूक निशाने की प्रशंसा की। इसमें मानसिक तसवीर के बारे में कुछ नहीं कहा गया; लेकिन यदि आपने कभी लंबी दूरी की ट्रैप या टार्गेट शूटिंग की होगी तो आप इसके मानस-दर्शन भाग की भूमिका से परिचित होंगे।

व्यक्ति इसी तरह के 'जादू' को सभी तरह के खेलों में काम करते देख सकता है। महान् बेसबॉल बल्लेबाज, फुटबॉल के दक्ष फॉरवर्ड-पासर, दक्ष ड्रॉप-किकर—ये सभी जाने-अनजाने गेंद को जहाँ पहुँचाना चाहते हैं, उसकी तसवीर बना लेते हैं। निश्चित ही, अभ्यास और समय-सटीकता आदि अधिक महत्त्वपूर्ण हैं; लेकिन इसके मानसिक पक्ष को भी नजरअंदाज नहीं किया जा सकता।

व्यक्ति इसी तरह के 'जादू' को सभी तरह के खेलों में काम करते देख सकता है। महान् बेसबॉल बल्लेबाज, फुटबॉल के दक्ष फॉरवर्ड-पासर, दक्ष ड्रॉप-किकर—ये सभी जाने-अनजाने गेंद को जहाँ पहुँचाना चाहते हैं, उसकी तसवीर बना लेते हैं। निश्चित ही, अभ्यास और समय-सटीकता आदि अधिक महत्त्वपूर्ण हैं; लेकिन इसके मानसिक पक्ष को भी नजरअंदाज नहीं किया जा सकता।

इस संबंध में मुझे डॉ. मार्कस बाख के अपनी पहली पुस्तक 'दे हैव फाउंड ए फेथ' के कुछ बयानों ने काफी प्रभावित किया। डॉ. बाख फादर डिवाइन के बाउलिंग खेलने की बात कहते हुए अवलोकन करते हैं कि जिस तरह फादर डिवाइन बॉल को चुनते हैं, उनकी मुद्रा और बॉल फेंकने को देखकर लगता है कि उन्हें बाउलिंग नहीं आती। इसके बावजूद फादर

डिवाइन पहले ही प्रयास में स्ट्राइक करते हैं और वह डॉ. बाख की देखी सबसे शानदार स्ट्राइक्स में से एक होती थी। "फादर की निश्चिंतता उनका चरित्र थी। वे अपने नरम हाथों को आपस में इस तरह रगड़ते थे, मानो कह रहे हों, 'यदि ईश्वर गेंद लुढ़का रहे हों तो आप और क्या उम्मीद रखते हैं!'"

डॉ. बाख ने यूनिटी सिटी के मैनेजर तथा यूनिटी आंदोलन के संस्थापकों में से एक के पुत्र रिकर्ट फिलमोर के किए साक्षात्कार के बारे में लिखा था। डॉ. बाख ने उनसे पूछा कि क्या यूनिटी के कार्यों को भूमि-भवन जैसे उद्यमों पर लागू किया जा सकता है? श्रीमान फिलमोर ने उत्तर दिया, "यदि यह काम करता है तो सभी जगह काम करेगा।"

डॉ. बाख ने यूनिटी सिटी के मैनेजर तथा यूनिटी आंदोलन के संस्थापकों में से एक के पुत्र रिकर्ट फिलमोर के किए साक्षात्कार के बारे में लिखा था। डॉ. बाख ने उनसे पूछा कि क्या यूनिटी के कार्यों को भूमि-भवन जैसे उद्यमों पर लागू किया जा सकता है? श्रीमान फिलमोर ने उत्तर दिया, "यदि यह काम करता है तो सभी जगह काम करेगा।"

इस पुस्तक के पाठकों में से बहुत से लोग गोल्फ या बिलियर्ड्स नहीं खेलते होंगे, लेकिन एक आसान से उदाहरण द्वारा आपको मानस-दर्शन या मानसिक तसवीर के वास्तव में कार्य करता दिखाकर आकर्षण की इस अद्भुत शक्ति के बारे में बताया जा सकता है।

कुछ छोटे कंकड़ या पत्थर ढूँढ़ लीजिए, जिन्हें आप आसानी से फेंक सकें और 6 से 10 इंच के व्यास वाला कोई पेड़ या खंभा खोजिए। उससे पच्चीस या तीस फीट दूर खड़े हों और उसे मारने के लिए कंकड़ फेंकना आरंभ कर दें। यदि आपका निशाना औसत होगा तो वे पत्थर उसके आसपास गिरेंगे। अब रुकें और अपने आप से कहें कि आपको अपने लक्ष्य पर प्रहार करना है। एक मानसिक तसवीर बनाएँ, जिसमें वह वृक्ष खुद आगे बढ़कर पत्थरों या कंकड़ों के बीच आ रहा है और वस्तुत: उस बिंदु की कल्पना करें, जहाँ आप प्रहार करना चाहते हैं। जल्द ही आप पाएँगे कि आपके निशाने सटीक बैठ रहे हैं। यह न कहें कि यह असंभव है। प्रयास करें और आप साबित कर देंगे कि ऐसा किया जा सकता है—बस, आपको विश्वास होना चाहिए।

युद्धकाल के शुरुआती दिनों में, जब पेट्रोल वितरण नियंत्रित था, अधिकांश

लोगों के लिए अतिरिक्त कूप हासिल करना अपराध नहीं था। एक रविवार मेरे किसी मित्र ने देखा कि उसके पास डक लेक तक जाने के लिए पर्याप्त पेट्रोल नहीं था। उसने मुझे बताया कि किस तरह उसे इतने कूपन मिल गए कि वह शूटिंग ग्राउंड तक कई चक्कर लगा सकता था। "मैंने इस पतझड़ बतख के शिकार की उम्मीद बिल्कुल छोड़ दी थी, तभी मुझे खयाल आया कि मैं अपने चित्त को काम पर लगाकर कुछ अतिरिक्त पेट्रोल प्राप्त कर सकता हूँ। निस्संदेह, ऑफिस में मेरे आसपास का हर व्यक्ति जानता था कि मैं बतख के शिकार पर जाना चाहता हूँ और अधिकांश लोग मेरी समस्या जानते थे। उन्होंने अपने दोस्तों से बात की या क्या हुआ, मुझे नहीं पता; लेकिन मुझे इतने कूपन मिल गए, जितने प्रयास करने पर भी नहीं मिलते। मैंने निरंतर यह तसवीर बनाए रखी कि अपनी कार का उपयोग कर शिकार के लिए जा रहा हूँ और कुछ लोग मुझे पेट्रोल के कूपन दे रहे हैं। यह बेमतलब की बात हो सकती है, लेकिन मुझे कूपन मिल गए; बल्कि मेरे एक किसान मित्र ने तो उसे आवंटित पेट्रोल मुझे दे दिया।"

अब इसी विज्ञान को रसोई में लेकर चलते हैं। क्या आपने कभी इस बात पर ध्यान दिया कि कथित अच्छे खानसामा, कुछ जानबूझकर तो कुछ अनजाने में, इसी विज्ञान का उपयोग करते हैं? दो लोग एक ही जैसा केक बनाने का प्रयास करते हैं, एक जैसी सामग्री इस्तेमाल करते हैं और पत्र में दिए समान निर्देशों का पालन करते हैं। एक असफल रहता है तो दूसरे के लिए वह पाक कला में उपलब्धि बन जाती है।

ऐसा क्यों? पहले मामले में, केक बनानेवाला खानसामा घबरा रहा था। वह जानता था कि अतीत में वह केक बनाने में असफल रहा है और इसलिए चिंतित था कि ये वाला कैसा बनेगा? उसके पास पेट को संतुष्ट करनेवाले सुनहरे भूरे आवरण

यदि आप औसत खानसामा हैं, लेकिन आपको खाना बनाना अच्छा लगता है, जो एक आवश्यक अनिवार्यता है तो अपने आपको समझाएँ कि आप उत्कृष्ट व्यंजन बना सकते हैं। आप ऐसा कर सकते हैं, क्योंकि यह शक्ति आपके भीतर मौजूद है और यह केवल तभी आपकी सहायता कर सकती है, जब आप उस पर विश्वास रखें और उन्हें आमंत्रित करें। तो अगली बार जब आप केक बनाएँ तो पूरे मन से बनाएँ। इसके पूर्णतः निर्दोष होने की कल्पना करें और तब आप अपनी मानसिक तसवीर को वास्तविक होता देखकर दंग रह जाएँगे।

और शानदार स्वादिष्ट भराव से संबंधित कोई मानसिक तसवीर नहीं थी। वह परेशान और घबराया हुआ था और अनजाने में उसकी यह बेचैनी उसके केक में संप्रेषित हो गई। दूसरा खानसामा जानता था कि उसका बनाया केक सर्वोत्तम होगा—और यही हुआ। यह प्राथमिक मानसिक तसवीर—उसके विश्वास ने उसे वैसा बनाया।

यदि आप औसत खानसामा हैं, लेकिन आपको खाना बनाना अच्छा लगता है, जो एक आवश्यक अनिवार्यता है तो अपने आपको समझाएँ कि आप उत्कृष्ट व्यंजन बना सकते हैं। आप ऐसा कर सकते हैं, क्योंकि यह शक्ति आपके भीतर मौजूद है और यह केवल तभी आपकी सहायता कर सकती है, जब आप उस पर विश्वास रखें और उन्हें आमंत्रित करें। तो अगली बार जब आप केक बनाएँ तो पूरे मन से बनाएँ। इसके पूर्णत: निर्दोष होने की कल्पना करें और तब आप अपनी मानसिक तसवीर को वास्तविक होता देखकर दंग रह जाएँगे।

यह नियम हमेशा काम करता है, फिर आप इसे चाहे जहाँ लागू करें और यह मछली पकड़ने से लेकर धन कमाने या व्यापार में सफल होने—सब पर काम करता है। चलिए, युद्ध का ही एक उदाहरण लेते हैं। फिलीपींस से निकलने के बाद जनरल डगलस मैकआर्थर ने घोषणा की, "मैं वापस लौटूँगा।" पर्ल हार्बर में हमारे प्रशांत बेड़े के विध्वंस और दक्षिण प्रशांत का अधिकांश हिस्सा जापानियों के नियंत्रण में होने के कारण मैकआर्थर को ऐसा कोई भौतिक प्रमाण नहीं दिखता था कि वे कभी वापस लौट सकेंगे, हालाँकि उनका यह वक्तव्य पूरे विश्वास व आस्था के साथ दिया गया था। निश्चित ही उनके मन में अपने वापस लौटने की मानसिक तसवीर रही होगी और इतिहास गवाह है कि किस तरह उन्होंने अपना वादा पूरा किया! ऐसे हजारों किस्से युद्ध के दौरान घटे और आज भी घट रहे हैं।

□

5

मानसिक तसवीरों की कला

जब मैं निवेश बैंकिंग के व्यवसाय में था, तब एक बार एक युवा सेल्समैन मुझसे सलाह लेने मेरे ऑफिस में आया।

उसने पूछा, "मैं चाहता हूँ कि आप बताएँ कि मैं मि. स्मिथ के डर पर कैसे काबू पाऊँ? मैं जानता हूँ कि यदि मैं अंदर जाकर उनसे उनके स्तर पर मिलूँ और बात करूँ तो उन्हें माल बेच सकता हूँ? जबकि उनके डर ने मुझे और बाकी सेल्समैन को बुरी तरह भयभीत कर रखा है।"

मि. स्मिथ, मैं उन्हें यही कहकर पुकारूँगा। वे अरबपति हैं और एक संस्थान में प्रभावशाली पद पर हैं। वे थोड़े मोटे, सिर पर घने बाल और नाक-भौंह सिकोड़नेवाले व्यक्ति हैं। उनका लगातार गुर्राते रहना कमजोर डरपोकों को आसानी से भयभीत कर सकता है। हालाँकि मैं जानता हूँ कि वे उन लोगों को पसंद करते हैं, जो उनसे बात कर सकें।

मैं क्षण भर को उलझा, लेकिन जल्दी ही उत्तर मिल गया। बॉब के मन में उस व्यक्ति की वैसी ही तसवीर है, जैसा उसने उसे देखा है। मैंने कहा, "जानते हो, वे तुम्हें शारीरिक रूप से नुकसान नहीं पहुँचा सकते। मान लो कि तुम मि. स्मिथ से मिलने बीच पर जाते हो, जहाँ वे बाथिंग सूट पहने हैं। वहाँ तो तुम्हें उनसे डर नहीं लगेगा, भले ही उनके शरीर पर बहुत सारे बाल ही क्यों न हों!"

"बिल्कुल नहीं।" उसने उत्तर दिया।

उसी समय मुझे बालों भरे बदन का विचार आया। मैंने उससे पूछा, "बॉब, क्या तुमने जोकरों जैसी नाचनेवाले भालू की पोशाक और तुर्की या 'मूर्ख' लिखी टोपी पहने लोगों को देखा है? तुम जानते हो कि वे गुर्रा तो सकते हैं, लेकिन चूँकि

उनमें से अधिकांश के दाँत नहीं होते, इसलिए वे काट नहीं सकते।"

"बिल्कुल।" उस सेल्समैन ने जवाब दिया।

"ठीक है, तुम्हारी कल्पना-शक्ति अच्छी है। अब जरा हमारे उस दोस्त के वैसा ही हानि-रहित बूढ़ा भालू होने की तसवीर बनाओ, जिसके सिर पर तुर्की टोपी, गले में पट्टा है और तुम्हारा सारा मानसिक अवरोध दूर हो जाएगा।"

बॉब खूब हँसा और कुछ ही दिनों में उसने उस व्यक्ति को 20,000 डॉलर की प्रतिभूतियाँ बेच दीं। बाकी सब अधिकारी यह देखकर हैरान थे कि किस तरह एक युवा सेल्समैन उनसे मिला और उन्हें कुछ बेच भी सका!

कुछ सप्ताह बाद बॉब फिर से मेरे ऑफिस आया, यह बताने के लिए कि किस तरह उसने इसी पद्धति के उपयोग से एक और बिक्री की। इस बार वह एक बूढ़ा, कर्कश आदमी था, जिसकी सफेद मूँछें थीं और जो पितृसत्तात्मक व कठोर दिखता था तथा ऐसी कटु भाषा बोलता था, जिससे अधिकांश सेल्समैन डरते थे।

'इस बूढ़े बकरे ने मुझे काफी दिनों से डरा रखा था। मुझे पता था कि उसके पास पैसा है; लेकिन हर बार उसके स्टोर के पास से गुजरते हुए मैंने उसे त्योरियाँ चढ़ाए देखा—उसकी त्योरियाँ हमेशा चढ़ी रहती थीं। मेरी कभी भीतर जाकर उनका सामना करने की हिम्मत ही नहीं हुई। कुछ दिन पूर्व मुझे आपकी वह तसवीर बनाने की योजना याद आई, जिसे आपने मुझे मि. स्मिथ पर उपयोग करने के लिए कहा था और मेरे मन में सेंटाक्लॉज की तसवीर उभर आई। मैंने खुद से कहा, 'निश्चित ही वह बूढ़ा बकरा सेंटाक्लॉज भी बन सकता है और उस दयालु बूढ़े बच्चे से कौन डरता है?' और इसने यहाँ भी काम किया। बूढ़ा व्यक्ति मुझसे प्रभावित हो गया, बल्कि इस बात पर रीझ गया कि मुझ जैसा युवा लड़का उसके पास जाने की हिम्मत कर सका! मुझे उससे 5,000 डॉलर का ऑर्डर मिला और उसने मुझे अगले हफ्ते भी बुलाया है, क्योंकि वह

> ***अधिकारी के पद पर बैठे बहुत से लोग अपनी ऐसी महत्त्वपूर्ण हवा बनाए रखते हैं, जो अकसर लोगों को भयभीत कर देती है। संपन्न ऑफिस वातावरण, अनगिनत सचिवों और क्लर्कों से वे ऐसा दिखावा करते हैं कि कुछ लोग उनके प्रभाव में आ जाते हैं। हमेशा ध्यान रखिए, इन अधिकारियों में भी मनुष्यों जैसी भय, निर्बलता और त्रुटियाँ मौजूद हैं, जो बाकी करोड़ों साधारण लोगों में हैं। अपने घर पर अकसर ये सीधे-सादे रहते हैं।***

एक बार पुनः अपनी सभी प्रतिभूतियों पर विचार करना चाहता है। इसका मतलब मुझे और ऑर्डर मिलेगा!'

अधिकारी के पद पर बैठे बहुत से लोग अपनी ऐसी महत्त्वपूर्ण हवा बनाए रखते हैं, जो अकसर लोगों को भयभीत कर देती है। संपन्न ऑफिस वातावरण, अनगिनत सचिवों और क्लर्कों से वे ऐसा दिखावा करते हैं कि कुछ लोग उनके प्रभाव में आ जाते हैं। हमेशा ध्यान रखिए, इन अधिकारियों में भी मनुष्यों जैसी भय, निर्बलता और त्रुटियाँ मौजूद हैं, जो बाकी करोड़ों साधारण लोगों में हैं। अपने घर पर अकसर ये सीधे-सादे रहते हैं। जब आप उनकी ऐसी तसवीर बना सकेंगे, जैसे वे सचमुच हैं, बजाय इसके, जैसा वे दिखते या दिखाना चाहते हैं, तब मानसिक अवरोध तुरंत दूर हो जाएँगे। जो लोग वास्तव में महान् होते हैं, उनसे मिलना बेहद आसान होता है और वे शायद ही कभी अपने व मिलनेवालों के बीच कोई बाधा उत्पन्न करते हैं। यदि आप सेल्समैन हैं तो इससे आपको वह रास्ता मिल जाएगा, जिससे आप उस मानसिक अवरोध को दूर कर सकते हैं, जो अपने आपको श्रेष्ठ दिखानेवाले लोगों से मिलने पर उत्पन्न हो जाता है।

एक वकील साहब ने मुझे अपना अनुभव बताया था, जो मेरी बात को सही तरह से समझा देगा, "एक बार मेरा सामना ऐसे वकील से हुआ, जिनका काफी रसूख था और उनसे अकसर युवा घबराते थे। मैं स्वीकार करता हूँ कि अदालत पहुँचने के कुछ समय तक मैं भी घबराया हुआ था; लेकिन मैंने अपनी आँखें बंद कीं और खुद से कहा, 'मैं भी उतना ही अच्छा हूँ जितना वे हैं; बल्कि सच तो यह है कि मैं उनसे बेहतर हूँ। मैं उन्हें धूल चटा दूँगा और ऐसा जरूर करूँगा।' मैं कुछ सेकंड तक इसी वाक्य को दोहराता रहा और जब मैंने आँखें खोलीं, तब मैं उन जैसे दो को धूल चटा सकता था। अब मेरे सामने जब भी कोई कठिन केस या ऐसे ज्यूरी आते हैं, जो मुझे पसंद नहीं, मैं यही छोटा सा अनुष्ठान करता हूँ। यह भाग्य या भ्रम कुछ भी हो सकता है, लेकिन यह काम करता है।"

जो लोग गरम दिमाग होने का दिखावा या व्यवहार करते हैं, उनका दिल वास्तव में बहुत नरम होता है और जब उनसे मिलनेवाला यदि अपने मानसिक अवरोध को दूर कर सका तो वह इन हालात से फायदा उठा सकता है। इसलिए अगली बार जब आपका ऐसे किसी व्यक्ति से सामना हो तो कुछ गहरी साँसें भरें, अपने को विश्वास दिलाएँ कि आप उन्हें साध सकते हैं और आप ऐसा कर लेंगे।

1930 के दशक में मंदी के दौरान कुछ मैनेजरों और सहायक मैनेजरों का समूह

1930 के दशक में मंदी के दौरान कुछ मैनेजरों और सहायक मैनेजरों का समूह तथा एक बड़े किराना बाजार श्रृंखला के लोग अपनी मरजी से मेरे पास मदद लेने आए। छह सप्ताह के कोर्स के पश्चात् उन लोगों ने मेरे व्याख्यानों का उपयोग करने का फैसला किया। यह तय हुआ कि प्रत्येक स्टोर में सप्ताह के एक दिन कुछ चीजों की बिक्री बढ़ाने के लिए मेरी समझाई पद्धति का उपयोग किया जाएगा।

तथा एक बड़े किराना बाजार श्रृंखला के लोग अपनी मरजी से मेरे पास मदद लेने आए। छह सप्ताह के कोर्स के पश्चात् उन लोगों ने मेरे व्याख्यानों का उपयोग करने का फैसला किया। यह तय हुआ कि प्रत्येक स्टोर में सप्ताह के एक दिन कुछ चीजों की बिक्री बढ़ाने के लिए मेरी समझाई पद्धति का उपयोग किया जाएगा। काफी चर्चा के बाद परीक्षण के लिए जिन वस्तुओं को चुना गया, वे थीं—चीज, रोल्ड रोस्ट, सैमन मछली और सादा हबर्ड स्कवैश। एक स्टोर का मैनेजर बाहरी जिले से था, इसलिए उसने कहा कि वह किसानों से यह स्कवैश बड़ी मात्रा में खरीदवा सकता है। प्रत्येक बिक्री के पूर्व मैनेजर अपने क्लर्कों को सावधानीपूर्वक प्रशिक्षण देते कि वे स्टोर में आनेवाले सभी ग्राहकों की चुनिंदा वस्तुएँ खरीदने की मानसिक तसवीर तैयार करें। निस्संदेह, प्रत्येक वस्तु को प्रमुख रूप से प्रदर्शित किया और प्रत्येक क्लर्क को निर्देश दिए गए कि जब भी ग्राहक आए, वह तभी उनके विशेष वस्तुएँ खरीदने के बारे में सोचें।

इसके परिणाम अद्भुत रहे। जो स्टोर चीज में विशेषता रखता था, उसने उस एक दिन में इतना अधिक चीज बेचा, जितना पिछले छह माह की अवधि में बेचा गया था; जिस दुकान की विशेषता रोल्ड रोस्ट था, उसने वह शनिवार दोपहर तक ही बेच दिया; जिस स्टोर में शुक्रवार को ताजा सैमन मछली रखी गई थी, उसने समूह के सभी स्टोर्स की संयुक्त बिक्री से अधिक बिक्री की। जिसने स्कवैश चुना था, उसे उस दिन किसानों से दो बार फोन करके सप्लाई फिर से भरवानी पड़ी।

पंद्रह साल में सिर्फ एक अपवाद रहा (और वे युद्ध हताहत थे) मेरे व्याख्यान को सुननेवाला प्रत्येक व्यक्ति या तो स्वयं व्यापार करने लगा या उसे अधिक बेहतर नौकरी मिल गई; बल्कि उनमें से एक व्यक्ति ने तो अपने तीन स्टोर खरीद लिये, जबकि एक अन्य पड़ोसी राज्य में स्टोर्स की श्रृंखला का मैनेजर बन गया।

मुझे हाल ही में हुई बातचीत याद आती है, जो मेरी प्रशांत क्षेत्र की बड़ी विज्ञापन

एजेंसी के प्रमुख के साथ हुई थी, जिन्होंने कई साल तक उस विख्यात कॉफी निर्माता के सेल्स प्रमोशन का कार्य सँभाला था, जिसने हाल ही में अपना व्यापार बेचा है।

वह विज्ञापन अधिकारी बताते हैं, "यदि कोई ऐसा व्यक्ति है, जिसने इस विधि से शानदार लाभ उठाया हो तो वह उसी कंपनी का प्रमुख वृद्ध व्यक्ति था। वह इस क्षेत्र में बच्चे के रूप में आया और कॉफी रोस्टिंग एवं ब्लेंडिंग व्यवसाय सीखा। वे निष्कर्ष में कहते हैं कि यदि वे स्वयं इस व्यवसाय में होते तो बेहतर प्रदर्शन कर सकते थे। उन्हें पूरी तरह विश्वास था कि वे सबसे बेहतरीन कॉफी ब्लेंड करते हैं और अपनी सेवानिवृत्ति के समय पर, वर्षों तक इस व्यवसाय में रहने के बाद, उनका पूरा विश्वास था कि उनकी कॉफी बाजार में सबसे बेहतरीन है। निस्संदेह, इसी विश्वास ने उस वृद्ध व्यक्ति को करोड़पति बनाया।"

वह विज्ञापन अधिकारी बताते हैं, "यदि कोई ऐसा व्यक्ति है, जिसने इस विधि से शानदार लाभ उठाया हो तो वह उसी कंपनी का प्रमुख वृद्ध व्यक्ति था। वह इस क्षेत्र में बच्चे के रूप में आया और कॉफी रोस्टिंग एवं ब्लेंडिंग व्यवसाय सीखा। वे निष्कर्ष में कहते हैं कि यदि वे स्वयं इस व्यवसाय में होते तो बेहतर प्रदर्शन कर सकते थे। उन्हें पूरी तरह विश्वास था कि वे सबसे बेहतरीन कॉफी ब्लेंड करते हैं और अपनी सेवानिवृत्ति के समय पर, वर्षों तक इस व्यवसाय में रहने के बाद, उनका पूरा विश्वास था कि उनकी कॉफी बाजार में सबसे बेहतरीन है। निस्संदेह, इसी विश्वास ने उस वृद्ध व्यक्ति को करोड़पति बनाया।"

एक बार मैंने छापेखाने में उस विषय से संबंधित छोटी सी पांडुलिपि दी, जिस पर हम अभी विचार कर रहे हैं। मैं इसे पैंफलेट के रूप में निकालना चाहता था। अगली सुबह अचानक वह मेरे ऑफिस में आया। वह गहरी साँसें भर रहा था और बुरी तरह काँप रहा था। स्वाभाविक रूप से मैंने उससे पूछा कि क्या कुछ गड़बड़ है?

"बड़ा अजीब अनुभव हुआ।" वह बड़बड़ाया, "मैं कल रात आपकी पांडुलिपि घर ले गया और उसे पढ़ा और अपने आप से कहा, 'अगर यह विधि सचमुच उसी तरह काम करती है, जैसा लेखक ने दावा किया है तो जब मैं उनसे मिलने जाऊँगा तो मुझे उनके ऑफिस के पास ही कार खड़ी करने की जगह मिल जानी चाहिए।" मैंने इसके बारे में तब तक नहीं

सोचा, जब तक मैं कुछ मिनट पहले अपने प्लांट से आपके ऑफिस तक नहीं आ गया। तब एक बार फिर मुझे यह विचार आया कि शायद यह काम कर जाए! जब मैं मोड़ से मुड़ा तो सिक्स्थ एवेन्यू पर जगह नहीं दिख रही थी और मैं इस विचार को स्थगित करने वाला था, लेकिन जब मैंने कुछ पैदल यात्रियों के जाने के लिए अपनी कार धीमी की, तभी मैंने ठीक इस बिल्डिंग के सामने दाईं ओर से एक कार को बाहर निकलते देखा और मेरे लिए जगह बन गई। इससे मेरे रोंगटे खड़े हो गए। शायद यह उसी में से एक चीज थी।"

"शायद।" मैंने कहा, "लेकिन एक बार फिर से क्यों न आजमाएँ?" उन्होंने कहा और एक साल बाद भी उन्हें वैसे ही परिणाम मिले। यदि आप चाहें तो इसे संयोग कह सकते हैं, लेकिन छापेखाने का वह मालिक ऐसा कभी नहीं कहेगा—विशेष रूप से तब, जब इसके फौरन बाद वह अपने व्यापार को तीन गुना कर सका, जबकि अन्य छापेखानों को काम मिलना मुश्किल हो रहा था।

मैं अकसर अपने साथियों को इस छापेखाने के मालिक का अनुभव बताता था और यह सुनकर हैरान रह गया कि बाकी लोगों को भी उसी तरह गाड़ी खड़ी करने की जगह मिली है, जैसी इस छापेखाने के मालिक को मिली थी। एक महिला यूनिटी की छात्रा ने मुझे बताया कि वह तथा उसकी बहन से कहे बिना कभी डाउनटाउन कार नहीं लाती कि उन्हें जिस जगह वे चाहती हैं, वहाँ या उसके निकट पार्किंग का स्थान मिल जाए और उन्हें वह हमेशा मिल जाता है।

एक बड़े अस्पताल में डाइटीशियन व प्रशिक्षक महिला ने मुझसे कहा, "इस शक्ति की कार्यशैली या यह जो भी है, अकसर मुझे भयभीत कर देती है। जैसा इसने दिखाया है कि यह लगातार किया जा सकता है। हर सुबह अपने काम पर जाते समय बिजनेस सेक्शन में प्रवेश करने के दौरान ट्रैफिक लाइट हमेशा हरी मिलती

एक बड़े अस्पताल में डाइटीशियन व प्रशिक्षक महिला ने मुझसे कहा, "इस शक्ति की कार्यशैली या यह जो भी है, अकसर मुझे भयभीत कर देती है। जैसा इसने दिखाया है कि यह लगातार किया जा सकता है। हर सुबह अपने काम पर जाते समय बिजनेस सेक्शन में प्रवेश करने के दौरान ट्रैफिक लाइट हमेशा हरी मिलती है और मैं बिना रुके लगातार बढ़ती जाती हूँ। मुझे याद नहीं कि कभी भी मुझे लाल बत्ती देखनी पड़ी हो! अब मेरे लिए यह आम बात हो गई है।"

है और मैं बिना रुके लगातार बढ़ती जाती हूँ। मुझे याद नहीं कि कभी भी मुझे लाल बत्ती देखनी पड़ी हो! अब मेरे लिए यह आम बात हो गई है।"

कुछ माह पूर्व एक महिला को ट्रैफिक सिग्नल तोड़ने के जुर्म में हिरासत में लिया गया; लेकिन अखबार की खबर के अनुसार कुछ समय बाद उसने जज को इस बात पर विश्वास दिला दिया कि जब वह उस चौराहे से निकली, तब हरी बत्ती जल रही थी। वह एक मातृवत् महिला थी और न्यायाधीश ने उसे तब छोड़ दिया, जब उसने कहा कि "जज साहब, वह बत्ती हरी ही होनी चाहिए, क्योंकि मेरे लिए हमेशा ऐसा ही होता है; क्योंकि उस चौराहे के पास पहुँचने से पहले मैं लगातार कहती रहती हूँ—'हरी बत्ती जल जा, हरी बत्ती जल जा'।"

जबकि पुलिस का कहना था कि उस चौराहे पर कोई सिग्नल ही नहीं है—बस, बंद-खुल होती लाल बत्ती है, लेकिन वह मातृवत् वृद्ध महिला जज साहब को अपने विश्वास पर यकीन दिला रही थी। जाहिर है, उसे अपने सिग्नल को जैसा वह चाहे, वैसा करने की क्षमता पर विश्वास था।

एक महिला ने मुझे बताया कि किस तरह वह वॉशिंगटन डी.सी. से पैसिफिक कोस्ट शहर में नौकरी कर रहे पति से मिलने लंबी दूरी की ड्राइविंग करके गई थी। उसने बताया, "शुरुआत में मैं डरी हुई थी। मैंने जीवन में कभी इतनी लंबी ड्राइविंग नहीं की थी। एक दिन मैंने अपनी दादी माँ को याद किया, जो पैसिफिक नॉर्थवेस्ट के अग्रणी लोगों में से एक थीं और जिन्होंने बहुत से कार्य अकेले किए थे। उसी क्षण मेरा डर निकल गया। हालाँकि निकलने से पहले मेरी कार की देख-रेख करनेवाले मेकैनिक ने सलाह दी कि मैं नए टायर लगवाकर जाऊँ। उसने कहा कि पुराने टायर किसी भी समय फट सकते हैं। यदि मैं अपनी उस यात्रा को लेकर इतनी तत्पर और जल्दबाजी में नहीं होती तो शायद मैं उसकी बात सुन लेती; लेकिन मेरे दिमाग में आया कि मेरे वहाँ पहुँचने तक ये चल जाएँगे—और वे चल भी गए। चूँकि मैं कार का अधिक उपयोग नहीं करती, इसलिए उसके मूल टायर अभी भी मौजूद थे, हालाँकि उनकी हालत बहुत अच्छी नहीं थी, लेकिन फिर भी वे फटे नहीं।"

मेरी बात की पुष्टि करनेवाली एक और घटना तेल शोधन कंपनी और 10 लाख डॉलर से भी अधिक का निवेश करनेवाले से संबंधित है। अपने शुरुआती दिनों में कंपनियों को कानूनी और मार्केटिंग समस्याओं के कारण बड़ी वित्तीय कठिनाइयों का अनुभव होता है। ऐसे में, पूरी वित्तीय संरचना का पुनर्निर्माण जरूरी हो जाता है। शेयरधारक नई प्रतिभूतियाँ तो लेते हैं, लेकिन उन्हें कई वर्षों से ब्याज नहीं मिला

होता। ऐसे में, शेयरधारकों से एक नल से निकल रहे तेल का धन में रूपांतरित होने और उसके एक पात्र में जमा होने की मानसिक तसवीर बनाने को कहा जाता था। संक्षेप में, कंपनी को धन-निर्माता होने की कल्पना करनी होती थी। संयोग से, वह कंपनी जिस क्षेत्र की थी, उसमें बड़ी कंपनियों का मजबूत वर्चस्व कायम था। इसके बावजूद न केवल वह कंपनी मजबूत धन-निर्माता बन सकी, बल्कि इसके साथ ही वह बिक भी गई, जिससे इसके सभी शेयरधारकों को पूरे ब्याज के साथ उनका पैसा वापस मिल गया।

जिमी ग्रिबो, जो एक समय खेल प्रशंसकों में प्राइज फाइटर के मैनेजर के तौर पर विख्यात थे, ने बहुत से मुक्केबाजों को यह सिखाकर विजेता बनाया कि वे किस तरह खुद का विजेता के रूप में मानस-दर्शन करें—और वे विजेता बन सके। मुझे ज्ञात है कि कुछ पाठक, विशेष रूप से वे, जो चित्त के बारे में कुछ नहीं जानते, इन कहानियों पर सवाल उठाएँगे, लेकिन संदेह-रहित लोग इसे यथार्थ स्थिति से जोड़कर देखेंगे और मुझे विश्वास है कि मेरे बहुत से पाठक अपने अनुभव द्वारा इससे भी अजीब कहानियाँ जोड़ सकेंगे।

जिमी ग्रिबो, जो एक समय खेल प्रशंसकों में प्राइज फाइटर के मैनेजर के तौर पर विख्यात थे, ने बहुत से मुक्केबाजों को यह सिखाकर विजेता बनाया कि वे किस तरह खुद का विजेता के रूप में मानस-दर्शन करें—और वे विजेता बन सके। मुझे ज्ञात है कि कुछ पाठक, विशेष रूप से वे, जो चित्त के बारे में कुछ नहीं जानते, इन कहानियों पर सवाल उठाएँगे, लेकिन संदेह-रहित लोग इसे यथार्थ स्थिति से जोड़कर देखेंगे और मुझे विश्वास है कि मेरे बहुत से पाठक अपने अनुभव द्वारा इससे भी अजीब कहानियाँ जोड़ सकेंगे। जाने-माने अंग्रेज जाँचकर्ता व लेखक जी.एन.एम. टायरेल ने घोषणा की कि यदि हम अवचेतन मन के किसी विषय पर कार्य करते हुए कुछ चीजें करने की मंशा दिखाते हैं तो हम अनजाने में ही घटनाओं के ऐसे क्रम की शुरुआत कर देते हैं, जो हमें वह वस्तु दिलवाने से संबंधित हो सकती है। शिकागो विश्वविद्यालय से लंबे समय से जुड़े रहे डॉ. शैलर मैथ्यू कहते हैं, "हम अपनी इच्छाओं से घटनाओं को प्रभावित कर सकते हैं और यह हमारी इच्छाओं पर हमारे प्रभाव का मनोवैज्ञानिक प्रमाण है।"

इसी से संबंधित दो मामले देखिए—प्राचीन वस्तुओं की दुकान चलानेवाली

एक महिला अन्य महिलाओं के बीच प्राचीन वस्तुओं के ज्ञान के लिए प्रसिद्ध थी, लेकिन उसे सामाजिक गतिविधियाँ पसंद नहीं थीं, इसके बावजूद एक महिला हमेशा उसे खाने या चाय के लिए आमंत्रित करती रहती थी। उस दूसरी महिला की मात्र एक इच्छा थी कि वह उस प्रसिद्ध महिला के साथ दिखाई दे, जो हालाँकि लगातार इससे इनकार किए जा रही थी। इसी बीच एक महिला क्लब ने किसी प्रसिद्ध व्याख्याता को बातचीत के लिए बुलाया और दूसरी महिला के लगातार गुजारिश करने से प्राचीन वस्तुओं की दुकान की मालिक उसके साथ जाने के लिए मान गई।

उसने मुझे बताया, "मैं उससे गलत समय पर मिली और जैसे ही मैंने इसके लिए हामी भरी, तभी मुझे उससे वादा करने पर खेद होने लगा। उस महिला और मुझमें कुछ भी एक जैसा नहीं था; बल्कि वह मुझे उबा देती थी। मुझे इन दिखावे वाले कार्यक्रमों से सख्त चिढ़ है और मुझे विश्वास था कि यह भी ऐसा ही होगा। उस रात मुझे इस बात पर घबराहट होने लगी कि मैंने क्या कर दिया और मैं उस महिला, जो स्टोर की महत्त्वपूर्ण ग्राहक थी और संयोगवश मेरा अपना वादा पूरा न करने की स्थिति में मेरी बुराई कर सकती थी, को बुरा लगे बिना इस स्थिति से कैसे बाहर निकल सकती हूँ।

"मैं इस पर सोचती रही, सोचती रही और एक के बाद एक बहाने पर विचार करती रही। उनमें से कोई भी अच्छा या स्वीकार्य नहीं था। मैं हार मानने को ही थी। बैठक का दिन पास आता जा रहा था और मैंने उसे फोन करने का फैसला किया कि एक जरूरी काम आ गया है, जिस कारण मेरे लिए व्याख्यान में जाना संभव नहीं हो सकेगा। तभी वह खुद आ गई।

मैं इस पर सोचती रही, सोचती रही और एक के बाद एक बहाने पर विचार करती रही। उनमें से कोई भी अच्छा या स्वीकार्य नहीं था। मैं हार मानने को ही थी। बैठक का दिन पास आता जा रहा था और मैंने उसे फोन करने का फैसला किया कि एक जरूरी काम आ गया है, जिस कारण मेरे लिए व्याख्यान में जाना संभव नहीं हो सकेगा। तभी वह खुद आ गई।

"उसने माफी माँगते हुए सूचना दी कि वह व्याख्यान रद्द हो गया है और मैंने संतोष की साँस ली। मुझे आपकी शिक्षा में पूरा विश्वास था और मुझे लगता है कि जो कुछ भी हुआ, उसका मेरे विचारों से संबंध है। मैं जानती हूँ कि कुछ लोग इसे संयोग कहेंगे—अगर उन्हें अच्छा लगता है तो कहते रहें, लेकिन अजीब बातें होती रहती हैं। वे सभी संयोग नहीं होते।"

दूसरी कहानी उस व्यक्ति की है, जो 'हे फीवर' (परागज ज्वर) की दवा बनानेवाली कंपनी में मैनेजर था। वह हाल ही में शहर आया था। उसे अपने ऑफिस के पास ही मकान मिल गया और वो अपने घर में फोन लगवाना चाहता था। उस समय युद्ध समाप्त ही हुआ था। टेलीफोन कंपनी में आवेदकों की लंबी सूची थी और उनकी प्राथमिकता चिकित्सक, पुलिस, अग्निशमन अधिकारी और जन आपात कार्यों से जुड़े लोगों के यहाँ फोन लगाना था।

दूसरी कहानी उस व्यक्ति की है, जो 'हे फीवर' (परागज ज्वर) की दवा बनानेवाली कंपनी में मैनेजर था। वह हाल ही में शहर आया था। उसे अपने ऑफिस के पास ही मकान मिल गया और वो अपने घर में फोन लगवाना चाहता था। उस समय युद्ध समाप्त ही हुआ था। टेलीफोन कंपनी में आवेदकों की लंबी सूची थी और उनकी प्राथमिकता चिकित्सक, पुलिस, अग्निशमन अधिकारी और जन आपात कार्यों से जुड़े लोगों के यहाँ फोन लगाना था।

वह दो महीनों तक फोन लगवाने का प्रयास करता रहा; जिनसे संभव थी, उन सबसे मदद माँगी। हमारे एक पारस्परिक मित्र से उसे पता चला कि मैं किसी व्यक्ति को जानता हूँ, जो फोन कंपनी में मैनेजर है। वह मुझसे मिलने आया। मैंने शीघ्र ही उसे यह स्पष्ट कर दिया कि मैं उस मैनेजर को इस बात के लिए नहीं मनाने वाला कि वह कई हजार लोगों से पहले उसके यहाँ फोन लगा दे, लेकिन मैंने उससे यह भी कहा कि मैं उससे यह कह सकता हूँ कि अगर उसे समस्या न हो तो वह अपने प्राथमिकता के अधिकार का उपयोग करे।

मैंने उससे पूछा कि उसने इस सिलसिले में किस-किससे बात की है और उसने मुझे कंपनी में छोटे-बड़े पद पर काम करनेवाले कुछ लोगों के नाम बताए। इसके बाद उसने बताया कि उसने पास फोन होना इसलिए जरूरी है, क्योंकि वह अपनी कंपनी का एकमात्र व्यक्ति है, जो ऑफिस बंद होने के बाद भी व्यापारिक कार्य देखता है।

"क्या आपको लंबी दूरी के फोन अधिक करने होते हैं?" मैंने पूछा, "और आपकी कंपनी का टेलीफोन बिल महीने में कितना आता है?"

उसने बताया कि वह टेलीफोन बिल बहुत अधिक था। "अपने पिछले कुछ महीने का टेलीफोन बिल लो और तुम पहले जिस व्यक्ति से मिलते थे, उससे फिर

मिलो और सीधे उसकी आँखों में आँखें डालकर कहो कि तुम्हें बिना देरी किए टेलीफोन चाहिए; अन्यथा तुम्हारा प्रयास बेकार जाएगा। तुम्हें अपने मन को पूरी तरह से तैयार करना होगा कि तुम्हें अपने घर में टेलीफोन लगवाना है और तुम्हें इस पर पूरा विश्वास करना होगा।"

"मैं प्रयास करूँगा।" उसने कहा और फौरन अपनी गलती समझते हुए कहा, "नहीं, मैं ऐसा करूँगा। मुझे टेलीफोन मिल जाएगा।"

कुछ दिनों बाद वह मुझसे मिलने आया। "यह काम कर गया। मैं आपको इसके बारे में बताना चाहता हूँ, क्योंकि यह बहुत मजेदार रहा कि किस तरह सकारात्मक विचार घटनाओं की श्रृंखला बना देते हैं! मैंने पहले जिससे बात की थी, फिर उसी से मिला। वह ये देखकर हैरान था कि मैं फिर उसके पास आ गया! इस बार मैंने उसे समझाया कि मेरे पास फोन होना क्यों जरूरी है और उसे उसी तरह बिल दिखाए, जैसे आपने सलाह दी थी। मुझे उसे यकीन दिलाने में सिर्फ कुछ मिनट लगे। वह मेरा आवेदन सुनने के लिए मैनेजर को फोन लगाने ही वाला था कि उसी समय मैनेजर ने किसी और मामले में उसे फोन किया। तब उस व्यक्ति ने मेरी समस्या के बारे में उन्हें बताया और मैनेजर इसके लिए तैयार हो गए और मुझे प्राथमिकता का हकदार माना गया। उसने सलाह दी कि मैं प्राथमिकता तय करनेवाले व्यक्ति से मिलूँ।

कुछ दिनों बाद वह मुझसे मिलने आया। "यह काम कर गया। मैं आपको इसके बारे में बताना चाहता हूँ, क्योंकि यह बहुत मजेदार रहा कि किस तरह सकारात्मक विचार घटनाओं की श्रृंखला बना देते हैं! मैंने पहले जिससे बात की थी, फिर उसी से मिला। वह ये देखकर हैरान था कि मैं फिर उसके पास आ गया! इस बार मैंने उसे समझाया कि मेरे पास फोन होना क्यों जरूरी है और उसे उसी तरह बिल दिखाए, जैसे आपने सलाह दी थी। मुझे उसे यकीन दिलाने में सिर्फ कुछ मिनट लगे।

"मैंने इससे पहले उस व्यक्ति के बारे में कभी नहीं सुना था और न ही मुझे प्राथमिकता प्रणाली के बारे में कुछ पता था। मैंने उस व्यक्ति को अपनी कहानी और अपने व्यवसाय के बारे में बहुत कुछ बताया, हमारे द्वारा एंटीथिस्टेमाइंस बनाए जाने का भी हवाला दिया। जब उसने मुझे बताया तो मैं यह बात सुनकर बेहोश होने वाला था कि उसे 'हे फीवर' था और वह बहुत सी दवाएँ आजमाकर असफल रहा था।

इसके बाद से यह स्वाभाविक हो गया। इन सबसे मुझे बेहद डरावना एहसास हुआ। किस तरह मैनेजर ने ठीक उसी समय उस व्यक्ति को फोन किया, जिससे मैं बात कर रहा था और कैसे अंतिम 'हाँ' या 'नहीं' का निर्णय जिस व्यक्ति को लेना था, वह खुद 'हे फीवर' का रोगी था, जिसकी मैं मदद कर सकता था! आगे से सभी हँसी उड़ानेवालों को मेरे पास भेज दीजिए।"

निश्चित ही, हम सभी जानते हैं कि हमारे विचार ही हमारी चाल-ढाल, हमारी मुख-मुद्राएँ, हमारी बातचीत और हम बाहर से जैसे भी होते हैं, वह उसी का परिणाम है, जैसी सोच हमारी आदत है। बहुत सी महिलाओं ने स्वयं को सुंदर महसूस कर तथा खूबसूरत विचारों, स्टाइलिश कपड़े पहनकर, अपने आसपास की चीजों में खूबसूरती जोड़कर, संतुलन विकसित कर और सरल चाल-ढाल एवं अपने आप से निरंतर कहते हुए कि वे जीतने वाली हैं, अपने रूप में सुधार किया है। आपने फिल्मों व नाटकों में देखा होगा कि किस तरह बेढब कपड़े और साधारण दिखनेवाली लड़की खूबसूरत कपड़े और नए चलन के बालों में एक बेहद आकर्षक महिला के रूप में रूपांतरित हो जाती है। आप भी ऐसा कर सकते हैं—और इसकी गति तब बढ़ जाती है, यदि आप अपने नए रूप की मानसिक तसवीर को कायम रखें और क्षण भर भी शिथिल न हों।

बहुत से लोग दंत-चिकित्सक के पास जाने से डरते हैं। वहाँ ऐसा कुछ नहीं होता, जिसके बारे में सोचकर रोगी घबरा जाता है। एक बार फिर हम ऐसी वैचारिक परिस्थितियों का निर्माण कर रहे होते हैं, जिनसे हम लंबे समय से बचना चाहते थे। 7 जुलाई, 1940 के 'अमेरिकन वीकली' ने पिट्सबर्ग स्थित बच्चों के दंत-चिकित्सक के बारे में बताया, जिन्होंने अपने ऑपरेशन कक्ष के पास ही एक खेल कक्ष भी बनाया था, जिसमें खिलौने, सैंडबॉक्स, ब्लॉक्स आदि मौजूद थे।

बहुत से लोग दंत-चिकित्सक के पास जाने से डरते हैं। वहाँ ऐसा कुछ नहीं होता, जिसके बारे में सोचकर रोगी घबरा जाता है। एक बार फिर हम ऐसी वैचारिक परिस्थितियों का निर्माण कर रहे होते हैं, जिनसे हम लंबे समय से बचना चाहते थे। 7 जुलाई, 1940 के 'अमेरिकन वीकली' ने पिट्सबर्ग स्थित बच्चों के दंत-चिकित्सक के बारे में बताया, जिन्होंने अपने ऑपरेशन कक्ष के पास ही एक खेल कक्ष भी बनाया था, जिसमें खिलौने, सैंडबॉक्स, ब्लॉक्स आदि मौजूद थे। विचार यह था कि

बच्चे खेल में मगन हो जाते हैं और दाँत पर होनेवाले काम के विचार से विमुख हो जाते हैं। कुरसी पर बैठ जाने के बाद बच्चे को अपने दाँत के अलावा किसी भी और चीज के बारे में बात करने के लिए कहा जाता है; बल्कि दंत-चिकित्सक अपनी इलेक्ट्रिक ड्रिल के साथ एक बटन भी लगा लेते हैं, जिसे बच्चे खुद ही खोल या बंद कर सकते हैं और अपना काम शुरू करने से पहले उन्हें यकीन दिलाते हैं कि हलका सा दर्द महसूस होते ही इसे बंद कर दें। उनका काम खूब चलता था।

एक नाई, जिसके अधिकांश ग्राहक बच्चे थे, के यहाँ खूबसूरत तसवीरों वाली बच्चों की पुस्तकें थीं। वह उन्हें कुरसी पर बैठाने के साथ ही उसे उन छोटे ग्राहकों के हाथ में रख देता। उनके बाल काटने से पहले वह उन्हें उन दिलचस्प तसवीरों में फँसा देता। उसने बताया, "यह तरकीब कभी-कभार ही असफल रहती थी, खासतौर पर तब, जब बच्चों को तसवीरें देखना न सिखाया गया हो! ऐसा होने पर मैं यांत्रिक खिलौने निकाल लेता हूँ, कुछ ऐसे, जो अजीब सी आवाज निकालें या दबाने पर चूँ-चूँ की ध्वनि आए। इस चाल का असली मकसद बच्चों का दिमाग इस ओर से हटाना था कि उनके बाल काटे जा रहे हैं। जब यह हो जाता है तो मुझे कोई समस्या नहीं होती।"

कल्पना या मानसिक तसवीर तैयार करने के अकसर अनोखे परिणाम मिलते हैं। डर बुनियादी रूप से एक काल्पनिक पहलू है, युद्ध से गुजरे लाखों लोग इसकी गवाही देते हैं। आपको अचानक एक टेलीग्राम मिलता है और इससे पहले कि आप वह लिफाफा खोलें, आपको डर लगता है कि इसमें कोई बुरी खबर होगी और फौरन आप पेट में अजीब सा भारीपन महसूस करने लगते हैं। खबर अच्छी भी हो सकती है; लेकिन जिस क्षण आप भय से काँप रहे होते हैं, तब सिर्फ एक अच्छी खबर ही आपकी उस घबराहट को शांत कर सकती है।

एक व्यक्ति की कहानी अकसर सुनाई जाती है, जिसे होटल में बचा अंतिम कमरा मिल गया था। साधारणत: वह एक भंडार कक्ष था; लेकिन होटल भरा होने पर उसे शयनकक्ष का रूप दे दिया जाता। रात के समय उस व्यक्ति को हवा की कमी महसूस हुई। उसने उठकर अँधेरे में टटोला तो उसे लगा कि संभवत: खिड़की मिल गई, लेकिन वह उसे खोल नहीं सका तो उसने अपना जूता खोजा और उसका शीशा तोड़ दिया। उसके बाद वह बाकी की रात आराम से सोया। सुबह पता चला कि खिड़की तो यथावत् थी। रात को उसने जिसे तोड़ा था, वह अलमारी का शीशा था।

द्वितीय विश्व युद्ध के दौरान 'दिस वीक' में मागरिट वेस्ट की कुछ ऐसी ही

कहानी आई। दक्षिण प्रशांत से सैन्य जहाज पर वापस लौटते हुए वह अन्य सत्रह महिलाओं के साथ एक ही कक्ष में थी। ब्लैक आउट नियमों के कारण पोर्टहोल्स ढके हुए थे और केबिन में बहुत घुटन थी। चूँकि जहाज सुबह तक चलने नहीं वाला था, अतः सबके बिस्तर पर जाने के बाद पोर्टहोल्स खोलने की अनुमति दे दी गई। मिस वेस्ट ने बताया कि किस तरह उन्होंने पोर्टहोल्स को खोला और कैसे सबको शांति मिली कि वे अब सो सकेंगे और वे सब आराम से सोए; लेकिन सुबह हो जाने पर उन्हें पता चला कि मिस वेस्ट ने सिर्फ अंदर वाले पोर्टहोल्स को ही खोला था। बाहर वाले बंद ही थे, जिन्होंने रात भर रोशनी और हवा दोनों को रोके रखा।

> ***खाद्य सामग्री पर नियंत्रण के दौरान हजारों लोग दोस्तों के घर मार्जरीन को मक्खन समझकर खा रहे थे। निषेध के दिनों में नामी शराब की बोतलों में मूनशाइन शराब भरकर बेचना आम चलन था और बहुत से लोग उनमें भेद नहीं कर पाते थे। कई बार चतुराई दिखाते हुए भोजन की अधिक परख न रखनेवालों को निम्न स्तरीय कार्प मछली को 'रेड स्नैपर' कहकर परोस दिया जाता था।***

खाद्य सामग्री पर नियंत्रण के दौरान हजारों लोग दोस्तों के घर मार्जरीन को मक्खन समझकर खा रहे थे। निषेध के दिनों में नामी शराब की बोतलों में मूनशाइन शराब भरकर बेचना आम चलन था और बहुत से लोग उनमें भेद नहीं कर पाते थे। कई बार चतुराई दिखाते हुए भोजन की अधिक परख न रखनेवालों को निम्न स्तरीय कार्प मछली को 'रेड स्नैपर' कहकर परोस दिया जाता था।

विज्ञान ने अनगिनत तरीकों से कल्पना की कार्यशीलता को साबित किया है। छालों के रोगी को सरसों का मलहम बताकर उसकी त्वचा पर डाक टिकट लगा दिए जाते हैं। कुत्ते को खाना देते समय घंटी बजाकर रूसी वैज्ञानिक पावलोव ने शीघ्र ही घंटी की आवाज को भोजन के विचार से जोड़ दिया और थोड़े ही समय में मात्र घंटी का बजना उनके पेट में रहस्यमय पाचन रस उत्पन्न कर देता था। रेस्टोरेंट में जाकर अपने पास बैठे व्यक्ति को परोसे गए ललचाने वाले व्यंजन को देखिए, फौरन आपको भूख लगने लगेगी और मुँह में पानी आ जाएगा।

प्याज छीलते हुए अकसर ऐसा करनेवाले की आँखों में पानी आ जाता है। वहीं किसी व्यक्ति को सिर्फ प्याज छीलता देखकर कक्ष में उन सबकी भी आँखों में पानी आ जाता है, जिन तक उसकी झल नहीं पहुँच रही होती। कुछ लोग बचे हुए खाने को

गरम करके नहीं खा पाते। उनके अनुसार, इससे वे बीमार हो सकते हैं। कुछ लोग यह कहते हुए बचा हुआ खाना गरम करके नहीं खाते कि इससे उनका पेट खराब हो जाएगा। वर्षों पहले खाए गए बचे खाने से उनका पेट खराब हुआ होता है और वह मानसिक तसवीर कभी मिटती नहीं है। वहीं कुछ लोगों का दावा है कि भोजन करने के बाद सोडा पीने से उन्हें खाना पचाने में मदद मिलती है, जिसे चिकित्सक मात्र उनकी कल्पना की उड़ान बताते हैं। अचानक धक्का लगने से आपकी कल्पना दबाव में आ जाती है, जिससे आपकी त्वचा ठंडी पड़ने लगती है और जिसके बाद बारी-बारी से ठंड लगती है और पसीना आता है। जब आपकी कल्पना सक्रिय हो तो आपके चिकित्सक द्वारा कही किसी भी बात का भयानक असर हो सकता है।

मैंने बहुत बार अटलांटिक व प्रशांत महासागर पार किया है और मैं कभी समुद्री बीमारी से पीड़ित नहीं हुआ; बल्कि ऐसा सबसे गंभीर तूफान और जहाज के भयानक तरीके से हिलने-डुलने पर भी नहीं हुआ, सिवाय एक बार के, जब मैं अत्यधिक बीमार एक यात्री की मदद कर रहा था। हालाँकि अपनी यात्राओं के शुरुआती दौर में ही मैंने समुद्री बीमारी से पीड़ित लोगों की ओर न देखना सीख लिया था, क्योंकि मुझे एहसास था कि सुझाव का बल मुझे भी इस लपेटे में ले सकता है।

मैंने बहुत बार अटलांटिक व प्रशांत महासागर पार किया है और मैं कभी समुद्री बीमारी से पीड़ित नहीं हुआ; बल्कि ऐसा सबसे गंभीर तूफान और जहाज के भयानक तरीके से हिलने-डुलने पर भी नहीं हुआ, सिवाय एक बार के, जब मैं अत्यधिक बीमार एक यात्री की मदद कर रहा था। हालाँकि अपनी यात्राओं के शुरुआती दौर में ही मैंने समुद्री बीमारी से पीड़ित लोगों की ओर न देखना सीख लिया था, क्योंकि मुझे एहसास था कि सुझाव का बल मुझे भी इस लपेटे में ले सकता है।

अपने सीटी बजा रहे मित्र के पास बैठकर नीबू चूसने का प्रयास करें। इस दृश्य को देखने मात्र से वह ऐसा नहीं कर सकेगा और खट्टे नीबू को चूसने के विचार मात्र से उसके लिए ऐसा करना असंभव हो जाएगा।

व्याख्यान के दौरान कल्पना की शक्ति को साबित करने के लिए मैं अकसर दो छोटी पिचकारियों में विभिन्न रंगों का द्रव्य भरकर लाता था। मैं श्रोताओं से कहता हूँ कि इनमें से एक में लिलेक इत्र है और दूसरे में गुलाब का। इसके बाद मैं उन्हें

समझाता हूँ कि मेरे इस प्रयोग से मेरे श्रोताओं की बोध शक्ति का अंतर ज्ञात होगा। इसके बाद मैं श्रोताओं की ओर पीठ कर लेता हूँ, जिससे वे यह न देख सकें कि मैं कौन सी पिचकारी हवा में चला रहा हूँ। इसी के साथ मैं उन्हें सुगंध पहचानने के लिए कहता हूँ। कुछ लोग लिलेक बताते हैं तो कुछ गुलाब का इत्र। निस्संदेह, उस समय ये दोनों समूह तब बेहद चिढ़ जाते हैं, जब उन्हें पता चलता है कि उनकी कल्पना ने उन्हें गुमराह किया है, क्योंकि उन दोनों पिचकारियों में और कुछ नहीं, बस, गंध-रहित रंगीन पानी होता है।

'कॉन्सर्निंग टोबैको' के छोटे से निबंध में मार्क ट्वेन (जो सबसे बुरी सिगार पीने के लिए बदनाम थे) कहते हैं कि व्यक्ति को लगता है कि वह अच्छी या बुरी सिगार के बारे में बता सकता है, जबकि वह ऐसा नहीं कर सकता। वह ब्रांड की बात करता है, जबकि उसकी कल्पना में स्वाद होता है। मार्क ट्वेन ने बताया कि कैसे उन्होंने अपने एक रईस मित्र से दोनों हाथों में भरने लायक 40 सेंटवाले लाल व सुनहरे बैंडवाले विशिष्ट गुणवत्ता वाले सिगार लिये थे। ट्वेन ने उन पर से बैंड हटा दिए और अब उन ब्रांडहीन सिगारों को अपने निजी बॉक्स में रख लिया। रात्रिभोज के बाद उन्होंने अपने दोस्तों के बीच वे सिगार बाँटे। ट्वेन के सस्ते सिगार पीने की बात पर विश्वास करते हुए उनके सभी दोस्तों ने उन्हें एक या दो बार पीने के बाद फेंक दिया। निश्चित रूप से स्थानीय सिगार व सिगरेट का स्वाद कुछ अलग होता है; लेकिन उसे पहचानने में कल्पना महत्त्वपूर्ण भूमिका निभाती है।

जब आपको बड़ी कंपनियों के आविष्कारक, चित्रकार, वैज्ञानिक, आर्किटेक्ट और बिल्डर सभी के अपनी कल्पना का उपयोग करने का एहसास होता है, तब आप इसकी अहमियत समझ पाते हैं। शेक्सपियर ने कहा था, "अगर आप में कोई गुण नहीं है तो इसका होना मान लीजिए।" चलिए, हम इस महान्

> ***शेक्सपियर ने कहा था, "अगर आप में कोई गुण नहीं है तो इसका होना मान लीजिए।" चलिए, हम इस महान् सलाह के निहितार्थ समझते हैं। गुण होना मानने का अर्थ है कि आप इसे अपनी कल्पना द्वारा अनुभूत कर रहे हैं। आप जैसा व्यक्ति बनना चाहते हैं, आपको अपने उस नए व्यक्तित्व की मानसिक तसवीर तैयार करनी होगी और यदि आप उसे कायम रख सके तो एक दिन आएगा, जब आप सचमुच वह व्यक्ति बन जाएँगे, और वह भी अपनी इच्छाओं को पूरी करने के साथ।***

सलाह के निहितार्थ समझते हैं। गुण होना मानने का अर्थ है कि आप इसे अपनी कल्पना द्वारा अनुभूत कर रहे हैं। आप जैसा व्यक्ति बनना चाहते हैं, आपको अपने उस नए व्यक्तित्व की मानसिक तसवीर तैयार करनी होगी और यदि आप उसे कायम रख सके तो एक दिन आएगा, जब आप सचमुच वह व्यक्ति बन जाएँगे, और वह भी अपनी इच्छाओं को पूरी करने के साथ।

लेकिन यहाँ हमें दिवास्वप्न और सच्ची मानसिक तसवीर, कल्पना का उचित प्रयोग करने के बीच का अंतर समझना होगा, जैसे कोई जिन्न आपकी गोद में 1,00,000 डॉलर डाल जाए या आपको रातोरात विलासितापूर्ण सुसज्जित महल दे जाए! मेरी ऐसी इच्छाएँ कभी पूर्ण नहीं हुईं।

दिवास्वप्न या दिशाहीन अभिलाषी विचार मात्र में इतनी शक्ति नहीं होती कि वह आपके भीतर छिपी ताकत को बाहर निकालकर आपको 1,00,000 लाख डॉलर या महल दिलवा सके।

अपनी कल्पना का उचित ढंग से उपयोग करने पर आप स्वयं को काम करते देखेंगे और तब आप स्वयं आगे बढ़कर इसे करेंगे। आपने जिसकी तसवीर बनाई है, उसे खुद करता देखने से यह सचमुच साकार हो जाती है। इस संदर्भ में आवर्धक लेंस के उपयोग पर विचार करें। उचित ढंग से एकाग्र करने पर वह सूर्य की रोशनी को आवर्तित व केंद्रित कर कागज पर उस जगह आग लगा देता है, जहाँ उन किरणों को केंद्रित किया जाए। गरमी उत्पन्न करने के पूर्व उसे स्थिर रखना पड़ता है। यही आपको अपनी कल्पनाओं या मानसिक तसवीरों के साथ करना होता है।

डॉ. एमिली कुए वह फ्रांसीसी डॉक्टर हैं, जिन्होंने सुझाव की शक्ति पर इतना अधिक प्रकाश डाला और घोषित किया कि कल्पना इच्छा-शक्ति से अधिक शक्तिशाली ताकत है। उन्होंने कहा कि इन दोनों का टकराव हो जाए तो जीत हमेशा कल्पना की होती है। उदाहरण के लिए, मान लीजिए, आपको बहुत सिगार पीने की बुरी लत है और आप यह आदत छोड़ने का फैसला करते हैं। आप खूब सोच-विचार करते हैं और आखिरकार फैसला करते हैं कि आप इसे छोड़ने में अपनी इच्छा-शक्ति का उपयोग करेंगे। तभी अचानक आपको बेहतरीन सिगार का स्वाद, उसकी खुशबू और उसका प्रसन्न करनेवाला प्रभाव याद आता है—आपकी कल्पना काम करने लगती है। इसके साथ ही आपका यह बुरी आदत छोड़ने का संकल्प पीछे छूट जाता है।

19वीं शताब्दी की शुरुआत में फ्रांसीसी दार्शनिक चार्ल्स फॉरियर ने घोषणा की कि दुनिया का भविष्य मनुष्य के भाग्य से उपजा होगा और उसे आकार

> *19वीं शताब्दी की शुरुआत में फ्रांसीसी दार्शनिक चार्ल्स फॉरियर ने घोषणा की कि दुनिया का भविष्य मनुष्य के भाग्य से उपजा होगा और उसे आकार देने, नियंत्रण और निर्देशन का कार्य उसी इच्छा व उत्साह द्वारा होगा, जो मनुष्य को आंदोलित करते हैं। उनकी भविष्यवाणी सच हो रही है, हालाँकि अभी मनुष्य ने दुनिया को अपने मन द्वारा आकार देना और नियंत्रित करना शुरू ही किया है।*

देने, नियंत्रण और निर्देशन का कार्य उसी इच्छा व उत्साह द्वारा होगा, जो मनुष्य को आंदोलित करते हैं। उनकी भविष्यवाणी सच हो रही है, हालाँकि अभी मनुष्य ने दुनिया को अपने मन द्वारा आकार देना और नियंत्रित करना शुरू ही किया है।

यह हमें इच्छा और आप जीवन से वास्तव में क्या चाहते हैं, इस विषय पर ले आता है। तुलनात्मक रूप से ऐसे लोगों की संख्या बहुत कम है, जिनकी इच्छाएँ वास्तव में बहुत बड़ी हों। अधिकांश लोग तो सिर्फ अपने जीवन की छोटी-मोटी इच्छाएँ पूरी करके संतुष्ट हो जाते हैं। वे जीवन में अपनी उस स्थिति को स्वीकार कर लेते हैं, जिसे भाग्य ने उनके लिए चुना है और वे शायद ही कभी ऐसा कोई मानसिक या भौतिक प्रयास करते हैं, जो उन्हें इस स्थिति से उबार सके।

वे इस ओर देखते भी नहीं या उन्हें एहसास भी नहीं होता कि यह उतना ही आसान है, जितना किसी पक्षी को जमीन से तीस फीट की ऊँचाई पर या जमीन पर इतनी ही दूरी पर गोली दागना है। कुछ लोग अभिलाषापूर्ण विचार करते तो हैं, लेकिन वे अपने आप में प्रभावहीन होते हैं, क्योंकि उनमें ताकत का घटक अनुपस्थित होता है।

लेकिन जब आप किसी ऐसे व्यक्ति से मिलते हैं, जो सचमुच आगे बढ़ना चाहता हो—और ऐसे लोगों की संख्या कम नहीं—तब आपको एहसास होगा कि उसकी इच्छाओं की पोटली के पीछे अत्यधिक ताकत भी होती है। उन लोगों के लिए राह आसान होती है और इसका बड़ा कारण यह है कि वे अपने अवचेतन मन की शक्ति का उपयोग करते हैं, जो बदले में उनके चुंबकीकरण और समन्वयीकरण द्वारा उनकी इस आत्यंतिक इच्छा को चेतन मन की विद्युतीकृत दृष्टि में रूपांतरित कर देती है।

इसलिए ध्यान रखें, आप अपना ध्यान जिस भी चीज पर केंद्रित करेंगे या अपनी कल्पना को स्थिर रूप से जिस पर भी एकाग्र करेंगे, उसे ही आकर्षित कर लेंगे। यह मात्र कहने की बात नहीं है, बल्कि तथ्य है, जिसे अपनी संतुष्टि के लिए कोई भी प्रमाणित कर सकता है। ये परिणाम चुंबकीय, विद्युतीय या किस ऊर्जा से

मिलते हैं, यह अभी भी अनिश्चित है, लेकिन मनुष्य के विचार आकर्षण की परिभाषा न दे सकने के बावजूद उसकी अभिव्यक्ति हर कहीं देखी जा सकती है। यह अपने आप में विद्युतीय क्षेत्र जैसी है। हम ठीक से नहीं जानते कि विद्युत् क्या है, फिर भी हमें पता है कि विद्युत् उत्पादक उपकरणों जैसे विभिन्न पदार्थों द्वारा इसका निर्माण कैसे किया जाता है। हम हर बार लाइट खोलने या स्विच खोलने पर विद्युत् को अभिव्यक्त होते देखते हैं।

हालाँकि किसी भी आम व्यक्ति के लिए किसी चीज पर लंबे समय तक ध्यान केंद्रित रखना कठिन होता है, फिर मानसिक तसवीर को लंबे समय तक कायम रखने की तो बात ही क्या करें! आप देखेंगे कि आपके मन में अत्यधिक तेजी के साथ अनगिनत विचार, योजनाएँ, कल्पनाएँ उत्पन्न व प्रवाहित हो रही हैं। आपकी पढ़ी, देखी व सुनी हर चीज आपको प्रभावित करती है और इसके परिणामस्वरूप इस रचनात्मक शक्ति का समन्वयकारी हिस्सा इन सभी बिखरे हुए तत्त्वों को एकत्रित कर आपकी इच्छा की स्पष्ट व गतिशील तसवीर बनाने की जगह अस्पष्ट ढेर का रूप दे देता है।

किसी भी आम व्यक्ति के लिए किसी चीज पर लंबे समय तक ध्यान केंद्रित रखना कठिन होता है, फिर मानसिक तसवीर को लंबे समय तक कायम रखने की तो बात ही क्या करें! आप देखेंगे कि आपके मन में अत्यधिक तेजी के साथ अनगिनत विचार, योजनाएँ, कल्पनाएँ उत्पन्न व प्रवाहित हो रही हैं। आपकी पढ़ी, देखी व सुनी हर चीज आपको प्रभावित करती है और इसके परिणामस्वरूप इस रचनात्मक शक्ति का समन्वयकारी हिस्सा इन सभी बिखरे हुए तत्त्वों को एकत्रित कर आपकी इच्छा की स्पष्ट व गतिशील तसवीर बनाने की जगह अस्पष्ट ढेर का रूप दे देता है।

इसके द्वारा हम ऐसी तंत्र प्रणाली तक आते हैं, जिसके द्वारा कोई भी अपने विचारों को इतना केंद्रित कर सकता है, जिससे वे अवचेतन मन की गहनतम गहराई तक प्रविष्ट हो जाएँ।

मैं बहुत से उद्योग प्रमुखों, व्यापारियों और बैंकरों के निजी कार्यों में गया हूँ; और बहुत पहले से ही इस विश्वास के विज्ञान को समझ चुका हूँ। मुझे इन महान् फर्मों के अंतर भाग में दिखी तसवीरों, चित्रों, नारों और कुछ प्रतिमाओं ने काफी प्रभावित किया। एक उपयोगी व्यवसाय के प्रमुख के दफ्तर में उद्योग से संबंधित पूर्व प्रमुखों

के चित्र लटके थे। एक अन्य ऑफिस में इतिहास के महान् कोष प्रबंधकों के चित्र मौजूद थे। कुछ अन्य में नेपोलियन की प्रतिमाएँ थीं तो एक अन्य में छोटे मंदिर या बुद्ध की बड़े आकारवाली प्रतिमाएँ थीं। मैंने ऐसे भी ऑफिस देखे, जिनमें दीवारों पर ऐसे नारे लिखे थे, जैसे—'हम असंभव कार्य करते हैं—कहीं भी, कभी भी', 'अगर यह हो सकता है, तो हम कर सकते हैं', 'अभी करो', 'खुद शुरुआत करें, न कि दुमछल्ला बनने का इंतजार करें।' ऐसी खबर थी कि व्यवसाय का नेपोलियन कहे जानेवाले एफ.डब्ल्यू. वूलवर्थ का निजी कार्यालय नेपोलियन के अध्ययन कक्ष की नकल था। निस्संदेह आपने भी ऐसे प्रदर्शन के बारे में बहुत कुछ देखा या सुना होगा, लेकिन क्या कभी आपने यह सोचा कि इसका उद्देश्य क्या है?

इसका सिर्फ एक जवाब हो सकता है कि यह निरंतर याद दिलाता रहता है—इससे कक्ष में बैठने और उससे मिलने आनेवालों के सामने हमेशा यह तसवीर रहती है कि वे सफल होंगे। जब भी वह कक्ष पर नजर डालेंगे, उन्हें वह आदर्श वाक्य या नारा दिखाई देगा। अपनी मेज पर बैठे नेपोलियन का उसे देखना दिखाई देगा; छोटे से मंदिर को देखकर उसे आध्यात्मिकता की अनुभूति होगी। दूसरे शब्दों में, अधिकारी अपनी कल्पना को उत्साहित रखने के लिए यंत्रों का इस रूप में उपयोग करते हैं—तसवीरें, जो उन्हें प्रेरणा दें या सुझाव की ऐसी शक्ति की शृंखला, जो उनके अवचेतन मन तक पहुँच सके। बहुत से डॉक्टरों (जिनमें सुझाव की महान् शक्ति का उपहास उड़ानेवाले भी शामिल हैं) के ऑफिसों में चिकित्सा जगत् के महान् व्यक्तियों या मेडिकल स्कूलों के प्रसिद्ध शिक्षकों के चित्र टँगे होते हैं। मैं अकसर सोचता हूँ कि क्या चिकित्सकों को इन चित्रों की

अन्य महान् व्यक्तियों की भाँति थॉमस अल्वा एडिसन भी निश्चित ही निरंतर दोहराने के मूल्य को जानते और उसका उपयोग करते होंगे। इस आविष्कारक के जन्म के सौवें जन्मदिन का उत्सव समारोह मनाते हुए 8 फरवरी, 1947 को उनकी मृत्यु पर सील किया गया उनका डेस्क खोला गया। उसमें अन्य वस्तुओं के साथ कागज का एक टुकड़ा भी था, जिस पर यह उक्ति लिखी थी—'आप मुँह में गए जोनाह को याद कीजिए, वह सकुशल बाहर निकल आया था।' एडिसन ने इस उक्ति पर काफी विचार किया होगा, तभी वे इससे इतने प्रभावित लगते हैं, अन्यथा वे इसे हर समय अपने सामने डेस्क पर नहीं रखते।

आधारभूत शक्ति का एहसास है ?

जब आप यह समझ जाएँगे कि अवचेतन सटीक ढंग से उसी सुझाव का बाहरी प्रकटीकरण करता है, जो उसे सबसे अधिक प्रभावित करता हो, तभी आप किसी एक सुझाव को निरंतर दोहराने की आवश्यकता को समझ सकेंगे।

अन्य महान् व्यक्तियों की भाँति थॉमस अल्वा एडिसन भी निश्चित ही निरंतर दोहराने के मूल्य को जानते और उसका उपयोग करते होंगे। इस आविष्कारक के जन्म के सौवें जन्मदिन का उत्सव समारोह मनाते हुए 8 फरवरी, 1947 को उनकी मृत्यु पर सील किया गया उनका डेस्क खोला गया। उसमें अन्य वस्तुओं के साथ कागज का एक टुकड़ा भी था, जिस पर यह उक्ति लिखी थी—'आप मुँह में गए जोनाह को याद कीजिए, वह सकुशल बाहर निकल आया था।' एडिसन ने इस उक्ति पर काफी विचार किया होगा, तभी वे इससे इतने प्रभावित लगते हैं, अन्यथा वे इसे हर समय अपने सामने डेस्क पर नहीं रखते।

मैंने इच्छा और सुझाव के इस तत्त्व को सब्जियों या फूलों के बीज बोने में उपयोग किया है। एक बार जब जमीन तैयार हो जाए और उसमें नन्हे बीज डाल दिए जाएँ तो उन्हें जड़ पकड़ने और अंकुरण आरंभ होने में कोई देर नहीं लगती। वे जमीन से उभरने को दृढ़ संकल्प होते हैं।

मिट्टी से बाहर निकलने पर वे सूर्य के प्रकाश और नमी को तलाशते हैं। उनके लिए बाधाएँ कोई मायने नहीं रखतीं। यदि वे किसी पत्थर या लकड़ी के टुकड़े को एक ओर नहीं धकेल पाते तो स्वयं को उनके इर्द-गिर्द बढ़ा लेते हैं और उनके आसपास उगने लगते हैं। वे सफल व पल्लवित होते हैं और तब तक फल, सब्जियाँ व फूल देते रहते हैं, जब तक कोई महान् शक्ति उनका नाश नहीं कर देती। चूँकि हम प्रकृति के रहस्यों के प्रति जागरूक नहीं होते, इस कारण बहुत समय पहल अँधेरे में दबाए बीज को तभी देख पाते हैं, जब वह धीरे-धीरे विकसित होते अपने को इतना नहीं उभार लेता कि वह कोई खूबसूरत या उपयोगी चीज बन सके। इनका पोषण करें, परवाह करें, इन्हें धूप व पानी प्रदान करें और ये पूर्णत: विकसित हो जाएँगे। याद रखिए, ये अपने रूप में हों या संकर, जैसे होते हैं, वही प्रदान करते हैं।

अत: यह अवचेतन मन में आपके द्वारा आरोपित सुझाव होता है। इसके परिणाम शुद्ध व जटिल होते हैं, जो मूल बीज पर आपके इस पर केंद्रित रहने पर निर्भर करते हैं। दूसरे शब्दों में, उचित विचारों को रोपें—उस पर उचित ध्यान दें—और इसे विचारों के ठोस दोहराव से पोषित करना अपनी आदत बना लें, जो हमेशा एक ही परिणाम

की ओर निर्देशित हों और यह एक विशाल शक्ति के रूप में विकसित होगा और सभी बाधाओं का सामना करने के साधन व तरीके स्वत: खोज लेगा। इसकी जड़ें और गहरी होकर अपने लिए और स्थान बना लेंगी, जिस पर विकसित होकर और विस्तार लेकर ये अपने पत्तों का और अधिक प्रदीपन कर सकें। यह इच्छा ही है, जिसके कारण संसार ने प्रगति की है। यह न होती तो हम सब आज भी पाषाण युग में जी रहे होते। हमारी आज की दुनिया में सभी कुछ इसी इच्छा का परिणाम है। निस्संदेह, इच्छा स्वयं जीवन का प्रेरक बल है। यह आपको हर जगह—पशुओं के राज में, सभी तरह के पौधों के जीवन में और मनुष्य के सभी कार्यों व व्यवहार में दिखाई देती है। भूख खाने की इच्छा को, गरीबी अमीर होने की इच्छा को, ठंड गरमी पाने की इच्छा को तथा असुविधा आसान व कुशलता की इच्छा को प्रोत्साहन देती है।

> *मनुष्य के सभी कार्यों की निर्माण शक्ति इच्छा ही है। इसके बिना कोई भी अधिक दूर तक नहीं जा सकता। व्यक्ति में जितना उत्साही होगा, उसकी इच्छा भी उतनी अधिक तीव्र होगी और उसकी समाप्ति भी उतनी ही शीघ्र होगी। यह अशिक्षित गड्ढा खोदनेवाले और उसे करवानेवाले के बीच, क्लर्क और अधिकारी के बीच, असफलता और सफलता के बीच अंतर चिह्नित करती है। अत: आपको शुरुआत हमेशा इच्छा से करनी चाहिए।*

मनुष्य के सभी कार्यों की निर्माण शक्ति इच्छा ही है। इसके बिना कोई भी अधिक दूर तक नहीं जा सकता। व्यक्ति में जितना उत्साही होगा, उसकी इच्छा भी उतनी अधिक तीव्र होगी और उसकी समाप्ति भी उतनी ही शीघ्र होगी। यह अशिक्षित गड्ढा खोदनेवाले और उसे करवानेवाले के बीच, क्लर्क और अधिकारी के बीच, असफलता और सफलता के बीच अंतर चिह्नित करती है। अत: आपको शुरुआत हमेशा इच्छा से करनी चाहिए। ध्यान रखें कि विश्वास के जादू द्वारा आप वह पा सकते हैं, जिसकी तसवीर आपके मन की आँखों में होगी। ऐसे तंत्र मौजूद हैं, जिससे आपको परदे पर अपनी इच्छित तसवीर को आपके अवचेतन मन के परदे पर स्पष्ट रूप से केंद्रित होने और आपको सभी ध्यान भटकानेवाले विचारों, नकारात्मक विचारों और किसी भी तरह के भय व संदेह को उत्पन्न करने से रोकने में मदद करती है, जो अन्यथा आपके अवचेतन में प्रवेश कर जाता।

चलिए, अब इस तंत्र को समझते हैं। तीन या चार सूचकांक कार्ड लीजिए

(साधारण आकार के बिजनेस कार्ड भी चलेंगे)। अपने ऑफिस, अपने घर, अपने कमरे या कोई भी और ऐसा स्थान, जहाँ आपको एकांत मिल सके, वहाँ जाएँ। बैठ जाएँ और अपने आप से पूछें कि सब चीजों में से आपकी इच्छित वस्तु कौन सी है? जब उत्तर आए और आप सुनिश्चित हों कि यह आपकी सर्वोच्च इच्छा है तो सबसे ऊपरवाले एक कार्ड पर उसका शब्द-चित्र बना लें। एक या दो शब्द पर्याप्त रहेंगे—'नौकरी', 'अच्छी नौकरी', 'अधिक पैसा' या 'मेरा अपना घर'।

इसके बाद बाकी सभी कार्डों पर मूल शब्द-चित्र की प्रतिलिपि बनाएँ। इसे अपने बटुए या हैंडबैग में रखें, दूसरे को अपने बिस्तर के पास रखें या अपने बिस्तर से बाँध लें। एक को अपने दाढ़ी बनाने के शीशे या ड्रेसिंग टेबल और इसके बाद एक को अपने डेस्क पर रख लीजिए। ध्यान रखिए कि सफल अधिकारियों का चलन है कि वे अपनी ऑफिस में तसवीरें, आदर्श वाक्य, नारे, प्रतिमाएँ व मूर्तियाँ रखते हैं। आपको यह बात समझनी होगी कि इन कार्डों का उपयोग करते हुए आप उसी शक्ति को अधिक ठोस रूप में उपयोग कर रहे हैं। यह पूरा विचार, जैसा आप समझ चुके होंगे कि इसलिए है, जिससे दिन के हर घंटे वह मानसिक तसवीर आपकी आँखों के सामने रहे। रात को सोने से ठीक पहले और सुबह जागने के बाद अपने विचारों पर कुछ अधिक शक्ति के साथ एकाग्रचित्त हों, लेकिन चौबीस घंटों में से केवल इन्हीं दो अवधि तक सीमित न रहें। आप इस (या अपनी बनाई) पद्धति द्वारा अपनी इच्छा का जितना अधिक मानसिक दर्शन करेंगे, इसके पूरा होने की गति में उतनी ही अधिक वृद्धि होगी।

शुरुआत में आपको शायद पता नहीं होगा कि इसके क्या परिणाम होंगे! इसके बावजूद आपको इसकी चिंता करने की आवश्यकता नहीं। इसे अवचेतन मन पर छोड़ दें, जिसका संपर्क और द्वार व अवसर खोलने के अपने तरीके हैं, जिनके बारे में आपने अनुमान भी नहीं लगाया

शुरुआत में आपको शायद पता नहीं होगा कि इसके क्या परिणाम होंगे! इसके बावजूद आपको इसकी चिंता करने की आवश्यकता नहीं। इसे अवचेतन मन पर छोड़ दें, जिसका संपर्क और द्वार व अवसर खोलने के अपने तरीके हैं, जिनके बारे में आपने अनुमान भी नहीं लगाया होगा। आपको सबसे अप्रत्याशित स्रोत से सहायता मिल सकती है। वह विचार, जो आपके कार्यक्रम को पूरा करने में उपयोगी हो सकता है, वह आपको सबसे अप्रत्याशित समय पर हासिल होगा।

होगा। आपको सबसे अप्रत्याशित स्रोत से सहायता मिल सकती है। वह विचार, जो आपके कार्यक्रम को पूरा करने में उपयोगी हो सकता है, वह आपको सबसे अप्रत्याशित समय पर हासिल होगा। आपको अचानक किसी ऐसे व्यक्ति को फोन करने का विचार आ सकता है, जिसके बारे में आपने लंबे समय से नहीं सुना है या ऐसे व्यक्ति को पत्र लिखेंगे, जिसे आपने पहले कभी नहीं देखा है। आपको अखबार पढ़ने या रेडियो सुनने की अंत:प्रेरणा हो सकती है। वह जो भी विचार हो, उसके अनुसार काम करें।

बहुत से सफल लोगों को रात के समय ही विचार आए हैं और वे इसे फौरन एक पैड पर लिख डालते हैं, जिससे वे इसे भूल न जाएँ। बहुत साल पहले इस विज्ञान को सांगोपांग समझने से पहले मैं एक अधिकारी के साथ संबंधित था, जो सुबह अपनी डेस्क पर पहुँचने के बाद अपनी जेब से नोट्स निकालना आरंभ कर देता। कुछ ही मिनटों में चीजों की गुनगुनाहट आरंभ होने लगेगी। इन नोट्स में विभिन्न विज्ञापन साधनों से संबंधित टिप्पणियाँ, बिक्री अभियान की रूपरेखा, नई खरीद या बिक्री संगठनों का पुनर्विन्यास भी लिखें; लेकिन ये सभी सफलता हासिल करने में योगदान देंगे। अपने बिस्तर के निकट पैड व पेंसिल रखें और यदि रात को भी कोई विचार आए तो उसे फौरन लिख लें, जिससे सुबह तक आप उसे भूल न जाएँ।

मुझे याद आता है कि मैंने इस विज्ञान का उपयोग उस फर्म को बचाने में किया था, जिसका मैं उपाध्यक्ष था। मेरे टिप्पणी आरंभ करने से पहले सभी कर्मचारी अर्धचंद्र स्थिति में बैठ जाते। उसमें मैं सबको अपने साथ कागज व पेंसिल लाने को कहता था। उनमें से अधिकांश लोगों का विचार था कि मैं चाहता हूँ कि वे नोट्स लें, लेकिन वे यह देखकर हैरान रह जाते, जब मैं उन्हें यह लिखने को कहता कि वे अपने जीवन में क्या चाहते हैं? मैं उनसे कहता कि यदि वे ऐसा करेंगे तो मैं उन्हें वह तरीका बता सकता हूँ, जिससे वे इसे हासिल कर सकेंगे।

उनमें से दो या तीन युवा हँसने लगते हैं; लेकिन एक बड़ी उम्र का व्यक्ति, जिसे मेरी पूर्ण ईमानदारी का एहसास था, उसने वही किया, जो मैंने कहा था। युवाओं को मैंने सहज भाव से कहा, "यदि आप लोग अपनी नौकरी पर रहना चाहते हैं तो वही करें, जो मैं कह रहा हूँ; क्योंकि अगर इस तरकीब ने काम नहीं किया तो हम सब सड़क पर होंगे।" तब उन्होंने आज्ञा का पालन किया; मैंने उनसे कहा कि उन्होंने जो कुछ भी लिखा है, उसे किसी को दिखाने की जरूरत नहीं है।

मीटिंग के बाद एक युवक मेरे पास हँसने के लिए माफी माँगने आया। मैंने

उससे कहा, "कोई बात नहीं, बॉब।"

"लेकिन पहली बार में यह बहुत बचकाना लगा।" उसने कहा, "कल्पना कीजिए कि मुझे नई कार सिर्फ लिख देने भर से मिल जाएगी, लेकिन जब आपने इस विज्ञान को आमूल-चूल बताया, मुझे लगता है कि तब यह समझ आया।"

कुछ वर्षों बाद वह युवक मेरे घर आया और बोला कि वह मुझे कुछ दिखाना चाहता है। बाहर पटरी के किनारे उसकी नई महँगी कार खड़ी थी।

आगामी वर्षों में मुझे वह अवसर मिला कि मैंने उस मीटिंग में शामिल लोगों से पूछा कि क्या उन्हें वह मिला, जो उन्होंने लिखा था? बिना अपवाद हर व्यक्ति को मिल गया था। एक व्यक्ति किसी खास देश की नागरिकतावाली पत्नी चाहता था, उसे वह मिल गई और अब परिवार में उसके दो बेटे भी थे। एक अन्य व्यक्ति ने काफी बड़ी धनराशि लिखी थी। उसे वह मिल गई। एक और ने बीच कॉटेज की इच्छा जताई थी, दूसरे ने बेहतर घर की आदि। धीरे-धीरे वर्ष बीतने के साथ ही उनमें से प्रत्येक व्यक्ति ने अच्छा पैसा कमाया था। उनमें से कुछ की मासिक आमदनी उससे भी अधिक थी, जितना उन्होंने उससे पहले जीवन भर में कमाया था, जो उसी व्यवसाय से जुड़े बहुत से अन्य लोगों के लिए अचरज की बात थी।

आगामी वर्षों में मुझे वह अवसर मिला कि मैंने उस मीटिंग में शामिल लोगों से पूछा कि क्या उन्हें वह मिला, जो उन्होंने लिखा था? बिना अपवाद हर व्यक्ति को मिल गया था। एक व्यक्ति किसी खास देश की नागरिकतावाली पत्नी चाहता था, उसे वह मिल गई और अब परिवार में उसके दो बेटे भी थे। एक अन्य व्यक्ति ने काफी बड़ी धनराशि लिखी थी। उसे वह मिल गई। एक और ने बीच कॉटेज की इच्छा जताई थी, दूसरे ने बेहतर घर की आदि।

मैं यह बात जोर देकर कहूँगा कि आप कार्ड पर लिखे उन शब्दों का अर्थ किसी को न बताएँ और न ही अपनी इच्छा से संबंधित कोई संकेत दें। ऐसा करना आपके लिए विनाशकारी हो सकता है। इस विज्ञान को और अच्छी तरह समझने पर आप जान जाएँगे कि किस तरह वैचारिक कंपन—चेतन या अवचेतन, किसी दूसरे की ईर्ष्या या अन्य कारण से—आपकी अपनी इच्छा के विरोध में कार्य कर सकते हैं।

उदाहरण के लिए, मुझे अपना डॉक्टर मित्र याद आता है, जिसने द्वितीय विश्व युद्ध के शुरुआती दिनों में नौसेना में नौकरी के लिए आवेदन किया था। उसने अपना

ऑफिस बंद किया, सबको अपने नौसेना में जाने की बात बताई, जिसके बाद उसके लिए बहुत सी पार्टियाँ दी गईं और उसे उपहार मिले। उसने बाद में मुझे हँसते हुए बताया, "इससे मुझे यह शिक्षा मिली कि अपनी योजनाओं या इच्छाओं के बारे में किसी को मत बताओ। मुझे नौकरी प्राप्ति का पत्र दो साल बाद मिला। इस दौरान मुझे अपनी निजी प्रैक्टिस जारी रखनी पड़ी। विदाई के इतने सारे उपहार मिलने के बाद दो साल तक घर पर इंतजार करते रहना बेहद शर्मनाक रहा।"

सच तो यह है कि आप जो करने वाले हैं, उसके बारे में बात करने से आप उस बल को बिखेर देते हैं। आप अवचेतन के साथ अपना निकट संपर्क खो बैठते हैं। यदि आपने वह नहीं किया, जो यहाँ बताया जा रहा है तो आपको अपनी उपलब्धि के कार्यक्रम की बार-बार शुरुआत करनी पड़ जाएगी।
"जाओ और किसी को मत बताना।" आज भी उतना ही सत्य है।

सच तो यह है कि आप जो करने वाले हैं, उसके बारे में बात करने से आप उस बल को बिखेर देते हैं। आप अवचेतन के साथ अपना निकट संपर्क खो बैठते हैं। यदि आपने वह नहीं किया, जो यहाँ बताया जा रहा है तो आपको अपनी उपलब्धि के कार्यक्रम की बार-बार शुरुआत करनी पड़ जाएगी।

"जाओ और किसी को मत बताना।" आज भी उतना ही सत्य है।

पाठकों को याद होगा कि अनर्गल शब्दों (मंबो-जंबो), जाप, मंत्र और अभिकथन के बारे में मैंने क्या कहा था! ऐसा करके आप उद्दीपक बलों को अपने अवचेतन को प्रोत्साहित करने के काम में लगा देते हैं।

इन शब्दों व उक्तियों को चुपचाप दोहराया जाए या जोर से, यह आपके अवचेतन मन को यकीन दिलाने की एक पद्धति भर है—आत्म-सुझाव, चाहे जिस भी रूप में हों, इसका प्रारूप बदलने का एकमात्र तरीका है। अवचेतन अत्यधिक ग्रहणशील होता है और यह हर उस प्रस्ताव पर विश्वास कर लेता है, जिसे आप इसके सामने पेश करें। फिर चाहे ये सत्य हों या असत्य, सकारात्मक हों या नकारात्मक। एक बार जब ये अवचेतन मन में अंकित हो जाते हैं तो वह अपने संपूर्ण साधनों व ऊर्जाओं द्वारा इन्हें वास्तविक जीवन में प्रकटीकरण की दिशा में काम करने लगता है। आप अवचेतन को अपने विचार जितने सरल शब्दों में बताएँगे, उतना ही अच्छा होगा। उदाहरण के लिए, अगर आप अप्रसन्न हैं तो इन शब्दों का प्रयोग करें, "मैं

प्रसन्न हूँ।" इसके लिए आपको काड्र्स की आवश्यकता नहीं है। बस, इसे अपने आपसे बीस या तीस बार कहें, "मैं मजबूत हूँ", "मैं प्रसन्न हूँ", "मुझे पूरा यकीन है", "मैं मित्रवत् हूँ", "सब ठीक है।" ये कुछ सरल अभिकथन हैं, जिनका आप अपने मानसिक दृष्टिकोण को बेहतरी के लिए उपयोग कर सकते हैं, लेकिन यदि इस प्रभाव को स्थायी बनाना है तो आपको इस अभिकथन को तब तक जारी रखना होगा, जब तक आपको इच्छित परिणाम हासिल नहीं हो जाते।

दोहराने से स्थिर लक्ष्यवाले व्यक्ति के समक्ष उसकी इच्छाओं या आदर्शों में तसवीर स्पष्ट हो जाती है, जिससे यह उनके अवचेतन मन में गहराई तक दब जाता है और इसके फलस्वरूप—उसकी सृजनात्मक व पुष्टिकारक शक्ति की बदौलत—वह न्यूनतम समय और न्यूनतम भौतिक प्रयासों द्वारा अपने लक्ष्य को हासिल कर लेता है। उसे सिर्फ इन विचारों को लगातार कायम रखना पड़ता है। इस तरह कदम-दर-कदम आप अपने सभी साधनों व शक्तियों को इस ओर निर्देशित करते हुए अंततः इसे हासिल कर लेते हैं। मान लीजिए कि आप एक बेहतर नौकरी या पदोन्नति चाहते हैं, तो सिर्फ यह कार्ड ही उपयोग न करें, बल्कि अपने आप से निरंतर व लगातार कहते रहें कि आपको यह नौकरी मिल जाएगी। यदि आपने इस विज्ञान को स्वीकार कर लिया होगा तो आप इसका मानस-दर्शन पहले ही कर चुके होंगे; लेकिन इन्हें दोहराने का अर्थ इस सुझाव को अपने अवचेतन मन में गहरे व पूर्णतः प्रवेश करवाना है। इसकी तुलना लकड़ी के तख्ते में कील ठोंकने से की जा सकती है। पहला कदम कील को सही स्थान पर रखना है; लेकिन हथौड़े की कुछ दमदार चोटें कील को अंदर प्रविष्ट करा देंगी। हमेशा याद रखें, अवचेतन मन उन्हीं चीजों को स्वीकार करेगा तथा आगे ले जाएगा, जो करने के निर्देश शक्तिशाली होंगे। दोहराव द्वारा विकसित शक्ति का एक उत्कृष्ट उदाहरण मिलो और बछड़े की कहानी है। मिलो रोजाना बछड़े को कंधे पर उठाता था और ऐसा करते हुए एक दिन ऐसा भी आया, जब उसने पूर्ण वयस्क बैल को उठा लिया।

हर तरह की भौतिक वस्तु के बारे में इसी तरह विचार करें। आप जानते होंगे कि एक बार में एक म्यान में दो तलवारें नहीं रह सकतीं। आपका मन उसी म्यान के जैसा है। यदि आप अपने मन में सकारात्मक, शक्तिशाली और रचनात्मक विचार रखेंगे तो इसमें बहुत अधिक नकारात्मक विचारों या संदेहों के लिए जगह नहीं रह जाएगी। अपने मन को एक दरवाजे जैसा मानें और इसकी चाबी सिर्फ आप हैं।

हर तरह की भौतिक वस्तु के बारे में इसी तरह विचार करें। आप जानते होंगे कि एक बार में एक म्यान में दो तलवारें नहीं रह सकतीं। आपका मन उसी म्यान के जैसा है। यदि आप अपने मन में सकारात्मक, शक्तिशाली और रचनात्मक विचार रखेंगे तो इसमें बहुत अधिक नकारात्मक विचारों या संदेहों के लिए जगह नहीं रह जाएगी। अपने मन को एक दरवाजे जैसा मानें और इसकी चाबी सिर्फ आप हैं। अब यह फैसला आपको करना है कि इस दरवाजे से कौन भीतर आएगा, यानी आप पर सकारात्मक या नकारात्मक किस तरह के विचारों का प्रभुत्व रहेगा और इनमें से किन्हें स्वीकार करेंगे ? क्योंकि आपका अवचेतन मन उन्हीं विचारों के कंपन पर प्रतिक्रिया देगा, जो आप में सबसे मजबूत होंगे।

वैकल्पिक रूप से, अपने मन की तुलना पूरी तरह से स्वच्छ व निर्मल पानी से भरे टैंक से कीजिए। आप बिना पानी को हिलाए उसमें कोई वस्तु नहीं डाल सकते, जिससे टैंक का पानी बाहर निकल आएगा।

जब आप नकारात्मक विचारों या संदेहों को अपनी चेतना में प्रवेश की अनुमति देते हैं तो जाहिर है कि आपके कुछ शक्तिशाली, सकारात्मक व रचनात्मक विचारों को जाना होगा और इसके फलस्वरूप आप अपनी सकारात्मक स्थिति को कमजोर कर देते हैं। अत:, जब तक आप प्रतिकूल कंपनों को स्वीकार नहीं करते, तब तक आपका अवचेतन मन आपकी देखी, सुनी या अनुभव की हुई किसी भी चीज के कारण अवरुद्ध नहीं होगा। दूसरे शब्दों में, आपको अपने अवचेतन मन को हर समय सकारात्मक विचार देते रहने होंगे, जिससे उनके शक्तिशाली कंपन बाहर से प्राप्त सभी नकारात्मक व विध्वंसात्मक विचारों को दूर कर सकें।

वर्षों से दार्शनिक सिखा रहे हैं कि यदि हम खुश रहना चाहते हैं तो हमें किसी ऐसे काम या ऐसा करने में व्यस्त रहना होगा, जिस पर हमारा ध्यान केंद्रित रहे। फ्रायड का दावा है कि प्रसन्नता केवल दो क्षमताओं—कार्य और प्रेम करने की क्षमता—से उत्पन्न हो सकती है। वे इसका यह स्पष्टीकरण देते हैं कि जब हम किसी आनंददायक कार्य या व्यक्ति पर एकाग्र होते हैं तो हमारा मन अवांछित कंपनों के इर्द-गिर्द विचरण नहीं करता। यही कारण है कि बहुत से चिकित्सक व्यापारियों और पेशेवरों को कोई शौक विकसित करने के लिए कहते हैं, जिससे वे अपने मन को चिंता व समस्याओं से संबंधित विचारों से हटा सकें। बाकी लोग यात्रा पर जाने, नए दृश्य देखने, नए लोगों से मिलने और अपने अति चिर-परिचित स्थानों, जहाँ परेशान करनेवाले विचारों के कंपन और जुड़ाव हों, से दूर जाने की सलाह देते हैं।

मैं एक ऐसे वृद्ध दंपती को जानता था, जिन्होंने नॉरमैंडी आक्रमण में अपने इकलौते पुत्र को खो दिया था। पुत्र की मृत्यु की खबर के बाद कई महीनों तक दंपती ने उसके कमरे को बिल्कुल वैसा ही रखा, जैसा वह छोड़ गया था। रविवार को वे फर्नीचर की साफ-सफाई और उसकी चीजों को स्नेहपूर्वक सँभालने में घंटों बिताते। अपने पुत्र की स्मृतियों में निरंतर डूबे रहनेवाले मन के कारण उनका कड़वे बूढ़े लोग बन जाना कोई अचरज की बात नहीं थी। मैं अपने प्रियजनों को खो देने का मतलब जानता हूँ; लेकिन मैंने यह भी सीखा है कि बीते कल का दरवाजा बंद करना और उसे बंद रखना कितना जरूरी होता है! हम आज में जीते हैं, न कि बीते कल में। जैसे एडगर एलन पो ने 'द प्रीमैच्योर ब्यूरियल' में लिखा है—"ऐसे भी क्षण आते हैं, जब तर्कपूर्ण संयमी आँखों को भी हमारी दुःखित मनुष्यता के संसार को नरक के आभास का अनुमान करना होता है।...कब्र में पहुँचानेवाले निर्दयी सैनिक के आतंक को कतई काल्पनिक नहीं माना जा सकता, लेकिन उन्हें सुलाना ही होगा, अन्यथा वे हमें मार देंगे; उन्हें नींद से जागना होगा, अन्यथा हमारा नाश हो जाएगा।"

मैं एक ऐसे वृद्ध दंपती को जानता था, जिन्होंने नॉरमैंडी आक्रमण में अपने इकलौते पुत्र को खो दिया था। पुत्र की मृत्यु की खबर के बाद कई महीनों तक दंपती ने उसके कमरे को बिल्कुल वैसा ही रखा, जैसा वह छोड़ गया था। रविवार को वे फर्नीचर की साफ-सफाई और उसकी चीजों को स्नेहपूर्वक सँभालने में घंटों बिताते। अपने पुत्र की स्मृतियों में निरंतर डूबे रहनेवाले मन के कारण उनका कड़वे बूढ़े लोग बन जाना कोई अचरज की बात नहीं थी। मैं अपने प्रियजनों को खो देने का मतलब जानता हूँ; लेकिन मैंने यह भी सीखा है कि बीते कल का दरवाजा बंद करना और उसे बंद रखना कितना जरूरी होता है!

अब आप समझ गए होंगे कि हालात, वातावरण और भौतिक उद्देश्य आपके जीवन में विचारों द्वारा किस तरह आते हैं! अब अपने इन दुलारे सपनों को सच बनाना आपके हाथों में है।

मान लीजिए, आप एक नया मकान चाहते हैं। इसकी पहली झलक देखते ही अपना अभिकथन आरंभ कर दीजिए। आप जो चाहें, कह सकते हैं, या कुछ ऐसा

कहें, "मुझे यह नया मकान मिल जाएगा। मुझे यह नया मकान मिल जाएगा। मुझे यह नया मकान मिल जाएगा।" और एक दिन आपको वह तरीका सूझ जाएगा, जिससे वह मकान आपका हो सकता है।

अगर आप सेल्समैन हैं और अपनी बिक्री बढ़ाना चाहते हैं तो उन काड्‌र्स का उपयोग करें, जिनके बारे में पहले बताया गया है। अपने आप से जितना संभव हो, उतनी बार लगातार कहते रहें कि आप अपनी बिक्री बढ़ाने वाले हैं। इसे पूरा जोर देकर कहें। यह सुनने में अजीब लगता होगा। हमें आमतौर पर वह मिल जाता है, जिसकी हम आशा करते हैं। और यदि आप अपनी बिक्री बढ़ाने की आशा करेंगे और अपने ऐसा करने पर विश्वास रखेंगे तो आपकी बिक्री में इस तरह इजाफा होगा, जैसे आपका कोई अदृश्य मित्र आपकी मदद कर रहा हो! आशा रखने का विचार हमारे हर कार्य में समाहित रहता है।

एक बीमा एजेंट ने इस विज्ञान का उपयोग करना आरंभ करने के एक वर्ष के भीतर अपने व्यापार में दो सौ गुना से अधिक की बढ़ोतरी की—"सेल्स मैनेजर ने मुझे श्री ब्लैंक को फोन करने और तब तक ऑफिस वापस नहीं आने को कहा, जब तक उनसे ऑर्डर न मिल जाए। यह कार्य पहाड़ तोड़ने जितना कठिन था। सब जानते हैं कि वे सेल्समैन को लेकर बहुत कड़ा रुख रखते हैं और उन्हें अधिक समय नहीं देते, फिर हम बीमा व्यवसायवालों की तो बात ही क्या है! फिर भी, मैं जानता था कि उनके पास बहुत सी जायदाद है, जिसके लिए उन्हें अग्नि एवं हर तरह का सुरक्षा बीमा लेना होगा। अपने ऑफिस की सीढ़ियाँ उतरने से लेकर ग्राहक के ऑफिस की गली तक मैं लगातार अपने आपसे कहता रहा, 'फ्रेंड, तुम उन्हें बीमा बेच सकते हो, तुम

> *अपने ऑफिस की सीढ़ियाँ उतरने से लेकर ग्राहक के ऑफिस की गली तक मैं लगातार अपने आपसे कहता रहा, 'फ्रेंड, तुम उन्हें बीमा बेच सकते हो, तुम बेच सकते हो। तुमसे वे बेहद अच्छे बूढ़े की तरह व्यवहार करेंगे, बाकी लोग चाहे कुछ भी कहते हों। वे तुम्हारे साथ मित्रवत् होंगे और तुम उन्हें जो भी दोगे, उसे वे स्वीकार कर लेंगे।' मैंने इस विचार को सैकड़ों बार दोहराया होगा। वे न केवल बेहद दोस्ताना रहे, बल्कि मैं उनसे 25,000 डॉलर की पॉलिसी का ऑर्डर भी ले सका। यह हमारी कंपनी को उस वृद्ध व्यक्ति से मिला पहला काम था।"*

बेच सकते हो। तुमसे वे बेहद अच्छे बूढ़े की तरह व्यवहार करेंगे, बाकी लोग चाहे कुछ भी कहते हों। वे तुम्हारे साथ मित्रवत् होंगे और तुम उन्हें जो भी दोगे, उसे वे स्वीकार कर लेंगे।' मैंने इस विचार को सैकड़ों बार दोहराया होगा। वे न केवल बेहद दोस्ताना रहे, बल्कि मैं उनसे 25,000 डॉलर की पॉलिसी का ऑर्डर भी ले सका। यह हमारी कंपनी को उस वृद्ध व्यक्ति से मिला पहला काम था।"

इसके कुछ ही समय बाद उस बीमा एजेंट ने अपनी कंपनी छोड़कर खुद की फर्म खोल ली। शीघ्र ही उसने एक ग्रामीण क्षेत्र को शानदार ढंग से विकसित किया और अब उसने मुझे बताया कि "वह जीवन भर के लिए वित्तीय रूप से सुरक्षित हो गया है।"

डेल कारनेगी ने जादूगर हार्वर्ड थर्स्टन की महान् सफलता के बारे में बताया था। कहानी के अनुसार, स्टेज पर जाने से पहले थर्स्टन खुद से लगातार कहते रहते थे कि उन्हें अपने दर्शकों से प्यार है और वह उनके समक्ष अपना सबसे बेहतरीन प्रदर्शन करेंगे। उन्होंने 20 लाख डॉलर कमाए।

एक अन्य व्यक्ति, जो अठहत्तर वर्ष का होने पर भी देखने में साठ वर्ष से अधिक का नहीं लगता था, इस विषय का गंभीर विद्यार्थी था और जिसने अपने लिए शानदार भाग्य का निर्माण करने में इसका उपयोग किया था। उनकी अन्य दिलचस्पी अलग क्षेत्रों में थी, लेकिन उन्होंने घोषणा की कि वे अभी भी अवचेतन मन को उनके लिए काम करने में व्यस्त रहने का आदेश देते रहते हैं—

"मैं इससे इसी तरह बात करता हूँ, जैसे मैं किसी भी अन्य व्यक्ति से बात करूँगा, जिसे मैं आदेश देता हूँ। और मुझे इस बात में कोई संदेह या डर नहीं होता कि वह ऐसा नहीं करेगा, जिसका उसे आदेश दिया गया है।" यदि मेरा पेट खराब होता है तो मैं बस, इसे ठीक होने और स्वाभाविक रूप से काम करने को कहता हूँ; और ऐसा ही कोई अन्य रोग होने पर करता हूँ। यदि मुझे अलार्म घड़ी का उपयोग किए बिना सुबह 5 बजे उठना हो तो मैं तत्काल समाधान के लिए अपने अवचेतन मन को मुझे जगाने का आदेश दे देता हूँ। अब तक यह किसी काम में असफल नहीं हुआ है।

"मेरा लंबे समय से इस सिद्धांत पर विश्वास रहा है कि अवचेतन मन हमारी उम्र को नियंत्रित करता है। मेरा कहने का मतलब है कि कई सदियों से अवचेतन मन को यह विश्वास दिलाया जाता रहा है कि साठ वर्ष का होने पर व्यक्ति बूढ़ा हो जाता है। इस विचार को स्वीकार करनेवाले अधिकांश लोगों के लिए इसका कोई

यह सब दरशाता है कि आपको अपने अवचेतन मन को यह विचार नहीं देना चाहिए कि आप बूढ़े हो रहे हैं या केवल इसलिए अक्षम हो रहे हैं, क्योंकि कुछ वर्ष बीत रहे हैं। साथ ही वह इस बात को भी दरशाता है कि अपने अवचेतन को क्षय के स्थायी विचार से मुक्त रखने से आपके कथित प्रदत्त समय से आगे बढ़कर लंबा जीवन जीने की संभावनाओं में सुधार होता है।

विकल्प नहीं है। इसी कारण अवचेतन मन भी इस पर विश्वास कर लेता है। हालाँकि अपने मामले में मैंने इसे स्वीकार करने से इनकार कर दिया और जैसाकि आप जानते हैं, मैं अभी भी इतना सक्रिय हूँ, जितना पचास साल की उम्र में था—और मुझे लगता है कि मैं आगे कुछ साल और ऐसा ही रहूँगा।"

यह सब दरशाता है कि आपको अपने अवचेतन मन को यह विचार नहीं देना चाहिए कि आप बूढ़े हो रहे हैं या केवल इसलिए अक्षम हो रहे हैं, क्योंकि कुछ वर्ष बीत रहे हैं। साथ ही वह इस बात को भी दरशाता है कि अपने अवचेतन को क्षय के स्थायी विचार से मुक्त रखने से आपके कथित प्रदत्त समय से आगे बढ़कर लंबा जीवन जीने की संभावनाओं में सुधार होता है।

यह दोहराव ही प्रत्येक प्रगति की वह मूलभूत लय है, जो इसे ब्रह्मांड के साथ तालबद्ध रखती है। ये इंजन की छुक-छुक ही है, जो रेलगाड़ी को महाद्वीपों के पार ले जाती है, यह बारंबार धमाके ही हैं, जो आंतरिक प्रदाह इंजन में शक्ति उत्पन्न करते हैं। पानी का टरबाइन ब्लेड्स से लगातार हिलोरें मारने से ही विद्युतीय ऊर्जा उत्पन्न होती है। हथौड़े की ठक-ठक से ही कील सही जगह ठुकती है। मशीनगन की मारक गड़गड़ाहट अपने सामने की सब चीजों को मिटा देती है। निरंतर व दृढ़ प्रयास सभी प्रतिरोधों को समाप्त कर देते हैं। आत्म एवं बाहरी सुझाव का दोहराव आपको तथा बाकी लोगों को विश्वास दिलाता है। एक ही चेतन विचार की निरंतरता आपके तथा अन्य लोगों के अवचेतन मन को प्रभावित करने का कारण बनती है।

कोई भी व्यक्ति सुझाव दोहराव की प्रभावकारिता को प्रदर्शित कर सकता है, फिर चाहे वह ऐसा रचनात्मक रूप से करे या विध्वंसात्मक रूप से, लेकिन हार्वर्ड के मनोवैज्ञानिक प्रोफेसर ह्यूगो मर्टिस्टरबर्ग इसके मूल्य पर समुचित प्रकाश डालते हैं। वे कहते हैं, "दोहराव के मूल्य को आंतरिक व्यवस्था और अंतर मानसिक दृष्टिकोण के संबंध में स्पष्ट रूप से समझा जाना चाहिए।"

द्वितीय विश्व युद्ध से पहले पेरिस का एक विख्यात संस्थान फोनोग्राफिक रिकॉर्डों को बार-बार चलाकर सुझावों की शिक्षा देने के प्रति समर्पित था।

श्रोता जितनी इच्छा हो, उतने सुझाव सुन सकते हैं; जैसे—उनका स्वास्थ्य अच्छा है, उनमें अपनी परेशानियों पर काबू पाने की शक्ति है, उन्हें कहीं-न-कहीं से मदद मिल जाएगी।

वर्षों से माताओं को अपने शिशुओं व छोटे बच्चों से उनके सोने के दौरान बात करना सिखाया जाता रहा है। उन्हें दोहराकर सुझाव दिए जाते हैं कि वे अच्छी तरह तथा मजबूती के साथ बड़े हो रहे हैं। वे अच्छी आदतें विकसित करेंगे और अच्छे नागरिक बनेंगे। चूँकि बच्चे सो रहे होते हैं, अत: निश्चित ही ये सुझाव सीधे उनके अवचेतन मन तक जाते हैं।

प्राचीन संसार के सबसे विशाल समुद्री शहर कार्टहेज के विनाश में हम सुझाव दोहराने की शक्ति का उदाहरण देख सकते हैं। इस बात से आश्वस्त होने पर कि रोम और कार्टहेज दोनों एक साथ नहीं बच सकते, महान् रोमन राजनेता सीनेट में अपना प्रत्येक भाषण यह कहते हुए समाप्त करते थे कि "कार्टहेज को नष्ट होना ही होगा!" वे ऐसा तब तक करते रहे, जब तक रोमन अपने स्वप्न में यही न दोहराने लगे कि 'कार्टहेज को नष्ट होना ही होगा'—और कार्टहेज का वही हुआ।

प्राचीन संसार के सबसे विशाल समुद्री शहर कार्टहेज के विनाश में हम सुझाव दोहराने की शक्ति का उदाहरण देख सकते हैं। इस बात से आश्वस्त होने पर कि रोम और कार्टहेज दोनों एक साथ नहीं बच सकते, महान् रोमन राजनेता सीनेट में अपना प्रत्येक भाषण यह कहते हुए समाप्त करते थे कि "कार्टहेज को नष्ट होना ही होगा!" वे ऐसा तब तक करते रहे, जब तक रोमन अपने स्वप्न में यही न दोहराने लगे कि 'कार्टहेज को नष्ट होना ही होगा'—और कार्टहेज का वही हुआ।

बहुत से लोग भ्रमित व कुंठाग्रस्त रहते हैं, क्योंकि वे अपने को दूसरों के नकारात्मक विचारों से प्रभावित होने देते हैं। यह बहुत से सेल्समैन की कमजोरी बन जाता है, जब वे संभावित ग्राहक के खरीदारी न करने के कई कारण बताता है और वे इसे अत्यधिक अवशोषित कर लेते हैं। नकारात्मक विचारों को लंबे समय तक दोहराया जाना सबसे शक्तिशाली को भी हतोत्साहित कर सकता है। यदि आपका मन इन्हें स्वीकार न कर बैठे और आप निरंतर सकारात्मक विचारों को सोचकर

तथा उन्हें प्रसारित कर इनका प्रतिरोध न करते रहे तो कभी-न-कभी आप अवश्य विफल हो जाएँगे। कुछ लोग भगीरथ प्रयत्न और मात्र इच्छा-शक्ति की बदौलत नकारात्मक शक्तियों से लड़ने का प्रयास करते हैं। उन्हें एहसास भी नहीं होता कि उनका अपना मन उन उद्दीपक प्रभावों के अनुसार कार्य कर रहा है, जो उनकी समस्या का कारण हैं।

हमें पता हो या नहीं, हम सभी सुझावों के शिकार हैं। कई मामलों में यह सम्मोहन की हद तक होता है। हम जीवन के एक निश्चित मार्ग पर चलते रहते हैं और सिर्फ इसलिए, क्योंकि यह दशकों से ऐसा कर रहे होते हैं। वर्षों से घरों, गिरजाघरों, कार्यालय, वाहन, बसें—सभी एक निश्चित प्रारूप का पालन करते हैं। हम विशेष तरह के कपड़े पहनते हैं, निश्चित प्रथाओं पर कायम रहते हैं, सिर्फ इसलिए, क्योंकि हमें हर ओर से आनेवाले अनंत उद्दीपक सुझावों द्वारा विश्वास दिला दिया गया है कि हमें ऐसा ही करना है। जब भी कोई किसी काम को नए तरीके से करता है तो उसे सनकी या झक्की माना जाता है। करीबी विश्लेषण करने पर सभी मानवीय गतिविधियों में सामूहिक सम्मोहन को देखा जा सकता है।

मैंने देखा है कि इस विज्ञान को जान-बूझकर उपयोग करनेवाले लोगों (साथ-ही-साथ वे भी, जो इसका अनजाने में उपयोग कर रहे हैं) में असीम ऊर्जा होती है और वे वस्तुतः मानव डायनेमो जैसे हैं। वे न केवल अपनी कल्पनाओं का उपयोग करते हैं और उनकी आस्थाएँ व प्रतिबद्धताएँ मजबूत होती हैं, बल्कि वे कार्य करने में भी बेहतर होते हैं। और यह बात मुझे इस महत्त्वपूर्ण उक्ति तक लाती है—'कार्य के बिना आस्था निष्प्राण है।'

निश्चित रूप से, इस धरती पर ऐसे भी लोग हैं, जो अपने ऑफिस से बाहर निकले अथवा दूसरे लोगों के साथ निजी या किसी भी तरह का संपर्क किए बिना एकाग्रचित्त विचारों द्वारा अद्भुत वस्तुएँ प्राप्त कर सके हैं। प्रमुख बात यह है कि हमारे इस कथित रूप से भौतिक जगत् में, जो कर्मठ व्यक्तियों के नियंत्रण में है—महान् ऊर्जा डायनेमो दूसरों को ऊर्जान्वित करते हैं। निकोला टेस्ला, जो संभवतः कंपन के नियम को अपने समय के किसी भी अन्य व्यक्ति से बेहतर ढंग से समझते थे, ने घोषणा की कि वे एक जेब में रखी जाने योग्य मशीन द्वारा एंपायर स्टेट बिल्डिंग के टुकड़े-टुकड़े कर सकते हैं। (दरअसल, '18 या '19 के दशक में जब टेस्ला ऐसे ही एक उपकरण का पहली बार परीक्षण कर रहे थे तो इससे लोअर न्यूयॉर्क में इमारतें दहल गई थीं, खिड़कियों के शीशे टूट गए और सामान हिल गया था।)

यह मशीन टेस्ला के दिमाग की उपज थी। इसका सृजन उनके विचारों से हुआ था। यह ऐसे मनुष्य का उदाहरण है, जिसने 'आस्था के साथ काम किया।'

कुछ तत्त्व-मीमांसक और गुप्त विद्याओं के शिक्षकों का दावा है कि व्यक्ति के दफ्तर में बैठकर अपनी डेस्क पर ऑर्डरों की बरसात होने का मानस-दर्शन करने पर ये ऑर्डर शीघ्र ही प्राप्त हो जाते हैं, लेकिन ऐसा करने के लिए मानसिक तसवीर और विचार विक्षेप बिल्कुल सटीक व स्थिर होने चाहिए और इसके लिए अत्यधिक अभ्यास एवं एकाग्रता की आवश्यकता होती है। अजीब चीजें होती रही हैं, लेकिन जिस व्यक्ति ने इस मन की शक्ति को विकसित नहीं किया है, उसके लिए उसे कार्य करके अपने विचारों का अनुपालन कर और अवचेतन मन द्वारा आरोपित संपर्क बनाकर अपने प्रयासों में कार्य व ऊर्जा की मात्रा बढ़ाना अच्छा रहेगा।

कुछ तत्त्व-मीमांसक और गुप्त विद्याओं के शिक्षकों का दावा है कि व्यक्ति के दफ्तर में बैठकर अपनी डेस्क पर ऑर्डरों की बरसात होने का मानस-दर्शन करने पर ये ऑर्डर शीघ्र ही प्राप्त हो जाते हैं, लेकिन ऐसा करने के लिए मानसिक तसवीर और विचार विक्षेप बिल्कुल सटीक व स्थिर होने चाहिए और इसके लिए अत्यधिक अभ्यास एवं एकाग्रता की आवश्यकता होती है। अजीब चीजें होती रही हैं, लेकिन जिस व्यक्ति ने इस मन की शक्ति को विकसित नहीं किया है, उसके लिए उसे कार्य करके अपने विचारों का अनुपालन कर और अवचेतन मन द्वारा आरोपित संपर्क बनाकर अपने प्रयासों में कार्य व ऊर्जा की मात्रा बढ़ाना अच्छा रहेगा।

कई वर्ष पूर्व मैंने पढ़ा था कि फ्रैंकलिन डी. रूजवेल्ट अपने अवचेतन मन का नित्य उपयोग किया करते थे और मुझे पूरा विश्वास है कि वे सुझाव-दोहराव के उपयोग से भलीभाँति परिचित थे। वे कभी पीछे नहीं, बल्कि हमेशा आगे देखते थे। 'बीता कल' एक बंद पुस्तक है। 17 अप्रैल, 1945 को एफ.डी.आर. की मृत्यु के पाँच दिन बाद 'एसोसिएटिड प्रेस' के स्टाफ लेखक तथा स्वर्गीय राष्ट्रपति के अंतरंग किर्क एल. सिंपसन ने रूजवेल्ट द्वारा दी गई उस पार्टी के बारे में बताया, जिसके बाद उन्हें पक्षाघात हो गया।

रूजवेल्ट किसी भी तरह, कैसे न कैसे, बिना बैसाखियों के फिर से चलने के

लिए प्रतिबद्ध थे। श्री सिंपसन के अनुसार, उनके एक सहयोगी ने उन्हें इस प्रतीक के तौर पर छड़ी देने का निर्णय लिया कि उसे भी उनके फिर से चलने की उम्मीद है। वह उपहार देने के बाद एफ.डी.आर. सारी शाम उस छड़ी को अपने कंधे से लगाए बैठे रहे। सिंपसन ने बताया कि वे हर थोड़ी देर में बैसाखी के पुट्ठे को थपथपाते और "हम जानते थे कि वे अपने आपसे कह रहे हैं, 'तुम फिर से चलोगे। फ्रैंक रूजवेल्ट, तुम फिर से चलोगे'!"

रूजवेल्ट को विश्वास की शक्ति में पूरा विश्वास था। 4 मार्च, 1946 को 'टाइम' पत्रिका के एक लेख में उनके सन् 1924 में लिखे पत्र में एक डॉक्टर से शिशु–पक्षाघात के उपचार से संबंधित सलाह लेने का जिक्र किया था। श्री रूजवेल्ट ने बताया कि उन्होंने सोचा कि हलके व्यायाम, मालिश और धूप सेंकना अनिवार्य है, लेकिन वे कहते हैं, "किसी भी चिकित्सा से अधिक आवश्यक रोगी का विश्वास है कि अंत में वह ठीक हो जाएगा।" यहाँ हम विश्वास के जादू के शानदार उदाहरण तथा इस विश्वास को स्थापित करने में सुझाव के दोहराव की भूमिका को कार्य करता देखते हैं।

□

6

अवचेतन को प्रकाशित करनेवाली दर्पण तकनीक

अधिकांश लोगों को जिस सबसे बड़ी समस्या का सामना करना पड़ता है, वह पैसे की कमी है। जहाँ मैं लोगों के इस माइंड स्टफ (चित्त) के उपयोग द्वारा 1,000 डॉलर की गड्डियाँ पाने के बारे में सुन रहा हूँ तो मुझे महसूस हो रहा है कि यह धन माइंड स्टफ और सक्रिय कारवाई का परिणाम है। निश्चित ही आपके विचार धन को आकर्षित कर सकते हैं। एक बार इसके उदित हो जाने पर आपके विचार आपको वे तरीके बताने लगते हैं, जिनके द्वारा आप इसे प्राप्त कर सकते हैं। चूँकि मैं निवेश बैंकिंग के व्यवसाय में भी रहा हूँ, इसलिए मैं ऐसे बहुत से लोगों को जानता हूँ, जिनमें से प्रत्येक में 'धन चेतना' थी। वे संपत्ति के बारे में विचार करते और उन्हें वह मिल जाती। यह पुस्तक में पहले बताए मेरे अनुभव जैसा ही है।

आपकी इच्छा चाहे जो भी हो, तकनीक हमेशा वही रहती है। आप जो चाहते हैं, उसकी मानसिक तसवीर बनाएँ और अपने आप से कहते रहें कि यह आपको मिल जाएगी, लेकिन यह न सोचें कि यदि आप कुछ समय तक बैठकर केवल इसकी प्रतीक्षा करते रहें तो भी यह आपको मिल जाएगी। प्रयास कीजिए, हमेशा अपने लक्ष्य को दिमाग में रखें और बचत करना आरंभ करें। अपनी साप्ताहिक आय से आप जितना भी पैसा बचा सकेंगे, यह आपको आपके उस सौभाग्य के और नजदीक ले जाएगा, जिसे आप हासिल करने वाले हैं। इसका ध्यान रखें और जितना हो सके, उतने पैसे बचाएँ। आप जितना अधिक बचाएँगे, उतनी तेजी से आपका भाग्य-निर्माण होगा।

मुझे एक महिला व उसकी पुत्री याद आती हैं, जिन्होंने पच्चीस वर्षों में 5 लाख डॉलर से भी अधिक हासिल किए, जिनमें अधिकांश हिस्सा अपार्टमेंट व स्टोर बिल्डिंगों से आया था। महिला के पति की मृत्यु प्रथम विश्व युद्ध के कुछ ही दिनों बाद हो गई थी, जिसके बाद उसे काफी बड़ा मकान मिला। वह इसी सोच-विचार में थी कि अपना व अपनी पुत्री का भरण-पोषण कैसे करे, जिसका हाल ही में हाई स्कूल समाप्त हुआ था? उसने इससे पहले कभी कोई नौकरी या व्यवसाय नहीं किया था, बल्कि वह खाना पकाती थी और घर सँभालती थी। एक सुबह उसे किराएदार रखने का विचार आया।

इसके बाद अपनी बचत को ऐसी जगह निवेश करें, जहाँ यह आपके लाभ हेतु काम करे। इसे जुए या बाजार में नहीं, बल्कि प्रामाणिक योग्य प्रतिभूतियों या अपने व्यवसाय में निवेश करें। जब आपका निवेश आपकी धन चेतना के तहत बढ़ता है तो आप यह देखकर आश्चर्यपूर्ण सहमति जताएँगे कि यह जितनी बढ़ती जाती है, आप उतना ही अधिक हासिल करते जाते हैं। इसके अतिरिक्त, आपको यह बेहद रोमांचक व उत्तेजक भी लगेगा। लाभप्रद निवेश के अवसर आपके पास अप्रत्याशित व अनजाने स्रोतों से आएँगे; लेकिन इस समय और लोगों की तरह कहीं भी पैसा निवेश न करें। एक भी पैसा निवेश करने के पूर्व उचित सलाह लें।

मुझे एक महिला व उसकी पुत्री याद आती हैं, जिन्होंने पच्चीस वर्षों में 5 लाख डॉलर से भी अधिक हासिल किए, जिनमें अधिकांश हिस्सा अपार्टमेंट व स्टोर बिल्डिंगों से आया था। महिला के पति की मृत्यु प्रथम विश्व युद्ध के कुछ ही दिनों बाद हो गई थी, जिसके बाद उसे काफी बड़ा मकान मिला। वह इसी सोच-विचार में थी कि अपना व अपनी पुत्री का भरण-पोषण कैसे करे, जिसका हाल ही में हाई स्कूल समाप्त हुआ था? उसने इससे पहले कभी कोई नौकरी या व्यवसाय नहीं किया था, बल्कि वह खाना पकाती थी और घर सँभालती थी। एक सुबह उसे किराएदार रखने का विचार आया।

यह शुरुआत थी और शीघ्र ही उसे सफलता मिली। दो साल के भीतर ही उसने घर और व्यापार बेच दिया, जिसमें उसे भारी मुनाफा हुआ। इन पैसों से उसने एक जाने-माने मैंस क्लब के ठीक सामनेवाली सड़क पर उससे भी बड़ा मकान खरीदा। उसे विश्वास था कि अपने शानदार खाना बनाने के चलते उसे क्लब से कुछ काम मिल सकेगा। उसे मिल भी गया, जिससे वह समृद्ध हुई; हालाँकि उसने

बहुत से कर्मचारी रखे, लेकिन व्यस्त दिनों में वह किसी काम को छोटा माने बिना स्वयं भी हाथ बँटाती थी।

उसके घर किराए पर रहनेवाले एक सेवानिवृत्त वृद्ध ने एक दिन उसे टी-रूम (चाय कक्ष) खोलने की सलाह दी। उसने कहा कि वह इस काम के लिए जरूरी धन मुहैया करवा देगा। उस महिला ने ऑफिस बिल्डिंग के बिजनेस सेक्शन के सबसे ऊपरी भाग में टी-रूम खोल लिया। व्यस्त समय में वह स्वयं चाय परोसने और बेटी नकद काउंटर सँभालने का कार्य करती, जबकि बाकी समय वह किचन सँभालने और कर्मचारियों को निर्देश देती। शीघ्र ही उनका टी-रूम व्यापारियों के लिए भोजन करने की पसंदीदा जगह बन गया। टी-रूम से मिले मुनाफे और एक मोर्टगेज कंपनी (ऋण-प्रदाता कंपनी) के माध्यम से उसने एक बीच पर होटल भी खरीद लिया।

इस दौरान वह प्रतिभूतियों में भी निवेश करती रही और जल्दी ही उसने 25,000 डॉलर की पूँजी जुटा ली, जो उसके जीर्ण-शीर्ण अपार्टमेंट हाउस की मरम्मत की पहली किस्त बनी। उसके निर्देशों के अनुसार पुनर्निर्माण से वह इमारत अत्यधिक आकर्षक हो गई और उसका प्रबंधन भी बहुत लोकप्रिय हुआ। इन शानदार परिणामों से बनी उसकी साख ने अन्य अपार्टमेंट हाउसों का स्वामित्व रखनेवाली बीमा कंपनी का ध्यान आकर्षित किया और कंपनी ने उसके सामने वेतन व लाभ प्रतिशत आधार पर प्रबंधन कार्य करने का प्रस्ताव रखा। पूँजी बढ़ने के साथ ही उसके अपार्टमेंट हाउस खरीदने के अवसर भी बढ़ते गए। और इस 'धन-चेतना' से संपन्न महिला के बारे में जब मैंने आखिरी बार सुना था, तब उसने न केवल अपने शहर में, बल्कि पास के बीच रिसोर्ट में भी अपार्टमेंट हाउस खरीद लिये थे। इससे पहले ये केवल गरमियों के दिनों में चलते थे, अब वह इसे ग्राहकों के लिए साल भर चलाती हैं।

लंबे समय तक मैंने देखा है कि जिस व्यक्ति के पास काम करने का विचार हो, उसे अपने लिए धन जुटाने में

> *लंबे समय तक मैंने देखा है कि जिस व्यक्ति के पास काम करने का विचार हो, उसे अपने लिए धन जुटाने में अधिक परेशानी नहीं होती। हालाँकि दूसरों को अपने विचार पर विश्वास दिलाकर पूँजी जुटाने के पूर्व उन्हें खुद को अपने इस विचार पर विश्वास होना चाहिए। यदि आप भी अपना व्यवसाय करने का सोच रहे हैं तो इस पर विचार करते हुए इस विश्वास के विज्ञान का प्रयोग करें। इससे आपको वह व्यक्ति मिल जाएगा, जो धन से आपकी सहायता कर सके।*

अधिक परेशानी नहीं होती। हालाँकि दूसरों को अपने विचार पर विश्वास दिलाकर पूँजी जुटाने के पूर्व उन्हें खुद को अपने इस विचार पर विश्वास होना चाहिए। यदि आप भी अपना व्यवसाय करने का सोच रहे हैं तो इस पर विचार करते हुए इस विश्वास के विज्ञान का प्रयोग करें। इससे आपको वह व्यक्ति मिल जाएगा, जो धन से आपकी सहायता कर सके।

अच्छा भाग्य एक दिन में नहीं बनाया जा सकता, लेकिन यह पैसों के रूप में उन लोगों के पास आता है, जिनके पास ये पहले से हो या इन्हें कमा व बचा सकें, लेकिन भविष्य को सुरक्षित रखने की कवायद में आपको अपने मन और ऊर्जा को सक्रिय रखना होगा। यह अवश्य आएगा—बस, विश्वास के जादू का उपयोग करें।

एक और उदाहरण है, जहाँ इस विज्ञान का उपयोग करने से शीघ्र सफलता हासिल हो सकी और वह भी दस वर्षों के भीतर। एक नुक्कड़ का दवा विक्रेता दिवालिया हो गया। उसका साजो-समान धनवान् भू-स्वामी ने रख लिया और अधिकांश माल एक थोक दवा विक्रेता ने खरीद लिया। एक युवा दवा विक्रेता ने उस जगह के बारे में सुना, लेकिन उसके पास पैसे नहीं थे। आखिरकार थोक दवा विक्रेता और भू-स्वामी एक साथ आए और युवक को उन दोनों से मदद मिल गई। अपनी जगह को किराए पर उठाने को उत्सुक भू-स्वामी थोक विक्रेता की आवश्यक गारंटी पर युवक को कुछ महीनों के लिए धन देने को राजी हो गया। दुकान फिर खुल गई। युवक की पत्नी उसकी सहायता करने लगी और उनका व्यापार चल निकला।

वह युवा दवा विक्रेता लंबे समय से ऐसा कार्य करना चाहता था, जो उसके अनुसार लोगों की मदद करना था; लेकिन उसके पास इसके लिए आवश्यक पूँजी कभी नहीं रही। एक दिन उसने बिल्डिंग के मालिक से इस बारे में बात करने का फैसला किया। चूँकि उसे अपनी योजना पर पूरा भरोसा था, इसलिए उसे भू-स्वामी को विश्वास दिलाने में कोई कठिनाई नहीं हुई, जिसने शुरुआत में युवक के लिए कंपनी स्थापित करने में 5,000 डॉलर लगाए। कई महीनों तक इसकी तैयारी शाम को स्टोर बंद हो जाने के बाद दवा विक्रेता के किराए के भू-गृह में जारी रही। लोग उसे अधिक मात्रा में खरीदने लगे और व्यापार विस्तार लेने लगा। वह सारे देश में फैल गया। कुछ ही वर्षों में भू-स्वामी के पैसे न केवल पूरे चुका दिए गए, बल्कि उसने मुझे बताया कि उसे 50,000 डॉलर से भी अधिक का लाभ हुआ। आज उस युवक की सालाना आय 100,000 डॉलर से भी अधिक है। उसने व उसकी कंपनी ने वह जगह खरीद ली है, जहाँ से उन्होंने शुरुआत की थी।

कथित मंदी के मध्य काल में मुझे एक और व्यक्ति ने अद्भुत कहानी सुनाई। उसने सारा जीवन अधिकांशतः क्लर्क की नौकरी की थी; लेकिन एक दिन उसे पी.ए. पेरोल की नौकरी मिल गई। समस्याओं को काबू करने में मदद हेतु उसकी पत्नी एक ऐसे धार्मिक संगठन के साथ काम करने लगी, जो अपने सभी सदस्यों को 'दशांश सिद्धांत', अर्थात् अपनी आय का दशमांश दान करने के लिए जोर देता था।

कथित मंदी के मध्य काल में मुझे एक और व्यक्ति ने अद्भुत कहानी सुनाई। उसने सारा जीवन अधिकांशतः क्लर्क की नौकरी की थी; लेकिन एक दिन उसे पी.ए. पेरोल की नौकरी मिल गई। समस्याओं को काबू करने में मदद हेतु उसकी पत्नी एक ऐसे धार्मिक संगठन के साथ काम करने लगी, जो अपने सभी सदस्यों को 'दशांश सिद्धांत', अर्थात् अपनी आय का दशमांश दान करने के लिए जोर देता था।

एक रात वह महिला अपने पति को भी अपने साथ गिरजाघर ले गई और फिर जैसा कि उसने मुझे बताया, "मुझे अचानक कुछ याद आया।" घर वापस लौटने पर 'किसी चीज' से मुझे एक पुराना फॉर्मूला खोजने की प्रेरणा मिली, जिसे मेरे पिता एक ऐसा लोशन बनाने में उपयोग करते थे, जो सभी नाई की दुकानों व ब्यूटी पार्लरों में उपयोग हो सकता था। फॉर्मूला मिल जाने के बाद वह कबाड़ी व पुराने सामान की दुकानों पर गया और वहाँ से पुरानी बोतलें घर ले आया और उन्हें साफ कर लिया। यही उसके उत्पाद की पहली बोतलें थीं। वह व्यक्ति स्वयं नाई की एक दुकान से दूसरी दुकान तथा एक पार्लर से दूसरे पार्लर गया। उसकी कहानी इतनी विश्वसनीय होती थी कि कुछ ही समय बाद उसने अपनी डब्ल्यू.यू.पी.ए की नौकरी छोड़ दी और अपना खुद का संयंत्र स्थापित कर लिया। उसे पूरा विश्वास था कि उसके सौभाग्य का कारण 'दशांश सिद्धांत' है, क्योंकि उसे यह विचार वहीं से आया। उसका उत्पाद देश भर में विख्यात हुआ; लेकिन अब इसकी सप्लाई का काम वह व्यक्ति स्वयं नहीं करता था, बल्कि थोक विक्रेता करते थे। साथ ही उसका अपना विक्रय संस्थान भी था। यह विश्वास के जादू का एक और उदाहरण है।

हजारों लोग, विशेष रूप से मोर्मोन, 'दशांश के सिद्धांत' पर गहरा विश्वास रखते हैं, और हमारे एक महान् उद्योगपति, जो अपने संस्थान व बाहरी लोगों को धर्म का उपदेश देते हैं, वे दशांश को अपनी सफलता का कारण मानते हैं। एक और व्यक्ति, जो बेकिंग मशीनों व उपकरणों की बिक्री में अत्यंत सफल है, अपनी

सफलता का पूरा श्रेय दशांश को देते हैं। मैं नहीं कह सकता कि अपनी आय का दसवाँ भाग किसी गिरजाघर या किसी धार्मिक या धर्मार्थ संस्थान को देने का इन निजी सफलताओं से कुछ लेना-देना है या नहीं; लेकिन यह बात निश्चित है कि इन दशांश वादियों को अपनी प्रथा पर पूरा विश्वास है और यह कौन कह सकता है कि उन्हें इससे फायदा नहीं हुआ?

> ***इस भौतिक जगत् में सभी कुछ पहले विचार रूप में होता है, यह किसी के मन की सोच होती है। कोई वस्तु बेच रहा व्यक्ति दरअसल एक विचार बेच रहा होता है। यदि यह एक मशीन है तो यह मशीन क्या करती है; यदि निर्माण सामग्री है तो इसे कैसे उपयोग किया जाता है; यदि खाने की वस्तु है तो यह कितनी पोषक और स्वादिष्ट हो सकती है आदि। प्रत्येक व्यवसाय, प्रत्येक सौभाग्य किसी विचार से जनमा है। यह किसी की कल्पना और फिर उसके अनुसार कार्य करना है।***

इस भौतिक जगत् में सभी कुछ पहले विचार रूप में होता है, यह किसी के मन की सोच होती है। कोई वस्तु बेच रहा व्यक्ति दरअसल एक विचार बेच रहा होता है। यदि यह एक मशीन है तो यह मशीन क्या करती है; यदि निर्माण सामग्री है तो इसे कैसे उपयोग किया जाता है; यदि खाने की वस्तु है तो यह कितनी पोषक और स्वादिष्ट हो सकती है आदि। प्रत्येक व्यवसाय, प्रत्येक सौभाग्य किसी विचार से जनमा है। यह किसी की कल्पना और फिर उसके अनुसार कार्य करना है।

वर्षों से मैं जैंटजन निटिंग मिल्स की प्रगति देख रहा हूँ, जो विख्यात जैंटजन स्वीमिंग सूट के निर्माता हैं। मैंने इस निर्माण इकाई को लगभग शून्य से पूरे संसार में फैले संगठन के रूप में देखा है, जिसकी सफलता की कहानी इसके प्रतिद्वंद्वी होराटियो एल्गर भी सुनाते हैं। मैं कंपनी के अध्यक्ष और बोर्ड के चेयरमैन जे.ए. जैंटबॉर के साथ इस विज्ञान पर कई बार चर्चा कर चुका हूँ और उनकी अनुमति से मैं उस पत्र से उद्धरण दे रहा हूँ, जो उन्होंने मुझे लिखा था—

"जैसा आपने कहा, कुछ लोगों में ऐसी अनिर्वचनीय वस्तु होती है, जो उन्हें सफल व सुखी जीवन की ओर आगे बढ़ाती है; जबकि अन्य लोग, जो कड़ी मेहनत करते हैं, लेकिन उनके चरित्र में ऐसा कुछ नहीं होता, जो उन्हें सफल और संतुष्ट बना सके।

"मैंने कभी भी योजनाबद्ध ढंग से ऐसी अनिर्वचनीय भावना को विकसित करने का प्रयास नहीं किया; लेकिन मेरे भीतर विश्वास का विकास मेरे माता-पिता नें और विशेष रूप से मेरी माँ ने करवाया। हमारे परिवार में चार युवा थे—तीन लड़के और एक लड़की। वे हमारे 'मैं ऐसा नहीं कर सकता' या 'मैं वह नहीं कर सकता' कहने का यह कहते हुए पुरजोर विरोध करतीं कि हम वह हर काम कर सकते हैं, जो कोई और कर सकता है और किसी कार्य को सिद्ध करने में जो भी कुछ आवश्यक है, वह कर सकते हैं और तब तक कर सकते हैं, जब तक उसमें सिद्धहस्त न हो जाएँ—और तब हम उससे भी बड़ा काम हाथ में ले सकते हैं—और किसी काम से सिर्फ इसलिए पीछे नहीं हट सकते कि वह बहुत बड़ा है या महत्त्वपूर्ण नहीं है। वह हमारे किसी भी चीज को लेकर शिकायत करने या बड़बड़ाने की प्रवृत्ति का निरंतर विरोध करतीं। हमारा रुख शिकायती होने पर वे कहतीं, 'बड़बड़ाने की जगह ये सोचो कि इस शानदार संसार में रहना कितना बड़ा अवसर है! शिकायत करने की जगह आशावादी रहते हुए मुसकराएँ और जो आशीर्वाद हाथ में है, उसका आनंद लें।'

"हमारे परिवार में चार युवा थे—तीन लड़के और एक लड़की। हम हमेशा असाधारण रूप से खुश रहते और मैं इसे अपने माता-पिता के प्रशिक्षण की देन मानता हूँ। माँ हमें निरंतर प्रशिक्षित करती रहतीं और पिता पुष्टि करते हुए अकसर कहते रहते, 'हमेशा अच्छी चीजों की ओर देखें, न कि बुरी चीजों की ओर।'

"यदि व्यक्ति ऐसे प्रभाव लेने जितना सौभाग्यशाली न हो तो मुझे लगता है कि ऐसे व्यक्ति को यह दृष्टिकोण प्रदान करने के लिए अत्यधिक आत्मानुशासन और प्रशिक्षण की आवश्यकता होगी, जिससे आप स्पष्ट रूप से समझा सकें कि वे किस तरह जीवन का भरपूर उपयोग करें। हालात चाहे जैसे भी हों, मुझे पूरा विश्वास

जब तक उसमें सिद्धहस्त न हो जाएँ—और तब हम उससे भी बड़ा काम हाथ में ले सकते हैं—और किसी काम से सिर्फ इसलिए पीछे नहीं हट सकते कि वह बहुत बड़ा है या महत्त्वपूर्ण नहीं है। वह हमारे किसी भी चीज को लेकर शिकायत करने या बड़बड़ाने की प्रवृत्ति का निरंतर विरोध करतीं। हमारा रुख शिकायती होने पर वे कहतीं, 'बड़बड़ाने की जगह ये सोचो कि इस शानदार संसार में रहना कितना बड़ा अवसर है! शिकायत करने की जगह आशावादी रहते हुए मुसकराएँ और जो आशीर्वाद हाथ में है, उसका आनंद लें।'

आज के आधुनिक जगत् में प्रतियोगिता असामान्य रूप से बढ़ गई है। स्वाभाविक है कि जो व्यक्ति इन हालात के लिए जितना अच्छा तैयार होगा, उसकी स्थिति उतनी ही बेहतर होगी। मेरा यह अर्थ कतई नहीं है कि कोई व्यक्ति सिर्फ इस विश्वास के विज्ञान का उपयोग कर बिना प्रशिक्षण व अनुभव के किसी औद्योगिक संयंत्र में नौकरी हासिल कर तुरंत ही एक बड़े संस्थान का शासन सँभाल सकता है। ऐसा करनेवाले हो सकते हैं, लेकिन वे अपवाद हैं और उनकी संख्या भी अधिक नहीं है।

है कि आपके विज्ञान का इस्तेमाल करना उनके लिए मूल्यवान् साबित होगा।"

आज के आधुनिक जगत् में प्रतियोगिता असामान्य रूप से बढ़ गई है। स्वाभाविक है कि जो व्यक्ति इन हालात के लिए जितना अच्छा तैयार होगा, उसकी स्थिति उतनी ही बेहतर होगी। मेरा यह अर्थ कतई नहीं है कि कोई व्यक्ति सिर्फ इस विश्वास के विज्ञान का उपयोग कर बिना प्रशिक्षण व अनुभव के किसी औद्योगिक संयंत्र में नौकरी हासिल कर तुरंत ही एक बड़े संस्थान का शासन सँभाल सकता है। ऐसा करनेवाले हो सकते हैं, लेकिन वे अपवाद हैं और उनकी संख्या भी अधिक नहीं है।

चीजें क्रमानुसार होती हैं। यदि व्यक्ति को लगता है कि वह और अच्छी नौकरी के काबिल है और वह अपने को उसके योग्य बनाता है, तब इस विज्ञान का उपयोग उसे वह या उससे भी बेहतर नौकरी दिलवा सकता है।

एक बार किसी विख्यात अधिकारी ने मुझसे कहा था, "नौकरी पाने के इच्छुक अधिकांश लोगों के साथ मैंने यह समस्या देखी है कि वे अपने आप में इतने लीन रहते हैं कि वे अपने संभावित नियोक्ता को इस तरह आकर्षित करने का कतई प्रयास नहीं करते, जिससे उन्हें मदद मिल सके। वे इस तथ्य को सर्वथा नजरअंदाज कर देते हैं। दूसरा व्यक्ति उनमें सिर्फ उस हद तक दिलचस्पी रखता है, जितनी आप उसकी मदद कर सकते हों।" कुछ पाठकों को यह निष्ठुर रवैया लग सकता है; लेकिन प्रतियोगिता के जगत् में अपना लाभ एक वास्तविकता है, जिसका सामना नौकरी पाने के इच्छुक प्रत्येक व्यक्ति को करना पड़ता है।

एक पुरानी कहावत है कि यदि आप अपने विचारों पर नहीं चलेंगे तो आप किसी ऐसे व्यक्ति के पीछे चलेंगे, जो अपने विचारों पर चल रहा है। यह अर्थ बिल्कुल

वही है, जो कहा गया है—यह एक नेता व अनुयायी के बीच का अंतर दरशाता है। जो लोग स्वयं विचार न करते हुए अपनी रचनात्मक क्षमताओं का उपयोग करते हैं, वे हमेशा उन लोगों के आदेशों पर चलते हैं, जो उनका उपयोग करते हैं। जब तक आप स्वयं सोचने की इच्छा उत्पन्न नहीं करते, आपको शारीरिक श्रम करना ही होगा और इसका मतलब है कि आपको अपने काम की कम कीमत मिलेगी।

इसलिए उस नौकरी की कल्पना करें, जो आप चाहते हैं। अपने काड्र्स और निरंतर अभिकथन का तब तक उपयोग करें, जब तक अपने लक्ष्य के प्रति आपका विश्वास आपका महत्त्वपूर्ण हिस्सा नहीं बन जाता और आप उसे अपने रक्त, अपनी हड्डियों और अपने शरीर के प्रत्येक तंतु में महसूस न करने लगें। अपने आपको सच में वह सबकुछ करते देखें, जिनकी आप कल्पना करते हैं—और सब हो जाएगा, क्योंकि जो भी विचार निरंतर व लगातार बना रहता है, कभी-न-कभी उसी तरह कार्यान्वित भी हो जाता है।

> ***सभी लोग कभी-न-कभी छुट्टियाँ मनाने के लिए यात्रा पर अवश्य गए होंगे। क्या आपने एक क्षण रुककर इससे जुड़ी मानसिक प्रक्रिया का विश्लेषण किया है? सबसे पहले आपको यात्रा का विचार आता है, तब आप यह फैसला करते हैं कि कहाँ जाना है? शीघ्र ही आप खुद के पहाड़ों में, समुद्र-तट पर या किसी नए शहर में होने की कल्पना करते हैं।***

सभी लोग कभी-न-कभी छुट्टियाँ मनाने के लिए यात्रा पर अवश्य गए होंगे। क्या आपने एक क्षण रुककर इससे जुड़ी मानसिक प्रक्रिया का विश्लेषण किया है? सबसे पहले आपको यात्रा का विचार आता है, तब आप यह फैसला करते हैं कि कहाँ जाना है? शीघ्र ही आप खुद के पहाड़ों में, समुद्र-तट पर या किसी नए शहर में होने की कल्पना करते हैं। छुट्टियों में वैसा ही होता है जैसी आपने योजना बनाई थी, क्योंकि आप अपने को यह सब करते उस समय देख चुके थे; जब यात्रा वास्तव में हुई भी नहीं थी। क्या इससे बात कुछ साफ हुई? आप जो भी कुछ करना चाहते हैं, बस, इसी सिद्धांत को लागू करें, आपको परिणाम में हर बार सफलता मिलेगी।

आपको कार्ड वाली युक्ति तो याद होगी, जिसे मैंने विस्तार सहित बताया था। एक और युक्ति बताने से पहले, जिसे मैं 'दर्पण तकनीक' कहता हूँ, मैं आपको यह बताना चाहता हूँ कि इस वास्तव में अद्‍भुत चीज को मैंने कैसे खोजा और किस तरह

इसका उपयोग किया जाए, जिससे यह शीघ्र व अधिक प्रभावकारी परिणाम दे सके।

कई साल पहले मैं एक बेहद अमीर व्यक्ति का मेहमान था, जिसके पास बहुत सी आरा मशीनों का पेटेंट था। उन्होंने बहुत से समाचार-पत्र प्रकाशकों, बैंकरों और औद्योगिक प्रमुखों को एक मशहूर होटल के अपने कमरे में पीसने के कार्य संबंधी अपनी नई पद्धति के बारे में बताने के लिए बुलाया था। शराब पानी की तरह बह रही थी और जल्दी ही मेजबान खुद ही मदहोश हो गया।

रात का भोजन परोसा जाने से ठीक पहले मैंने देखा कि वे लड़खड़ाते हुए अपने शयनकक्ष में जा रहे हैं और एकाएक अपने को ड्रेसिंग टेबल की ओर खींचने लगे। उनकी मदद करने की मंशा से मैं उनके पीछे-पीछे उनके कमरे के दरवाजे तक पहुँचा। वहाँ पहुँचने पर मैंने देखा कि उन्होंने दोनों हाथों से ड्रेसिंग टेबल का शीर्ष भाग पकड़ रखा है और वहाँ खड़े शीशे में ताक रहे हैं और कभी-कभी शराबी व्यक्ति की तरह कुछ बुदबुदाते हैं। कुछ ही समय में उनके शब्द स्पष्ट होने लगे और मैं ध्यान से देखने के लिए कुछ आगे बढ़ गया। मैंने उन्हें कहते सुना, "जॉन, शरारती लड़के, तुम बेहद चालाक हो। वे तुम्हें नशे में लाने का प्रयास कर रहे थे, लेकिन तुमने उन्हें ही मूर्ख बना दिया। तुम होश में हो, तुम होश में हो, बिल्कुल होश में हो। यह तुम्हारी पार्टी है और तुम्हें होश में रहना ही होगा।"

एक पत्रकार और पुलिस रिपोर्टर के तौर पर काम करते हुए मैंने बहुत से शराबियों को देखा था, लेकिन ऐसा शीघ्र बदलाव कभी नहीं देखा था। अपने उन्हें देखने की बात पता लगे बिना मैं शौचालय की ओर बढ़ गया। जब मैं वापस भोजन कक्ष में पहुँचा तो मुझे अपने मेजबान सामने बैठे दिखाई दिए। हालाँकि उनके चेहरे पर अभी भी थोड़ा पसीना था, लेकिन फिर भी वे पूरी तरह होश में लग रहे थे। भोजन समाप्त होने पर उन्होंने अपनी नई योजना की बेहद नाटकीय व विश्वसनीय तसवीर पेश की।

वे इन शब्दों को दोहराते हुए लगातार दर्पण में अपना प्रतिबिंब देखे जा रहे थे। मुझे उनमें रूपांतरण होता दिखाई देने लगा। वे सीधे खड़े हो गए। उनके चेहरे की मांसपेशियाँ कठोर होने लगीं और उनका शराबी अंदाज गायब हो गया। इस पूरी प्रक्रिया में सिर्फ पाँच मिनट लगे।

एक पत्रकार और पुलिस रिपोर्टर के तौर पर काम करते हुए मैंने बहुत से शराबियों को देखा था, लेकिन ऐसा शीघ्र बदलाव कभी नहीं देखा था। अपने उन्हें

देखने की बात पता लगे बिना मैं शौचालय की ओर बढ़ गया। जब मैं वापस भोजन कक्ष में पहुँचा तो मुझे अपने मेजबान सामने बैठे दिखाई दिए। हालाँकि उनके चेहरे पर अभी भी थोड़ा पसीना था, लेकिन फिर भी वे पूरी तरह होश में लग रहे थे। भोजन समाप्त होने पर उन्होंने अपनी नई योजना की बेहद नाटकीय व विश्वसनीय तसवीर पेश की। इसके कुछ ही समय बाद, जब मैं अवचेतन मन की शक्ति को और अच्छी तरह समझ सका, तब मैं उस प्रत्यक्ष रूप से नशे में धुत व्यक्ति के शांत व संयमी मेजबान में रूपांतरण से जुड़े विज्ञान को समझ सका।

मैंने यह 'दर्पण तकनीक' हजारों लोगों को सिखाई, जिनमें से कुछ को तो असाधारण परिणाम मिले। बीते वर्षों में बहुत से लोग अपनी समस्याओं के लिए मेरी मदद लेने आए। आश्चर्यजनक रूप से उनमें महिलाओं की संख्या अधिक थी और वस्तुतः उनमें से हर एक ने अपनी कहानी की शुरुआत रोते हुए की। मैंने सबसे पहले उनके सामने एक आदमकद शीशा खड़ा किया और उन्हें अपने आपको अच्छी तरह देखने को कहा। मैं उन्हें अपनी आँखों में देखकर यह बताने को कहता कि उसमें उन्हें क्या दिखाई देता है—भोंदू बच्चा या साहसी लड़ाका ? शीघ्र ही उनका रोना बंद हो जाता और इससे मुझे विश्वास हो गया कि कोई भी महिला दर्पण में खुद को रोते हुए नहीं देख सकती। यह गर्व हो, शर्म हो या निश्चयात्मकता कुछ भी हो, उनको कमजोर करनेवाले विचार को रोक देता और इसके फलस्वरूप उनके आँसू बहने बंद हो जाते।

बहुत से महान् वक्ताओं, उपदेशकों, अभिनेताओं और नेताओं ने इस 'दर्पण तकनीक' का उपयोग किया है। ड्रियू पियर्सन के अनुसार, विंस्टन चर्चिल ने दर्पण में अभ्यास किए बिना कभी कोई महत्त्वपूर्ण भाषण नहीं दिया। पियर्सन ने यह भी कहा कि वुडरो विल्सन भी इसी तकनीक का उपयोग करते थे। मैं इसे वक्ता की अवचेतन शक्ति की 'सुपर चार्ज पद्धति' कहता हूँ। इससे जब वह दर्शकों के सामने आता है तो यह शक्ति प्रवाहित होकर श्रोताओं को प्रभावित करती है। भाषण देने से पहले इसके अभ्यास के दौरान दर्पण का उपयोग करते हुए आप अपनी, अपने शब्दों, अपनी आवाज की गति और सामने बैठे दर्शकों की वह तसवीर तैयार कर लेते हैं, जो निकट भविष्य में वास्तविक होने वाली है। दर्पण में देखकर आप उस मानसिक कंपन को बढ़ा लेते हैं, जिससे आपके शब्दों की शक्ति व अर्थ शीघ्र ही आपके दर्शकों के अवचेतन मन में प्रविष्ट कर जाते हैं।

इस दर्पण तकनीक से बेहतरीन प्रचारकों की ताकत और व्यक्तिगत आकर्षण

अब हमारे पास सबूत है कि बिल सनडे 'दर्पण तकनीक' के उपयोग में माहिर थे। यह बात एरिक सेवारीड ने सन् 1946 में प्रकाशित अपनी पुस्तक 'नॉट सो वाइल्ड अ ड्रीम' में बताई। श्रीमान सेवारीड बताते हैं कि किस तरह उन्होंने बतौर युवा पत्रकार बिली सनडे का साक्षात्कार किया था—
"वे होटल के कमरे में थे। वे उत्सुकतापूर्वक खिड़की के बाहर देख रहे थे। उनका एक पैर सिल पर था और वे दोनों हाथों से ड्रेसिंग टेबल को मजबूती से पकड़कर व्याख्यान करते हुए दर्पण में अपना प्रतिबिंब देख रहे थे।"

का संभावित संकेत मिल जाता है। मैं बिल सनडे को उनके स्वर्णकाल से जानता हूँ और उन्हें अकसर उपदेश देते सुना था, लेकिन उन दिनों मैं इस माइंड स्टफ के बारे में बहुत कम या कुछ नहीं जानता था। मैं यह देखकर हैरान रह जाता कि किस तरह वे और अन्य महान् प्रचारक लोगों को इतना अधिक प्रभावित कर लेते हैं।

हालाँकि अब हमारे पास सबूत है कि बिल सनडे 'दर्पण तकनीक' के उपयोग में माहिर थे। यह बात एरिक सेवारीड ने सन् 1946 में प्रकाशित अपनी पुस्तक 'नॉट सो वाइल्ड अ ड्रीम' में बताई। श्रीमान सेवारीड बताते हैं कि किस तरह उन्होंने बतौर युवा पत्रकार बिली सनडे का साक्षात्कार किया था—

"वे होटल के कमरे में थे। वे उत्सुकतापूर्वक खिड़की के बाहर देख रहे थे। उनका एक पैर सिल पर था और वे दोनों हाथों से ड्रेसिंग टेबल को मजबूती से पकड़कर व्याख्यान करते हुए दर्पण में अपना प्रतिबिंब देख रहे थे।"

इससे पहले अमेरिका के सबसे उत्कृष्ट सेल्समैन ने विश्वास के विज्ञान को स्वीकार किया। उसने मुझे बताया कि वह कभी कोई महत्त्वपूर्ण सौदा वह दर्पण के आगे सेल्स प्रेजेंटेशन दिए बिना कभी नहीं करता। वो बिक्री करने में अभूतपूर्व था।

सभी से सेल्समैन यह उक्ति सुन चुके होंगे, "यदि आप खुद को यकीन दिला सकते हैं तो दूसरों को भी दिला सकते हैं।" जो मूलतः सत्य है। इतिहास के सभी बड़े आंदोलन, वे चाहे धार्मिक हों या सैन्य, की शुरुआत वह व्यक्ति करता है, जिसे अपने कार्य में पूरी आस्था हो और इसी से उसे वह शक्ति मिलती है, जिससे वह हजारों अन्य को बदल पाता है। उत्साह संक्रामक होता है, यह जानने के लिए व्यक्ति का मनोविज्ञान का अध्येता होना आवश्यक नहीं और जिसके भीतर यह ज्वलंत हो,

वह उसे अन्य लोगों में आसानी से संचारित कर देता है। 'दर्पण तकनीक' बहुत आसान व प्रभावशाली पद्धति है, जिसके द्वारा आप अपनी विक्रय क्षमता में विश्वास को सशक्त बना सकते हैं, जिससे आपकी उत्साह की शक्ति भी गहन हो जाएगी।

हमें पता हो या नहीं, हम सभी कुछ-न-कुछ बेचने में संलग्नित हैं—वह सामान न हो तो हमारा व्यक्तित्व, सेवा या विचार कुछ भी हो सकता है; बल्कि सभी मानवीय रिश्ते भी किसी-न-किसी प्रकार के विक्रय पर ही आधारित होते हैं। हम सभी यही करते हैं, फिर चाहे वह कानूनी रूप से दूसरे को अपने सोचने के तरीके पर राजी करने का प्रयास हो, जहाँ मन मिलना अनुबंध या समझौते का आधार बनता है और यदि आप दूसरे को अपने जैसा सोचने के लिए नहीं मना पाते तो आप अधिक दूर तक नहीं जा सकते; लेकिन जब किसी महत्त्वपूर्ण मामले पर मन मिल जाते हैं तो बाकी सब आसान हो जाता है और फिर बिंदुवार रेखा पर नाम लिखा जाना कुछ ही क्षणों की बात रह जाती है।

> ***हम सभी यही करते हैं, फिर चाहे वह कानूनी रूप से दूसरे को अपने सोचने के तरीके पर राजी करने का प्रयास हो, जहाँ मन मिलना अनुबंध या समझौते का आधार बनता है और यदि आप दूसरे को अपने जैसा सोचने के लिए नहीं मना पाते तो आप अधिक दूर तक नहीं जा सकते; लेकिन जब किसी महत्त्वपूर्ण मामले पर मन मिल जाते हैं तो बाकी सब आसान हो जाता है और फिर बिंदुवार रेखा पर नाम लिखा जाना कुछ ही क्षणों की बात रह जाती है।***

जब इस पर इस पुस्तक में दिए विज्ञान के अनुसार विचार किया जाए तो दर्पण तकनीक ऐसी सिद्ध पद्धति बन जाती है, जिसका उपयोग कर अवचेतन मन की महान् शक्ति को उन लोगों पर कार्यरत किया जा सकता है, जिनसे आप व्यवहार कर रहे हों। मंदी के दिनों में, जिस दौरान मैं बहुत से विक्रय संस्थानों के साथ उनका व्यवसाय बढ़ाने के लिए काम कर रहा था, मैंने इस दर्पण पद्धति से कुछ शानदार परिणाम हासिल किए। मैंने पाई-बेकिंग कंपनियों के ट्रकों में पीछे अंदर की तरफ दर्पण लगवाए, जिससे ड्राइवर या सेल्समैन जब भी सामान देने के लिए पिछला दरवाजा खोलें तो उन्हें जो सबसे पहली चीज दिखाई दे, वो वह दर्पण ही हो। मैं हमेशा प्रत्येक व्यक्ति से यही कहता कि किसी भी ग्राहक से बात करने के पूर्व वह यह तय कर ले कि उसे इस ग्राहक को कितनी पाई बेचनी हैं और दर्पण में देखकर अपने आप से कहे कि मैं

इस ग्राहक को इतनी पाई बेचूँगा। एक ड्राइवर ने मुझे बताया कि वह एक रेस्टोरेंट की महिला स्वामी को कई महीनों से पाई बेचने का प्रयास कर रहा था। फिर उसने दर्पण तकनीक को आजमाने का फैसला किया। उस दिन वह उस महिला को दस पाई बेच सका। जिस समय उसने मुझे यह कहानी बताई, तब वह उस महिला को रोजाना औसतन पंद्रह पाई बेच रहा था।

दर्पण तकनीक को बीमा कंपनियों, वित्त सदनों, रबर मिल्स, ऑटोमोबाइल एजेंसी, बिस्कुट निर्माण संयंत्र और बहुत से अन्य संस्थानों के सेल्समैन एवं उत्पादन परिचालक बेहद प्रभावी ढंग से उपयोग कर सकते हैं। मेरे पुराने संस्थान में, जहाँ हमें मुसीबत टालने के लिए पूर्णतः विपरीत कदम उठाने पड़े थे, मैंने सबसे पहले इस तकनीक का उपयोग करते हुए प्रत्येक ऑफिस के उस पिछले कक्ष में दर्पण लगवाया, जहाँ सभी कर्मचारी अपने हैट और ओवरकोट रखते थे। वह ऐसा स्थान था, जहाँ कक्ष में प्रवेश करने व निकलनेवाले प्रत्येक व्यक्ति को वह दिखाई देता था।

दर्पण तकनीक को बीमा कंपनियों, वित्त सदनों, रबर मिल्स, ऑटोमोबाइल एजेंसी, बिस्कुट निर्माण संयंत्र और बहुत से अन्य संस्थानों के सेल्समैन एवं उत्पादन परिचालक बेहद प्रभावी ढंग से उपयोग कर सकते हैं। मेरे पुराने संस्थान में, जहाँ हमें मुसीबत टालने के लिए पूर्णतः विपरीत कदम उठाने पड़े थे, मैंने सबसे पहले इस तकनीक का उपयोग करते हुए प्रत्येक ऑफिस के उस पिछले कक्ष में दर्पण लगवाया, जहाँ सभी कर्मचारी अपने हैट और ओवरकोट रखते थे। वह ऐसा स्थान था, जहाँ कक्ष में प्रवेश करने व निकलनेवाले प्रत्येक व्यक्ति को वह दिखाई देता था। सबसे पहले मैंने वहाँ कागज की कुछ चिप्पियाँ चिपकाईं, जिन पर, 'हम जीतेंगे', 'परिश्रमी मन के लिए कुछ भी असंभव नहीं', 'हम में हिम्मत है, चलो यह साबित करें', 'चलो दुनिया को दिखा दें कि हम हारकर भागनेवालों में से नहीं हैं', 'आज आप कितनी बिक्री करेंगे ?' और ऐसी ही अन्य महान् बातें लिखी थीं।

हर सुबह एक नया नारा लिखा होता, जिसका एकमात्र उद्देश्य अपने कर्मचारी को इस बात पर यकीन दिलवाना था कि वे ऐसी स्थिति में भी काम ला सकते हैं, जब हमारी ही जैसी बाकी फर्में अपने काम चलाए रखने के लिए संघर्ष कर रही थीं। बाद में इस व्यवस्था को आगे बढ़ाते हुए ऑफिस के मुख्य द्वार के साथ ही दूसरा

दर्पण लगाया गया, जो किसी भी सेल्समैन के बाहर निकलते समय दिखनेवाली अंतिम वस्तु थी।

इसके साथ ही मैंने सभी सेल्समैन व अधिकारियों के डेस्क पर रखे कैलेंडर के साथ ही एक दर्पण भी लगवाया। इससे चौंकानेवाली यह बात हुई कि मंदी के बुरे दौर में भी सेल्समैनों और मेरा मतलब उन सभी से है, ने अपनी कमाई को तिगुना व चौगुना कर लिया और तभी से उन्होंने अपनी यह प्रगति बनाए रखी है। वे लोग, जिनकी मासिक आय अच्छे दिनों में भी कभी 300 डॉलर को पार नहीं कर पाई थी, वे प्रतिमाह औसतन 1,000 डॉलर से अधिक कमा रहे थे। सुनने में अविश्वसनीय होने पर भी यह सत्य है। मेरी फाइलों में ऐसे बहुत से अधिकारियों, सेल्समैनों और अन्य सबके पत्र मौजूद हैं, जिन्होंने दर्पण के विचार को प्रभावकारी ढंग से परीक्षित किया है। अब इस तकनीक की रूपरेखा बताता हूँ।

एक दर्पण के सामने खड़े हों। उसका आदमकद होना जरूरी नहीं है, लेकिन वह इतना बड़ा अवश्य होना चाहिए कि आप कम-से-कम अपनी कमर से ऊपर का पूरा हिस्सा देख सकें।

आप में से जो भी लोग सेना में रह चुके होंगे, वे सावधान की मुद्रा में आने का अर्थ समझते होंगे, बिल्कुल सीधे खड़े हों, एड़ियाँ मिली रहें, पेट अंदर, छाती बाहर और सिर ऊँचा रहे। अब दो या तीन बार तब तक गहरी साँसें भरें, जब तक आपको शक्ति, ताकत और दृढ़ता का एहसास नहीं होता। इसके बाद अपनी आँखों की गहराई में देखें, अपने आप से कहें कि 'आप जो चाहते हैं, वह आपको अवश्य मिलेगा।' इसे बुलंद आवाज में इस तरह बोलें कि आप अपने होंठों को हिलते और शब्द उच्चारित होते सुन सकें।

आप में से जो भी लोग सेना में रह चुके होंगे, वे सावधान की मुद्रा में आने का अर्थ समझते होंगे, बिल्कुल सीधे खड़े हों, एड़ियाँ मिली रहें, पेट अंदर, छाती बाहर और सिर ऊँचा रहे। अब दो या तीन बार तब तक गहरी साँसें भरें, जब तक आपको शक्ति, ताकत और दृढ़ता का एहसास नहीं होता। इसके बाद अपनी आँखों की गहराई में देखें, अपने आप से कहें कि 'आप जो चाहते हैं, वह आपको अवश्य मिलेगा।' इसे बुलंद आवाज में इस तरह बोलें कि आप अपने होंठों को हिलते और शब्द उच्चारित होते सुन सकें।

इसे अपनी नियमित दिनचर्या बना लें। इसे दिन में कम-से-कम दो बार—सुबह व शाम को दोहराएँ और इसके परिणाम आपको चकित कर देंगे। आप इसमें और कुछ जोड़ते हुए दर्पण पर साबुन से अपनी मनमरजी का कोई भी नारा या संकेत शब्द लिखें। ये संकेत शब्द ऐसे हों, जिनका आप पहले मानस-दर्शन करें और बाद में वास्तविक होता देखें। कुछ ही दिनों के भीतर आप में विश्वास की ऐसी भावना विकसित होगी, जिसके अपने भीतर उत्पन्न होने का आपको एहसास भी नहीं रहा होगा।

यदि आप किसी अत्यधिक कठिन कार्य को शुरू करने की योजना बना रहे हैं या ऐसे बॉस को साक्षात्कार देना है, जिससे आप पहले से डरते रहे हैं तो दर्पण तकनीक का उपयोग करें और ऐसा तब तक करते रहें, जब तक आप बिना किसी घबराहट के समुचित प्रस्तुतीकरण न दे सकें। और यदि आपको भाषण देना हो तो इसका दर्पण के समक्ष अभ्यास कीजिए। मुद्राएँ बनाएँ, किसी तर्क को स्थापित करने के लिए मुट्ठी को अपनी हथेली पर मारें तथा अपने दिमाग में स्वाभाविक रूप से आनेवाली मुद्राओं का अभ्यास करें।

दर्पण के सामने खड़े रहते हुए अपने आप से निरंतर कहते रहें कि आपको असाधारण सफलता मिलेगी और आपको इस दुनिया की कोई चीज नहीं रोक सकती। ऐसा करना मूर्खतापूर्ण लग रहा है? याद रखिए, अवचेतन मन को प्रस्तावित प्रत्येक विचार आपके वास्तविक जीवन में बिल्कुल वैसे ही परिणाम प्रदान करेगा और आपका अवचेतन जितनी जल्दी इस विचार को समझ लेगा, उतनी ही जल्दी आपकी इच्छा-शक्ति की तसवीर बन सकेगी। निश्चित ही, आपको अपने द्वारा इस्तेमाल किए जा रहे इन सभी उपकरणों के बारे में किसी को नहीं बताना चाहिए, क्योंकि हँसनेवाले आपका मजाक

आँखों की ताकत के बारे में बहुत कुछ लिखा गया है। आँखों को आत्मा की खिड़की बताया जाता है। ये आपके विचारों को व्यक्त करती हैं। ये जितना आप समझते हैं, उससे कहीं अधिक बयान कर देती हैं। ये दूसरों को, जैसी कहावत है, 'आपका नंबर लेने के लिए' की अनुमति देती हैं। एक बार इस दर्पण अभ्यास को शुरू करने के बाद आप खुद जान जाएँगे कि आपकी आँखों में वह शक्ति आ जाएगी, जिसका आपको एहसास भी नहीं होगा कि आप विकसित कर सकते हैं (लेखक इसे गतिशील या अद्भुत शक्ति बताते हैं)।

उड़ा सकते हैं, जिससे आपका आत्मविश्वास हिल जाएगा, विशेष रूप से तब, जब आप इस विज्ञान का उपयोग करना आरंभ ही कर रहे हों।

यदि आप अधिकारी या सेल्स मैनेजर हैं और अपने समूचे संगठन को आगे बढ़ाना चाहते हैं तो अपने मातहतों को दर्पण तकनीक सिखाएँ और उनसे इसका उपयोग करवाएँ, जैसाकि अब बहुत से संगठन कर रहे हैं।

आँखों की ताकत के बारे में बहुत कुछ लिखा गया है। आँखों को आत्मा की खिड़की बताया जाता है। ये आपके विचारों को व्यक्त करती हैं। ये जितना आप समझते हैं, उससे कहीं अधिक बयान कर देती हैं। ये दूसरों को, जैसी कहावत है, 'आपका नंबर लेने के लिए' की अनुमति देती हैं। एक बार इस दर्पण अभ्यास को शुरू करने के बाद आप खुद जान जाएँगे कि आपकी आँखों में वह शक्ति आ जाएगी, जिसका आपको एहसास भी नहीं होगा कि आप विकसित कर सकते हैं (लेखक इसे गतिशील या अद्भुत शक्ति बताते हैं)। इससे आपकी निगाहें इतनी भेदक हो जाएँगी, जिससे बाकी सबको महसूस होगा कि आप उनकी आत्मा में झाँक रहे हैं। ऐसा वक्त भी आएगा, जब वे आपके विचारों की गहनता के बारे में बातें करेंगे, जिसे अब लोग भी पहचानने लगे होंगे। एमर्सन ने लिखा है कि 'प्रत्येक व्यक्ति की आँखें उसकी श्रेणी का सटीक संकेत होती हैं।' याद रखिए, जीवन में आपकी श्रेणी या अवस्था उसी से तय होती है, जैसा आपकी आँखें बयान करती हैं। इसलिए अपनी आँखों में विश्वास उत्पन्न करें। दर्पण इसमें आपकी सहायता करेगा।

इस दर्पण तकनीक को बहुत तरह से उपयोग किया जा सकता है और प्रत्येक से संतुष्टिदायक परिणाम मिलेंगे। यदि आपका शारीरिक ढाँचा खराब है, आपका चलने का तरीका बेढंगा है तो आदमकद दर्पण के सामने यह अभ्यास करना आपके लिए अद्भुत काम करेगा। दर्पण आपको उसी रूप में दरशाएगा, जैसे आप दूसरों को दिखाई देते हैं और आप अपने आपको उस रूप में ढाल सकते हैं, जैसा आप खुद को उन्हें दिखाना चाहते हैं।

कहा जाता है कि आप जैसा अभिनय करते हैं, वैसे ही बन जाते हैं और यहाँ एक बार फिर, दर्पण के सामने अभिनय करने से अच्छा तरीका और कोई नहीं है। दिखावे की इस विज्ञान में कोई जगह नहीं है। इसलिए दर्पण का अभिमानपूर्वक ढंग से उपयोग न करें, बल्कि इसका उपयोग अपने आपको वह व्यक्ति बनाने में करें, जो आप बनना चाहते हैं। यदि संसार के सबसे असाधारण पुरुषों व स्त्रियों ने अपना निर्माण करने और दूसरों पर अपना प्रभाव बढ़ाने में इस दर्पण तकनीक का

उपयोग किया है तो निश्चित ही आप भी इसे अपनी विशिष्ट आवश्यकताओं के लिए उपयोग कर सकते हैं।

अंतर्ज्ञान या आभास के बारे में बहुत कुछ लिखा जा चुका है। कुछ मनोवैज्ञानिकों का दावा है कि हमें अंतर्ज्ञान द्वारा जो विचार मिलते हैं, वे 'अनायास' नहीं होते, बल्कि हमारे एकत्रित ज्ञान या किसी ऐसी वस्तु की गूँज होते हैं, जो हमने पहले कभी देखी या सुनी होगी। इसका पिछली जानकारी का उपयोग करना और अतीत के अनुभवों का परिणाम होने की बात रसायनविदों, आविष्कारकों और गलतियाँ करके सीखनेवाले लोगों के लिए कुछ हद तक सत्य हो सकती है, लेकिन मेरा मानना है कि जहाँ तक अवचेतन मन से सीधे आनेवाली महान् खोजों, उद्दीपनों और कार्य-प्रेरणा की बात है तो ये अतीत के ज्ञान के भराव की कृत्रिम रचना नहीं होते। हम जिन भी प्रथाओं का पालन करते हैं, हम जिसे भी इस्तेमाल करते हैं, वह सभी पहले किसी के मन का विचार रहा होगा और ये विचार पहले किसी आभास या अंतर्ज्ञान की झलक या आप इसे चाहे जो नाम दें, के रूप में आया होगा। इसलिए अपने अंतर्ज्ञान की परवाह करना और आखिर में इस पर विश्वास करने में ही समझदारी है।

बहुत से महान् नेताओं, उद्योगपतियों और आविष्कारकों ने आराम करते हुए या उनके किसी और कार्य को करते समय अथवा अपनी किसी समस्या के समाधान के प्रयास में हुए आभासों पर चलने की बात को खुले तौर पर माना है। अपने अवचेतन मन को सक्रिय करने का अच्छा तरीका यह है कि आप किसी भी समस्या पर सजग रहते हुए हर कोण से विचार करें। तब एक रात, सोने से बस कुछ ही पहले, अपने अवचेतन मन को इस संबंध में उत्तर प्रदान करने का आदेश दें। आप बीच रात में जाग सकते हैं या यह उत्तर आपको सुबह जागने पर या अगले दिन किसी अजीब क्षण में मिल जाएगा, जब आप बिल्कुल अलग तरह के काम

बहुत से महान् नेताओं, उद्योगपतियों और आविष्कारकों ने आराम करते हुए या उनके किसी और कार्य को करते समय अथवा अपनी किसी समस्या के समाधान के प्रयास में हुए आभासों पर चलने की बात को खुले तौर पर माना है। अपने अवचेतन मन को सक्रिय करने का अच्छा तरीका यह है कि आप किसी भी समस्या पर सजग रहते हुए हर कोण से विचार करें। तब एक रात, सोने से बस कुछ ही पहले, अपने अवचेतन मन को इस संबंध में उत्तर प्रदान करने का आदेश दें।

में व्यस्त होंगे। यह जैसे ही आए, इसे तुरंत पकड़ लें और इस पर कार्य करने में अधिक देरी न करें।

आपको किसी खास व्यक्ति के पास जाने या उसे टेलीफोन करने का आभास हो सकता है। वह किसी ऐसे संस्थान का प्रमुख हो सकता है, जिससे आपको बड़ी मदद हो जाए। हो सकता है कि उसके पद के चलते आप उनसे मिलने में घबरा रहे हों; आप एक ओर अपने 'आभास' और दूसरी ओर अपने डर से जूझ रहे हों। ज्यादा संभावना है कि डर जीत जाए। अगली बार जब भी आपके मन में डर या संदेह आए, अपने आप से यह प्रश्न पूछें, "उनसे मिलने जाने या फोन करने में मेरा क्या चला जाएगा? इससे क्या नुकसान होगा?" आपके डर व संदेह इसका उत्तर नहीं दे सकेंगे। इसलिए अपने आभास का बिना देरी किए पालन करें।

हालाँकि यहाँ मैं एक चेतावनी भी देना चाहूँगा। बहुत से लोगों को जुआ खेलना अच्छा लगता है। कुछ को ताश खेलना तो कुछ को घोड़ों या कुत्तों की दौड़ में पैसे लगाना और बहुत से लोग शेयर बाजार में खेलते हैं। निश्चित रूप से आपने लोगों को अकसर यह कहते सुना होगा कि उन्होंने अपने आभास पर चलकर किसी तरह मुनाफा कमाया, लेकिन मेरा आप से अनुरोध है कि आप अपने आभास का किसी ऐसे कार्य में उपयोग न करें, जिससे आपको कुछ नहीं मिलने वाला। यहाँ बुनियादी रूप से कुछ गलत है, क्योंकि अधिकांश जुआरी कंगाल होकर मरते हैं। साथ ही, ऐसे आभासों से भी सावधान रहिए, जो आपको अनजाने क्षेत्रों की ओर ले जाएँ। शायद यह अंतर्ज्ञान बिल्कुल न हो, बल्कि सिर्फ आकस्मिक काल्पनिक लालसा हो। सच्चा आभास हमारी ऐसी चीज से संबंधित होता है, जो प्रत्यक्ष या परोक्ष रूप से आप से पहले से ही संबंधित हो और उससे आपको मात्र आवश्यक काररवाई करने का विचार या गति मिलती है।

> ***मैं यह मानकर चल रहा हूँ कि मेरे किसी भी पाठक को यह नहीं लगा होगा कि यह पुस्तक रातोरात जादू से धन या यश का दरवाजा खोल देगी। यह केवल एक कुंजी है, जो उस दरवाजे को खोल देगी, जो आपको आपके इच्छित लक्ष्य के मार्ग पर ले जाती होगी। निश्चित ही अपनी क्षमता और विकास से अधिक की जिम्मेदारियाँ उठाने में कोई समझदारी नहीं है।***

मैं यह मानकर चल रहा हूँ कि मेरे किसी भी पाठक को यह नहीं लगा होगा कि यह पुस्तक रातोरात जादू से धन या यश का दरवाजा खोल देगी। यह केवल एक कुंजी है, जो उस दरवाजे को खोल

देगी, जो आपको आपके इच्छित लक्ष्य के मार्ग पर ले जाती होगी। निश्चित ही अपनी क्षमता और विकास से अधिक की जिम्मेदारियाँ उठाने में कोई समझदारी नहीं है। यदि आप किसी विख्यात उपयोगी व्यापारिक संस्था का प्रमुख बनना चाहते हैं तो स्वाभाविक है कि आपको व्यापार करना सीखना होगा, बिल्कुल उसी तरह, जैसे किसी बड़ी परिवहन प्रणाली का अध्यक्ष बनने के लिए करना होगा, लेकिन इस विज्ञान का उपयोग करके आप उन विभिन्न चरणों को सीख सकते हैं, जो आपको शीर्ष तक ले जाएँ। हालाँकि कोई भी काम करने के पूर्व आपके पास कार्य-योजना होना आवश्यक है। आप नुक्कड़ की दवावाली दुकान पर जाकर बस, दवा नहीं माँग सकते। आपको पता होना चाहिए कि दवा का क्या नाम है और आपको किस ब्रांड की एस्प्रिन चाहिए और यही इस विज्ञान के भी साथ है—आपको पता होना चाहिए कि आपकी इच्छा क्या है और यह बिल्कुल स्पष्ट होनी चाहिए।

यदि आपकी इच्छा दृढ़ है और आपने अपने लिए लक्ष्य तय कर लिया है तो अपने को बेहद खुशनसीब समझिए, आप सफलता की ओर पहला कदम बढ़ा चुके हैं! जब तक आप अपने विचार की मानसिक तसवीर बनाए रखेंगे और इसे सक्रिय रूप से विकसित करना आरंभ करेंगे, आपको सफल होने से कोई नहीं रोक सकता; क्योंकि अवचेतन मन स्पष्ट व दृढ़ता सहित दिए किसी आदेश का पालन करने में असफल नहीं होता।

□

7

अपने विचारों का प्रक्षेपण कैसे करें?

सफलता कभी न रुकनेवाली धारणा है। आपको पूरी लगन से काम करना होता है, अन्यथा वह पंख फैलाकर उड़ जाएगी। आप प्रसिद्धि के शिखर पर रुक नहीं सकते कि रुककर आत्म-प्रशंसा कर सकें; क्योंकि बाकी लोग आपकी जगह हथियाने और बाहर धकेलने के लिए तैयार हैं, विशेष रूप से तब, जब उन्हें आपकी पकड़ ढीली होती दिखाई देगी या अपनी जगह बचाने के लिए कार्य करते दिखेंगे।

अमेरिका के अत्यधिक प्रगति करने के बावजूद अभी भी ऐसे बहुत से संसाधन हैं, जिनका उपयोग होना बाकी है। आधुनिक तकनीक ने अब तक अज्ञात क्षेत्रों को खोल दिया है, लेकिन मुझे पूरा विश्वास है कि हमने अभी तक कुछ नहीं देखा है और स्त्री-पुरुष अपनी कल्पना एवं कार्य करने की इच्छा के द्वारा और भी महान् चीजें हासिल कर सकते हैं। हम में से जो भी लोग आज से 50 साल बाद भी जीवित होंगे, वे मुख्य रूप से उस दुनिया को देख रहे होंगे, जिसने बीसवीं शताब्दी के अंत को वैसा बनाया होगा, जैसा आज की औद्योगिक क्रांति है।

इस कार्य के पहले संस्करण के दौरान प्रयोगशालाओं में वैज्ञानिक उस पर कार्य कर रहे हैं, जिसे एक समय शानदार विचार माना जाता है। इसमें ब्रिक फाइबर से बना पहनने योग्य कपड़ा, जल व अग्निरोधक पदार्थ, मशीनें—जो सूर्य से ऊर्जा बनाएँगी और यहाँ तक कि ऐसे उपकरण भी, जो हमारे अनकहे डर और परेशानियों को रिकॉर्ड कर इन्हें ग्राफ के रूप में प्रदर्शित करेंगे। ये सभी चमत्कार, जो अब आम हो चुके हैं, जो पुरुषों व स्त्रियों की कल्पना या उनके अवचेतन मन की उपज हैं। शायद पचास सालों से भी कम में, विचार-संप्रेषण या टेलीपैथी आज के रेडियो जितनी आम हो जाएगी, कौन जानता है!

कहा गया है कि मनुष्य हर उस चीज को वास्तविक बना सकता है, जिसे वह सोच सकता है और आज हम जिन लाखों उपकरणों का उपयोग व आनंद ले रहे हैं, वे इसी को साबित करते हैं। जब मनुष्य अपने मन की महान् शक्ति को पूरी तरह समझ लेता है और इस पर चाव से काम करता है तो वे न केवल इस धरती और इसकी सभी वस्तुओं को अपने प्रभुत्व में ले लेती हैं, बल्कि ये नजदीकी ग्रहों को भी नियंत्रित करने पहुँच सकती हैं। यह आंतरिक चिनगारी आपके भीतर भी है और आपको इसे तब तक हवा देनी होगी, जब तक यह अग्नि तेज न हो जाए। आपको इसे लगातार ईंधन देना होगा, जिसके लिए आपको इसमें विचारों और अधिक विचारों एवं काररवाई का ईंधन डालना होगा।

मैं ऐसे व्यक्ति को जानता था, जो अनेक रूप में सफल था। वह सत्तर वर्ष से अधिक के थे। उनका कहना था कि अधिकतर लोग इसलिए असफल होते हैं, क्योंकि उन्होंने कभी कोई शुरुआत नहीं की, "मैं हफ्ते में कम-से-कम एक बार कोई ऐसी योजना बनाता हूँ, जिससे मैं कुछ नया आरंभ करूँ और उसे कई वर्षों तक जारी रख सकूँ।" यह रसोई में उपयोग होनेवाले साधारण गैजेट का निर्माण या एक पूरी तरह से नई विक्रय योजना या किसी अपरिचित पुस्तक को पढ़ना हो सकता है। इस योजना का पालन करने से मैं न केवल अपने शरीर व मन को सक्रिय रखता हूँ, बल्कि उन बहुत से कल्पनाशील गुणों का भी उपयोग करता हूँ, जो अन्यथा सुप्त या क्षीण हो जाते। मेरे लिए व्यक्ति का पैंसठ साल में सेवानिवृत्त हो जाना बड़ी भूल है। जैसे ही व्यक्ति सेवानिवृत्ति के बाद मानसिक व शारीरिक रूप से असक्रिय होता है, उसकी मृत्यु की घड़ी उतनी ही नजदीक आ जाती है। आपने देखा होगा कि घोड़ों का सेवानिवृत्त होने के बाद क्या हश्र होता है! आपने देखा होगा कि जब आप अपने वाहन को बाहर अनुपयोगी और उपेक्षित अवस्था में छोड़ देते हैं तो उसका क्या होता है; उसे जंग लगने लगता

> ***सप्ताह में कम-से-कम एक बार कुछ नया शुरू करने की योजना से हमें पता चलता है कि सफलता की चाह रखनेवाले किसी भी व्यक्ति के लिए प्रयास करना कितना मूल्यवान् होता है! इसके बिना शुरुआत करने के साथ-ही-साथ वह समापन भी कर देता है। पुरुष व स्त्री सारी उम्र केवल इसलिए क्लर्क के पद पर काम करते रहते हैं, क्योंकि वे अपने काम में कोई दिलचस्पी नहीं लेते, न ही वे इसे करने के नए तरीके आजमाते हैं और न ही इनमें कोई सुधार सुझाते हैं।***

है और जल्दी ही वह कबाड़ी की दुकान में पहुँच जाता है।

मनुष्यों के साथ भी ऐसा ही है; जब वे चुक जाते हैं तो या तो उन्हें जंग लग जाता है या वे कुम्हलाकर मर जाते हैं।

सप्ताह में कम-से-कम एक बार कुछ नया शुरू करने की योजना से हमें पता चलता है कि सफलता की चाह रखनेवाले किसी भी व्यक्ति के लिए प्रयास करना कितना मूल्यवान् होता है! इसके बिना शुरुआत करने के साथ-ही-साथ वह समापन भी कर देता है। पुरुष व स्त्री सारी उम्र केवल इसलिए क्लर्क के पद पर काम करते रहते हैं, क्योंकि वे अपने काम में कोई दिलचस्पी नहीं लेते, न ही वे इसे करने के नए तरीके आजमाते हैं और न ही इनमें कोई सुधार सुझाते हैं।

द्वितीय विश्व युद्ध के दौरान बहुत से संगठनों ने अपने संयंत्रों में सुझाव पेटिका लगाईं और सबसे व्यावहारिक सुझाव को इनाम देने की घोषणा की। इन सुझावों में से अधिकांश से संयंत्र के परिचालन में सुधार आया, साथ-ही-साथ सुझाव देनेवाले कर्मचारी को इनाम भी मिला। इनमें से कई सुझाव पेटेंट उपकरणों के निर्माण से संबंधित थे, जो ये शुरुआती विचार देनेवाले कर्मचारियों के यश व सौभाग्य का कारण बने। ध्यान रखिए कि किसी कार्य को किसी खास तरीके से चाहे जितने भी लंबे अरसे से किया जाता रहा हो, उसे उससे बेहतर तरीके से किया जा सकता है—युद्ध ने इसी बात को साबित किया।

इसलिए पहल करें, फिर चाहे आप किसी स्टोर में काउंटर के पीछे बैठनेवाले मामूली से क्लर्क ही क्यों न हों, आपके पास इस बारे में कोई विचार अवश्य होगा कि सामग्री को किस तरह और अच्छी तरह कैसे प्रदर्शित किया जा सकता है या ग्राहकों को और बेहतर सेवा कैसे दी जा सकती है! प्रकाश, रंग संयोजन, काउंटरों का स्थापन और शेल्फ की डिस्प्ले से संबंधित अच्छे विचारों को प्रबंधन हमेशा स्वीकार करता है और उन्हें अकसर पुरस्कृत भी किया जाता है।

रुचि और अवधान का पहल से गहरा नाता है। आप अपने काम में जितनी अधिक रुचि लेंगे, स्वाभाविक है कि आप उस पर उतना ही अधिक ध्यान देंगे और उतने ही शानदार परिणाम हासिल करेंगे। हमारी जिसमें रुचि होती है, वह काम हम सबसे बेहतर कर सकते हैं, इसलिए यदि आपके द्वारा किए जा रहे कार्य में आपकी रुचि नहीं है तो ऐसा कार्य खोजिए, जिसमें आपकी रुचि हो। वह जितना अधिक रुचिकर होगा, उतना ही बेहतर है—इस पहलू मात्र से आपको वह गति मिल सकती है, जो आपको बहुत आगे तक ले जाएगी।

मैं एक महिला को जानता था, जो एक बड़े डिपार्टमेंटल स्टोर के मैनेजर

एक विशाल सैन्य संयंत्र का कार्मिक प्रबंधक, जिसने हजारों स्त्री-पुरुषों को नियुक्त किया था, ने मुझे बताया कि लोगों में सबसे बड़ी कमी यह होती थी कि वह उन पर निर्भर नहीं हो सकता था। कुछ अपनी बात को पूरा नहीं कर पाते, बाकी लोग हमेशा देर से आते थे, वहीं कुछ लोगों के दिमाग हमेशा बदलते रहते थे। इसलिए यदि आप किसी को बताते हैं कि आप क्या करने जा रहे हैं तो उसे कर डालें, इससे पहले कि उसका होना आपके लिए असुविधाजनक न हो जाए, फिर चाहे कैसे भी हालात हों या उसमें कितना भी समय या ऊर्जा लगे।

की सहायिका थी। हालाँकि युद्धकालीन सीमा के कारण उसका वेतन तय रहा, लेकिन अपनी रुचि व पहल के कारण कई वर्षों तक उसे स्टोर में सबसे अधिक क्रिसमस बोनस मिलता रहा। स्टोर प्रमुख अकसर मैनेजर की जगह उससे सलाह लिया करता था।

एक विशाल सैन्य संयंत्र का कार्मिक प्रबंधक, जिसने हजारों स्त्री-पुरुषों को नियुक्त किया था, ने मुझे बताया कि लोगों में सबसे बड़ी कमी यह होती थी कि वह उन पर निर्भर नहीं हो सकता था। कुछ अपनी बात को पूरा नहीं कर पाते, बाकी लोग हमेशा देर से आते थे, वहीं कुछ लोगों के दिमाग हमेशा बदलते रहते थे। इसलिए यदि आप किसी को बताते हैं कि आप क्या करने जा रहे हैं तो उसे कर डालें, इससे पहले कि उसका होना आपके लिए असुविधाजनक न हो जाए, फिर चाहे कैसे भी हालात हों या उसमें कितना भी समय या ऊर्जा लगे। इसका आपको भरपूर फल मिलेगा, क्योंकि विश्वसनीयता की साख बनना आपके लिए उस समय बहुमूल्य साबित होगा, जब आप सफलता की सीढ़ियाँ चढ़ रहे होंगे।

कई कर्मचारियों का यह विचार होता है कि उन्हें दिए काम का उद्देश्य मात्र अपने नियोक्ता का लाभ बढ़ाना है। उन्हें कभी भी यह विचार नहीं आता कि दरअसल वे अपने लिए काम कर रहे हैं, नियोक्ता उन्हें केवल काम करने के औजार और स्थान मुहैया करवा रहा है। एक पुरानी कहावत है, जिस व्यक्ति को केवल आदेश लेना आता है, वह बेकार है। वह आदेश देना कभी नहीं सीख सकता। कितनी सच्ची बात है! लेकिन कुछ लोगों को दिनोदिन काम करने के बाद शायद ही कभी यह एहसास होता है कि उनमें भी यह शक्ति है कि वे किसी दिन अधिकारी की कुरसी पर बैठकर आदेश दें!

एमर्सन ने कहा है, "अच्छा दोस्त बनाने का सिर्फ एक तरीका होता है कि खुद वैसा बना जाए।" लेकिन ऐसे बहुत कम लोग हैं, जिन्होंने इस बुनियादी आवश्यकता पर कभी विचार किया हो। आप बदला पाए बिना किसी की मदद नहीं करते और आप तब तक कोई अच्छा काम नहीं करते, जब तक कोई आपके लिए अच्छा काम न करे। यह सत्य है, भले ही कुछ लोगों को यह अत्यधिक आशावादिता क्यों न लगे!

ऐसा शायद ही कोई स्त्री-पुरुष होगा, जिसने कभी-न-कभी दुश्मन न बनाए हों। कुछ लोगों के साथ आपका तालमेल अच्छा बैठता है, या संभव है कि उनका आपसे तालमेल न बैठे। स्पष्ट है कि आपको वह पसंद नहीं; आपकी इसी सोच के परिणामस्वरूप वे भी आपको पसंद नहीं करते। ऐसा व्यक्ति बहुत सौभाग्यशाली है, जो अपने दुश्मन को भी दोस्त बना सके और ऐसा करना बहुत आसान है। बहुत से लोग मुझे अत्यधिक नापसंद करते हैं। संभव है, इसका कारण किसी कमजोर क्षण में मेरे द्वारा कही कोई बात हो; और उन्हें देखकर लगता है कि वे मेरी गरदन को दबाकर मारना चाहते हैं, लेकिन मेरा उन्हें मात्र अत्यधिक मित्रवत् मानना तथा इस पर विश्वास करना उन्हें मेरा पक्का दोस्त बना सकता है।

> ***ऐसा व्यक्ति बहुत सौभाग्यशाली है, जो अपने दुश्मन को भी दोस्त बना सके और ऐसा करना बहुत आसान है। बहुत से लोग मुझे अत्यधिक नापसंद करते हैं। संभव है, इसका कारण किसी कमजोर क्षण में मेरे द्वारा कही कोई बात हो; और उन्हें देखकर लगता है कि वे मेरी गरदन को दबाकर मारना चाहते हैं, लेकिन मेरा उन्हें मात्र अत्यधिक मित्रवत् मानना तथा इस पर विश्वास करना उन्हें मेरा पक्का दोस्त बना सकता है।***

मुझे नहीं पता कि दुश्मनों को दोस्त बनाने का यह विचार मुझे कहाँ से आया? मैंने इसे कहीं पढ़ा है या किसी ने मुझे इसके बारे में बताया है, लेकिन यह वर्षों से मेरे काम का हिस्सा है और मैंने इसे हमेशा सफल पाया है। उदाहरण के लिए, एक अधिकारी मुझे उसकी कंपनी की कार्य-प्रणाली के बारे में कुछ आलोचनात्मक कहने के कारण नापसंद करता था। महीनों तक वह हर अवसर पर मेरी आलोचना करता। स्वाभाविक रूप से, मुझे सबसे पहले उसका मुकाबला करने और बदले में उसकी आलोचना करने का खयाल आया, लेकिन एक दिन मुझे यह ज्ञात हुआ कि उसका मुझसे दुश्मनी का कारण मेरा उसकी कंपनी को कुछ कहने की जगह उसके बारे में कहना था।

'वह बुरा आदमी नहीं है' मैंने अपने आप से कहा, 'गलती मेरी है। इस वैर की शुरुआत मैंने की। मुझे माफ कर दो।' अगली बार जब मैं उसके निकट था तो मैंने उसे मानसिक रूप से यह बात कही। एक रात मेरी उससे उस क्लब में मुलाकात हुई, जिसके हम दोनों सदस्य थे। उसने मुझे नजरअंदाज किया, लेकिन हम लगभग आमने-सामने आ गए। मैंने बात की पहल करते हुए कहा, "चार्ली, कैसे हो ?" उसने मेरी कही बात में मौजूद कुछ मित्रवत् निहितार्थ को पकड़ा और तुरंत उसका मित्रवत् उत्तर दिया। आज हम दोनों गहरे दोस्त हैं।

'वह बुरा आदमी नहीं है' मैंने अपने आप से कहा, 'गलती मेरी है। इस वैर की शुरुआत मैंने की। मुझे माफ कर दो।' अगली बार जब मैं उसके निकट था तो मैंने उसे मानसिक रूप से यह बात कही। एक रात मेरी उससे उस क्लब में मुलाकात हुई, जिसके हम दोनों सदस्य थे। उसने मुझे नजरअंदाज किया, लेकिन हम लगभग आमने-सामने आ गए। मैंने बात की पहल करते हुए कहा, "चार्ली, कैसे हो ?" उसने मेरी कही बात में मौजूद कुछ मित्रवत् निहितार्थ को पकड़ा और तुरंत उसका मित्रवत् उत्तर दिया। आज हम दोनों गहरे दोस्त हैं।

इसलिए याद रखिए, संभव है कि अपने कुछ शत्रु आपने खुद बनाए हों। ये मित्र या शत्रु आपके विचारों का प्रतिबिंब मात्र हैं। बाकी लोगों का हमें शत्रु या मित्र समझना पूरी तरह से हमारी उस तसवीर पर निर्भर करता है, जिसे हम खुद बनाते हैं।

आज इसे लिखते समय मेरे पास विचार विक्षेप का एक उदाहरण है। हमारे घर की कपड़े धोने के सिंक की नाली भर गई थी, जिसके लिए मुझे प्लंबर को बुलाना पड़ा। हमारे घर से कुछ ही ब्लॉक दूरी पर प्लंबर की दुकान थी, जिसके मालिक का अपने ग्राहकों के साथ व्यवहार द्वेषपूर्ण व आक्रामक था।

मैंने उसे अपना काम करने के लिए कई बार बुलाया, लेकिन वह हर बार बहुत व्यस्त था। जब आखिरी बार मैंने उसे पानी का हीटर ठीक करने के लिए बुलाया तो उसने मुझे अपनी बारी आने तक प्रतीक्षा करने को कहा—वह शायद कुछ हफ्तों में मेरा हीटर ठीक करने वाला था। मैंने उससे पूछा कि क्या वह मुझे किसी और प्लंबर का फोन नंबर दे सकता है, जिससे मुझे मदद मिल सके ? लेकिन उसका रवैया पूरी तरह से असहयोगात्मक था। स्वाभाविक है कि उसके द्वेषपूर्ण व्यवहार के कारण मेरे मन में सभी प्लंबरों की गलत छवि बन गई और मैं उन सभी को कोसने लगा।

लेकिन मुझे हीटर की मरम्मत करवानी ही थी और मुझे तुरंत एहसास हुआ

कि इस अनुभव के कारण प्लंबरों के प्रति मेरे कुपित रवैए से मुझे इनमें से किसी की भी सेवा मिलनी मुश्किल हो जाएगी। मैंने सिर्फ यह कहते हुए अपने विचारों को परिवर्तित किया कि 'सभी प्लंबर अच्छे होते हैं। तुमने जिसे फोन किया था, वह बस, एक बड़बड़ाता हुआ बूढ़ा था। उसे भूल जाओ।'

मैंने अपने एक मित्र को फोन किया, जो नलसाजी की थोक सामग्री की कंपनी में मैनेजर था। उसने मुझे एक प्लंबर का नाम सुझाया, जो मेरी मदद कर सकता था। मैंने मि. जोंस को उसी समय फोन किया। उसने कहा कि फिलहाल वह व्यस्त है; लेकिन अगर काम बहुत जरूरी है तो वह तुरंत आ सकता है।

उसके वादे ने मुझे खुश कर दिया। उस प्लंबर ने भी मेरे कृतज्ञता के भाव का अनुभव किया और मेरे फोन करने के पंद्रह मिनट में वह मेरे घर आ गया। उसने मेरे द्वारा पहले काम लिये प्लंबरों के विपरीत दो घंटे तेजी से काम करके हीटर को बदल दिया। मुझे उसका काम बहुत पसंद आया और यह बात मैंने उससे कही भी। स्वाभाविक है, यह उसे भी अच्छा लगा था।

उसके वादे ने मुझे खुश कर दिया। उस प्लंबर ने भी मेरे कृतज्ञता के भाव का अनुभव किया और मेरे फोन करने के पंद्रह मिनट में वह मेरे घर आ गया। उसने मेरे द्वारा पहले काम लिये प्लंबरों के विपरीत दो घंटे तेजी से काम करके हीटर को बदल दिया। मुझे उसका काम बहुत पसंद आया और यह बात मैंने उससे कही भी। स्वाभाविक है, यह उसे भी अच्छा लगा था।

आज मैंने उसे सुबह 8 बजे से कुछ ही पहले मदद के लिए फिर फोन किया। मैंने प्लंबर को याद दिलाया कि मैं कौन हूँ और मेरा वॉटर हीटर उसी ने ठीक किया था। वह मुझे फौरन पहचान गया और कहा कि वह जितना जल्दी हो सकेगा, संभवत: दोपहर तक, किसी को भेज देगा। मेरे फोन रखने के पाँच मिनट के भीतर मेरे घर के सामनेवाले दरवाजे पर एक आदमी खड़ा था। उसने पूछा कि क्या मैंने ही प्लंबर को बुलाया था?

मैंने उससे पूछा कि वह इतनी जल्दी काम पर कैसे आ गया, जबकि उसके मालिक ने कहा है कि वह दोपहर तक किसी को नहीं भेज सकता? उसने उत्तर दिया, "जब जोंस साहब आपसे बात कर रहे थे, मैं तभी दुकान में दाखिल हुआ। उन्होंने मुझसे कहा कि अपना दैनिक काम शुरू करने से पहले मैं आपके घर जाकर जो भी काम हो, उसे पूरा कर दूँ।"

मैं उनके इस रवैए से बहुत खुश हुआ और यह बात मैंने प्लंबर से भी कही। स्वाभाविक है कि वह भी इसे सुनकर प्रसन्न हुआ। मेरी मदद से उसने आधे घंटे से कम समय में नाली का पाइप ठीक कर दिया। मैंने उसे बूढ़े प्लंबर और उसके मालिक श्री जोंस से प्राप्त अनुभव के बारे में बताया।

"मेरे मालिक बहुत अच्छे आदमी हैं।" उसने उत्तर दिया, "वे हमेशा दूसरों की मदद को तत्पर रहते हैं और इसी का परिणाम है कि उनका व्यवसाय इतना फैल गया है। मुझे उनसे अच्छा मालिक और कहीं नहीं मिलेगा।" जब आप यह सोचें, मानें और विश्वास करें कि दूसरा व्यक्ति अच्छा आदमी है तो वह वैसा ही निकलेगा। हमेशा याद रखिए, आपको जो कुछ भी मिलता है, वह उसी का प्रतिबिंब होता है, जिसे आप मानसिक रूप से प्रक्षेप करते हैं।

इस महान् सत्य को झुठलाएँ नहीं। इसका उपयोग करें और आप इसके चौंकाने वाले परिणामों को देखकर हैरान रह जाएँगे। कभी बस चालक, लिफ्ट चलानेवाले और काउंटर के पीछे बैठे क्लर्क की ओर मित्रवत् विचार भेजने के बाद उनका आपको उपकृत करने का अनुभव कीजिए। यदि आप इसे लेकर पूरी तरह से गंभीर हैं तो जीवन के किसी भी क्षेत्र में इसका उपयोग कर सकते हैं। आपको कभी किसी के शत्रु बनने की चिंता नहीं करनी होगी।

'बाइबल' कहती है, "आप जिस मनुष्य के साथ जैसा करेंगे, वह भी आपके साथ वैसा ही करेगा।" बहुत से सफल स्त्री-पुरुष, उनके भीतर चाहे जो भी उद्देश्य कार्य करता हो, वे यह सोचकर दूसरों के लिए कुछ करते हैं कि वह भी उनके लिए कुछ करेगा। यह आपको स्वार्थीपन लग सकता है, लेकिन यही प्रतिफल का नियम है, फिर चाहे हालात या माहौल कैसा भी हो। स्पष्ट है कि प्रत्येक कार्य का कोई तार्किक प्रभाव अवश्य होता है।

'बाइबल' कहती है, "आप जिस मनुष्य के साथ जैसा करेंगे, वह भी आपके साथ वैसा ही करेगा।" बहुत से सफल स्त्री-पुरुष, उनके भीतर चाहे जो भी उद्देश्य कार्य करता हो, वे यह सोचकर दूसरों के लिए कुछ करते हैं कि वह भी उनके लिए कुछ करेगा। यह आपको स्वार्थीपन लग सकता है, लेकिन यही प्रतिफल का नियम है, फिर चाहे हालात या माहौल कैसा भी हो। स्पष्ट है कि प्रत्येक कार्य का कोई तार्किक प्रभाव अवश्य होता है।

दूसरों के लिए कुछ करने का किसी-न-किसी रूप में लाभ अवश्य

मिलता है। अपने बॉस को खुश करने का उद्देश्य केवल उनकी जी-हुजूरी करना नहीं होता।

उन्हें अपना दोस्त बना लेना केवल व्यावहारिक बुद्धि है, क्योंकि किसी भी संगठन में वही लोग आगे बढ़ते हैं, जो अपना काम अच्छी तरह करने के साथ ही बॉस को खुश करने का भी प्रयास करते हैं। पदोन्नति बॉस करता है और वह आपसे तथा आपके काम से जितना अधिक खुश होगा, आपकी प्रगति उतनी ही तेजी से होगी। इससे कोई फर्क नहीं पड़ता कि आप में आत्मसम्मान कितना है! यदि आप किसी बड़े संगठन में प्रगति की उम्मीद करते हैं तो आपको न केवल अपना काम अच्छी तरह करना होगा, आपको बॉस का चहेता भी बनना होगा। जरा अपने आसपास नजर डालिए और आप इस सिद्धांत को हर कहीं कार्य करता हुआ पाएँगे। बचपन में आपने इसे स्कूल में काम करते देखा होगा, आप इसे सेना में काम करता देखेंगे, आपको यह अमेरिकी राजनीति में दिखाई दे जाएगा और यदि आपने जीव-विज्ञान पढ़ा है तो इस नीति को उच्च व निम्न सभी प्रजातियों में देखा होगा।

आगे बढ़ें, दूसरों के लिए कुछ करने का प्रयास करें और आपको आश्चर्य मिश्रित प्रसन्नता होगी कि किस तरह आपको चीजें मिल रही हैं और आपके साथ कितनी सारी सुखद चीजें हो रही हैं!

आप यह प्रयोग अपने कुत्ते के साथ कर सकते हैं। उसे प्यार करते हुए सहलाइए, खुशी में उसकी दुम हिलने लगेगी। यदि आप उसे मौका देंगे तो वह आपका हाथ या चेहरा भी चाटने का प्रयास करेगा। उसे डाँटिए या मारिए तो वह आपकी चापलूसी करने लगेगा या गुर्राने लगेगा। हो सकता है, आपको काटने का भी प्रयास करे। लोगों की प्रतिक्रिया एक सी रहती है, आपको दूसरों के लिए कुछ करने की प्रेरणा जहाँ से भी मिले, यह चाहे आपका मित्रवत् संवेग हो या आपके कारण व प्रभाव के नियम से संबंधित अपना ज्ञान हो, इसके परिणाम एक-से ही रहेंगे।

जरा अपने आसपास नजर डालिए और आप इस सिद्धांत को हर कहीं कार्य करता हुआ पाएँगे। बचपन में आपने इसे स्कूल में काम करते देखा होगा, आप इसे सेना में काम करता देखेंगे, आपको यह अमेरिकी राजनीति में दिखाई दे जाएगा और यदि आपने जीव-विज्ञान पढ़ा है तो इस नीति को उच्च व निम्न सभी प्रजातियों में देखा होगा।

ईमानदार प्रशंसा सदा मित्र बनवाती है, क्योंकि ज्यादातर लोग प्रशंसा करने को

ईमानदार प्रशंसा सदा मित्र बनवाती है, क्योंकि ज्यादातर लोग प्रशंसा करने को लेकर अत्यधिक भावुक होते हैं। प्रशंसा से उनके अहं की तुष्टि होती है और वे आपको मित्र के रूप में देखने लगते हैं। सभी सफल नेताओं ने अपने शुरुआती दिनों में ही दूसरों का काम करने तथा उनकी प्रशंसा करने की कला सीख ली होती है। अखबार बाँटनेवाला जो लड़का आज आपका दोस्त है, संभव है कि एक दिन पुलिसकर्मी बन जाए और आपको ट्रैफिक नियम भंग करने पर रोक ले और तब आपको ज्ञात होगा कि कानून के क्षेत्र में मित्र के होने का क्या अर्थ होता है! यही सिद्धांत जीवन के सभी क्षेत्रों में लागू होता है, हालाँकि ज्यादातर लोग इसे नजरअंदाज कर देते हैं।

लेकर अत्यधिक भावुक होते हैं। प्रशंसा से उनके अहं की तुष्टि होती है और वे आपको मित्र के रूप में देखने लगते हैं। सभी सफल नेताओं ने अपने शुरुआती दिनों में ही दूसरों का काम करने तथा उनकी प्रशंसा करने की कला सीख ली होती है। अखबार बाँटनेवाला जो लड़का आज आपका दोस्त है, संभव है कि एक दिन पुलिसकर्मी बन जाए और आपको ट्रैफिक नियम भंग करने पर रोक ले और तब आपको ज्ञात होगा कि कानून के क्षेत्र में मित्र के होने का क्या अर्थ होता है! यही सिद्धांत जीवन के सभी क्षेत्रों में लागू होता है, हालाँकि ज्यादातर लोग इसे नजरअंदाज कर देते हैं।

कुछ ही समय पूर्व मैं देश के सबसे बड़े डिपार्टमेंटल स्टोर के उत्पाद प्रबंधक के पास बैठा था, तभी एक महिला कर्मचारी उसे दूसरे शहर में अच्छी नौकरी स्वीकार करने के संबंध में उसकी दी सलाह के लिए धन्यवाद देने आई। जब वह चली गई तो इसने कहा, "आपको पता है, इस नौकरी में मुझे सबसे अच्छा यही लगता है कि यहाँ बहुत लोग मुझसे सलाह लेने आते हैं। हालाँकि यह नौकरी मुझे हमेशा व्यस्त रखती है, लेकिन मैं सलाह के लिए मेरे पास आए कर्मचारियों के लिए समय निकाल ही लेता हूँ। इससे मुझे खुशी मिलती है और लगता है कि मुझमें कुछ खास है और स्वाभाविक है, मैं उन लोगों के लिए सबकुछ करने को आतुर रहता हूँ, जो मेरी प्रशंसा करते हैं।"

इससे मुझे एक और बात समझ आई। जो व्यक्ति अमीर होना चाहता है, उसे वहाँ जाना चाहिए, जहाँ अमीर लोग हों। किसी रेगिस्तानी द्वीप पर अकेले व्यक्ति के

लिए अपना अस्तित्व कायम रखना कठिन हो जाता है, फिर बेहतर भाग्य बनाने के प्रयास की तो बात ही क्या की जाए! उसे ऐसा रोज करना होगा। अतः यदि आप धन चाहते हैं तो आपको उन लोगों के साथ रहना होगा, जिनके पास यह है या जो यह जानते हैं कि इसे कैसे कमाया जाए! सुनने में यह मूर्खतापूर्ण लग सकता है, लेकिन सच यही है कि अगर आपको धन चाहिए तो हमें वहीं जाना होगा, जहाँ इसे खर्च किया जाता है। साथ ही आपको उन लोगों के साथ भी परिचय बढ़ाना होगा, जिनके पास उन्हें खर्च करने का अधिकार है। यदि आप विज्ञापन बनाते हैं और आपको पता हो कि अंतिम हामी फर्म के अध्यक्ष की ही होगी तो छोटे क्लर्कों और जूनियर अधिकारियों को समझाने में अपना समय बरबाद न करें। यह बात तब भी खरी उतरती है, जब आप कोई और उत्पाद या सबसे महत्त्वपूर्ण अपने आपको बेच रहे हों।

अल्बर्ट हबार्ड ने कहा है, "मनुष्य के लिए कार्य करते हुए भी इस तरह कार्य करें, जैसे भगवान् के लिए कर रहे हैं।" इससे मुझे, इतने वर्ष मैंने जिन लोगों के साथ काम किया, उनकी नाकामी का कारण समझ आया—अपनी नौकरी में रुचि न होना। वे अपने कार्य करने के क्षेत्र के सीमित दायरे से बाहर कुछ भी सीखने का प्रयास नहीं करते।

अल्बर्ट हबार्ड ने कहा है, "मनुष्य के लिए कार्य करते हुए भी इस तरह कार्य करें, जैसे भगवान् के लिए कर रहे हैं।" इससे मुझे, इतने वर्ष मैंने जिन लोगों के साथ काम किया, उनकी नाकामी का कारण समझ आया—अपनी नौकरी में रुचि न होना। वे अपने कार्य करने के क्षेत्र के सीमित दायरे से बाहर कुछ भी सीखने का प्रयास नहीं करते।

मैंने एक बड़े संस्थान के अधिकारी, जिनका नाम लगातार अखबारों में आता रहता था, से शर्त लगाई कि मैं उनके अपने स्थानीय संगठन में कम-से-कम ऐसे बीस लोग खोज सकता हूँ, जिन्होंने उनके बारे में न सुना होगा या उसके पद के बारे में जानकारी नहीं होगी। वह न केवल शर्त हारे, बल्कि प्रमाण मिलने के बाद उनके अभिमान को आघात पहुँचा। उत्सुकतावश मैंने अन्य राष्ट्रीय संगठनों की भी जाँच की और एक भी कर्मचारी अपनी कंपनी के प्रमुख का नाम या उसके मुख्य ऑफिस का पता नहीं बता सका।

यह सुनने में अविश्वसनीय बल्कि हास्यास्पद लगता है, लेकिन यदि आपका कोई मित्र किसी बड़े संगठन में छोटे पद पर काम कर रहा हो तो उससे उनके कोषाध्यक्ष या वरिष्ठ उपाध्यक्ष का नाम पूछें। यदि कंपनी का आंतरिक मुखपत्र या

एंपलॉई न्यूजलेटर न प्रकाशित होता हो तो उनका अज्ञान आपको हैरान कर देगा। बहुत से लोग पद हासिल करने के बाद साथ वाला विभाग क्या करता है या कंपनी के सामान्य संचालन के बारे में भी कुछ जानने का प्रयास नहीं करते। संभवतः बड़े संस्थानों के अध्यक्ष अपने कर्मचारियों के लाभ हेतु शैक्षणिक अभियान चलाने का काम भूल से भी नहीं करते।

निस्संदेह, ऐसे भी बड़े कॉरपोरेशन हैं, जिनके आंतरिक मुखपत्रों में अधिकारियों के नाम और मुख्य कार्यालयों के पते दिए जाते हैं। इसी बीच मैंने एक महिला से बात की, जो एक बड़े निर्माण संयंत्र में कुछ महीनों से काम कर रही थी।

वह उसे नौकरी पर रखनेवाले कार्मिक प्रबंधक के नाम के अलावा कंपनी के एक भी अधिकारी का नाम नहीं जानती थी और वह भी तब, जब हर महीने उसके हाथों से कंपनी का वह प्रकाशन गुजरता था, जिसमें विभिन्न विभाग प्रमुखों के लिखे लेख शामिल रहते थे।

आपकी तत्कालीन नौकरी भावी नौकरियों के शुरुआती कदम हैं। इस दिशा में बढ़ते समय आप इसके बारे में कितना जानते हैं—आप अपनी कंपनी तथा इसकी नीतियों की सांगोपांग कितनी जानकारी रखते हैं? यदि आप किसी बड़ी तेल कंपनी के विक्रय अधिकारी हैं या टेलीफोन ऑपरेटर ही क्यों न हों, नौकरी लगने के फौरन बाद आपको निश्चित रूप से उन लोगों के नाम जानने चाहिए, जो कंपनी में अध्यक्ष हों या उसके इतिहास से संबंधित हों। बहुत सी फर्में सामूहिक बीमा करवाती हैं, जिसके प्रीमियम का छोटा सा हिस्सा कर्मचारी को देना होता है। कितने कर्मचारियों ने नीतियों को पढ़ा होगा? बहुत कम और आगे बहुत कम लोग अपने सामाजिक सुरक्षा अधिकारों या अपने वेतन में होनेवाली कटौतियों के बारे में सचमुच कुछ जानते हों।

> *"मनुष्य महान् पुस्तकों में कई युगों से मौजूद ज्ञान के उत्तराधिकारी हैं।" यह एक महान् बुद्धिजीवी का कथन है और इसके बावजूद हैरानी है कि उन पुस्तकों को कितने ही लोगों ने नहीं पढ़ा है। यह बेहद अजीब है; लेकिन बहुत थोड़े से व्यापारी हैं, जो अखबारों तथा कुछ ट्रेड जर्नलों के अलावा कुछ और भी पढ़ते हों! पेशेवर व्यक्ति कमोबेश अपने-अपने क्षेत्रों से संबंधित पुस्तकों और साहित्य तक सीमित रहते हैं।*

"मनुष्य महान् पुस्तकों में कई युगों से मौजूद ज्ञान के उत्तराधिकारी हैं।" यह एक महान् बुद्धिजीवी का कथन है और

इसके बावजूद हैरानी है कि उन पुस्तकों को कितने ही लोगों ने नहीं पढ़ा है। यह बेहद अजीब है; लेकिन बहुत थोड़े से व्यापारी हैं, जो अखबारों तथा कुछ ट्रेड जर्नलों के अलावा कुछ और भी पढ़ते हों! पेशेवर व्यक्ति कमोबेश अपने-अपने क्षेत्रों से संबंधित पुस्तकों और साहित्य तक सीमित रहते हैं। मैंने यहाँ पुस्तकों का जिक्र किया, जिनमें जीवनी, गल्प, इतिहास या वैज्ञानिक लेख सब शामिल हैं। ऐसी शायद ही कोई पुस्तक होगी, जिसमें आपके काम के एक या दो विचार नहीं हों। ज्ञान पर किसी का एकाधिकार नहीं है; बल्कि हम सभी जानते हैं कि उपयोग किया जाए तो ही ज्ञान की शक्ति है। आप जितना अधिक पढ़ेंगे, आपकी सोच को उतनी ही प्रेरणा मिलती है और यदि आप काररवाई करें तो इससे आपके प्रयासों को बढ़ावा मिलेगा।

अब विचार संयोजन की अत्यधिक दिलचस्प परिघटना और विचार किस तरह अपने आपको फौरन दूसरे विचारों से जोड़ लेते हैं, के बारे में बताने का समय आ गया है। यह बहुत महत्त्वपूर्ण है और सभी में होना चाहिए, विशेष रूप से उन लोगों में, जो विज्ञापन, लेखन या विक्रय जैसे रचनात्मक कार्य करते हों।

उदाहरण के लिए, वाहन पर विचार करें। एक क्षण को सोचें कि वाहन की मानसिक तसवीर से कितने सारे विचार प्राप्त किए जा सकते हैं? यह स्टील, मिश्र धातुओं और प्लास्टिक से बनती है—इसमें से प्रत्येक प्रमुख विचार और बहुत से नए विचारों को जन्म दे सकता है। अब पहियों पर विचार करें—उनका आवरण, हबकैप, वॉल्व आदि, जो आगे किसी और से जुड़ जाते हैं। उन सड़कों के बारे में, उनके निर्माण पर विचार करें, जिस पर वे चलते हैं। इसके बाद तेल व ईंधन पर विचार करें, जो आगे जुड़ते हुए और विचारों को जन्म देते हैं। पता लगने से पहले ही आप विचारों का अंतहीन संयोजन आरंभ कर चुके होते हैं।

ऐसा ही कारोबार से जुड़ा एक विचार लीजिए। मान लीजिए कि आप संतरे की एक नई नस्ल को विकसित करने व बेचने में रुचि रखते हैं। तो स्वाभाविक रूप से पहला प्रश्न होगा—क्या इसे उगाने व बेचने में मुनाफा है? सहज रूप से, विचारों का संयोजन आपको ऐसे विचारों तक ले आएगा, जिनमें शामिल होंगे—मिट्टी, स्थान, मौसमी परिस्थितियाँ, लागत, श्रमिक समस्याएँ। ये आपको विपणन कार्यक्रम, पैकेजिंग, रुचि लेनेवाले डीलर, ब्रोकर, ढुलाई और अंत में उपभोक्ता तक ले आएँगे। विचारों का यह क्षेत्र उस समय अत्यधिक बढ़ जाता है, जब इसका एक संतरे के साथ संयोजन आरंभ होता है।

यहाँ मैं पैकेजिंग और दर्शनीयता के बारे में कुछ कहना चाहूँगा, क्योंकि यह

भी सुझाव की शक्ति से ही संबंधित है। किराना, फल, सब्जियाँ बताती हैं कि इस उत्पाद में अपने आप में चाहे कोई सुधार न भी हो, फिर भी कलात्मक व आकर्षक पैकिंग द्वारा इसके ज्यादा दाम मिल सकते हैं। इसे स्वयं समझने के लिए किसी किराने की दुकान में जाएँ और उन वस्तुओं पर ध्यान दें, जो सबसे पहले आपका ध्यानाकर्षण करें। सजावट में महारत ही कुशल शेफ (खानसामा) और रेस्टोरेंट के साधारण रसोइए के बीच का फर्क है। दक्ष शेफ दर्शनीयता का मूल्य समझता है और वह खाने को इसी अंदाज में परोसता है, जिससे वह अधिक स्वादिष्ट दिखे; जबकि औसत फटाफट ऑर्डर निपटानेवाला रसोइया संभवत: पुरानी परिपाटी में बदलाव करना न तो जानता है और न ही इसकी परवाह करता है।

मेरे पास बहुत वर्षों तक सेलरी का खेत था। मेरा पट्टाधारी बहुत आलसी था। वह हमेशा यही शिकायत करता रहता कि वह जापानियों का मुकाबला नहीं कर सकता और यह बहाना तब लगाता, जब वह किराया अनुबंध पूरा करने में अक्षम रहता। सहज रूप से, जापानी समुचित पैकेजिंग का मूल्य जानते हैं। उनकी सेलरी अच्छी तरह धुली हुई और हृदय के आकार वाले नए टोकरों में बेची जाती थी, जो बेहद आकर्षक ढंग से कागज में लिपटी होती और उस पर सेलरी की गुणवत्ता की तारीफ में छोटा सा संदेश लिखा रहता। मेरा पट्टाधारी, जहाँ तब मुझे याद है, सेलरी का सिर्फ एक बंडल धोया करता था। वह उन्हें पुरानी टोकरियों में पैक करता और फिर उसकी शिकायत थी कि सारा काम जापानी प्रतिद्वंद्वी ले जा रहे हैं।

मेरे पास बहुत वर्षों तक सेलरी का खेत था। मेरा पट्टाधारी बहुत आलसी था। वह हमेशा यही शिकायत करता रहता कि वह जापानियों का मुकाबला नहीं कर सकता और यह बहाना तब लगाता, जब वह किराया अनुबंध पूरा करने में अक्षम रहता। सहज रूप से, जापानी समुचित पैकेजिंग का मूल्य जानते हैं। उनकी सेलरी अच्छी तरह धुली हुई और हृदय के आकार वाले नए टोकरों में बेची जाती थी, जो बेहद आकर्षक ढंग से कागज में लिपटी होती और उस पर सेलरी की गुणवत्ता की तारीफ में छोटा सा संदेश लिखा रहता।

जिसने भी मिडवेस्ट और कनाडा की विशाल कृषि पट्टी की यात्रा की होगी, वह किसान के घर या खलिहान को देखकर बता सकता है कि वह कर्मठ है या आलस्य का पुजारी। सन् 1910 में उत्तर-पश्चिम प्रशांत के बागबान मालिक नाशपातियों और सेबों से भरी पूरी गाड़ी

को 20 डॉलर में भी नहीं बेच पाते थे। इसके बाद 1940 के दशक में जिन लोगों ने उन्हें आकर्षक पैकेजिंग और विपणन द्वारा बेचने का विचार किया, उन्होंने भारी कमाई की। टिश्यू पेपर में लिपटे लगभग एक दर्जन सेब या नाशपाती के लिए लोग 2 डॉलर आसानी से दे देते। कुछ तेज बागबान मालिक डाक द्वारा अपने उत्पाद दुनिया भर में हजारों ग्राहकों को बेचने लगे। मैं व्यक्तिगत रूप से ऐसे कई ऑपरेटरों को जानता हूँ, जिनका हर प्रयास में सफल होने का विचार एक क्षण में आया और जो उनके विश्वास के परिणाम के रूप में विकसित हुआ।

अब इस पैकेजिंग के मसले को अपने आप से जोड़कर देखें। क्या आप में आकर्षक लगनेवाली कोई बात है ? क्या आप ऐसे कपड़े पहनते हैं कि अच्छे दिखाई दें ? क्या आप रंगों के प्रभाव से परिचित हैं और आपने यह अध्ययन किया है कि आपके रूप व स्वभाव के अनुसार कौन सा रंग आप पर सबसे अच्छा लगता है ? क्या आपका व्यक्तित्व आपको भीड़ में अलग करता है ? यदि नहीं, तो आपको अपनी निजी पैकेजिंग पर ध्यान देने की आवश्यकता है; क्योंकि दुनिया आपको उसी तरह लेती है, जैसे आप दिखाई देते हैं। जरा वाहन निर्माताओं से लेकर हॉलीवुड के मेकअप आर्टिस्ट और किसी भी मशहूर रेस्टोरेंट के मालिक से बात करें, जो सभी आकर्षक लगने का मूल्य जानते हैं और अपने को उसी के अनुसार तैयार करते हैं। जब आपकी पैकेजिंग उचित होगी और आप में उच्च गुणवत्ता-युक्त सामग्री होगी तो यह एक अद्वितीय संयोग है। वे आप भीतर कर सकते हैं, वही बाहर भी कर सकते हैं—और यह अद्वितीय संयोग आप में भी हो सकता है।

आप जो हैं, अपने उस व्यक्तित्व के सही होने की संतुष्टि के लिए किसी ऐसी जगह से गुजरें, जहाँ निर्माण कार्य जारी हो। यदि आपकी पोशाक अच्छी है और आप में समृद्धि व महत्त्व की धमक है तो

आप जो हैं, अपने उस व्यक्तित्व के सही होने की संतुष्टि के लिए किसी ऐसी जगह से गुजरें, जहाँ निर्माण कार्य जारी हो। यदि आपकी पोशाक अच्छी है और आप में समृद्धि व महत्त्व की धमक है तो आपके सामने आनेवाले कर्मचारी रास्ते से हट जाएँगे। या आप किसी ऐसे ऑफिस में जाएँ, जहाँ बाकी लोग किसी बड़े अधिकारी का इंतजार कर रहे हों। उस रसूख और अधिकार-संपन्न महत्त्वपूर्ण दिखनेवाले व्यक्ति पर ध्यान दें, जिस पर सबसे पहले ध्यान जाता है और ऐसा न केवल छोटे कर्मचारी, बल्कि अधिकारी भी करते हैं।

आपके सामने आनेवाले कर्मचारी रास्ते से हट जाएँगे। या आप किसी ऐसे ऑफिस में जाएँ, जहाँ बाकी लोग किसी बड़े अधिकारी का इंतजार कर रहे हों। उस रसूख और अधिकार-संपन्न महत्त्वपूर्ण दिखनेवाले व्यक्ति पर ध्यान दें, जिस पर सबसे पहले ध्यान जाता है और ऐसा न केवल छोटे कर्मचारी, बल्कि अधिकारी भी करते हैं।

अच्छे व्यक्तित्व की प्रभावकारिता का सबसे बेहतर उदाहरण पुलिस स्टेशन में बचाव पक्ष के बीच भेद किया जाता देखिए। किसी अच्छे कपड़े पहने तथा अच्छे से तैयार हुए व्यापारी के साथ शायद ही कभी बुरा व्यवहार किया जाता हो! वहीं किसी आवारागर्द को तुरंत जेल में डाल दिया जाता है।

महानगर के अखबार में कई वर्षों तक बतौर पुलिस रिपोर्टर काम करते हुए मैंने ऐसा होते अनगिनत बार देखा है। ऐसा व्यक्ति, जो रसूखवाला दिखता हो और जिसे किसी छोटे से जुर्म में पकड़ा गया हो, को कप्तान के कमरे में कुरसी पर तब तक बैठाया जाता है, जब तक वह खुद को छुड़ाने के लिए अपने वकील या मित्र को फोन न कर ले; जबकि निम्न स्तर के व्यक्ति को तब तक के लिए जेल में ठूँस दिया जाता है, जब तक कोर्ट से वह छूट नहीं जाता।

एक बड़ी वाहन वितरण एजेंसी के अध्यक्ष ने मुझे बताया कि एक अमीर आदमी, जो उससे सबसे महँगी कारें खरीदता था, अकसर उसे खरीदारी के लिए बुलाया करता था। उसने कहा, "मैं न केवल नहाता और कपड़े बदलता, बल्कि नाई की दुकान पर जाकर दाढ़ी बनाने से लेकर शैंपू व नाखूनों की छँटाई सबकुछ करवाता। प्रत्यक्ष रूप से इसका संबंध मेरी बाह्याकृति से था; लेकिन इसके अतिरिक्त, इससे मेरे भीतर भी कुछ होता था—मुझे ऐसा नया आदमी होने का एहसास होता, जो बेहद मजबूत है।"

जब आप किसी महत्त्वपूर्ण कार्य करने से पहले अच्छी तरह तैयार होते हैं तो आपको अपने भीतर शक्ति का एहसास होगा, जिससे लोग आपके लिए मार्ग छोड़ेंगे; बल्कि इससे आप दूसरों को आपकी जैसी संभव हो, वैसी मदद करने के लिए प्रेरित कर सकते हैं। सही मानसिक दृष्टिकोण से आपकी निगाहें लक्ष्य पर टिकी रहती हैं और आपके आसपास का औरा भी बेहतर रहता है, जो आपकी कल्पना विधि या आपके निजी आकर्षण के विस्तार द्वारा संभव है और यह अच्छा काम करता है। थीयोस बर्नार्ड ने यह उस समय सीखा, जब तिब्बत के स्थानीय निवासियों ने उसे पत्थरबाजी करते हुए घेर लिया था। अपनी पुस्तक 'पैंट हाउस ऑफ द गॉड्स' में वे कहते हैं कि उनकी पहली प्रतिक्रिया लड़ना थी; लेकिन उन्हें सिखाई गई आभा

की कल्पना व उपयोग की याद आते ही उन्होंने तुरंत इस विचार को स्थगित कर दिया। उन्होंने अपने कंधे सीधे किए, अपना सिर ऊँचा किया और सामने देखते हुए दृढ़ता व तेजी के साथ आगे बढ़ते रहे। न केवल भीड़ ने उन्हें रास्ता दिया, बल्कि दूसरे लोगों ने भी स्वतः ही उनके लिए रास्ता बनाया।

> *थीयोस बर्नार्ड ने यह उस समय सीखा, जब तिब्बत के स्थानीय निवासियों ने उसे पत्थरबाजी करते हुए घेर लिया था। अपनी पुस्तक 'पैंट हाउस ऑफ द गॉड्स' में वे कहते हैं कि उनकी पहली प्रतिक्रिया लड़ना थी; लेकिन उन्हें सिखाई गई आभा की कल्पना व उपयोग की याद आते ही उन्होंने तुरंत इस विचार को स्थगित कर दिया। उन्होंने अपने कंधे सीधे किए, अपना सिर ऊँचा किया और सामने देखते हुए दृढ़ता व तेजी के साथ आगे बढ़ते रहे। न केवल भीड़ ने उन्हें रास्ता दिया, बल्कि दूसरे लोगों ने भी स्वतः ही उनके लिए रास्ता बनाया।*

कुछ वर्ष पूर्व मेरी एक बड़े महानगरीय अग्निशमन विभाग के प्रमुख से मित्रता थी। वह मध्यम आयु का व्यक्ति निडर प्रतीत होता था। एक बार मैंने उन्हें बताया कि उनके साथियों का मानना है कि उनका जीवन सुरक्षात्मक रहा है और वे हँस पड़े, "मुझे नहीं पता है कि आप इसे क्या कहेंगे? मैं शायद भाग्यवादी हूँ; लेकिन मुझे लगता है कि जब तक मैं विभाग प्रमुख हूँ, मुझे कुछ नहीं होगा। किसी भी खतरे वाली जगह जाने पर मैं अपने आसपास एक सफेद दायरा बना लेता हूँ और उस दायरे के भीतर कुछ नहीं आ सकता। मैंने यह तरकीब अपने पड़ोस में रहनेवाले भारतीयों से अपने बचपन में सीखी थी। मेरे खयाल से, यह सबसे बुरा अंधविश्वास है; लेकिन उस सफेद आभा ने इतनी बार मेरी जान बचाई कि मैं सोच भी नहीं सकता हूँ।" वे सेवानिवृत्त हुए और '70 के दशक तक जीवित रहे और उनका प्राकृतिक कारणों से निधन हुआ।

बेसबॉल के बहुत से प्रशंसकों को पता होगा कि महान् बेब रुथ किस तरह मन-मरजी से शॉट लगाते थे। जब उन्हें बाईं या दाईं ओर होम रन मारना होता था तो वे गेंद को उसी तरफ मारते थे। वे ऐसा कैसे करते थे, यह संभवतः अमेरिकी लड़कों के उस हीरो को ही पता होगा, लेकिन निश्चित ही यह अलौकिक था। बेहतरीन गेंदबाजों के विरुद्ध भी वे जहाँ चाहते थे, गेंद को उसी ओर खेलने में सक्षम थे और उनका होम रन रिकॉर्ड लंबे समय तक नहीं टूटा था।

एर्नी पाइल, विख्यात युद्ध पत्रकार को अपनी मृत्यु का पूर्वानुभव हुआ था। पेसिफिक थिएटर से निकलते समय एर्नी को एहसास हो गया था कि वह अब वापस नहीं लौटने वाले। वहीं दूसरी ओर, बहुत से पूर्व सैनिकों ने बताया कि उन्हें यह एहसास या विश्वास हो गया था कि वे घनघोर गोलाबारी के बीच भी बिना जख्मी हुए बाहर निकल आएँगे, और ऐसा ही हुआ। आप पाएँगे कि बहुत से लोग, जो किसी बड़े खतरे में पड़ गए थे, उन्हें अपने आसपास के सफेद दायरे या आभा की क्षमता पर विश्वास था। शायद यहाँ भी यह विश्वास के जादू का ही परिणाम था। दुनिया भर में लाखों वाहन मालिक अपने कारों में छोटा सा सेंट क्रिस्टोफर मेडल रखते हैं। उनका विश्वास है कि यह उन्हें दुर्घटना से बचाएगा; लेकिन यहीं क्यों रुकें?

दूसरों के कंपनों का हम जितना सोचते हैं, उससे कहीं अधिक प्रभाव होता है; क्योंकि हम उन सभी का स्वभाव अपना लेते हैं, जिनसे कमोबेश संपर्क में आते रहते हैं। लंबे समय तक साथ रहनेवाले पति-पत्नी निरंतर एक-दूसरे जैसे होते जाते हैं और एक-दूसरे की बहुत सी आदतों को अपना लेते हैं। एक शिशु अपना भावनात्मक स्वभाव अपनी माँ या उसकी देख-रेख करनेवाले व्यक्ति से लेता है। उसके डर तथा पसंद व नापसंद उन्हीं के जैसे होते हैं—और ये भावनात्मक गुण जीवन भर बने रहते हैं। जानवरों, विशेष रूप से कुत्तों के प्रेमी बताते हैं कि जानवर भी अपने मालिकों के कुछ भावनात्मक गुणों को अपना लेते हैं—वे बुरे, मित्रवत्, प्रसन्नचित्त या झगड़ालू हो जाते हैं, जो उन मनुष्यों के भावनात्मक प्रारूप से जुड़ा होता है, जिसके वे सबसे अधिक निकट रहते हैं।

हमेशा याद रखिए, एक नकारात्मक व्यक्ति बरबादी ही ला सकता है। किसी घर या संगठन में अत्यधिक नकारात्मक व्यक्ति उतना ही नुकसान पहुँचा सकता है, जितना सकारात्मक व्यक्ति भलाई कर सकता है; और इन दोनों के एक-दूसरे के खिलाफ हो जाने पर नकारात्मकता अधिक शक्तिशाली होती जाती है। हम

हमेशा याद रखिए, एक नकारात्मक व्यक्ति बरबादी ही ला सकता है। किसी घर या संगठन में अत्यधिक नकारात्मक व्यक्ति उतना ही नुकसान पहुँचा सकता है, जितना सकारात्मक व्यक्ति भलाई कर सकता है; और इन दोनों के एक-दूसरे के खिलाफ हो जाने पर नकारात्मकता अधिक शक्तिशाली होती जाती है। हम सब जानते हैं कि असभ्य लोगों के बीच रहनेवाले व्यक्ति का क्या हाल होता है!

सब जानते हैं कि असभ्य लोगों के बीच रहनेवाले व्यक्ति का क्या हाल होता है! अकसर वह उन्हीं की तरह हरकतें करने लगता है। जंगल में स्थित चौकियों पर तैनात पौधारोपण या खदान परिचालन हेतु तैनात अंग्रेज हर रात्रिभोज के पूर्व हजामत बनवाते तथा उचित वस्त्र पहनते हैं, जिससे वे भी उनके जैसे न हो जाएँ।

संगठन को सुचारु ढंग से चलाने के लिए उसके सभी सदस्यों का प्रमुख अधिकारी की सोच से सुसंगत होना आवश्यक है। इसी कारण किसी आधिकारिक पद पर अत्यधिक घबरानेवाला व्यक्ति अपने लगभग सभी सहकर्मियों को घबराहट की स्थिति में ले आता है। आप इसे लगभग हर उस ऑफिस या दुकान में होता देख सकते हैं, जहाँ का अधिकारी घबरानेवाली प्रवृत्ति का हो। कई बार यह भावनात्मक प्रारूप पूरे संगठन में फैल जाता है, जो दरअसल इसके प्रमुख की छाया का विस्तार मात्र होता है। मजबूत नकारात्मक व्यक्तित्व, जो प्रबंधन से विचारों से लयहीन हो, अपने नकारात्मक कंपन को संगठन के अन्य लोगों तक विस्तार देकर हानि पहुँचा सकता है, बिल्कुल वैसे ही, जैसे एक सड़ा हुआ सेब बाकी सबको भी सड़ा देता है।

इसी तरह एक महिला का रोना कमरे में मौजूद अन्य लोगों के रोने का कारण बन जाता है। एक व्यक्ति का हँसना सबको हँसा सकता है और एक व्यक्ति के जँभाई भरने से सबको जँभाई आ सकती है। हम शायद ही समझ पाते हैं कि हमारे भावनात्मक कंपन दूसरों को प्रभावित करते हैं और हम दूसरों से कितना प्रभावित होते हैं!

यदि आप अपना रुख सकारात्मक रखना चाहते हैं तो नकारात्मक या निराशावादी प्रवृत्ति के लोगों से अधिक मेल-जोल न रखें। बहुत से पादरी व व्यक्तिगत सलाहकार अकसर उन लोगों के बहुतायत में मिलने से इसका शिकार बन जाते हैं, जो उनके पास अपनी समस्याएँ लेकर आते रहते हैं। अंत में, दुःख व संताप के कंपनों के स्थिर प्रभाव उनके सकारात्मक पक्ष को उलटकर नकारात्मक स्थिति में बदल देता है।

इन विचारोत्तेजक कंपनों के प्रभावों को बेहतर तरीके से समझने के लिए आपको सिर्फ विभिन्न ऑफिसों और घरों में प्रवेश करने पर विविध एहसासों को याद रखने की जरूरत है। वातावरण उन लोगों से बनता है, जो उस स्थान पर रहते हैं और ये तुरंत ही परेशान, अशांत, शांत, सामंजस्यपूर्ण, ठंडा या गर्मजोशी से भरपूर—फर्नीचर व्यवस्था, रंग संयोजन और खुद दीवारें, ये सब उस कमरे में रहनेवाले व्यक्ति के विचारों से कंपित रहते हैं और दरशाते हैं कि वह किस तरह की सोच रखता है। घर चाहे महल हो या झोंपड़ी, उसके कंपन उसमें रहनेवालों के व्यक्तित्व की कुंजी होते हैं।

> *क्या आप जिम्मेदारियाँ लेने से डरते हैं, निर्णय लेने में डरते हैं, अकेले बाहर जाने से डरते हैं? अधिकांश लोग डरते हैं। यही कारण है कि नेता बहुत कम हैं और अनुयायी इतने अधिक। किसी समस्या का सामना होने पर आप इसे जितना नजरअंदाज करते हैं, वह उतनी ही बड़ी होती जाती है और आप उसे सुलझाने में अपनी क्षमता को लेकर भयभीत हो जाते हैं। निर्णय न लेने के कारण आप उस पर काररवाई भी नहीं करते और काररवाई न करने पर आप असफलता को न्योता दे बैठते हैं। इसलिए निर्णय लेना सीखिए।*

क्या आप जिम्मेदारियाँ लेने से डरते हैं, निर्णय लेने में डरते हैं, अकेले बाहर जाने से डरते हैं? अधिकांश लोग डरते हैं। यही कारण है कि नेता बहुत कम हैं और अनुयायी इतने अधिक। किसी समस्या का सामना होने पर आप इसे जितना नजरअंदाज करते हैं, वह उतनी ही बड़ी होती जाती है और आप उसे सुलझाने में अपनी क्षमता को लेकर भयभीत हो जाते हैं। निर्णय न लेने के कारण आप उस पर काररवाई भी नहीं करते और काररवाई न करने पर आप असफलता को न्योता दे बैठते हैं। इसलिए निर्णय लेना सीखिए। अनुभव आपको जल्दी ही सिखा देगा कि एक बार जब निर्णय ले लिया जाता है तो समस्याएँ व परेशानियाँ गायब होने लगती हैं। चाहे आपका यह निर्णय सबसे अच्छा न भी हो, सिर्फ निर्णय लेने से आपको शक्ति मिलती है और आपका हौसला बढ़ जाता है। गलत चीज होने का डर ही गलत चीज को आकर्षित करता है। निर्णय लें और उस पर काररवाई करने पर संभव है कि आपकी सभी समस्याएँ गायब हो जाएँ, फिर चाहे वे गलत ही क्यों न हों। सभी महान् पुरुष व स्त्रियाँ तुरंत व दृढ़ता सहित निर्णय लेते हैं, जो उनके सहज बोध, उनके संचित ज्ञान और पिछले अनुभव से प्रवाहित होते हैं। इसलिए काररवाई करने में साहसी होना सीखिए।

मैं आस्था-उपचारक नहीं हूँ, लेकिन जो भी व्यक्ति मन की शक्ति के बारे में कुछ भी जानता है, वह भावनात्मक विचारशीलता के शारीरिक प्रभावों व सुझावों का रोग और उसके उपचार में इसकी भूमिका से परिचित होगा। ईसाई विज्ञान जैसे आस्था-उपचार आंदोलन रोग की मौजूदगी से इनकार करना एक प्रभावी उपचार है और हजारों उपचारों की इस पद्धति की वैधता को प्रमाणित करता है। अन्य विचार संप्रदायों के अनुयायी रोग से इनकार नहीं करते, बल्कि उसे नजरअंदाज करते हैं।

वे दोहराते हैं कि मूलतः वे ठीक और खुश हैं तथा दिन-प्रतिदिन बेहतर होते जा रहे हैं। विभिन्न विचार संप्रदायों के सदस्य सर्वोत्तम निर्णायक हैं कि उनके लिए कौन सी पद्धति उचित है; लेकिन सभी मामलों में उपचार पद्धति की सफलता रोगी के अपने विश्वास से तय होती है। हालाँकि इनकार के पक्षधर ईसाई विज्ञान के अनुयायियों की संख्या सर्वाधिक है और इसकी सदस्य संख्या में दिन दूनी-रात चौगुनी वृद्धि हो रही है।

किस हद तक सुझाव द्वारा रोगों और शारीरिक व्याधियों को ठीक किया जा सकता है, इस पर मानसिक आरोग्य से जुड़े विभिन्न स्कूलों और चिकित्सा पेशे के सदस्यों के बीच बड़ी बहस का मुद्दा है, लेकिन सिर्फ हमारे देश में कई हजार लोगों और उनकी संख्या दिनोदिन बढ़ रही है, उनका दृढ़ विश्वास है कि उनकी बीमारी का इलाज मानसिक उपचार का परिणाम है।

यह लंबे समय से ज्ञात है कि भय, घृणा और चिंता से कई शारीरिक बीमारियाँ, बल्कि गंभीर बीमारियाँ हो सकती हैं; हालाँकि चिकित्सा पेशे के बहुत से सदस्य आज भी इसे स्वीकार करने से इनकार करते हैं। फिर भी 19 फरवरी, 1945 की शुरुआत में 'लाइफ' पत्रिका के 'साइकोसोमैटिक मेडिसिन' शीर्षक लेख में घोषणा की गई कि युद्ध के दौरान विकलांग हुए सेना के सभी मामलों में से 40 फीसदी साइकोसोमैटिक (मनोदैहिक) कारणों से उत्पन्न हुए। लेख में बताया गया कि हे-फीवर, दमा, हृदय रोग, उच्च रक्तचाप, संधिवात रोग, गठिया, मधुमेह और सामान्य सर्दी तथा विभिन्न त्वचा रोग, जैसे—मस्से, शीत पित्त एवं एलर्जी का कारण या तो सीधे भावनात्मक परेशानी या ऐसी शारीरिक समस्याएँ होती हैं, जिनमें भावनाएँ उत्तेजक कारक हुआ करती हैं। 'साइकोसोमैटिक' मन व शरीर की बीमारियों का संयोजन है और मनोचिकित्सा इस भावनात्मक गड़बड़ी के स्रोत को खोजने तथा इसे दूर करने के प्रयास का नाम है।

मनोचिकित्सकों और मनोविश्लेषकों के हालिया वर्षों के प्रयोगों से संपूर्ण चिकित्सकीय व मानसिक उपचार के दोनों विषयों की मानसिक उपचार के साथ संभवतः पूर्ण समीक्षा की आवश्यकता है, जिसके अद्‍भुत परिणाम हो सकते हैं। फिर भी, जो लोग मनोवैज्ञानिक चिकित्सा विज्ञान को समझते हैं, वे इस बात पर सहमत होंगे कि बीमारी ठीक होना चिकित्सक से अधिक खुद रोगी पर निर्भर होता है। दूसरे शब्दों में, सुझाव, फिर चिकित्सक इसे चाहे किसी भी रूप में प्रदान करें (मनोवैज्ञानिक चिकित्सा विज्ञान के सिद्धांतों के अनुसार या किसी विशिष्ट धार्मिक आस्था के साथ जोड़कर), यह बदले में वस्तुतः रोगी के अवचेतन मन को आत्म-सुझाव प्रेषित

करता है और वहाँ से प्रभावी हो जाता है। आगामी बयान की आलोचना हो सकती है; लेकिन यदि रोगी चिकित्सक के सांकेतिक कथनों पर विश्वास से इनकार कर दे तो इससे उद्देश्य की पूर्ति कभी नहीं हो सकेगी। परिणाम पाने के लिए चिकित्सक व रोगी के बीच घनिष्ठता होनी ही चाहिए और मेरा सिद्धांत है कि जो भी व्यक्ति सुझाव की शक्ति के उपयोग को समझता होगा, वह बिना चिकित्सक की सहायता के यही परिणाम हासिल कर सकता है। बस, उसमें अपनी प्रतिबद्धताओं और सुझावों के प्रति पर्याप्त दृढ़ता व अपरिवर्तनशीलता होनी चाहिए। यहाँ उस 'दर्पण तकनीक' और समुचित अभिकथन लिखे 'काड्‌र्स' का उपयोग अत्यधिक लाभदायक रहेगा।

1970 के दशक में टेलीपैथी या विचार-अंतरण में नवीन रुचि का दौर आया। बहुत से कॉलेजों और विश्वविद्यालयों में इससे संबंधित प्रयोग व परीक्षण होने लगे, जिनमें डॉ. जे.बी. राइन के निर्देशन में ड्यूक विश्वविद्यालय का सबसे अहम योगदान रहा। निस्संदेह, 1950 के दशक में स्वयंभू मैंटलिस्ट जोसेफ डनिंजर ने अपने विचार-विक्षेप और मन पढ़ने के तथाकथित कारनामों से इस विषय पर चर्चा को विस्तार देने में योगदान दिया।

मुझे यह बात हमेशा अजीब लगती है कि लोग 'बाइबल' में विश्वास करते हैं, जिसमें विजन, दिव्य दृष्टि और टेलीपैथी की अनगिनत कहानियाँ हैं। वे आज की टेलीपैथी और ऐसी ही घटनाओं की संभावना को खारिज कर देते हैं। मानसिक शोध हेतु अमेरिकी एवं ब्रिटिश संस्थाओं दोनों के रिकॉर्ड टेलीपैथी, दिव्य दृष्टि, भविष्यवाणियों और ऐसी घटनाओं से संबंधित मामलों से भरे पड़े हैं, लेकिन इससे जुड़ी वैज्ञानिक खोजों की प्रकाशित रिपोर्टों के बावजूद बहुत से लोग टेलीपैथी का अस्तित्व होने के विचार की हँसी उड़ाते हैं।

मुझे यह बात हमेशा अजीब लगती है कि लोग 'बाइबल' में विश्वास करते हैं, जिसमें विजन, दिव्य दृष्टि और टेलीपैथी की अनगिनत कहानियाँ हैं। वे आज की टेलीपैथी और ऐसी ही घटनाओं की संभावना को खारिज कर देते हैं। मानसिक शोध हेतु अमेरिकी एवं ब्रिटिश संस्थाओं दोनों के रिकॉर्ड टेलीपैथी, दिव्य दृष्टि, भविष्यवाणियों और ऐसी घटनाओं से संबंधित मामलों से भरे पड़े हैं, लेकिन इससे जुड़ी वैज्ञानिक खोजों की प्रकाशित रिपोर्टों के बावजूद बहुत से लोग टेलीपैथी का अस्तित्व होने के विचार की हँसी उड़ाते हैं।

आम संदेह के साथ न खड़े होते हुए

विश्व के कुछ महान् वैज्ञानिक चिंतकों ने घोषणा की है कि टेलीपैथी न केवल संभव है, बल्कि यह ऐसी क्षमता है, जिसे समझने के बाद अधिकांश लोग इसका उपयोग कर सकते हैं। मानसिक शोध हेतु अमेरिकी व ब्रिटिश संस्थाओं दोनों के जाँच परिणामों के साथ ही डॉ. राइन द्वारा सार्वजनिक किए गए परिणामों के बाद इस विषय पर बहुत सी पुस्तकें आईं। कुछ पुरानी व विख्यात पुस्तकों में अप्टॉन सिनक्लेयर की 'मेंटल रेडियो', न्यूयॉर्क के जाने-माने उपदेशक डॉ. चार्ल्स फ्रांसिस पॉटर की 'बियॉण्ड द सेंसेस', हेरोल्ड शेरमन और मशहूर खोजकर्ता सर ह्यूबर्ट विल्किंस की 'थॉट्स थ्रू स्पेस', एलीन गैरेट की 'टेलीपैथी', और पेरिस के 'इंस्टीट्यूट ऑफ मेटाफिजिक्स इंटरनेशनल' के निदेशक रेने वॉरकोलियर की 'एक्सपेरिमेंटल टेलीपैथी' शामिल हैं।

जब डॉ. राइन के प्रयोगों से मिले परिणामों को पहली बार सार्वजनिक किया गया तो इन परिणामों को संयोग घोषित करनेवाले प्रकाशनों की भीड़ लग गई। यह साबित करने में काफी समय व धन खर्च किया जाने लगा कि टेलीपैथी का कोई अस्तित्व नहीं है। इसके बावजूद ड्यूक तथा अन्य प्रमुख विश्वविद्यालयों में ऐसे प्रयोग जारी रहे। मुझे अकसर हैरानी होती है कि इसका विरोध करनेवाले कथित वैज्ञानिक खोजकर्ताओं ने इस प्रतिभास का अस्तित्व न होने की जगह होने को प्रमाणित करने का प्रयास क्यों नहीं किया? लेकिन यहाँ एक बार फिर मुझे यह सिद्धांत मिला कि विश्वास चमत्कारिक ढंग से कार्य करता है और यह अंशतः उसी बात की पुष्टि करता है, जिसे डॉ. राइन ने स्वयं अपनी पुस्तक में 'अतींद्रिय बोध' कहा है। उन्होंने बताया कि संतोषप्रद परिणाम तभी मिल सके, जब प्रयोगकर्ता इस भावना से ओत-प्रोत थे। दूसरे शब्दों में, जब उनमें उत्साह, तात्कालिक अभिरुचि और विश्वास था कि ऐसा होना संभव है, लेकिन संप्रेषण और प्राप्ति की यह क्षमता उस समय कमजोर पड़ गई, जब उनका बुनियादी अनूठापन समाप्त हो गया। जब छात्रों को अध्ययन के दौरान बाद में अपने प्रयोग जारी रखने के लिए बुलाया गया तो उनमें उत्साह की कमी थी, जिससे संतोषजनक परिणाम नहीं मिल सके।

डॉ. जे.बी. राइन ने 'अमेरिकन वीकली' पत्रिका में 25 अगस्त, 1946 को 'साइंटिफिक एविडेंस मैन हैज ए सोल' शीर्षक से एक लेख लिखा। चूँकि उनका स्पष्टीकरण उनकी पुस्तक के विषय से सीधा संबंधित था, इसलिए मैं वह पूरा लेख उद्धरण के रूप में दे रहा हूँ। इसे स्व. डॉ. राइन और 'दि अमेरिकी वीकली' की अनुमति लेकर दिया जा रहा है[2]—

---

2. *लेखक के सौजन्य से पुनर्मुद्रित, डॉ. राइन और 'दि अमेरिकी वीकली' की अनुमति लेकर दिया*

"आत्मा के बारे में विज्ञान क्या कहता है ? इस प्रश्न का उत्तर जानने के लिए हमें स्वाभाविक रूप से मनोविज्ञान की ओर मुड़ना होगा; क्योंकि वास्तव में यह 'आत्मा का विज्ञान' है, लेकिन हमें यह बात हैरान कर देती है कि मनुष्य की आत्मा के सिद्धांत को व्यवहारतः मनोविज्ञान की पुस्तकों और व्याख्यानों से बाहर कर दिया गया है।

"अधिकांश मनोवैज्ञानिक उस समय सहनशीलता से मुसकराने लगते हैं, जब कोई स्वयं मन या मस्तिष्क के ऐसे किसी भाग की बात करता है।

"आत्मा के बारे में विज्ञान क्या कहता है ? इस प्रश्न का उत्तर जानने के लिए हमें स्वाभाविक रूप से मनोविज्ञान की ओर मुड़ना होगा; क्योंकि वास्तव में यह 'आत्मा का विज्ञान' है, लेकिन हमें यह बात हैरान कर देती है कि मनुष्य की आत्मा के सिद्धांत को व्यवहारतः मनोविज्ञान की पुस्तकों और व्याख्यानों से बाहर कर दिया गया है।

"अधिकांश मनोवैज्ञानिक उस समय सहनशीलता से मुसकराने लगते हैं, जब कोई स्वयं मन या मस्तिष्क के ऐसे किसी भाग की बात करता है।

एक प्रचलित दृष्टिकोण के अनुसार, कोई चीज तभी वास्तविक हो सकती है, जब उसका भौतिक रूप हो; अतः आत्मा जैसी किसी भी अभौतिक या आध्यात्मिक वस्तु को विशुद्ध अंधविश्वास कहकर सीधे खारिज कर दिया जाना चाहिए।

"इसके बावजूद कभी-कभी ऐसी भी चीजें हो जाया करती हैं, जो मनुष्य के इस भौतिक दृष्टिकोण के खाँचे में फिट नहीं होतीं। उदाहरण के लिए, एक व्यक्ति की नींद ऐसा डरावना सपना देखने पर खुल सकती है, जिसमें उसके किसी मित्र या रिश्तेदार की मृत्यु हो रही हो। यह दिल दहलानेवाली तसवीर सच हो जाती है और समय भी वही होता है, जबकि वह मित्र हजारों मील दूर है। इसमें सबसे अजीब बात यह है कि कुछ मामलों में यह घटना स्वप्न देखे जाने के कुछ घंटों या दिनों बाद भी नहीं घटती; जबकि ये तसवीर इतनी स्पष्ट होती है, जिसे कुछ लोगों ने तो विशिष्ट विवरणों तक अनुभव किया है।

"निश्चित ही पहला विचार यही आता है कि ये ऐसे अनुभव मात्र संयोग होते हैं। बहुत से लोग इस पहले व आसान स्पष्टीकरण के पार नहीं जा पाते; लेकिन सौभाग्य से कुछ ऐसा कर पाते हैं और जब व्यक्ति ऐसे ही बहुत से अनुभवों का

अध्ययन करता है— तो इसके सांयोगिक होने की सभी संभावनाओं को खारिज कर देता है। इसमें वैज्ञानिक रूप से होना यह चाहिए कि इस बात की खोज की जाए कि इन घटनाओं के पीछे क्या कारण हो सकता है?

"निश्चित ही, यदि इनमें से कोई भी अलौकिक अनुभव यह दरशाता है कि मन के पास स्थान व समय के पार जाने की शक्ति है तो यह विशुद्ध रूप से भौतिक अतिक्रमण का नियम है। यह आत्मा के संकेत के अलावा और कुछ नहीं है; लेकिन यह विश्वसनीय प्रमाण-प्राप्ति की दिशा में अग्रसर अवश्य करता है।

"इन अलौकिक अनुभवों के ई.एस.पी. परीक्षण किए जा सकते हैं। ई.एस.पी. अतींद्रिय बोध का लघु रूप है, जिसमें ज्ञान-प्राप्ति के टेलीपैथी और दिव्य-दृष्टि जैसे दो भिन्न साधन हैं, जिनमें आँखों व कानों जैसी ज्ञात इंद्रियों का उपयोग नहीं होता। पारंपरिक टेलीपैथी परीक्षण में व्यक्ति को यह पहचानना होता है कि दूसरे व्यक्ति, जो मान लीजिए, पास ही के कमरे में मौजूद है, के मन में कौन सा ताश का पत्ता या संख्या या चिह्न है? वहीं दूसरी ओर, दिव्य-दृष्टि के परीक्षण में वस्तु खुद होती है, जिसे ग्रहणशील व्यक्ति को पहचानने का प्रयास करना होता है। दूसरे शब्दों में, टेलीपैथी किसी दूसरे व्यक्ति के मन की स्थिति का ई.एस.पी. होता है; वहीं दिव्य-दृष्टि में वस्तु ई.एस.पी. होती है।

"सन् 1930 में ड्यूक विश्वविद्यालय में मनोवैज्ञानिकों के एक छोटे से समूह ने टेलीपैथी और दिव्य-दृष्टि दोनों प्रकार के सिलसिलेवार ई.एस.पी. प्रयोग आरंभ किए।

इस कार्य को महान् ब्रिटिश मनोवैज्ञानिक विलियम मैक्डुगल ने प्रायोजित किया, जो 'रॉयल सोसाइटी' के सदस्य होने के साथ ही उस समय ड्यूक विश्वविद्यालय में मनोविज्ञान विभाग के

"सन् 1930 में ड्यूक विश्वविद्यालय में मनोवैज्ञानिकों के एक छोटे से समूह ने टेलीपैथी और दिव्य-दृष्टि दोनों प्रकार के सिलसिलेवार ई.एस.पी. प्रयोग आरंभ किए। इस कार्य को महान् ब्रिटिश मनोवैज्ञानिक विलियम मैक्डुगल ने प्रायोजित किया, जो 'रॉयल सोसाइटी' के सदस्य होने के साथ ही उस समय ड्यूक विश्वविद्यालय में मनोविज्ञान विभाग के अध्यक्ष थे। यह कार्य पैरासाइकोलॉजी लैबोरेटरी ('पैरा' अर्थात् असामान्य, असाधारण और अपरंपरागत) में किया जा रहा था, जो किसी भी तरह अपने किस्म की अकेली नहीं थी।

अध्यक्ष थे। यह कार्य पैरासाइकोलॉजी लैबोरेटरी ('पैरा' अर्थात् असामान्य, असाधारण और अपरंपरागत) में किया जा रहा था, जो किसी भी तरह अपने किस्म की अकेली नहीं थी।

"प्रयोग यहाँ-वहाँ तो कुछ विश्वविद्यालयों में भी होते रहे थे। ऐसा कम-से-कम पचास सालों से जारी था, लेकिन वे व्यवस्थित नहीं थे। इन वर्षों में प्रयोगों को इस तरह लगातार नहीं किया जा सका था, जैसे ड्यूक में हो रहे थे। यह विश्वविद्यालय वह पहला स्थान था, जो मानसिक समस्याओं में सक्रिय अनुसंधान करनेवालों का स्थायी स्वर्ग बना।

"पैरासाइकोलॉजी लैबोरेटरी को टेलीपैथी और दिव्य दृष्टि दोनों प्रकार के ई.एस.पी. में ताजा पुष्टिकारक प्रमाण मिले। उन्होंने नए परीक्षणों का विकास व मानकीकृत किया, जिससे प्रयोगों को दोहराना आसान हो गया। इससे ई.एस.पी. परीक्षणों के आंदोलन की शुरुआत का प्रभाव उत्पन्न हुआ, जो देश-विदेश में बहुत से अन्य संस्थानों तक फैल गया। इस बात में विस्तृत सावधानी बरती जाने लगी कि किसी इंद्रिय संवेग की संभावना न हो, जिससे परीक्षणों के परिणामों में कोई त्रुटि न हो। परीक्षण इस प्रकृति के थे, जिससे आँकड़ों का आदर्श व दीर्घ स्वीकृत सांख्यिकीय पद्धतियों से आकलन हो सके। साफ दिखाई देता था कि परीक्षणों में प्राप्त अंक को संयोगवश या किसी तरह की प्रायोगिक कमजोरी के तर्कों पर नकारा नहीं जा सकता था।

प्रयोग से संतुष्ट हो जाने और ई.एस.पी. के भलीभाँति स्थापित होने के बाद वे इस अधिक महत्त्वपूर्ण प्रश्न पर काम करने लगते कि उनका भौतिक जगत् से क्या संबंध हो सकता है? क्या टेलीपैथी और दिव्य दृष्टि सुनिश्चित भौतिक नियमों के तहत काम करते हैं? या ये भौतिकी की सीमा की पहुँच के पार हैं, जैसा स्वाभाविक मानसिक प्रयोगों से प्रतीत हो रहा था?

"प्रयोग से संतुष्ट हो जाने और ई.एस.पी. के भलीभाँति स्थापित होने के बाद वे इस अधिक महत्त्वपूर्ण प्रश्न पर काम करने लगते कि उनका भौतिक जगत् से क्या संबंध हो सकता है? क्या टेलीपैथी और दिव्य दृष्टि सुनिश्चित भौतिक नियमों के तहत काम करते हैं? या ये भौतिकी की सीमा की पहुँच के पार हैं, जैसा स्वाभाविक मानसिक प्रयोगों से प्रतीत हो रहा था?

"सौभाग्यवश, स्पेस (स्थान) से संबंधित ई.एस.पी. परीक्षण आसान रहे।

उदाहरण के लिए, इसके लिए हमें सिर्फ कार्डों और ई.एस.पी. के माध्यम से उनकी पहचान करनेवाले व्यक्ति के बीच लंबी दूरी के परीक्षण करने थे और इन परिणामों की कम दूरी के परीक्षणों से तुलना करनी थी। टेलीपैथी और दिव्यदृष्टि दोनों में लंबी दूरी के भी उतने ही अच्छे परिणाम मिले, जितने छोटी दूरी के थे। दूरी को गज, मील और सैकड़ों मील में नापा गया। जहाँ तक परीक्षण की बात है, ई.एस.पी. परिचालन में इससे कोई अंतर नहीं आया। इसी तरह पदार्थ, कोण, बाधाएँ और अन्य भौतिक परिस्थितियों का ई.एस.पी. परीक्षणों की सफलता पर कोई प्रभाव नहीं हुआ।

"फिर समय का क्या? हमने तर्क दिया कि जब दूरी का ई.एस.पी. पर कोई प्रभाव नहीं हुआ तो समय का भी इस पर कोई प्रभाव नहीं होगा। भविष्य और पूर्व बोध ('भविष्यवाणी' अधिक लोकप्रिय शब्द है) के ई.एस.पी. परीक्षण नियमित ई.एस. पी. परीक्षणों से आसानी से प्राप्त कर लिये गए। जो लोग बहुत दूर से असाधारण संवेदना द्वारा कार्डों को सफलतापूर्वक पहचान सके थे, उनसे ताश की गड्डी को फेंटने के बाद पत्तों का सही क्रम बताने का प्रयास करने को कहा। हमने पाया कि उन्होंने उस ताश की गड्डी में भी अच्छे अंक अर्जित किए, जिसे उनके गड्डी में पत्तों की पहचान के प्रयास से पूर्व मशीन द्वारा फेंटा गया था। इसके अलावा, उन्होंने दो दिनों की अवधि से लेकर दस दिन आगे तक पत्तों का सही क्रम बिल्कुल सही बताया था। भविष्य-कथन में समयावधि और जाँच के बाद फेंटने से पूर्व प्रयोग की समयावधि के अलावा और कोई अंतर नहीं था।

"इन प्रयोगों की सिर्फ एक व्याख्या संभव थी कि मनुष्य का मन किसी-न-किसी तरह भौतिक जगत् के स्थान व समय की सीमा को पार कर जाता है। जब इन प्रयोगों की अन्य प्रयोगशालाओं द्वारा पुष्टि कर दी गई, तब दृढ़ता सहित यह निष्कर्ष स्थापित किया गया कि निश्चित ही मन के पास कुछ ऐसी वस्तु है, जो हमारे ज्ञात भौतिक जगत् से इतर है। चूँकि स्थान व समय भौतिक चीजों का असंदिग्ध संकेत हैं, अत: मन की प्रकृति गैर-भौतिक या आध्यात्मिक है। और इस सारी कवायद से हमारा यह तात्पर्य था कि मन की प्रकृति गैर-भौतिक या आध्यात्मिक है। इस तरह ई.एस.पी. प्रयोगों से मनुष्य में आत्मा होने के प्रमाण मिल गए।

"कुछ लोगों के लिए यह आत्मा की समस्या की शुरुआत भर थी। निश्चित ही हमें इन परिणामों को इस सीमा तक नहीं बढ़ाने ने बहुत छोटा सा प्रमाण उत्पन्न किया। निस्संदेह, आत्मा के धार्मिक विचार में इससे और बहुत कुछ है, जो इन अनुसंधानों में ज्ञात हुआ। अभी कई बड़ी समस्याएँ बाकी थीं। क्या आत्मा शरीर से अलग हो

इस तथा धार्मिक सिद्धांतों के और भी बहुत से बुनियादी प्रश्नों को अभी तक इस लेख के अतिरिक्त और कहीं नहीं छुआ गया। हमें इस बात का पूरा अधिकार है कि निष्कर्ष रूप से हम बौद्धिक हलकों में भौतिकता बढ़ने के साथ ही मनुष्य के भौतिक होने के तेजी से प्रबल होते विचार को पूरी तरह खारिज कर सकते हैं।

मनुष्य में कुछ तो है; लेकिन कितना, हम नहीं जानते, जो निश्चित रूप से गैर-भौतिक है। मनुष्य जीवन में वास्तविकता का ऐसा क्रम है, जो समय व स्थान के नियमों का विषय नहीं है।

सकती है ? क्या शारीरिक मृत्यु के बाद भी इसका अस्तित्व रहता है ? यदि ऐसा है तो क्या देह-मुक्त आत्मा किसी जीवित वस्तु से संपर्क या किसी भी तरह इसे प्रभावित कर सकती है ? वैश्विक आत्मा या ईश्वर के विचार का क्या है ? आत्माओं और विशेष रूप से मनुष्य की आत्मा और ईश्वर के बीच संवाद क्या है ?

"इस तथा धार्मिक सिद्धांतों के और भी बहुत से बुनियादी प्रश्नों को अभी तक इस लेख के अतिरिक्त और कहीं नहीं छुआ गया। हमें इस बात का पूरा अधिकार है कि निष्कर्ष रूप से हम बौद्धिक हलकों में भौतिकता बढ़ने के साथ ही मनुष्य के भौतिक होने के तेजी से प्रबल होते विचार को पूरी तरह खारिज कर सकते हैं।

"मनुष्य में कुछ तो है; लेकिन कितना, हम नहीं जानते, जो निश्चित रूप से गैर-भौतिक है। मनुष्य जीवन में वास्तविकता का ऐसा क्रम है, जो समय व स्थान के नियमों का विषय नहीं है।

"लेकिन मेरे विचार से, यह भी उतना ही महत्त्वपूर्ण है कि इसकी अनदेखी शानदार संभावनाओं की पहचान की जाए। मनुष्य की आत्मा के सिद्धांत से हम अपनी धार्मिक समस्याओं पर भावी विचारों का निर्माण कर सकते हैं। अब हम उस तात्त्विक आधार को सत्यापित कर सकते हैं, जिस पर मनुष्य का आध्यात्मिक दर्शन मूल रूप से खड़ा है। अब यह वैज्ञानिक जाँच का विषय है कि वे इसी पद्धति द्वारा हमारे मानवीय व्यक्तित्व, इसकी प्रकृति और भाग्य से संबंधित हर तरह की खोज करें; संक्षेप में कहें तो धर्म के अन्य बड़े प्रश्नों को सुलझाएँ।

"एक समय ऐसा भी था, जब धर्म से संबंधित समस्याओं की प्रायोगिक जाँच को रूढ़िवादी धार्मिक नेताओं के जोरदार विरोध का सामना करना पड़ा। बहुत से अनुदारपंथियों ने विज्ञान के इस अनुचित हस्तक्षेप पर नाराजगी जताई, जो उनके

अनुसार विशुद्ध आस्था का क्षेत्र है, लेकिन बहुत से गहन धार्मिक स्त्री व पुरुष मनुष्य के मन और हमारे मौजूदा ज्ञान तथा संपूर्ण संभावनाओं से जुड़े ज्ञान के अधिक ठोस स्रोत तक पहुँचने को लेकर उत्सुक हैं, जो हमारे वर्तमान ज्ञान से बहुत दूर है।

"हैरानी की बात है कि हमारा सबसे अधिक विरोध करनेवाले रूढ़िवादी विज्ञान से हैं। वैज्ञानिक अनुदारपंथी प्रकृति के किसी भी विभाजन, जैसे आत्मा व शरीर का द्वैत, से बहुत डरते हैं। यही कारण है कि ये उन प्रमाणों को देखने से इनकार करते हैं, जो द्वैत जैसी चीजों को लक्षित करते हों। यह चिंता सर्वथा निराधार है, क्योंकि जैसा अब हमें ज्ञात है, मनुष्य में आत्मा भी वैसे ही है, जैसे शरीर है। मूल रूप से दोनों अलग हैं। इसके बावजूद यह दोनों कुछ अर्थों में एकीकृत हैं।

"उनमें संवाद होता है, अत: उनके बीच कुछ तो समानता है। ऐसी दो चीजें एक-दूसरे को कभी प्रभावित नहीं कर सकतीं, जो हर मामले में भिन्न हों। अत: निश्चित ही प्रच्छन्न वास्तविकताओं का भी अपना जगत् है, जो, जैसा हम जानते हैं कि वह संभवत: न तो भौतिक है और न ही मानसिक। इसी से मन और शरीर उत्पन्न होते हैं। यही मानसिक व भौतिक की मूल धातु है। इसका शासन मन व पदार्थों के पार है, जो उतना ही अज्ञात है, जैसा अमेरिकी महाद्वीप कोलंबस के लिए था, जो चुपचाप भविष्य के किसी भाग्यशाली खोजकर्ता की प्रतीक्षा में है, लेकिन वह कोई ऐसा होना चाहिए, जो इस महान् जेनोआ वासी नाविक के जैसा हो, जो इतना साहसी हो कि मौजूदा ज्ञान और आस्थाओं पर सवाल उठा सके और उनका प्रायोगिक परीक्षण कर सके।"

मैं अकसर ऐसी सभाओं में शामिल रहा हूँ, जिसके माध्यम से प्रदर्शन करने से इनकार कर दिया हो, यह कहते हुए कि दर्शकों में से कोई दिल्लगीबाज या अविश्वासी है, जिसका कंपन प्रतिकूल वातावरण का सृजन कर रहा है। भौतिक संदेहवादी इस पर हँस सकते हैं; लेकिन

मैं अकसर ऐसी सभाओं में शामिल रहा हूँ, जिसके माध्यम से प्रदर्शन करने से इनकार कर दिया हो, यह कहते हुए कि दर्शकों में से कोई दिल्लगीबाज या अविश्वासी है, जिसका कंपन प्रतिकूल वातावरण का सृजन कर रहा है। भौतिक संदेहवादी इस पर हँस सकते हैं; लेकिन मैं ऐसी बड़ी बैठकों में शामिल रहा हूँ, जहाँ एक अकेले तंग करनेवाले का निरंतर विरोध न केवल श्रोताओं को बाधित कर रहा है, बल्कि वक्ता के सभी प्रयासों को पूर्णत: नाकाम कर रहा है।

मैं ऐसी बड़ी बैठकों में शामिल रहा हूँ, जहाँ एक अकेले तंग करनेवाले का निरंतर विरोध न केवल श्रोताओं को बाधित कर रहा है, बल्कि वक्ता के सभी प्रयासों को पूर्णतः नाकाम कर रहा है।

मुझे लगता है कि विचारों के कंपन सिद्धांत को समझनेवाला हर व्यक्ति देख सकता है कि आखिर क्यों गैर-सहानुभूतिशील कंपन कार्यों में बाधा उत्पन्न करते हैं! डॉ. राइन ने अपने साइकोनिनेसिस परीक्षण में पाया कि जब विषय ऐसे दर्शकों के बीच कार्य करता है, जो उसका ध्यान भंग करते हों या उसके अंकों में कमी लाते हों तो इसके परिणाम उम्मीद से कम होते हैं। वहीं इसके विपरीत, जब वही विषय एकांत में या तटस्थ अथवा सहानुभूतिपूर्ण दर्शकों के समक्ष प्रदर्शन करता है तो उसकी सफलता के अंक तुलनात्मक रूप से अधिक होते हैं।

जरा जादू-टोने का इतिहास, वुडू चिकित्सक और 'हेक्सर्स' की कहानियाँ, बल्कि आज के मानसिक चिकित्सकों के बारे में पढ़िए। निस्संदेह कोई शक्ति तो कार्य कर रही है, जो दूसरों को दूर से भी प्रभावित करती है। इससे परिणाम पाने के लिए रोगी (या शिकार, जैसा मामला हो) के मन में पहले से बैठे सुझावों का आकलन नहीं किया जाता, विशेष रूप से अनुपस्थित उपचार पद्धति में, जहाँ रोगी को पता भी नहीं होता कि चिकित्सक उसका उपचार कर रहे हैं। इसका टेलीपैथी से संबंध हो सकता है, जो अभी स्थापित नहीं हो सका है।

> ***साधारण लोगों द्वारा अपने स्तर पर किए जानेवाले परीक्षणों की संख्या बढ़ती जा रही थी, हालाँकि कुछ धड़ों में उन्हें विचित्र और कुछ हद तक आसानी से धोखे में आनेवाला माना जा रहा था। मुझे अकसर लगता है कि उन्हें छोटा करनेवाले क्या वास्तव में सही थे? वे तथा इस परिघटना में रुचि रखनेवाले, विशेष रूप से तब, जब अनुसंधान कार्य से ऐसी महान् खोजें हो रही हों, जो अब तक सपने में ही संभव थीं।***

वास्तव में एडिसन, स्तेंमिट्ज, टेसला और मार्कोनी जैसे सभी महान् विद्युत् वैज्ञानिक टेलीपैथी में विशेष दिलचस्पी रखते थे। डॉ. अलेक्सिस कैरेल न केवल टेलीपैथी में विश्वास रखते थे, बल्कि उन्होंने घोषणा की थी कि विज्ञान से जुड़े लोगों को इसका बिल्कुल उसी तरह अध्ययन करना चाहिए, जैसे किसी शारीरिक प्रतिभास का अध्ययन किया जाता है। अपने सदस्यों के साथ बीस वर्षों तक खोज करने के बाद 'लंदन सोसाइटी फॉर

साइकोलॉजिकल रिसर्च' के सचिव ने बयान टेलीपैथी को वास्तविकता बताया। विभिन्न कॉलेजों में जारी प्रयोगों से लगातार इसके अस्तित्व के आश्चर्यजनक प्रमाण मिल रहे थे। इसके बावजूद विज्ञान से जुड़े बहुत से लोग इन परिणामों को स्वीकार करने से इनकार कर रहे थे। इसके अतिरिक्त, साधारण लोगों द्वारा अपने स्तर पर किए जानेवाले परीक्षणों की संख्या बढ़ती जा रही थी, हालाँकि कुछ धड़ों में उन्हें विचित्र और कुछ हद तक आसानी से धोखे में आनेवाला माना जा रहा था। मुझे अकसर लगता है कि उन्हें छोटा करनेवाले क्या वास्तव में सही थे? वे तथा इस परिघटना में रुचि रखनेवाले, विशेष रूप से तब, जब अनुसंधान कार्य से ऐसी महान् खोजें हो रही हों, जो अब तक सपने में ही संभव थीं।

घोड़ा और कुत्ता पालनेवाले, विशेष रूप से जिनके पास वे कई वर्षों से पल रहे हैं, उन पशुओं तथा उनको पालनेवालों के बीच एक टेलीपैथिक संबंध स्थापित हो जाता है। दुनिया भर में आदिम लोगों के बीच टेलीपैथिक प्रतिभास की अनगिनत कहानियाँ मौजूद हैं। कई वर्ष पूर्व एक व्यावसायिक अधिकारी ने मुझे बताया था कि वह समय खराब करनेवालों से पीछा छुड़ाने के लिए मन-ही-मन दोहराता है, 'अब तुम्हारे जाने का समय हो गया है। चले जाओ, चले जाओ।' शीघ्र ही वह व्यक्ति बेचैन होकर अपनी घड़ी देखता है या कुरसी से उठकर जल्दी ही अपने रास्ते चला जाता है।

जब कभी कोई अतिथि आपके यहाँ अधिक समय तक रुक जाए तो आप भी ऐसा कर सकते हैं। जब आपको लगे कि अब उसके जाने का समय हो गया है तो बस, अपने आप से कहें, 'अब घर जाओ, अब घर जाओ, अब घर जाओ।' आप देखेंगे कि वह कमरे पर एक नजर डालेगा, घड़ी की ओर देखेगा और कहेगा, "लगता है, अब हमारे जाने का समय हो गया है।

जब कभी कोई अतिथि आपके यहाँ अधिक समय तक रुक जाए तो आप भी ऐसा कर सकते हैं। जब आपको लगे कि अब उसके जाने का समय हो गया है तो बस, अपने आप से कहें, 'अब घर जाओ, अब घर जाओ, अब घर जाओ।' आप देखेंगे कि वह कमरे पर एक नजर डालेगा, घड़ी की ओर देखेगा और कहेगा, "लगता है, अब हमारे जाने का समय हो गया है।"

कुछ संदेहवादी कहते हैं कि इसका टेलीपैथी से कोई लेना-देना नहीं। यह आपके चेहरे के भाव, शारीरिक मुद्राएँ, परेशानी के चिह्न या थकान ही है, जो अतिथि

को चेताती है कि उसके जाने का समय हो गया है। खुद परीक्षण कीजिए, लेकिन इतनी सावधानी रखिए कि आप शब्दों या चेहरे के भावों से अतिथि को ऐसा कोई बाहरी संकेत न दें कि यह जाने का समय है। आप देखेंगे कि कई बार, विशेष रूप से तब, जब अतिथि कोई बात रखना चाहता हो या किसी तर्क में जीत रहा हो तो यह प्रक्रिया काम नहीं करती। इसे ऐसे क्षण में आजमाएँ, जब बातचीत न हो रही हो और इसके परिणाम आपको चौंका देंगे।

अप्रैल 1945 में एक रेडियो कार्यक्रम में डॉ. रॉय चैपमैन एंड्रयूज ने दर्ज हुए एक सबसे असामान्य संयोग की बात बताई। उनके एक गाने की रिकॉर्डिंग होने के बाद एक अमेरिकी गीतकार को पता चला कि एक-एक सुर तक बिल्कुल वैसा ही संगीत कुछ ही समय पहले जर्मनी में रिकॉर्ड किया गया है। संगीत का अंतिम सुर तक बिल्कुल वैसा ही होने ने कहानी को उन मामलों के बीच असामान्य बना दिया है। सुदूर रहनेवाले अलग-अलग दोनों द्वारा दर्ज करवाए गए, जिन्हें एक ही समय पर एक ही विचार आया।

कई साल पहले मेरा ऑफिस एक बड़ी इमारत के दूसरे फ्लोर पर था। बाद में मेरी फर्म दसवें फ्लोर पर चली गई। लिफ्ट में प्रवेश करने पर मैं ऑपरेटर से अकसर कहता, "दसवें पर।" और तुरंत ही मैं अपने दूसरे फ्लोर पर काम करने के बारे में सोचने लगता। वह लिफ्ट ऑपरेटर, जो न तो मुझे जानता था और न ही पहले कभी मेरा उससे वास्ता रहा था, समय-समय पर दूसरे फ्लोर पर रुक जाता और मेरी तरफ देखने लगता।

प्रशांत तट का एक पादरी, जो मेरे बताए माइंड स्टफ का गंभीर विद्यार्थी था, ने मुझे बताया कि हर बार जब उसे गिरजाघर के लिए फूलों की आवश्यकता होती थी, वह बस, अपने समूह के सदस्यों को विचार प्रेषित करता है और कोई-न-कोई फूल भेज देता है। उसने मुझे बताया कि उसके गिरजाघर की प्रत्येक स्मारक खिड़की उस मानसिक सुझाव का परिणाम है, जो उसने हर बार यह महसूस होने पर दिया था, जब उसे वह समय एक और खिड़की के लिए उपयुक्त लगा।

अप्रैल 1945 में एक रेडियो कार्यक्रम में डॉ. रॉय चैपमैन एंड्रयूज ने दर्ज हुए एक सबसे असामान्य संयोग की बात बताई। उनके एक गाने की रिकॉर्डिंग होने के बाद एक अमेरिकी गीतकार को पता चला कि एक-एक सुर तक बिल्कुल वैसा ही

संगीत कुछ ही समय पहले जर्मनी में रिकॉर्ड किया गया है। संगीत का अंतिम सुर तक बिल्कुल वैसा ही होने ने कहानी को उन मामलों के बीच असामान्य बना दिया है। सुदूर रहनेवाले अलग-अलग दोनों द्वारा दर्ज करवाए गए, जिन्हें एक ही समय पर एक ही विचार आया। वेस्ट कोस्ट पर निवास के दौरान मैंने ईस्टर्न पब्लिकेशन के लिए एक लेख भेजा, जिसके जवाब में संपादक का यह नोट प्राप्त हुआ कि उसने हाल ही में एक लेखक का इसी विषय पर लिखा लेख स्वीकार किया है, जो ईस्ट में रहता है। एलिशा ग्रे का दावा था कि उन्हें टेलीफोन का विचार ठीक उसी समय आया, जब अलेक्जेंडर ग्राहम बेल को आया था। बहुत से लेखकों, आविष्कारकों, रसायनविदों, इंजीनियरों और संगीतकारों के साथ स्वतंत्र रूप से समकालिक खोज के किस्से अकसर होते रहते हैं।

बल्कि इस पुस्तक के लेखन के दौरान भी जब बदलाव व सामग्री जोड़ने पर विचार किया जा रहा था तो मैं और मेरा एजेंट अकसर ये यह देखकर हैरान रह जाते कि हम दोनों को लगभग एक जैसे समय पर एक जैसे विचार आए! उदाहरण के रूप में, एक जैसे लोगों के उपयोग का विचार हमें लगभग एक साथ आया।

इससे पहले मेरे प्रकाशक ने सुझाव दिया कि मैं पांडुलिपि को और विस्तार दूँ। मैं एक सप्ताह से अतिरिक्त शोध कार्य में व्यस्त था, तभी मेरे सलाहकार ने मुझे एक पत्र भेजा, जिसमें उसने उसी तरह की सामग्री के प्रकाशन का सुझाव दिया था, जिस पर मैं काम कर रहा था। हमें पता चला कि हम दोनों को लगभग एक ही समय पर ये एक जैसे विचार आए थे। स्वाभाविक है कि यह जानने का कोई तरीका नहीं था कि न्यूयॉर्क में मेरे सलाहकार ने विचारों को पकड़ा या मैंने उसके विचार पकड़े। मैं बस, इन तथ्यों को बयान कर सकता हूँ।

□

8

महिलाएँ और विश्वास का विज्ञान

इस पुस्तक को लिखने का विचार आने के वक्त से ही मैं लगातार उन बहुत सी विख्यात महिलाओं के बारे में सोचने लगा, जिन्होंने विश्वास की शक्ति का उपयोग किया था। एक बार बेन हर लैंपमैन ने मुझे विशेष रूप से सुझाव दिया कि मैं उनके बारे में लिखूँ—

"बहुत सी महिलाओं को पता ही नहीं होता कि वे आपके विज्ञान को उतने ही लाभकारी ढंग से उपयोग कर रही हैं, जितना कि पुरुष करते हैं, इसलिए आपका यह संदेश उन्हीं के लिए होना चाहिए। एक बार जब वे आपकी दी हुई वस्तु को समझ एवं कार्यान्वित कर लेंगी तो वे अपने आपको दुनिया में आमूल-चूल परिवर्तन करने की स्थिति में पाएँगी। यदि कोई ऐसा तरीका हो, जिससे सभी देशों की महिलाएँ एक साथ आकर इस विज्ञान का उपयोग करें तो भविष्य में कोई युद्ध नहीं होंगे।

"महिलाएँ अत्यधिक अहंवादी होती हैं। जब उन्हें यह समझ आ जाएगा कि वे कुछ कर सकती हैं और यह विचार पूरी तरह से उनकी चेतना का हिस्सा बन जाएगा, तो उन्हें उनका लक्ष्य हासिल करने से कोई नहीं रोक सकता। तुमने वह पुरानी कहावत तो सुनी ही होगी, 'सभी प्रणालियों में महिलाएँ पुरुषों से अधिक घातक होती हैं।' यह बिल्कुल सत्य है और एक बार जब महिलाएँ इस शक्ति को समझ गईं—और आपने उन्हें इसके बारे में सूत्र दे दिया—तो वस्तुतः इस दुनिया का नियंत्रण उन्हीं के हाथ में होगा। 'स्वर्ग भी कोप से न बचे, जो प्रेम घृणा बन जाए, तिरस्कृत स्त्री के रोष से नरक भी न बच पाए।' एक बार जब वे उठ खड़ी हों और समझ जाएँ कि उन्हें क्या हासिल करना है, तो उन्हें कोई नहीं रोक सकता। महिलाएँ अधिक बहुमुखी, अधिक अनुकूलनीय होती हैं। यहाँ तक कि नेपोलियन ने भी कहा था कि वे ऐसे हालात बना

सकते हैं, जिनका पुरुष शिकार बन जाएँ; जबकि महिलाओं की सोच मूलतः ऐसी होती है कि वे हालात को अपना चाकर बना लेती हैं।"

मुझे ऐसा लगता है कि आज की महिलाओं के पास वे साधन हैं कि वे वह सबकुछ पा सकती हैं, जो उनके मन में हो। निश्चित ही उनके लिए चारों ओर अवसर मौजूद हैं; बल्कि इतिहास में दुनिया महिलाओं के लिए पहले कभी इतनी खुली नहीं रही, जितनी कि वह आज है। जो क्षेत्र पहले पुरुषों तक सीमित थे, उनमें से अब तुलनात्मक रूप से ऐसे बहुत कम हैं, जिनमें महिलाओं का प्रतिनिधित्व नहीं है। आज आपको महिलाएँ विज्ञान, कला, पत्रकारिता, प्रचार एवं सरकार की विभिन्न शाखाओं में सब जगह मिल जाती हैं और वे सभी अपने पूरे दायित्व-बोध के साथ और नए अवसरों व जिम्मेदारियों के प्रति जागरूक रहते हुए बेहद बुद्धिमत्तापूर्वक कार्य कर रही हैं।

जो क्षेत्र पहले पुरुषों तक सीमित थे, उनमें से अब तुलनात्मक रूप से ऐसे बहुत कम हैं, जिनमें महिलाओं का प्रतिनिधित्व नहीं है। आज आपको महिलाएँ विज्ञान, कला, पत्रकारिता, प्रचार एवं सरकार की विभिन्न शाखाओं में सब जगह मिल जाती हैं और वे सभी अपने पूरे दायित्व-बोध के साथ और नए अवसरों व जिम्मेदारियों के प्रति जागरूक रहते हुए बेहद बुद्धिमत्तापूर्वक कार्य कर रही हैं।

मैंने एक महिला का लिखा लेख पढ़ा, जिसमें वह अमेरिकी महिलाओं को अवसर न मिलने की शिकायत कर रही थी। मुझे एहसास हुआ कि यदि आज की महिलाओं को अवसर नहीं मिल रहा तो इसमें गलती किसी और की नहीं, बल्कि उनकी खुद की है। उन्हें करना सिर्फ यह है कि अपनी बहनों के उदाहरण पर चलें, जो उनसे पहले थीं और जिन्होंने अपने लिए अवसर खुद तैयार किए।

अतः आगामी पृष्ठों में मैं ऐसी महिलाओं के उदाहरण दूँगा, जिन्होंने इस विज्ञान का पूरी प्रभावकारिता के साथ उपयोग किया है। हमें एहसास होना चाहिए कि दुनिया के कामकाज में महिलाएँ और महत्त्वपूर्ण भूमिका निभाने जा रही हैं। दूसरे विश्व युद्ध से पहले भी अमेरिकी महिलाएँ भले ही इस बात को लेकर जागरूक न हों, इस स्थिति में थीं कि वे चीजों को अपने हिसाब से कर सकें, क्योंकि इस देश की संपदा वास्तव में उन्हीं के नियंत्रण में थी। आँकड़े बताते हैं कि इस देश की कुल संपत्ति लगभग 300 अरब डॉलर थी, जिसमें से 70 फीसदी या 210 अरब की बड़ी धनराशि महिलाओं के पास है।

युद्ध के दौरान महिला वेल्डर, रिवीटर, वॉक्स, वेव्स और स्पार्स ने वे सभी कार्य कंधे-से-कंधा मिलाकर किए, जिसे सिर्फ पुरुष किया करते थे। वे हजारों अकेली महिलाएँ व गृहिणियाँ, जिन्हें तब तक घर से बाहर कुछ भी करने का अवसर नहीं मिला है, यह अनुभव उन अवसरों को इंगित करते हैं, जिससे वे संसार में अधिक सक्रिय भूमिका निभा सकें।

युद्ध के दौरान महिला वेल्डर, रिवीटर, वॉक्स, वेव्स और स्पार्स ने वे सभी कार्य कंधे-से-कंधा मिलाकर किए, जिसे सिर्फ पुरुष किया करते थे। वे हजारों अकेली महिलाएँ व गृहिणियाँ, जिन्हें तब तक घर से बाहर कुछ भी करने का अवसर नहीं मिला है, यह अनुभव उन अवसरों को इंगित करते हैं, जिससे वे संसार में अधिक सक्रिय भूमिका निभा सकें।

पूर्व पत्रकार होने के कारण स्वाभाविक रूप से मैंने नारीवादी आंदोलनों का अनुसरण किया है और लगभग चालीस वर्षों तक मैं उत्कृष्ट महिलाओं की शक्ति का साक्षी रहा हूँ। अमेरिका के बहुत से शानदार सुधार महिलाओं के विचार हैं। उन विचारों के पीछे की संचालक शक्ति महिलाएँ ही थीं। श्रीमती आर.ई. बॉण्डयूरेंट ने महिलाओं से जुड़े कार्यों, धर्मार्थ कार्यों और बाल श्रम कानूनों का प्रतिष्ठापन, अपराधी महिलाओं के लिए घर एवं अस्पतालों का निर्माण, कई विधायी उपायों को महिलाओं व बच्चों के हित में आगे ले जाना और नेत्रहीनों तथा अन्य विकलांग व्यक्तियों की सहायता के लिए सार्वजनिक आंदोलन चलाया है। उनके लगभग चालीस सालों के राष्ट्रीय स्तर पर ज्ञात रिकॉर्ड उत्कृष्ट हैं और इकहत्तर साल की उम्र में आंशिक विकलांगता के बावजूद उनका उत्साह उतना ही है, जितना हमेशा रहा है और वे नई दुनिया जीतना चाहती हैं।

बाद के वर्षों में चिन-अप्पर्स के कार्यों में श्रीमती बॉण्डयूरेंट उत्साही कार्यकर्ता थीं। यह संगठन नेत्रहीनों, अशक्तों और अन्य आंशिक रूप से विकलांग स्त्री-पुरुषों के लिए कार्य करता है। सन् 1948 में उन्होंने कुछ और व्यापारियों के साथ मिलकर एक स्टोर खोलने की योजना बनाई, जहाँ दूसरे लोगों द्वारा बनाया गया सामान बेचा जाएगा। श्रीमती बॉण्डयूरेंट ने मुझे बताया कि यदि आवश्यकता हुई तो वे इसका किराया अपनी जेब से भी भरेंगी, लेकिन इसका संपूर्ण लाभ चिन-अप्पर्स को मिलेगा। मैंने रविवार की एक दोपहर उनके साथ उनके कमरे में बैठकर उनकी पुस्तकों और

फूलों के बीच बिताई। दरवाजे के पास दो बैसाखियाँ खड़ी थीं। (इस बढ़ी उम्र में भी श्रीमती बॉण्डयूरेंट ट्रॉली कारों व बसों में यात्रा करतीं और वाहनों में बिना किसी की मदद के बैठती-उठती थीं) मैंने उनके साथ विश्वास के मुद्दे पर लंबी चर्चा की और श्रीमती बॉण्डयूरेंट ने कहा—

"इस बारे में कोई सवाल ही नहीं है। मैं अपने इकहत्तर साल के भरे-पूरे जीवन के अनुभव के आधार पर कहती हूँ। इस दौरान मैंने न केवल एक परिवार की परवरिश की, बल्कि ऐसे बहुत से आंदोलनों और गतिविधियों में भाग लिया, जिनसे आप लंबे समय से परिचित हैं। इसमें निश्चित ही ऐसा कुछ तो था—इसे शक्ति, ईश्वर या आप जो चाहें, वह कह सकते हैं, जो जरूरत के समय हमेशा हमारा साथ देता था। मैंने इसे नाकामयाब होते कभी नहीं देखा। हमें बस, विश्वास रखना होता है। जब मैं बीते सालों पर नजर डालती हूँ तो मुझे वे शानदार महिलाएँ याद आती हैं, जिनके साथ मैं उस समय जुड़ी रही, जब हम महिलाओं व बच्चों के लिए बेहतर कार्य परिस्थितियाँ हासिल करने के लिए विधि निर्माताओं के साथ काम कर रही थीं। यह इन महिलाओं की अदम्य भावना ही थी, जिन्हें पूरे समय इस उद्देश्य की सच्चाई पर विश्वास था, जिसने इस कानून को संभव व प्रभावशाली बनाया।

मैं अपने इकहत्तर साल के भरे-पूरे जीवन के अनुभव के आधार पर कहती हूँ। इस दौरान मैंने न केवल एक परिवार की परवरिश की, बल्कि ऐसे बहुत से आंदोलनों और गतिविधियों में भाग लिया, जिनसे आप लंबे समय से परिचित हैं। इसमें निश्चित ही ऐसा कुछ तो था—इसे शक्ति, ईश्वर या आप जो चाहें, वह कह सकते हैं, जो जरूरत के समय हमेशा हमारा साथ देता था। मैंने इसे नाकामयाब होते कभी नहीं देखा। हमें बस, विश्वास रखना होता है।

"मैं विस्मित थी कि औसत महिला को अपनी असीम शक्ति का एहसास ही नहीं है। मैं इसे मूर्खता नहीं कहूँगी, क्योंकि मैं यह कभी नहीं मान सकती कि महिलाएँ मूर्ख हो सकती हैं; बल्कि इसमें उनकी दिलचस्पी की कमी है। महिलाओं के समूह से बात करते हुए मैं हैरान रह गई कि उनमें से कइयों को तो पता ही नहीं था कि उनकी मदद के लिए इन महान् सुधार आंदोलनों की शुरुआत महिलाओं ने की थी! एक बार जब महिलाएँ अपनी शक्ति और सामर्थ्य से परिचित हो जाएँगी तो वे शांति कायम करने के लिए बहुत कुछ कर सकती हैं और वे इस दुनिया को सभी विख्यात

पुरुष योद्धाओं और आगामी शांतिकर्ताओं से ज्यादा बेहतर स्थान बना सकती हैं।

"सभी अग्रिम आंदोलन, दुनिया की सभी महान् चीजें उन पुरुषों व स्त्रियों द्वारा किए गए हैं, जो सपने देखते थे और उन्हें विश्वास था कि उनके सपने सच होंगे। इसके अलावा, कुछ हासिल करने का उनके पास और कोई तरीका नहीं है। यह उस पुरानी कहानी की तरह पहाड़ की चोटी पर चढ़कर किसी अवर्णनीय वस्तु की खोज करने जैसा है। इस बात से कोई फर्क नहीं पड़ता कि किस तरफ से चढ़ा जाए! वह जो भी लगातार चढ़ता रहेगा, चोटी तक पहुँच जाएगा। तो यह बस, विश्वास की बात है। इस बात से कोई अर्थ नहीं कि हमारे विश्वास की वस्तु वास्तविक है या काल्पनिक! यह हमारा विश्वास और उसके बाद की काररवाई है, जो चीजों को संभव बनाती है।

मैं आलोचनात्मक नहीं दिखना चाहती, लेकिन लोगों के अपने विश्वास के पीछे पर्याप्त काररवाई या प्रेरणा शक्ति नहीं होती। उदाहरण के लिए, कुछ महिला संगठन किसी-न-किसी चीज के पक्ष या विपक्ष में प्रस्ताव पास करते रहते हैं और सोचते हैं कि इससे मामला सुलझ जाएगा। प्रस्ताव तब तक किसी काम के नहीं, जब तक व्यक्त संवेदनाएँ वास्तव में शक्तियों की ओर ध्यान आकर्षित न करवा सकें।

"मैं आलोचनात्मक नहीं दिखना चाहती, लेकिन लोगों के अपने विश्वास के पीछे पर्याप्त काररवाई या प्रेरणा शक्ति नहीं होती। उदाहरण के लिए, कुछ महिला संगठन किसी-न-किसी चीज के पक्ष या विपक्ष में प्रस्ताव पास करते रहते हैं और सोचते हैं कि इससे मामला सुलझ जाएगा। प्रस्ताव तब तक किसी काम के नहीं, जब तक व्यक्त संवेदनाएँ वास्तव में शक्तियों की ओर ध्यान आकर्षित न करवा सकें।

"मैंने जीवन में इतनी बड़ी और कोई चीज नहीं देखी, जिससे ऐसा संतोष मिल सके, जैसा सेवा से मिलता है। बीते कई वर्ष मैंने विभिन्न उद्देश्यों को प्रायोजित करने तथा कानूनों को अपनाने में लगाए हैं और मैंने अपने खर्च की भरपाई के लिए एक पैसा भी नहीं लिया। हालाँकि यह बहुत से लोगों को दानशीलता लग सकती है, जिसमें बदले में किसी चीज की इच्छा नहीं की जाती। उदाहरण के तौर पर, मैं आपको बताती हूँ कि मंदी के दौर में मेरे पति को 80,000 डॉलर का नुकसान हुआ। मेरे पति बीमार हुए और बिस्तर पकड़ लिया। मैं पत्र व दैनिक कार्यों को देखने के लिए रोजाना ऑफिस जाती थी। कई बार ऐसा लगता कि हमारे पास अपनी अनिवार्य

आवश्यकताओं की पूर्ति के लिए भी धन नहीं है; लेकिन हमें जब भी जरूरत पड़ती, डाक से उन लोगों के चेक आ जाते, जिन्हें श्री बॉण्डयूरेंट ने उधार दिया था या लंबे समय से अतिदेय खाता था। हमारे वे दिन बेहद कठिन थे, लेकिन समय आने पर मदद हमेशा मिल जाती थी। इससे मैंने कभी अपना विश्वास नहीं खोया।"

श्रीमती बॉण्डयूरेंट की बात सुनते हुए मुझे एहसास हुआ कि मेरे सामने कोई आम महिला नहीं है, बल्कि एक ह्यूमन डायनेमो है, जिसमें कार्य करने का विश्वास, भावना और दृढ़ विश्वास कूट-कूटकर भरा है। उन्हें महिलाओं और बच्चों के हित में जितने अधिक कानून पास करवाने का श्रेय है, उतना राज्य की किसी और महिला या संगठन को नहीं है। इस बात का संसार के लिए क्या अर्थ होगा, अगर सभी महिलाएँ उनके विजन और प्रेरक शक्ति के तहत इस विज्ञान का उपयोग करें?

महान् ऊँचाइयों को छूनेवाले बहुत से आम स्त्री व पुरुषों में ग्रेस मूर ने अपनी खूबसूरत सुरीली आवाज के बल पर उन कठिनाइयों के बावजूद सफलता पाई, जो किसी मजबूत व्यक्ति को भी रोक सकती थी। बचपन में उनका सपना था कि वे बड़ी ओपेरा सिंगर बनें। वह छोटी सी लड़की बाहर निकलकर हर जगह लोगों का दिल जीतना चाहती थी। न्यूयॉर्क में घर से भागी गरीब लड़की के रूप में, जो एक वक्त के खाने के लिए अकसर छोटे से ग्रीनविच विलेज कैफे में गाती थी, ग्रेस मूर ने कभी हिम्मत नहीं हारी। उन्होंने सत्रह साल की उम्र में शुरुआत की और पैंतालीस साल की उम्र में वे अपने कॅरियर के शीर्ष पर थीं। बार-बार जब वे निराशा से पराजित होतीं तो अतृप्त साहस के बल पर विजयी होकर उभरतीं। जब उनकी आवाज चली गई और गले के विशेषज्ञ ने उन्हें बताया कि अब वे कभी गा नहीं सकेंगी, तब उन्होंने अप्रतिम संघर्ष किया और एक साल के विश्राम के बाद वे पहले से भी खूबसूरत गाने लगीं।

अपनी तेजस्वी आवाज से ग्रेस मूर ने अत्यधिक यश हासिल किया और सन् 1947 में कोपेनहेगन में एक विमान

अपनी तेजस्वी आवाज से ग्रेस मूर ने अत्यधिक यश हासिल किया और सन् 1947 में कोपेनहेगन में एक विमान दुर्घटना में मृत्यु होने तक उन्होंने अपने सपनों में विश्वास नहीं खोया था। वे उन थोड़े से सितारों में से हैं, जो दूसरे प्रतिभाशाली लोगों को उनका उद्देश्य हासिल करने में मदद देने में विश्वास करती थीं और उनके समयोचित सहारे ने बहुत से अज्ञात आकांक्षी गायकों को सहायता प्रदान की।

दुर्घटना में मृत्यु होने तक उन्होंने अपने सपनों में विश्वास नहीं खोया था। वे उन थोड़े से सितारों में से हैं, जो दूसरे प्रतिभाशाली लोगों को उनका उद्देश्य हासिल करने में मदद देने में विश्वास करती थीं और उनके समयोचित सहारे ने बहुत से अज्ञात आकांक्षी गायकों को सहायता प्रदान की। एक बार जब उनकी आश्रित, जो अब सफल हैं, अपने प्रदर्शन को लेकर तुनक-मिजाज हुईं, तो कुमारी मूर ने एक अन्य विख्यात गायिका की सलाह बताई कि महान् कलाकारों में कुछ भी छोटा नहीं होता और छोटे कलाकारों में कुछ बड़ा नहीं होता।

एलेन विल्किंसन, ये जोशीली ब्रिटिश शिक्षा मंत्री एक छोटे कद की लाल बालोंवाली महिला थीं, जिन्होंने अपनी दृढ़ता से अपना आगे बढ़ने का रास्ता बनाया। पाँच फीट से भी कम कद होने पर भी वे ब्रिटेन के बड़े-से-बड़े नेता से भयभीत नहीं हुईं। कहा जाता है कि उन्होंने बहुत कष्ट सहकर अपना कॅरियर बनाया। पहले बतौर स्कूल शिक्षिका, फिर नारी मताधिकार आंदोलनकर्त्री, उपन्यासकार, समाचार-पत्र लेखिका और अंत में कैबिनेट मंत्री। उनके बारे में किसी ने कहा था कि पूरे ब्रिटेन में उनसे अधिक सक्रिय, दृढ़ और कष्टकर महिला और कोई नहीं होगी। वह प्रसन्न हुईं! संभवत: उनका सबसे महान् योगदान बच्चों के स्कूल छोड़ने की उम्र को बढ़ाकर चौदह से पंद्रह वर्ष करने के लिए आंदोलन था। उन्होंने साथी मंत्रियों और ब्रिटिश उद्योगों में युवाओं की बढ़ती माँग के कड़े प्रतिरोध का सामना करते हुए यह लड़ाई जीती।

क्लियोपेट्रा के समय से ही अपने अंर्तमन की प्रतिबद्धता पर भरोसा करनेवाली हजारों महिलाएँ लाखों जीवन बदल चुकी हैं। ऐतिहासिक रूप से भले ही प्रत्येक महान् शासक के पीछे महिला के होने की बात सही नहीं हो, लेकिन निश्चित ही इतिहास बनाने में महिलाओं का मार्गदर्शन काफी रहा है और उन्हें यह सफलता अपने विश्वास से मिली।

एक युजियाना डी मोंटिजो थीं, जिन्होंने नेपोलियन तृतीय से विवाह किया। स्पेन में जब वे छोटी बच्ची थीं, एक बार वे रेलिंग से गिर गईं, जिससे उन्हें काफी चोट आई। उनकी जिप्सी नर्स ने उनसे कहा कि वे रोएँ नहीं; वे रानी बनेंगी और सौ वर्ष तक जिएँगी। उन्हें जिप्सियों पर विश्वास था और उनका भाग्य लगभग वैसा ही रहा, जैसा भविष्यवाणी की गई थी। वे युजियाना की महारानी बनीं और चौरानबे वर्ष की उम्र तक जिंदा रहीं—अपनी जिप्सी नर्स द्वारा बताई गई उम्र से मात्र छह वर्ष कम।

मैडम मैरी क्यूरी रेडियम की सह-आविष्कारक थीं। वार्सा में बाल्यावस्था

में मार्जा स्क्लोडोवस्का (बाद में मैडम क्यूरी) अपने दोस्तों के साथ खेलने जाने के लिए दौड़ रही थी, तभी वहाँ एक जिप्सी महिला आई। उसने बच्ची से अपना हाथ दिखाने को कहा। बाकी बच्चे नहीं चाहते थे कि मार्जा जिप्सी महिला की बात सुने; लेकिन जिप्सी महिला ने उसका छोटा सा हाथ पकड़ा और उसके हाथ की एक विशिष्ट रेखा को देखकर उत्साहित होकर कहने लगी कि यह बच्ची आगे चलकर बहुत मशहूर होने वाली है।

मैडम मैरी क्यूरी रेडियम की सह-आविष्कारक थीं। वार्सा में बाल्यावस्था में मार्जा स्क्लोडोवस्का (बाद में मैडम क्यूरी) अपने दोस्तों के साथ खेलने जाने के लिए दौड़ रही थी, तभी वहाँ एक जिप्सी महिला आई। उसने बच्ची से अपना हाथ दिखाने को कहा। बाकी बच्चे नहीं चाहते थे कि मार्जा जिप्सी महिला की बात सुने; लेकिन जिप्सी महिला ने उसका छोटा सा हाथ पकड़ा और उसके हाथ की एक विशिष्ट रेखा को देखकर उत्साहित होकर कहने लगी कि यह बच्ची आगे चलकर बहुत मशहूर होने वाली है।

रेडियोएक्टिविटी के पीछे के अनूठे प्रतिभास के पीछे क्या है, यह खोजने की इच्छा ने पियरे क्यूरी और उनकी पत्नी मैडम क्यूरी को रेडियम की महत्त्वपूर्ण खोज तक पहुँचा दिया। शायद इतिहास यह कभी नहीं जान पाएगा कि क्या मैडम क्यूरी का कॅरियर उस बूढ़ी जिप्सी महिला की भविष्यवाणी से प्रेरित था ? लेकिन यह निष्कर्ष निकाला जा सकता है कि मैडम क्यूरी ने बचपन में ही वैज्ञानिक बनने का मन बना लिया था। उन्हें क्राको विश्वविद्यालय में विज्ञान के अध्ययन की अनुमति नहीं मिली। (सचिव ने उनसे कहा कि महिलाओं को विज्ञान से नहीं जुड़ना चाहिए और इसी के साथ उन्हें पाक-शास्त्र सीखने की सलाह दी गई।) वे पेरिस चली गईं और वहाँ सोरबोन में प्रवेश लिया और सहायता के लिए शिक्षण तथा लैबोरेटरी में कार्य करने लगीं। वहीं उनकी पियरे क्यूरी से मुलाकात हुई और एक बार उनके साथ रेडियोएक्टिविटी के कम-से-कम एक स्रोत को खोज लेने के कार्य में जुट जाने के बाद उन्हें कोई नहीं रोक सका। उनके पास सँभालने के लिए दो बेटियाँ और घरेलू काम थे; साथ ही वे बीमार भी रहती थीं, लेकिन इसके बावजूद उन्होंने लैबोरेटरी में काम करना नहीं छोड़ा, जबकि उनके पति भी उनसे ऐसा करने के लिए कह चुके थे। बहुत कम महिलाएँ हैं, जिनका मैडम क्यूरी जितना सम्मान हुआ है और निश्चित

ही जिन्होंने अपने बचपन में की गई भविष्यवाणी को सच कर दिखाया हो।

विश्वास की महान् शक्ति को दरशानेवाली शायद सबसे अजीब कहानी ओपल व्हाइटले की है। यह अनूठा ऐतिहासिक मामला साफ तौर पर दिखाता है (जैसाकि विलियम जेम्स ने इशारा किया) कि विश्वास अपनी पुष्टि स्वयं करता है और अचूक प्रमाण देता है कि हमारी अपनी इच्छाएँ ही घटनाओं को प्रेरित करती हैं। उन्हें बचपन में जाननेवाले लोगों के अनुसार, वह बच्ची व्हाइटले नामक अमेरिकी परिवार से थी। जोओरेगन लॉज चलाता था। हालाँकि उनको विश्वास था कि वे हेरी ड'ऑरलींस की पुत्री। बुरबॉन के वंशज तथा फ्रांस की गद्दी के दावेदार थे। उन्होंने छह या सात वर्ष की उम्र में एक डायरी लिखी, वह उनके शाही खून वाले 'फरिश्ते' पिता और 'फरिश्ता' माँ के बारे में बताती थी। सन् 1920 में 'अटलांटिक मंथली' के तत्त्वावधान में प्रकाशित उस डायरी ने सनसनी मचा दी और इतना बड़ा साहित्यिक विवाद खड़ा किया, जिसने मनोवैज्ञानिकों, वैज्ञानिकों, ज्योतिषियों, अतींद्रिय संवेदी, संपादक, पादरी, साहित्य आलोचक और उन सभी को खींच लिया, जो कभी-न-कभी ओपल से परिचित थे।

अल्फ्रेड पावर्स की 'हिस्टरी ऑफ ओरेगन लिटरेचर' में एक अध्याय एल्बर्ट बेडे का है, जिसमें वे कहते हैं, "मुझे इस बात में जरा भी संदेह नहीं कि ओपल की डायरी का बड़ा हिस्सा छलपूर्ण है और बड़ा हिस्सा साहित्यिक चोरी है और मैं वे तथ्य पेश करूँगा, जो उनके पालक माता-पिता के दावे को असंभव साबित कर देगा।" लेकिन ओपल व्हाइटले शाही खानदान से नहीं है, यह उन्होंने बाद के वर्षों में स्वीकार किया।

अल्फ्रेड पावर्स की 'हिस्टरी ऑफ ओरेगन लिटरेचर' में एक अध्याय एल्बर्ट बेडे का है, जिसमें वे कहते हैं, "मुझे इस बात में जरा भी संदेह नहीं कि ओपल की डायरी का बड़ा हिस्सा छलपूर्ण है और बड़ा हिस्सा साहित्यिक चोरी है और मैं वे तथ्य पेश करूँगा, जो उनके पालक माता-पिता के दावे को असंभव साबित कर देगा।" लेकिन ओपल व्हाइटले शाही खानदान से नहीं है, यह उन्होंने बाद के वर्षों में स्वीकार किया।

यह डायरी उस समय प्रकाशित हुई, जब ओपल बाईस साल की थीं। सन् 1933 में लगभग तेरह वर्ष बाद, अखबारों में एक अमेरिकी महिला की कहानी चल रही थी, जिसने भारत की यात्रा की थी। उदयपुर राज्य में रहते हुए उसे एक अनोखा अनुभव हुआ। अपनी

गाड़ी में बैठे हुए वे सामने से आती गाड़ी को देखकर हैरान रह गईं, जो उन्हीं की ओर आ रही थी। उसके साथ एक अर्ध-घुड़सवार टुकड़ी भी थी। दूसरी गाड़ी में ओरेगन लॉजिंग कैंप में रहनेवाली ओपल व्हाइटले थीं। खोजकर्ताओं ने बाद में पता लगाया कि ओपल व्हाइटले वास्तव में भारत के शाही घराने में महाराजा उदयपुर के घर में रही थीं। ऐसी ही एक अन्य अखबार की कहानी ने बताया कि किस तरह एलेरी सेडग्विक (इस डायरी के प्रकाशन के दौरान 'अटलांटिक मंथली' के संपादक) ने पुष्टि की कि वह लड़की वास्तव में शाही महल में रह रही थी। उसमें आगे लिखा था कि श्री सेडग्विक को इस कहानी के प्रमाण महाराजा के दरबार के दो सचिवों से मिले हैं। अपनी पुस्तक 'द हैप्पी प्रोफेशन' में श्री सेडग्विक ने इस अजीब कहानी पर पूरा एक अध्याय लिखा है।

मेरी श्री बेडे (कई वर्षों तक 'ऑरिगन' अखबार के जाने-माने पत्रकार, जो बाद में 'ऑरिगन मेसन' के संपादक भी बने) के साथ इस मामले में कई बार बात हुई कि ओपल ने अपने भाग्य को किस बेहतरीन तरीके से आकार दिया! बेडे ने मुझसे कहा, "यह बेहद विलक्षण और लगभग अलौकिक है कि किस तरह हालात अपने आप उसकी योजना के अनुकूल बनते गए!"

इस लड़की को बचपन से जाननेवाले अधिकांश लोगों की तरह बेडे को भी पूरा विश्वास था कि ओपल अमेरिकी व्हाइटले दंपती के यहाँ जनमी थी। वह उसे अच्छी तरह से जानते थे और वह कॉटेज ग्रोव के उनके घर में काफी आया करती थी—

"मुझे ओपल के बारे में पहली जानकारी तब मिली, जब मैं कॉटेज ग्रोव में जूनियर क्रिश्चियन एंडेवर दीक्षांत समारोह के दौरान रिपोर्टिंग कर रहा था और मुझे सूचना मिली की नजदीकी लॉजिंग कैंप की सत्रह वर्षीया लड़की को अध्यक्ष चुना गया है। पहली नजर में ओपल मुझे जोशपूर्ण, संवेगी, अजीब, सनकी और अपनी उम्र से कहीं अधिक जानकार, अधीर, अत्यधिक उत्सुक और धार्मिक रूप से गंभीर लगी। बाद में वह मेरे लिए पहेली बन गई।

"वह जिस काम को भी हाथ में लेती, उसके बारे में पहले से पूरी योजना बनाती। अपनी प्रकृति संबंधी पुस्तक 'द फेयरीलैंड अराउंड अस' की तैयारी करते हुए यह बेहद आश्चर्यजनक था कि किस तरह उसने एंड्रूय कारनेगी और जॉन डी. रॉकफेलर जैसे लोगों से योगदान माँगा, बल्कि उनमें से कुछ से धन भी प्राप्त किया! इस पुस्तक के बारे में जानकारी देनेवाले लीफलेट विज्ञापन में बेल्जियम की महारानी एलिजाबेथ, थिओडोर रूजवेल्ट, निकोलस मुरे बटलर, जीन स्ट्रैटोन

श्री बेडे की कहानी के एक अंश ने मुझे आकर्षित किया—"ओपल के 'मैसाचुसेट्स सेंटर फॉर कल्चर' भ्रमण से काफी समय पहले उसने ये योजनाएँ इतनी खूबसूरती से बनाई थीं कि मैं अकसर यह सोचकर हैरान रह जाता कि इस डायरी को प्रकाशक के पास पहुँचाने के लिए उसने कैसी योजना बनाई होगी और किस तरह एलेरी सेडग्विक ने अनायास ही इस डायरी के बारे में पूछा होगा!"

पोर्टर और अन्य इतने ही खास लोगों द्वारा प्रशंसा की अभिव्यक्ति का भाव प्रकट किया गया था।"

श्री बेडे की कहानी के एक अंश ने मुझे आकर्षित किया—"ओपल के 'मैसाचुसेट्स सेंटर फॉर कल्चर' भ्रमण से काफी समय पहले उसने ये योजनाएँ इतनी खूबसूरती से बनाई थीं कि मैं अकसर यह सोचकर हैरान रह जाता कि इस डायरी को प्रकाशक के पास पहुँचाने के लिए उसने कैसी योजना बनाई होगी और किस तरह एलेरी सेडग्विक ने अनायास ही इस डायरी के बारे में पूछा होगा!"

इन शब्दों को पढ़ने के बाद मैं हैरान था कि क्या श्री सेडग्विक का डायरी के लिए पूछना वाकई अनायास हुआ था, या कहीं इस अजीब लड़की ने टेलीपैथी के माध्यम से श्री सेडग्विक तक अपने विचार तो नहीं पहुँचाए होंगे? मैंने श्री बेडे के साथ इस विषय पर बात नहीं की; लेकिन यदि ओपल व्हाइटले जानती थीं कि वह अपने विचारों को मानसिक रूप से पहले ही किसी को कैसे प्रेषित कर सकती हैं तो इससे स्पष्ट हो जाता है कि श्री सेडग्विक ने कैसे उससे यह पूछ लिया कि क्या वह डायरी उसके पास अभी भी है?

मुझे वर्षों से यकीन है कि जो लोग प्रकृति के निकट रहते हैं और जिनका जंगली या पालतू जानवरों से नजदीकी संपर्क हो, उनमें ऐसी समझ या अंतर्बोध होता है, जिससे वे क्षितिज के पार इतनी दूर तक देख लेते हैं, जितना शहरी पैंटा हाउसों में रहनेवाले अधिकांश व्यक्ति नहीं देख पाते। मेरा हमेशा से मानना रहा है कि इन लोगों के लिए प्रकृति अपने बहुत से रहस्य उनसे छिपाए रखती है, जो किसी गाय के इतना नजदीक कभी नहीं गए, जितना दूध की बोतल के गए हैं। क्या टेलीपैथी वह क्षमता है, जो हमारे विचारों को चुपचाप प्रेषित करती है, जिससे दूसरे लोग उन्हें पकड़ सकें? यह उन रहस्यों में से एक है, जिसे प्रकृति केवल अपने निकट के लोगों को ही बताती है! इस बात का मैं उत्तर नहीं दे सकता, हालाँकि यह सामान्य बोध है कि दुनिया भर में हर कहीं के आदि मानवों ने टेलीपैथी के रहस्य का कई

सदियों तक उपयोग किया है। आदि मानव के बीच टेलीपैथी के संबंध में अनगिनत पुस्तकें हैं; जैसा कि एक विख्यात संपादक ने मुझसे एक बार कहा था, "इस विचार को स्वीकार करना कि इन मूल निवासियों ने इसका उपयोग नहीं किया होगा, हमें अनभिज्ञ की श्रेणी में ले जाएगा।"

अब मैं बताता हूँ कि श्री बेडे ने ओपल की प्रकृति से निकटता के बारे में मुझे क्या बताया था—

"प्रकृति-अनुशिक्षित ऐसे बच्चे का व्यक्तित्व कैसा होता है, इसे सार रूप में बताने में एक पुस्तक भी कम पड़ जाएगी, जिसने छह साल की उम्र में—जैसा उसकी डायरी हमें विश्वास दिलाती है—अपने सबसे गहन रहस्यों को माइकल एंजेलो सैंजियो राफेल (देवदार का एक वृक्ष) को बतलाया था और जिसके साथी मनुष्य नहीं, बल्कि लार्स पोर्सेना ऑफ क्लासियम (एक कौआ), थॉमस चैटरटन ज्यूपिटर जीयस (जंगली चूहा), ब्रेव हॉरेटियस (एक चरवाहा कुत्ता), पीटर पॉल रुबेंस (पालतू सुअर) और इसी तरह की शास्त्रीय पदवीवाले चरित्र थे।

प्रकृति-अनुशिक्षित ऐसे बच्चे का व्यक्तित्व कैसा होता है, इसे सार रूप में बताने में एक पुस्तक भी कम पड़ जाएगी, जिसने छह साल की उम्र में—जैसा उसकी डायरी हमें विश्वास दिलाती है—अपने सबसे गहन रहस्यों को माइकल एंजेलो सैंजियो राफेल (देवदार का एक वृक्ष) को बतलाया था और जिसके साथी मनुष्य नहीं, बल्कि लार्स पोर्सेना ऑफ क्लासियम (एक कौआ), थॉमस चैटरटन ज्यूपिटर जीयस (जंगली चूहा), ब्रेव हॉरेटियस (एक चरवाहा कुत्ता), पीटर पॉल रुबेंस (पालतू सुअर) और इसी तरह की शास्त्रीय पदवीवाले चरित्र थे।

अपनी किशोरावस्था में ओपल भूगर्भीय नमूनों तथा हजारों की संख्या में कीड़ों व मकोड़ों को बैरल में एकत्रित करती थी। वह बालटी भर कोषस्थ कीट जमा करके यह देखती थी कि किस तरह ईश्वर किस तरह उसकी बाहरवाली महान् परियों के जीवन का नवीकरण करते हैं! कहीं-न-कहीं और किसी-न-किसी तरह उसने इन चीजों के बारे में बहुत बड़ी मात्रा में ज्ञान हासिल कर लिया। बिना हाई स्कूल कोर्स पूरा किए, वह रहस्यमय लड़की ऑरिगन विश्वविद्यालय पहुँच गई, जहाँ उसके भू-विज्ञान, खगोल-विज्ञान और जीव-विज्ञान के ज्ञान के चलते प्रवेश की आवश्यकताओं को माफ कर दिया गया।"

बेडे व ओपल को बचपन से जाननेवाले अन्य लोगों के अनुसार, कभी किसी ने ऐसा कोई संकेत नहीं दिया कि व्हाइटले परिवार ने उसे गोद लिया था। बेडे कहते हैं कि डायरी के 'अटलांटिक मंथली' में मात्र प्रकाशित होने के बाद ही परिजनों और मित्रों को ओपल के पालित अभिभावक के दावे का पहली बार पता चला। श्री बेडे ने मुझे बताया कि श्री व्हाइटले (ओपल के असली या पालक पिता) का विचार था कि उनकी बेटी किसी चतुर प्रमोटर के जाल में फँस गई है।

अपनी डायरी प्रकाशित होने के फौरन बाद ओपल व्हाइटले ने अत्यंत गोपनीय रूप से अमेरिका छोड़ दिया और यात्रा के दौरान उसके पास सामान्य पासपोर्ट नहीं, बल्कि हमारे राज्य सचिव और ब्रिटिश फॉरेन ऑफिस के सर एडवर्ड ग्रे द्वारा हस्ताक्षरित गोपनीय दस्तावेज था। वह ये कैसे कर सकी, यह श्री बेडे और उसे बचपन से जाननेवाले के लिए हमेशा हैरान करनेवाली बात रही। यदि वह भारतीय राजसी रक्त न होकर अमेरिकी माता-पिता की असली पुत्री थी तो यहाँ हमें स्पष्ट रूप से मानवीय मन की अजीब शक्तियों के कार्य करने का प्रमाण मिल जाता है, जिसके बारे में (मैं दोहराता हूँ!) हम बहुत कम जानते हैं।

अपनी डायरी प्रकाशित होने के फौरन बाद ओपल व्हाइटले ने अत्यंत गोपनीय रूप से अमेरिका छोड़ दिया और यात्रा के दौरान उसके पास सामान्य पासपोर्ट नहीं, बल्कि हमारे राज्य सचिव और ब्रिटिश फॉरेन ऑफिस के सर एडवर्ड ग्रे द्वारा हस्ताक्षरित गोपनीय दस्तावेज था। वह ये कैसे कर सकी, यह श्री बेडे और उसे बचपन से जाननेवाले के लिए हमेशा हैरान करनेवाली बात रही। यदि वह भारतीय राजसी रक्त न होकर अमेरिकी माता-पिता की असली पुत्री थी तो यहाँ हमें स्पष्ट रूप से मानवीय मन की अजीब शक्तियों के कार्य करने का प्रमाण मिल जाता है, जिसके बारे में (मैं दोहराता हूँ!) हम बहुत कम जानते हैं।

सन् 1947 में खबर थी कि ओपल व्हाइटले इंग्लैंड में रह रही थीं, लेकिन जब श्री बेडे ने कुछ वर्ष पहले अपना यह लेख लिखा था, उन्होंने कहा, "जब उसके बारे में आखिरी बार निश्चित खबर मिली थी, तब उसे भारत में राजकुमारी के तौर पर स्वीकार कर लिया गया था। वह अपनी डायरी के 'फरिश्ते' पिता हेनरी डी' ओर्लीन्स की तथाकथित शादी से थी। मैंने उनसे पूछा कि ओपल को भारत में

एक राजकुमारी के रूप में कैसे स्वीकार किया गया, जबकि उसने वहाँ जन्म नहीं लिया था? उन्होंने कहा कि वे इसका खुलासा नहीं कर सकते। तब मैंने उनसे पूछा कि क्या उन्होंने उसके निरंतर सोच, जो उसकी अत्यधिक गहन विश्वास का इससे कोई लेना-देना है? जिसका उत्तर उन्होंने यह दिया, "सच कहूँ तो मुझे नहीं पता। शायद ऐसा हो, क्योंकि हम मन की गहराई की अब तक थाह नहीं ले पाए हैं और न ही इसकी शक्ति की सीमाओं से परिचित हैं।"

इस अजीब लड़की के बारे में श्री सेडग्विक की लिखी कहानी पढ़ने पर वे भी आश्वस्त नजर आते हैं कि ओपल के असली माता-पिता व्हाइटले दंपती थे और उसका शाही खून होने का दावा पूर्णतः कपोल-कल्पना थी, लेकिन शाही परिवार ने उसे स्वीकार कर लिया, क्योंकि स्पष्ट रूप से ओपल ऐसे बहुत से रहस्य जानती थी, जिससे औसत व्यक्ति अनजान था। यहाँ उनके अपने शब्दों में ऑरेगन के इस बच्चे ने किस तरह अपने विजन को सत्य बनाया, इसका सेडग्विक ने सिद्धांत बताया—

"मेरा एक सिद्धांत पर विश्वास था। अनगिनत पत्रों के बीच मेरे पास एक पत्र आया, जो फ्रांसीसी पितृत्व के एक अमेरिकी ने लिखा था, जिसके पिता सन् 1870 के फ्रेंको-पर्शियन युद्ध में हवलदार थे। इस सार्जेंट डिवीजन के कर्नल या शायद जनरल, बोरबॉन के राजकुमार हेनरी थे। अपने जीवन के अवसान काल में राजकुमार अमेरिका की यात्रा के दौरान ऑरेगन में रुके और अपने पुराने सैनिक से बातचीत की।" यह सच है या नहीं, मैं कह नहीं सकता, लेकिन मेरे संवाददाता को इस पर कोई संदेह नहीं था। उसकी कुछ शुरुआती बाल्यकालीन स्मृतियों में राजकुमार का उसके पिता की कुटिया के द्वार पर आना था। 'मैं उनकी गोद में बैठा था।' उसने बताया और मुझे उस पर विश्वास था।

"मेरा एक सिद्धांत पर विश्वास था। अनगिनत पत्रों के बीच मेरे पास एक पत्र आया, जो फ्रांसीसी पितृत्व के एक अमेरिकी ने लिखा था, जिसके पिता सन् 1870 के फ्रेंको-पर्शियन युद्ध में हवलदार थे। इस सार्जेंट डिवीजन के कर्नल या शायद जनरल, बोरबॉन के राजकुमार हेनरी थे। अपने जीवन के अवसान काल में राजकुमार अमेरिका की यात्रा के दौरान ऑरेगन में रुके और अपने पुराने सैनिक से बातचीत की।"

"अब, मेरे सिद्धांत के अनुसार, अब राजकुमार की ऑरेगन हैमलेट की यात्रा

एक बड़ी घटना थी। इससे जुड़ा सत्य या दंतकथा लकड़ी के कैंपों द्वारा फैली। इसकी काफी संभावना है कि ऐसी कहानी ने इस अकेली और कल्पनाशील बच्ची को मंत्रमुग्ध कर लिया और उसके दिवास्वप्न इसी पर केंद्रित हो गए। हर छोटी लड़की के दिल में यही होता है—सिंडरेला के सिंहासन पर बैठना! ओपल के साथ यह दंतकथा विकसित होकर वास्तविकता बन गई। समय बीतने के साथ ही सत्य और विशाल होता गया और अंततः उसके संपूर्ण मन, कल्पनाओं एवं उसके जीवन को भिगो गया। ओपल के बचपन को लेकर मेरा यही सिद्धांत है। बाद के वर्षों में यह कहानी तथ्यात्मक प्रामाणिक रिकॉर्ड बन गई और अभी भी, जहाँ तक मेरा विचार है, इसे जानने की उत्सुकता कम नहीं हुई है। ओपल, जिसे न्यूयॉर्क और वॉशिंगटन के बहुत से प्रसिद्ध व्यक्तियों का साथ व संरक्षण मिला था, वे सब इस सबसे हैरान रह गए। वह इंग्लैंड चली गई, वहाँ दोस्त बनाती रही, अपने पिता का विश्वास जीता और अपने आपको ऑक्सफोर्ड के कैथोलिक समुदाय का हिस्सा बना लिया।

मेरी युवावस्था की एक मित्र श्रीमती रोस्त्रा इमेट शेरवुड ने मुझे लिखा कि क्या यह संभव है कि वह अपने एक संवाददाता पर विश्वास करे, जिसने कहा है कि उसने अपनी आँखों से ओपल को इलाहाबाद की सड़क पर एक खुली बग्घी में राजकुमारी की तरह बैठकर जाते देखा है ? शाही पुलिसवाले एच.आर.एच. माइल फ्रैंचाइज डे बोरबॉन के लिए रास्ता साफ कर रहे थे! यह खबर विश्वसनीय थी, क्योंकि सच थी। मैंने अटकलबाजी से आगे बढ़कर इसकी पुष्टि करवाई! पहले मैंने ओपल को पत्र लिखा। उसका जवाब आया, जिसके साथ उसकी भारत-यात्रा की तसवीरों का संकलन था।

"एक दिन मेरे पास उसकी एक बेहद हैरान करनेवाली खबर आई। मेरी युवावस्था की एक मित्र श्रीमती रोस्त्रा इमेट शेरवुड ने मुझे लिखा कि क्या यह संभव है कि वह अपने एक संवाददाता पर विश्वास करे, जिसने कहा है कि उसने अपनी आँखों से ओपल को इलाहाबाद की सड़क पर एक खुली बग्घी में राजकुमारी की तरह बैठकर जाते देखा है? शाही पुलिसवाले एच.आर.एच. माइल फ्रैंचाइज डे बोरबॉन के लिए रास्ता साफ कर रहे थे! यह खबर विश्वसनीय थी, क्योंकि सच थी। मैंने अटकलबाजी से आगे बढ़कर इसकी पुष्टि करवाई! पहले मैंने ओपल को पत्र लिखा। उसका जवाब आया, जिसके साथ उसकी भारत-यात्रा की तसवीरों का संकलन था। यह वही

थीं। हाथी की पीठ पर हौदे में बैठी हुई, शेर का शिकार करने को तैयार। (हेनरी डे बोरबॉन अपने मारे छत्तीस बाघों के लिए मशहूर थे और मुझे याद है कि ओपल उनकी विजय के सम्मान में एक फ्रेंच पद्म सुनाती थी)। दूसरे चित्र में वह खड़ी थी और उसके चारों ओर पगड़ी पहने बहुत से लोग खड़े थे। "फोटो झूठे हो सकते हैं। इनमें से कई हॉलीवुड में बने हो सकते हैं, जिनमें शायद ही कोई तथ्यात्मक गलती हो। मैं संतुष्ट नहीं हुआ। चूँकि ओपल ने दो बड़े राजाओं के उसका मेजबान होने का दावा किया था, मैंने दोनों दरबारों को पत्र लिखा। शीघ्र ही राजसी मुहर लगे दो पत्र मिले और दोनों ही में राजा ने सचिव से उत्तर लिखने को कहा था कि उनके लिए एच.आर.एच. माइल, फ्रैंचाइज डे बोरबॉन के सत्कार का उच्च विशेषाधिकार हासिल हुआ और उनके सम्मान में बहुत से उत्सव भी मनाए गए। ये प्रलाप अभी थमे भी नहीं थे कि महाराज की सेना के लेफ्टिनेंट कर्नल का बिन माँगा पत्र आया, जिसमें एल्डरशॉट जैसे दाँव-पेंच थे। उसमें मुझे कुछ चिड़चिड़ाहट के साथ सूचित किया गया था कि खुद कर्नल को एक ऑर्डर द्वारा राजकुमारी के सम्मान में दी गई आधिकारिक गार्डन पार्टी में शामिल होने का गौरव हासिल हुआ था। इसके अतिरिक्त, उन्होंने यह भी विनती की थी कि उस महिला की प्रामाणिकता पर प्रश्न कैसे उठाया जा सकता है, जो उस अवसर की शोभा थीं?

"निराश होकर मैंने इस मामले को यहीं समाप्त कर दिया। ओपल चाहती थी कि पत्रिका में ये तसवीरें भी हों, जिससे बीते दिन के संक्रामक आकर्षण के कोई निशान बाकी न रहें। उन्होंने चीजों को वैसे ही बयान किया, जैसी वे थीं। सुबह की ओस गायब हो गई थी। मध्य युग के सूरज की तेज किरणें दुनिया पर पड़ रही थीं, जिससे सबको सबकुछ साफ दिखाई दे रहा था। परियों का राज्य अब बच्चों के खेलने का मैदान था। उसके दरवाजे बंद हो चुके थे और ओपल बाहर खड़ी रह गई थी, लेकिन अब भी वह जर्नल ऑफ अंडरस्टैंडिंग हार्ट की ओपल थी, जिसका अपना दृष्टिकोण है और उसका विजन सत्य था। कोई भी सत्य उससे अधिक स्पष्ट नहीं हो सकता, जिसने बचपन में ही दिल में जगह बना ली हो।"[3]

कुछ पाठक इस अजीब कहानी पर सवाल उठा सकते हैं, लेकिन ये तथ्य हैं। निश्चित ही, जैसा सेडग्विक कहते हैं, "जिस बच्चे ने ओपल की डायरी लिखी थी, उसे उस पर पूरा विश्वास था। उसे स्वयं वह जानती थी।"

प्राचीन बाइबल काल में पैगंबर, आकाशवाणी, भविष्यवक्ता, ज्योतिषी और

---

3. *एलेरी सेडग्विक की 'द हैप्पी प्रोफेशन' से*

प्राचीन बाइबल काल में पैगंबर, आकाशवाणी, भविष्यवक्ता, ज्योतिषी और भाग्य बाँचनेवाले हुआ करते थे। कट्टर पत्रकार होने के कारण मैंने ऐसे बहुत से तथाकथित सिद्ध पुरुषों की जाँच की। जहाँ कुछ सही मायने में ढोंगी थे तो कुछ ने मुझे चक्कर में भी डाला। निश्चित ही उनमें से बहुत से भविष्यद्रष्टाओं को भाग्य देखने की अपनी क्षमता पर विश्वास था। पदार्थवादी इसे असंभव बताते हैं। इस अनुसंधान कार्य में कई वर्ष बिताने के बाद मुझे पूरा यकीन है कि बीते समय की बहुत सी महान् भविष्यवाणियाँ वास्तव में सच हुई हैं।

भाग्य बाँचनेवाले हुआ करते थे। कट्टर पत्रकार होने के कारण मैंने ऐसे बहुत से तथाकथित सिद्ध पुरुषों की जाँच की। जहाँ कुछ सही मायने में ढोंगी थे तो कुछ ने मुझे चक्कर में भी डाला। निश्चित ही उनमें से बहुत से भविष्यद्रष्टाओं को भाग्य देखने की अपनी क्षमता पर विश्वास था। पदार्थवादी इसे असंभव बताते हैं। इस अनुसंधान कार्य में कई वर्ष बिताने के बाद मुझे पूरा यकीन है कि बीते समय की बहुत सी महान् भविष्यवाणियाँ वास्तव में सच हुई हैं।

भले ही बहुत से लोग ज्योतिषियों, भाग्य बाँचनेवालों और ऐसे ही अन्य लोगों की क्षमताओं का मजाक उड़ाते हों, फिर भी दुनिया में ऐसे लाखों लोग हैं, जो भविष्यवाणियों में विश्वास रखते हैं, जिनमें से कुछ तो हमारे महान् कोषाध्यक्ष, राजनेता, अभिनेता और अभिनेत्रियाँ तथा जीवन के सभी क्षेत्रों के लोग हैं। इस बात से कोई फर्क नहीं पड़ता कि किसी में भविष्य के पूर्व कथन की कितनी क्षमता है! मेरा लंबे समय से मानना है कि सिद्ध पुरुष ने क्या भविष्यवाणी की है, यह अधिक महत्त्व नहीं रहता; यह इस विषय पर निर्भर करता है कि वह भविष्यवक्ता की, उनके लिए कही बात के वास्तव में होने पर कितना भरोसा करते हैं! दूसरे शब्दों में, भविष्यद्रष्टा भविष्यवाणी के रूप में व्यक्ति के अवचेतन मन में एक सुझाव को रोपता है। उस व्यक्ति में कार्यरत सुझाव की शक्ति उस भविष्यवाणी को वास्तविक बनाती है, जिससे अंत में परिणाम हासिल होते हैं।

मूक फिल्मों की अभिनेत्री मैरी ड्रेसलर अपने समय की किसी भी अन्य अभिनेत्री की तुलना में अधिक मजाकिया रहीं। जिसने भी उन्हें 'टिटिलीज नाइटमेयर एंड टगबोट ऐनी' में देखा होगा, वह इस महान् व्यक्तित्व को कभी नहीं भूल सकता, लेकिन मैरी ड्रेसलर ने बहुत मुश्किल दिन देखे थे, परदे का सितारा बनकर लाखों लोगों में

मशहूर होने से पहले बहुत सी कठिनाइयों का सामना किया। इसमें सच्चाई हो या नहीं, लेकिन मैंने सुना है कि मैरी ड्रेसलर ज्योतिषियों की सलाह एवं भविष्यवाणियों के कारण शीर्ष तक पहुँची थीं।

इस संबंध में मुझे कुमारी ड्रेसलर की मृत्यु से कुछ ही समय पहले एक बहुत अजीब अनुभव हुआ। इस स्पष्टीकरण में मेरा पूरा विश्वास है कि जब लोग सोच के एक निश्चित स्तर पर पहुँच जाते हैं या अपने अवचेतन मन से लयबद्ध हो जाते हैं, तो वे स्वत: ही एक-दूसरे से सौहार्द स्थापित कर लेते हैं। मेरे अपनी पुस्तक 'टी.एन.टी.—इट रॉक्स द अर्थ' लिखने के कुछ ही समय के अंदर मुझे अचानक एहसास हुआ कि सभी महान् पुरुष व स्त्रियाँ उसका उपयोग कर रहे हैं, जिसका मैंने वर्णन किया है। इसकी पुष्टि के लिए मैंने उत्कृष्ट पुरुषों व स्त्रियों से इस संबंध में अपने विचार और टिप्पणियाँ लिखने को कहा।

मैरी ड्रेसलर वह पहली महिला थीं, जिन्हें मैंने चुना, शायद इसलिए, क्योंकि मैं उनका प्रबल प्रशंसक था। एक रात मैंने उन्हें रेडियो पर सुना और मुझे तुरंत पता चल गया कि उनकी उस 'किसी' चीज पर पकड़ है, जिसे अधिकांश लोग तलाश रहे हैं, लेकिन शायद ही खोज पाते हैं। यह एक आम बात है कि ऐसे बहुत कम महान् फिल्मी सितारे हैं, जो किसी अनजान व्यक्ति के पत्र का व्यक्तिगत रूप से जवाब दें, लेकिन मैं जानता था कि यदि मैं कुमारी ड्रेसलर को पत्र लिखूँगा तो मुझे उत्तर अवश्य मिलेगा।

मैरी ड्रेसलर वह पहली महिला थीं, जिन्हें मैंने चुना, शायद इसलिए, क्योंकि मैं उनका प्रबल प्रशंसक था। एक रात मैंने उन्हें रेडियो पर सुना और मुझे तुरंत पता चल गया कि उनकी उस 'किसी' चीज पर पकड़ है, जिसे अधिकांश लोग तलाश रहे हैं, लेकिन शायद ही खोज पाते हैं। यह एक आम बात है कि ऐसे बहुत कम महान् फिल्मी सितारे हैं, जो किसी अनजान व्यक्ति के पत्र का व्यक्तिगत रूप से जवाब दें, लेकिन मैं जानता था कि यदि मैं कुमारी ड्रेसलर को पत्र लिखूँगा तो मुझे उत्तर अवश्य मिलेगा। जब मैं यह पत्र लिखवा रहा था तो मेरी सचिव ने कहा कि मैरी ड्रेसलर इस पर ध्यान भी नहीं देंगी; बल्कि हमने इस पर शर्त भी लगाई और बाद में ऐसा ही कुछ अन्य लोगों पर भी किया।

जहाँ मुझे लग रहा था कि कुमारी ड्रेसलर तुरंत प्रतिक्रिया देंगी, लेकिन उनके

पत्र के साथ एक चीज देखकर मैं हैरान रह गया—वह मेरे ब्रॉशर की बीस प्रतियों को खरीदने के लिए चेक था। अपने पत्र में उन्होंने कहा—

"बहुत-बहुत शुक्रिया। ओह, क्या शानदार पुस्तक है, यदि इसे सही तरह से उपयोग किया जाए! उसे पूरा पढ़ने के बाद मैंने अतीत पर नजर डाली। मैं ऐसा बहुत कम करती हूँ और खुद अपने जीवन की पड़ताल की। ऐसा दिखाई देता है कि मैं सही मार्ग पर चल रही हूँ।"

इस महान् महिला के निधन के इतने वर्ष बाद आज भी उनके पत्र मेरी पोषित संपत्ति में हैं। मेरी आज तक ऐसी किसी महिला से निजी तौर पर बातचीत नहीं हुई, जो अपने कार्य को इस कारण दिलोजान से करती है, जिससे मानवता उत्साहित हो और वह भी ऐसा व्यक्ति, जो निजी रूप से इतना समस्याग्रस्त हो और जिसने सफलता के शीर्ष पर पहुँचने के लिए इतना अधिक संघर्ष किया हो!

प्रसंगवश, उनके पत्र में दो बहुत अच्छे विचार थे। पहला, अतीत पर ध्यान केंद्रित रखना व्यर्थ है। स्पष्ट है कि कुमारी ड्रेसलर अपनी मृत्यु से बहुत पहले से जान चुकी थीं। उन्हें एहसास था कि वे भावी सफलताओं पर तब तक पूरी तरह केंद्रित नहीं रह सकतीं, जब तक उनका मन अतीत के विचारों से अस्त-व्यस्त रहेगा।

दूसरा, जैसा उन्होंने मेरे ब्रॉशर की अतिरिक्त प्रतियाँ मँगवाकर संकेत दिया कि वे लोगों की मदद करना चाहती हैं। कई बार यह सिर्फ दिखावा भर होता है; लेकिन निश्चित ही उन्हें एहसास था कि इस तरह मदद को विस्तार देना उनके लिए भी फायदेमंद रहेगा।

यह एक दिलचस्प बात है कि हेलेन केलर पक्के तौर पर स्वीडन बोर्गियन थीं। जैसा कि कुछ पाठकों को पता होगा, स्वीडनबोर्ग अठारहवीं शताब्दी के शुरुआती समय में थे और बेहद असाधारण पुरुष थे। संभवतः वह दुनिया के सबसे बड़े मनीषी थे। वे भी भविष्य देख सकते थे। उन्हें पनडुब्बियों, मशीनगन, विमान और घोड़े-विहीन बग्घियाँ, जो 20 मील प्रति घंटे की रफ्तार से चलेंगी, का पूर्वाभास था।

मेरे लिए हेलेन केलर चमत्कार के जैसी हैं। जैसा कि पूरी दुनिया जानती है कि वे बीस महीने की उम्र से देख, सुन या बोल नहीं सकती थीं। इसके बावजूद उन्होंने अपनी चर्चाओं और बहुत से लेखों व पुस्तकों द्वारा ऐसे हजारों लोगों को प्रेरित किया, जो उनसे कम विकलांग थे। हेलेन केलर ने अपने असाधारण प्रयासों से बोलना सीखकर दुनिया को एक नया

दृष्टिकोण दिया कि विकलांगों को एक बार जब कुछ हासिल करने की अपनी क्षमता पर विश्वास हो जाए तो वे क्या कर सकते हैं!

यह एक दिलचस्प बात है कि हेलेन केलर पक्के तौर पर स्वीडन बोर्गियन थीं। जैसा कि कुछ पाठकों को पता होगा, स्वीडनबोर्ग अठारहवीं शताब्दी के शुरुआती समय में थे और बेहद असाधारण पुरुष थे। संभवतः वह दुनिया के सबसे बड़े मनीषी थे। वे भी भविष्य देख सकते थे। उन्हें पनडुब्बियों, मशीनगन, विमान और घोड़े-विहीन बग्घियाँ, जो 20 मील प्रति घंटे की रफ्तार से चलेंगी, का पूर्वाभास था। मैं नहीं जानता कि स्वीडनबोर्ग को अध्यात्मवादी कहा जा सकता है या नहीं, लेकिन निश्चित तौर पर उनमें औसत व्यक्ति की संज्ञा से कुछ अधिक मौजूद था। मन की शक्तियों में उनका बहुत विश्वास था और उन्हें ऐसे प्रतिभास, विजन एवं अजीब स्वप्न दिखते थे, जो संभवतः उनके अवचेतन से आया करते थे।

एक और उत्कृष्ट महिला है, जो अत्यधिक विवाद का कारण बनीं (और जिनके नाम से लाखों लोग परिचित होंगे, क्योंकि उनके जीवन पर बनी फिल्म दुनिया भर में प्रदर्शित हुई है)। सन् 1940 में सिस्टर एलिजाबेथ केनी पोलियो रोगियों के उपचार का विचार लेकर ऑस्ट्रेलिया से आईं। बतौर नर्स उन्होंने 'हॉट पैक प्रणाली' किसे कहते हैं, यह जाना। इस पद्धति में गरम पानी की थैली को रोगी के शरीर पर प्रभावित हिस्से में लगाया जाता है। पेशेवर व गैर-पेशेवर लोगों द्वारा मजाक उड़ाए जाने के बावजूद सिस्टर केनी लगातार पूरी दृढ़ता से अपने उपचार के सिद्धांतों को पेश करते हुए अमेरिकी जनता का ध्यान आकर्षित करती रहीं और अपने प्रयासों के बल पर उन्होंने मिनीपोलिस में 'सिस्टर केनी इंस्टीट्यूट' की स्थापना की।

पेशेवर व गैर-पेशेवर लोगों द्वारा मजाक उड़ाए जाने के बावजूद सिस्टर केनी लगातार पूरी दृढ़ता से अपने उपचार के सिद्धांतों को पेश करते हुए अमेरिकी जनता का ध्यान आकर्षित करती रहीं और अपने प्रयासों के बल पर उन्होंने मिनीपोलिस में 'सिस्टर केनी इंस्टीट्यूट' की स्थापना की।

यदि किसी को शक्तिशाली मन का प्रतिबिंब देखना हो तो इसके लिए केवल सिस्टर केनी की बेडौल आकृति का चित्र देखें—जिसकी सहायक उतनी ही तेज जुबान थी—जो आखिर में उन्हें अपने तरीके से जीत हासिल करने में मदद करती। अपने मूल स्थान ऑस्ट्रेलिया में उन्हें हर मोड़ पर संघर्ष करना पड़ा और केवल उस

ऐसी बहुत कम महिलाएँ हैं, जो इतने विवाद का विषय बनीं। व्यक्ति सिस्टर केनी के बारे में पढ़ता है कि उन्हें पूरा यकीन था कि उनकी पद्धति सही व व्यावहारिक है। हालाँकि दुनिया ने उन्हें बदनाम करने का प्रयास किया, लेकिन वे साहसपूर्वक आगे बढ़ती रहीं। वे ऐसी महिला का उदाहरण हैं, जिसके पास विचार, स्थिर उद्देश्य तथा उपचार के अपने तरीके की कुशलता में अत्यधिक विश्वास था, जो बहुत सारे पोलियो-पीड़ितों के लिए नई आशा बना।

महिला की दृढ़ता के कारण ही अमेरिकी चिकित्सकीय पेशे में आखिरकार उनको पहचान मिली।

ऐसी बहुत कम महिलाएँ हैं, जो इतने विवाद का विषय बनीं। व्यक्ति सिस्टर केनी के बारे में पढ़ता है कि उन्हें पूरा यकीन था कि उनकी पद्धति सही व व्यावहारिक है। हालाँकि दुनिया ने उन्हें बदनाम करने का प्रयास किया, लेकिन वे साहसपूर्वक आगे बढ़ती रहीं। वे ऐसी महिला का उदाहरण हैं, जिसके पास विचार, स्थिर उद्देश्य तथा उपचार के अपने तरीके की कुशलता में अत्यधिक विश्वास था, जो बहुत सारे पोलियो-पीड़ितों के लिए नई आशा बना।

कुछ महिलाओं की गतिशील शक्ति उनके उत्तरार्ध के वर्षों में भी कायम रहती है। वर्ष 1947 की शुरुआत में कैप्टन मैरी कन्वर्स के कारनामे अखबारों में लेख के रूप में छपते रहे हैं। श्रीमती कन्वर्स नाविक के रूप में लगभग 34,000 मील की समुद्री यात्रा कर सेवानिवृत्त होने के बाद पचहत्तर वर्ष की आयु में पुनः समुद्र में जाना चाहती थीं। बोस्टन में जन्म लेने के बाद उन्होंने अपने स्वर्गीय पति हैरी ई. कन्वर्स से नौ-संचालन सीखा, जो एक स्टीम यॉट के मालिक थे। बतौर कनिष्ठ नाविक उन्होंने सातों समुद्रों की जल-यात्रा की थी। उन्हें उनका सेकंड पायलट लाइसेंस सन् 1935 में मिला और कैप्टन का लाइसेंस 1940 में मिला। श्रीमती कन्वर्स से लगभग 2,600 नौसेना अधिकारियों ने नेवीगेशन सीखा। उन्होंने उन्हें यह अपने डेनवर स्थित घर के डाइनिंग रूम में सिखाया।

'हू'ज हू सूची' में व्यापार और पेशेवर क्षेत्र की उत्कृष्ट महिलाओं का जीवन-चित्र पेश किया, जिनमें वह अधिकारी भी शामिल थीं, जो सालाना 150,000 डॉलर से अधिक कमाती थीं, लेकिन हमारे इतिहास में लीडिया ई. पिन्कहम सबसे महान् व्यवसायी महिला के रूप में पहचानी जाती हैं। आज वर्ष 1900 में भले ही उनका नाम अधिक प्रसिद्ध न हो, लेकिन उनका स्थापित किया व्यवसाय और इसके

उत्पाद, 'लीडिया पिन्कहम वेजिटेबल कंपाउंड', का नाम घर-घर में जाना जाता था। उन्होंने एक विचार से विशाल व्यापार का निर्माण किया, जिसने उन्हें लाखों डॉलर कमाकर दिए।

मैं मिसेज पिंकहैम्स के वेजिटेबल कंपाउंड के गुणों के बारे में कुछ नहीं जानता, लेकिन मुझे याद है कि बचपन में मैं अपने परिवार के दवा बक्से में अकसर इसे देखा करता था। श्रीमती पिंकहैम और उनके व्यापारिक सहयोगियों ने वास्तव में विज्ञापनों को आधुनिक बनाया, क्योंकि विज्ञापन का काम करनेवालों में वे सबसे बेहतरीन थीं। बाद के बहुत से विज्ञापनों में श्रीमती पिंकहैम ने अपनी आवाज दी थी। अपने अधिकांश विज्ञापनों में वे महिलाओं के घरेलू दर्शन से युक्त भावनात्मक अपील से जुड़ी रहती थीं। इसके परिणामस्वरूप उनके सब्जियों के यौगिक की बिक्री लाखों डॉलर तक पहुँच गई और उनकी लिन, मैसाचुसेट्स की प्रयोगशाला को टनों उत्साहपूर्ण प्रशंसा-पत्र प्राप्त हुए।

श्रीमती पिंकहैम और उनके व्यापारिक सहयोगियों ने वास्तव में विज्ञापनों को आधुनिक बनाया, क्योंकि विज्ञापन का काम करनेवालों में वे सबसे बेहतरीन थीं। बाद के बहुत से विज्ञापनों में श्रीमती पिंकहैम ने अपनी आवाज दी थी। अपने अधिकांश विज्ञापनों में वे महिलाओं के घरेलू दर्शन से युक्त भावनात्मक अपील से जुड़ी रहती थीं।

एक बार फिर उस असाधारण महिला ने दिखा दिया कि निजी उपलब्धियों में विश्वास रखने से क्या हासिल हो सकता है! लीडिया पिंकहैम के आरंभिक जीवन के दौरान बहुत से लोग घरेलू दवाओं के निर्माण में रुचि रखते थे और उन्होंने भी अपनी रसोई में अपने यौगिक बनाने आरंभ कर दिए। कुछ समय बाद उन्होंने यह मिश्रण पड़ोस की एक बीमार महिला को पिलाया। उन्हें बाद में एहसास हुआ कि इसे बेचा भी जा सकता है। तब उन्होंने इसका प्रचार करना शुरू किया। किसी नए विचार के साथ शुरुआत करनेवाले अधिकांश लोगों की तरह उनके सामने भी पैसे की कमी, दूसरों द्वारा विरोध और निर्माण व विपणन संबंधी परेशानियों जैसी उत्साह भंग करनेवाली बहुत सी चीजें थीं, लेकिन उस न्यू इंग्लैंड की महिला की हिम्मत कोई नहीं तोड़ सका। उसकी शानदार प्रेरणा-शक्ति एवं उत्साह आगे बढ़ा और उनके परिवार के सभी सदस्यों को घेर लिया—विशेष रूप से तब, जब उनका व्यापार अच्छा चलने लगा।

विश्वास की महान् शक्ति को दस्तावेजीकृत करनेवाली कोई भी पुस्तक श्रीमती मैरी बेकर एडी के उल्लेख के बिना पूरी नहीं हो सकती। वह भी न्यू इंग्लैंड से थीं। उन्होंने विशाल धार्मिक संगठन को स्थापित किया, जिसे 'क्रिश्चियन साइंस' के नाम से जाना जाता है; जैसा कि लगभग सभी लोग जानते हैं कि श्रीमती एडी को निराशा, विवादों और कटु उपहासों का सामना करना पड़ा, लेकिन इसके बाद उन्होंने दुनिया को अपनी फिनास पी. क्यूम्बे के लेखन पर आधारित 'साइंस एंड हेल्थ विद की टू द स्क्रिप्चर्स' प्रदान की।

विश्वास की महान् शक्ति को दस्तावेजीकृत करनेवाली कोई भी पुस्तक श्रीमती मैरी बेकर एडी के उल्लेख के बिना पूरी नहीं हो सकती। वह भी न्यू इंग्लैंड से थीं। उन्होंने विशाल धार्मिक संगठन को स्थापित किया, जिसे 'क्रिश्चियन साइंस' के नाम से जाना जाता है; जैसा कि लगभग सभी लोग जानते हैं कि श्रीमती एडी को निराशा, विवादों और कटु उपहासों का सामना करना पड़ा, लेकिन इसके बाद उन्होंने दुनिया को अपनी फिनास पी. क्यूम्बे के लेखन पर आधारित 'साइंस एंड हेल्थ विद की टू द स्क्रिप्चर्स' प्रदान की। उन्होंने प्रबल नेतृत्व, अपनी शिक्षाओं में असाधारण व अडिग विश्वास और ओजस्वी व्यक्तित्व विकसित करना आरंभ किया, जिसने दुनिया भर में लाखों लोगों पर अपनी छाप छोड़ी। ऐसा बहुत कम लेखन है, जिसने औषधि विज्ञान और धर्म-शास्त्र को इतना प्रभावित किया हो, जितना उन्होंने किया है। 'क्रिश्चियन साइंस' (ईसाई विज्ञान) विश्वास की शक्ति का एक और व्यावहारिक प्रदर्शन है।

दुनिया फ्लोरेंस नाइटिंगेल की हमेशा ऋणी रहेगी, जो हजारों लोगों का जीवन बचाने का महत्त्वपूर्ण साधन बनीं और जिन्होंने नर्सिंग के पेशे को उच्च मानक प्रदान किए, जिसे आज भी पूरे विश्व में पहचाना जाता है। एक बार फिर वह ऐसी महिला थीं, जिन्हें आरंभ से ही पता था कि उन्हें क्या चाहिए और जिन्होंने अपनी महत्त्वाकांक्षा को पूरा करने के लिए प्रयास किए। उनका परिवार इंग्लैंड के सबसे समृद्ध परिवारों में से एक था, लेकिन उनमें नर्स बनने और बीमारों की सेवा करने का जुनून था। जिस समय उन्होंने अपना महान् कार्य आरंभ किया था, उस समय तो नर्सिंग को पेशा भी नहीं माना जाता था। उन्होंने शुरुआत जर्मनी के फ्लाइडनर नर्सिंग स्कूल में फर्श साफ करने से की। जल्दी ही उन्होंने दिखा दिया कि वे न केवल फर्श

साफ कर सकती हैं, बल्कि पट्टियाँ बाँधने के साथ ही अपनी प्रेरणादायी बातचीत से रोगियों की आशाओं को भी पुनरुज्जीवित कर सकती हैं। उन्हें भी हर मोड़ पर संघर्ष करना पड़ा; लेकिन अपने भाग्य की कल्पनाओं से प्रेरित होने के कारण उनके लिए कोई बाधा मायने नहीं रखती थी। उन्हें हठधर्मियों से घृणा थी। उनका मानना था कि सभी की देखभाल होनी चाहिए, फिर चाहे वह किसी भी आस्था, रंग या जाति का हो। भड़काए जाने पर वे काफी बातूनी भी हो जाती थीं।

क्रीमिया युद्ध के दौरान ब्रिटिश युद्ध कार्यालय ने फ्लोरेंस नाइटिंगेल के काम का मजाक उड़ाते हुए इसका परिणाम असफलता बताया। उन्होंने अनिच्छापूर्वक उस 'सनकी' को उसका काम करते रहने दिया। उन्होंने अपने खर्चे पर नर्सों की निजी मुहिम का आयोजन किया और उन्हें स्कुटरी ले गईं। वहाँ के अस्पताल अधिकारी अपने काम में महिलाओं की दखलंदाजी नहीं चाहते थे, इसके बावजूद उन्होंने दखल दिया। उनके नेतृत्व में महिलाओं ने अस्पताल का जिम्मा सँभाल लिया। क्रीमिया में निवास के दौरान पूरा समय उन्हें हर क्षण प्रतिरोध का सामना करना पड़ा। ब्रिटेन के कुछ शक्तिशाली नेताओं ने उस अद्‌भुत महिला के कार्य का मजाक उड़ाया और उसके सुधार कार्यों को रोकने के हरसंभव प्रयास किए, लेकिन फ्लोरेंस के 'बारूद भरे' पत्रों ने उनके देशवासियों को तब तक जगाया, जब तक सभी उनके प्रति श्रद्धा-भाव नहीं रखने लगे। किसी को तो झुकना ही था। इस बार यह अवरोधक दीवार ने किया।

जब बयासी साल की उम्र में उनके बीमार पड़ने पर उनकी नर्स ने उन्हें बिस्तर पर लिटाया तो फ्लोरेंस नाइटिंगेल ने अपने बिस्तर पर नर्स को लिटा दिया। नब्बे वर्ष की उम्र में उनकी मृत्यु के ठीक पहले एक मित्र ने उनसे पूछा कि क्या उन्हें पता है कि वे कहाँ हैं? उन्होंने उत्तर दिया, "मैं कत्ल हुए मनुष्यों की वेदी पर हूँ और अब मैं उनके लिए लड़ूँगी।"

> ***जब हम शहीदों की बात करते हैं तो अधिकांश लोगों के मन में पुरुष ही आते हैं, जो उन उद्‌देश्यों के लिए मारे गए या जेल भेजे गए, जिन पर उन्हें विश्वास था। हम याद दिलाना चाहते हैं कि इतिहास में ऐसी उत्कृष्ट महिलाएँ भी बहुत हैं, जिन्होंने पुरुषों जैसी शहादत दी; जैसे जॉन ऑफ आर्क हैं। उन्हें उसी तरह जला दिया गया, जैसे आधुनिक काल में नागरिक अधिकारों और परमाणु प्रसार का विरोध करने का प्रयास करनेवाली महिलाओं को जेल में डाल दिया जाता है।***

जब हम शहीदों की बात करते हैं तो अधिकांश लोगों के मन में पुरुष ही आते हैं, जो उन उद्देश्यों के लिए मारे गए या जेल भेजे गए, जिन पर उन्हें विश्वास था। हम याद दिलाना चाहते हैं कि इतिहास में ऐसी उत्कृष्ट महिलाएँ भी बहुत हैं, जिन्होंने पुरुषों जैसी शहादत दी; जैसे जॉन ऑफ आर्क हैं। उन्हें उसी तरह जला दिया गया, जैसे आधुनिक काल में नागरिक अधिकारों और परमाणु प्रसार का विरोध करने का प्रयास करनेवाली महिलाओं को जेल में डाल दिया जाता है।

कैरी नेशन का नाम भी संभवतः बहुत से लोगों की यादों में धुँधला सा मौजूद होगा; लेकिन शताब्दी के अंत के आसपास के वर्षों में वह महान् महिला शहीदों में से एक थीं। सैलूनों को नष्ट करने की अपनी दिव्य सोच पर विश्वास कर कैरी नेशन अपने राज्य कैंसास में शराब की अवैध बिक्री को समाप्त करने के लिए निकल पड़ीं। अपने कुछ साथियों के साथ श्रीमती नेशन सार्वजनिक प्रार्थना और निंदा द्वारा बहुत से अवैध शराबखाने बंद कराने में कामयाब रहीं। इस प्रक्रिया की प्रभावकारिता की धीमी गति को देखते हुए उन्होंने कुल्हाड़ी उपयोग की और बोतलें व बीयर के पीपे के साथ ही बार की साज-सज्जा तोड़ने लगीं। हर बार उनका खूब मजाक उड़ाया जाता और उन्हें लगातार जेल होती रहती, लेकिन उन्हें अपने उद्देश्य के सही होने का इतना विश्वास था कि वे अपनी सजा को प्रसन्नतापूर्वक स्वीकार कर लेतीं।

प्रसिद्ध अभिनेत्री सारा बर्नहार्ड शेरनी जैसे स्वभाव की थीं, इसके बावजूद इतिहास में वे सबसे अधिक भावुक अदाकारा के रूप में दर्ज हैं। स्टेज के अपने शुरुआती दिनों में वे बहुत बार असफल रहीं; लेकिन उनमें अच्छा करने का जुनून था और चौबीस साल की होने तक वे मशहूर हो गईं। वे धूम्रपान करने और शराब पीनेवाली असामान्य स्वभाव की महिला थीं। वे उच्च स्तर की व्यक्तिवादी थीं। वे कब्रिस्तानों में जातीं और कब्र के पास बैठकर जा चुके लोगों का शोक मनातीं। बाद में तो उन्होंने ताबूत में सोना आरंभ कर दिया। सारा बर्नहार्ड ने इस बात की कभी परवाह नहीं की कि लोग उनके बारे में क्या सोचते हैं, बल्कि वास्तव में वह उनकी टिप्पणियों का आनंद लेतीं। अपनी जिंदगी के अंतिम दिनों में उन्हें नकली पैर लगवाना पड़ा, इसके बावजूद वे अभिनय करती रहीं। कोई भी बात उनके जीवन भर के इस विश्वास को नहीं बदल सकी कि वे बहुत महान् नाटकीय अदाकारा हैं और सन् 1923 में मृत्यु होने तक वह ऐसी ही रहीं।

ओजस्वी मैडम शूमैन-हेंक एक मिसाल थीं कि एक बार जब मन काररवाई करने लगे तो विश्वास क्या कर सकता है! आरंभिक जीवन में ही उन्हें प्रेरणा मिली

और उन्होंने पंद्रह वर्ष की उम्र में ओपेरा गायिका बनकर दुनिया को अपनी खूबसूरत आवाज सुनाई। वह ओल्ड वर्ल्ड में भी काफी मशहूर थीं, लेकिन अमेरिका आने के बाद उनके वे सभी सपने पूरे हो गए, जो उनके भीतर कई वर्षों से सुलग रहे थे। उनका बहुत बार दिल टूटा, लेकिन अत्यधिक परेशानियों का सामना करते हुए भी मैडम शूमैन-हेंक हमेशा मुसकराती रहीं। उनका सबसे बड़ा पुत्र प्रथम विश्व युद्ध में कैसर के लिए लड़ते हुए मारा गया, जबकि उनके बाकी चार पुत्र सामनेवाली खंदकों में थे, लेकिन जब लोगों ने उन्हें अपने पुराने, विदेशी लहजे में 'द स्टार-स्पैंगल्ड बैनर' गाते सुना तो उनमें से कइयों ने अपने हैट उतारे और रोने लगे। एक राष्ट्रीय रेडियो पर उनकी आवाज लाखों लोगों तक पहुँची। सभी लोग उन्हें पसंद करते थे और उनमें वह मूल चीज थी, जो जन्म से ही सब में होती है, लेकिन उभर नहीं पाती—कभी हार न मानने की भावना! बहत्तर साल की उम्र में जब मैरी ड्रेसियर उनकी उत्तराधिकारी बनीं, तब उस महान् कलाकार का परदा गिरा।

ऐसा कौन है, जिसने मैरियन एंडरसन की शानदार कोंटराल्टो आवाज सुनी हो और मंत्रमुग्ध तथा अत्यधिक द्रवित न हुआ हो? जबकि बहुत कम लोगों को उस महान् कलाकार की अत्यधिक मामूली पृष्ठभूमि का एहसास हो। वे छह बच्चों में से एक थीं और वॉयलिन लेना चाहती थीं; उस समय वे फिलाडेल्फिया में सीढ़ियाँ साफ करने के 5 या 10 सेंट कमाया करती थीं। यदि किसी महिला ने अपने सपनों में विश्वास किया और उन्हें सच भी बनाया है तो वे मैरियन एंडरसन हैं। उन्हें विश्वस्तरीय यश मिला और फिर भी उन्हें विशेष रूप से अमेरिका में बहुत सी बाधाओं और पूर्वग्रहों का सामना करना पड़ा। उनकी ख्याति संगीत के इतिहास में सबसे आकस्मिक रही। वॉशिंगटन डी.सी. सन् 1939, ईस्टर का रविवार, साधारण पृष्ठभूमिवाली यह अश्वेत महिला लिंकन मेमोरियल के सामने खड़ी थी। उसने वहाँ

ऐसा कौन है, जिसने मैरियन एंडरसन की शानदार कोंटराल्टो आवाज सुनी हो और मंत्रमुग्ध तथा अत्यधिक द्रवित न हुआ हो? जबकि बहुत कम लोगों को उस महान् कलाकार की अत्यधिक मामूली पृष्ठभूमि का एहसास हो। वे छह बच्चों में से एक थीं और वॉयलिन लेना चाहती थीं; उस समय वे फिलाडेल्फिया में सीढ़ियाँ साफ करने के 5 या 10 सेंट कमाया करती थीं। यदि किसी महिला ने अपने सपनों में विश्वास किया और उन्हें सच भी बनाया है तो वे मैरियन एंडरसन हैं।

मौजूद 75,000 लोगों को अवाक् कर दिया था, जिनमें कैबिनेट सदस्य, सीनेटर, संसद् सदस्य और व्यापार तथा समाज के विख्यात व्यक्ति थे। मुझे पूरा विश्वास है कि मैरियन एंडरसन भी अपने विश्वास के माध्यम से सफल हुई थीं और उन्हें सबसे अधिक प्रेरणा अपने अवचेतन मन से आई थी।

अब मैं आपको एक जानी-मानी महिला से परिचित करवाता हूँ, जो बताती हैं कि किस तरह उनका अवचेतन मन उनकी सफलता के लिए सीधे तौर पर जिम्मेदार था। एंजेला लांसबरी, टोनी पुरस्कार विजेता मंच व फिल्म अदाकारा का साक्षात्कार मिल्डर्ड मेसीरो ने 'रीच मैगजीन' के लिए किया। उस साक्षात्कारकर्ता ने बताया—

"प्रतिभाशाली युवा फिल्म स्टार एंजेला लांसबरी में सुंदरता और अभिनय क्षमता होने के साथ ही वे बेहद होशियार लड़की थीं। यहाँ (हॉलीवुड) रहने के दौरान उन्होंने अपने पसंदीदा मुद्दों में से एक को पेश किया—अपने भाग्य में आस्था रखना।

"आह!" उन्होंने फौरन सुधार किया, "मुझे लगता है कि मैंने इसे गलत शब्दों में व्यक्त कर दिया। मेरा मतलब किसी जादुई या गुप्त विद्या से नहीं है। शायद अवचेतन मन की शक्ति में आस्था रखना इसे कहने का बेहतर तरीका होगा।"

"यह शायद टेनीसन या स्टीवेंसन के जैसा होगा।" मैंने सुझाव दिया।

"बिल्कुल ठीक! ऐसा नहीं है कि मैं अपनी क्षमताओं को उनकी प्रतिभा के बराबर मानता हूँ, लेकिन मुझे लगता है कि मैंने अवचेतन के संसाधनों का उपयोग सीख लिया है। सभी जानते हैं कि हमारा अवचेतन मन उन सभी क्षमतायों, स्मृतियों और कौशल को संगृहीत करता है, जिन्हें हम आमतौर पर उपयोग नहीं करते।"

...मैं यह कहने का प्रयास कर रहा हूँ, जब आप यह सीख लेते हैं कि अपने अवचेतन मन को कैसे उपयोग करना है तो वस्तुत: इस बात की कोई सीमा नहीं रह जाती कि आप क्या हासिल कर सकते हैं!"

एंजेला ने आत्म-सुझाव की तकनीक खुद ही सीखी। चूँकि उन्होंने

एंजेला ने आत्म-सुझाव की तकनीक खुद ही सीखी। चूँकि उन्होंने अभिनय को सबसे पहले कॅरियर के तौर पर चुना था, इसलिए उनके मन में यह तसवीर लगातार बनी रही कि वे क्या हासिल करना चाहती हैं। वह समय-समय पर अपने लक्ष्यों को लिखती रहती थीं, जहाँ वह पहुँचना चाहती थीं। जाहिर है, उन्होंने उस रचनात्मक सामग्री के खजाने का उपयोग किया, जिसे इस्तेमाल करना हम में से बहुत कम लोगों को आता है।

अभिनय को सबसे पहले कॅरियर के तौर पर चुना था, इसलिए उनके मन में यह तसवीर लगातार बनी रही कि वे क्या हासिल करना चाहती हैं। वह समय-समय पर अपने लक्ष्यों को लिखती रहती थीं, जहाँ वह पहुँचना चाहती थीं। जाहिर है, उन्होंने उस रचनात्मक सामग्री के खजाने का उपयोग किया, जिसे इस्तेमाल करना हम में से बहुत कम लोगों को आता है। अवचेतन में प्रतिभा के पदार्थ और शक्ति स्वत: मौजूद रहते हैं, जिन्हें भलीभाँति पहचान लेने पर सक्रियता के मानसिक क्षेत्र में इस प्रारूप में फट सकता है, जो हमारी चेतन क्षमताओं से बढ़कर हो।

"और आप अपने इस अवचेतन मन का उपयोग करना कैसे जानती हैं?" मैंने पूछा।

"वाह! मैं अनुदार या घमंडी नहीं लगना चाहती, लेकिन यह सचमुच बेहद आसान है। यदि आप अपने आप से बार-बार यही कहते हैं कि आप में रचनात्मक शक्ति की कोई सीमा नहीं है तो इतना ही करने से हो जाएगा। ईमानदारी से, मुझे विश्वास हो जाता है कि यही सच है। यह चाहे बुद्धिमत्ता या रचनात्मक शक्ति या चाहे कुछ भी हो, यह दुनिया में कुछ इस तरह मौजूद रहती है।…" और उन्होंने अपना मजबूत व खूबसूरत हाथ लहराया, जैसे प्रकाश या हवा या ऐसा ही कुछ। यह सिर्फ मेरे लिए नहीं है। यह यहाँ मौजूद है। इसे कोई भी उपयोग कर सकता और व्यक्त कर सकता है, जिसे पता हो कि इसे पाना कैसे है!

"वाह! मैं अनुदार या घमंडी नहीं लगना चाहती, लेकिन यह सचमुच बेहद आसान है। यदि आप अपने आप से बार-बार यही कहते हैं कि आप में रचनात्मक शक्ति की कोई सीमा नहीं है तो इतना ही करने से हो जाएगा। ईमानदारी से, मुझे विश्वास हो जाता है कि यही सच है। यह चाहे बुद्धिमत्ता या रचनात्मक शक्ति या चाहे कुछ भी हो, यह दुनिया में कुछ इस तरह मौजूद रहती है।…"

"किसी भी तरह यह सफलता का तुरत-फुरत फॉर्मूला नहीं है।" उन्होंने आगे कहा। "यह आपको कड़ी मेहनत से नहीं बचा सकता। आपको पागलों की तरह काम करते रहना होगा; आप जो भी व्यक्त करना चाहते हों, उसमें निष्णात होना होगा; अपने कौशल को निरंतर बढ़ाते रहना होगा, फिर चाहे वह अभिनय हो या चित्रकला, या पोशाक बनाना ही क्यों न हो! इससे जब भी आत्माभिव्यक्ति का अवसर आएगा, जब वह समय आएगा कि आप अपनी अवचेतन शक्ति को व्यक्त करने की पुकार

सुनेंगे तो आपके पास इस पर काम करने के सभी साधन मौजूद होंगे; आपके पास वह समुचित माध्यम होगा, जिसके द्वारा आप अपने रचनात्मक आवेग को प्रस्तुत कर सकेंगे।...समझ गए?" उन्होंने अपने ठेठ मजाकिया अंदाज में पूछा।

"अवचेतन को सुझाव कैसे दें?" मैंने पूछा।

"अच्छा, वह! रात को नींद आने के ठीक पहले अपने आप से बस, यह कहें कि 'कल वो दिन है, जब मैं हर उस चीज से आगे बढ़ जाऊँगा, जिसे मैंने आज किया है।' इससे आपकी जो भी जरूरत होगी, आपकी संपूर्ण क्षमता, आपने जो भी कुछ सीखा है, संभवत: ऐसी चीजें, जो आप भूल चुके हैं कि आपने सीखी थीं—वे सब आपको उपलब्ध हो जाएँगी।..."

"मन में उन परिस्थितियों की वास्तविक मानसिक तसवीर बनाना और भी बेहतर रहेगा। उदाहरण के लिए, यदि आपको स्क्रीन टेस्ट के लिए जाना हो तो अपने आपको उस टेस्ट के दौरान ऐसा अभिनय करते देखें, जैसा किसी ने पहले कभी न किया हो। अपने मन में बेधड़क अभिनय करें, ड्यूस बनें, बर्नहार्ड बनें! अपने मानसिक चित्र में सबसे बेहतरीन बनें! और जब असली टेस्ट होगा तो आप देखेंगे, बल्कि आप हैरान रह जाएँगे कि आपका अभिनय आपकी जानकारी से भी बेहतर है।"

"मेरा मानना है कि अवचेतन का व्यक्तित्व अत्यंत नाटकीय पहलू है। इसे अभिनय करना और गीत गाना एवं चित्र बनाना तथा अपने को व्यक्त करना चाहता है। यह हर उस चीज से बढ़-चढ़कर होता है, जो इससे करने को कहा जाए। यह आपका दायित्व है कि आप इसे अभिव्यक्ति के साधनों से सुसज्जित करें, इसे एक अवसर दें और इसे परदे के पीछेवाला अपना मित्र बनाएँ।"

ब्रोंटे बहनों समेत एलिजाबेथ ब्राउनिंग, सूसन बी. एंथनी, इवैंजलिन बूथ, जेन एडम्स जैसी बहुत सी विख्यात महिलाओं ने 'हॉल ऑफ फेम' में अपने लिए जगह बनाई। 'अंकल टॉम्स किचेन', जिसे बहुत से लोग अमेरिकी गृह युद्ध का कारण मानते हैं, की रचना हैरिएट बीचर स्टो ने की थी, ऐसी महिला, जिनका नाम

"मेरा मानना है कि अवचेतन का व्यक्तित्व अत्यंत नाटकीय पहलू है। इसे अभिनय करना और गीत गाना एवं चित्र बनाना तथा अपने को व्यक्त करना चाहता है। यह हर उस चीज से बढ़-चढ़कर होता है, जो इससे करने को कहा जाए। यह आपका दायित्व है कि आप इसे अभिव्यक्ति के साधनों से सुसज्जित करें, इसे एक अवसर दें और इसे परदे के पीछेवाला अपना मित्र बनाएँ।"

अमेरिकी इतिहास के रहने तक याद रखा जाएगा। सन् 1850 में, श्रीमती स्टो ने यह पवित्र शपथ ली कि वह कुछ ऐसा लिखेंगी, "जिससे पूरे देश को विश्वास हो जाएगा कि दासता कितनी घृणित स्थिति है!" दो महीने तक वह कहानी के बारे में सोचने का असफल प्रयास करती रहीं।

फरवरी 1851 में जब वे एक कॉलेज चर्च में धार्मिक भोज सेवा में शामिल थीं, तभी उनके मन में अंकल टॉम और उनकी मृत्यु की तसवीर आई। श्रीमती स्टो रोते हुए घर पहुँचीं और जब उन्होंने अंकल टॉम की मृत्यु का दृश्य लिखा और उसे अपने परिवार को पढ़कर सुनाया तो वे भी रोने लगे।

उन्होंने तथ्यात्मक विवरण जुटाने में खूब मेहनत की; लेकिन जब वे सचमुच उसे लिखने बैठीं, उन्हें इनमें से किसी की जरूरत नहीं पड़ी। कहानी उनके दिमाग में घर कर गई थी और उसने वस्तुतः स्वयं अपने आपको लिखा। उनके अवचेतन मन से हिलोरें मारती लंबे समय से विस्मृत स्मृतियाँ और चित्रात्मक प्रभाव बाहर आने लगे और वे बस, अपने आपको कागज पर स्वचालित ढंग से उचित क्रम में उतारने लगे। श्रीमती स्टो ने उन घटनाओं और उनकी पृष्ठभूमि पर केवल विचार ही नहीं किया, उन्होंने उन्हें वास्तव में देखा। अपनी मृत्यु के दिन श्रीमती स्टो ने जोर देकर कहा कि वे पुस्तकें उन्होंने नहीं, बल्कि ईश्वर ने लिखी हैं। उस काल में अवचेतन मन के बारे में बहुत अधिक जानकारी नहीं थी, इसलिए जाहिर है कि वही उनके उपन्यास का स्रोत रहे होंगे।

हालाँकि अभी इसे पूरी कहानी कहना जल्दबाजी होगी। ऐसी तीन महिलाएँ हैं, जिनका नाम संभवतः इतिहास में दर्ज हो सकता है, क्योंकि उन्होंने लाखों चीनियों के भाग्य को आकार दिया है। ये विख्यात सुंग बहनें, जिनमें संभवतः मैडम चियोंग काई-शेक सबसे मशहूर हैं; अन्य विवाहित महिलाओं में क्रमशः डॉ. एच.एच. कुआंग और डॉ. सुन यत-सेन दोनों चीनी नेता हैं।

हम आज के दिन की बात करते हैं। हमें ऐसे लोग मिलते हैं, जैसे श्रीमती मैथ्यू एस्टर विल्क्स, दुनिया की सबसे समृद्ध महिलाओं में से एक तथा स्व. हेट्टी ग्रीन की पुत्री, जिन्होंने स्वयं 67,000,000 डॉलर से अधिक कमाई की। श्रीमती विल्क्स अपनी प्रसिद्ध माँ के नक्शेकदम पर चलीं।

वेरा नायमन का विवरण वस्तुतः फर्श से अर्श तक पहुँचने की एक और कहानी है। एक विचार, 15 डॉलर और एक बाथ टब श्रीमती नायमन को ऐसे व्यवसाय में ले आया, जिसके लिए उन्होंने कभी 10 लाख डॉलर लेने से भी इनकार कर दिया

था। सन् 1920 में अपने पति बर्नार्ड से विवाह करते समय उन्हें विश्वास था कि वह और उनके पति 10 लाख डॉलर कमा लेंगे। श्रीमती नायमन घर-घर जाकर लिक्विड क्लीनर बेचा करती थीं और बाद में अपने घर में रात-दर-रात रासायनिक स्टयू पकाते हुए उन्होंने सामग्री से ऐसा संयोजन बनाया, जो 90 फीसदी रंग लगी सतहों को साफ कर सकता था। सिर्फ सन् 1947 में ही उनका उत्पाद लाखों घरेलू महिलाओं के बीच प्रसिद्ध हो गया था और उनकी बिक्री 25,00,000 डॉलर के शीर्ष पर थी। श्रीमती नायमन, जो रोजाना फोन करने, जिसमें उन्होंने 50,000 से भी अधिक घरेलू महिलाओं से बात की, जानती थीं कि निराशा का सामना करना कैसा होता है, लेकिन उनका विश्वास कि आखिर एक दिन वे 10 लाख डॉलर कमा लेंगी, कभी कमजोर नहीं पड़ा। उन्हें अपना उद्देश्य पूरा करने में सत्ताईस साल लग गए, लेकिन एक बार यह उनकी पहुँच में था, जब एक दवा बनानेवाली कंपनी ने उन्हें उनके संयंत्र के लिए 1,000,000 डॉलर देने की पेशकश की थी।

सफलता की ऐसी कहानियाँ दर्जनों महिलाओं की हैं, जैसे ब्रूकलिन बबरो गैस कंपनी की अध्यक्ष मैरी डिलन, जिन्होंने 5,000,000 डॉलर की कंपनी में 6 डॉलर प्रति हफ्ते की ऑफिस सहायिका से शुरुआत की और उसकी अध्यक्ष बनीं। प्रथम विश्व युद्ध से पहले शिकागो की श्रीमती ओरा एच. स्नाइडर, जिनके पास सिर्फ 5 सेंट की पूँजी थी, उन्होंने अन्य दुकानों के पास स्थित अपना कैंडी (टॉफी) का व्यवसाय आरंभ किया, जो एक समय पर 10 लाख डॉलर से भी अधिक का हो गया था।

कई वर्षों तक बेर्था ब्रेनर्ड नेशनल ब्रॉडकास्टिंग सिस्टम में प्रोग्राम डायरेक्टर थीं। उनका वेतन पाँच अंकों में था। वे सबसे अधिक वेतन पानेवाली महिला रेडियो अधिकारियों में शामिल थीं। यह सब उन्हें फीचर रेडियो प्रोग्राम के विचार से हासिल हुआ। यह सन् 1922 की बात है, जब उन्हें अपने पहले प्रयास के बदले 50 डॉलर मिले थे। निश्चित ही रेडियो व फिल्मों में बतौर अदाकारा, लेखिका और अधिकारी यश व सौभाग्य पानेवाली महिलाओं पर पूरी पुस्तक लिखी जा सकती है।

सारी दुनिया अमेलिया ईअरहार्ट की कहानी से परिचित है। उस प्रसिद्ध अमेरिकी विमानचालिका का विमान दक्षिण प्रशांत में कहीं खो गया था। एक शिक्षिका और सामाजिक कार्यकर्ता रहते हुए उनकी विमानन में दिलचस्पी हुई और वे विमान द्वारा अटलांटिक को पार करनेवाली पहली महिला बनीं। उन्होंने सन् 1931 में अटलांटिक के पार एकल उड़ान और उसके चार वर्ष बाद अकेले प्रशांत क्षेत्र में होनोलूलू से कैलिफोर्निया की उड़ान भरी।

एक लेखक ने कहा है, "बड़ी संख्या में अमेरिकी पुरुषों को यह विश्वास ही नहीं था कि महिलाएँ उनके बराबर भी हैं, लेकिन जब हम रिकॉर्डों की जाँच करते हैं तो ऐसी महिलाओं की सूची, जिन्होंने हर तरह के क्षेत्र में सफलता हासिल की है, वह काफी प्रभावशाली है।"

एक लेखक ने कहा है, "बड़ी संख्या में अमेरिकी पुरुषों को यह विश्वास ही नहीं था कि महिलाएँ उनके बराबर भी हैं, लेकिन जब हम रिकॉर्डों की जाँच करते हैं तो ऐसी महिलाओं की सूची, जिन्होंने हर तरह के क्षेत्र में सफलता हासिल की है, वह काफी प्रभावशाली है।"

यह एक अमेरिकी महिला की कहानी है, जिसने दोहरी सफलता हासिल की—एक घरेलू महिला और दूसरी कामकाजी महिला। ये हैं मैरी रॉबर्ट्स रिन्हार्ट, जिन्होंने पचास सालों से भी अधिक अपने रहस्यमय प्रशंसकों को रोमांचित किया। आवश्यकताओं ने उसे अपने परिवार को चलाने के लिए कुछ पैसे कमाने के लिए मजबूर किया, जो उन्होंने तथा उनके चिकित्सक पति ने शेयर बाजार डूबने पर गँवा दिए थे। एक ओर उन्होंने ऐसी महान् रचनाएँ लिखीं, जिनके दस लाख से भी अधिक पाठक थे, वहीं दूसरी ओर उन्होंने अपने बच्चों की देखभाल की और घर को भी सँभाला।

बहुत सी महिलाएँ केवल इसलिए अविवाहित रह जाती हैं, क्योंकि वे अपने कॅरियर के बारे में गहराई से सोचती हैं और वह ऐसे किसी व्यक्ति से विवाह नहीं करना चाहतीं, जो मददगार न हो, लेकिन यदि रचनात्मक विचार का यह विज्ञान पुरुषों के लिए काम करता है तो निश्चित ही यह महिलाओं के लिए भी काम करेगा, वह भी इस स्तर तक कि जब महिला वास्तव में अपने इच्छित पुरुष की तसवीर बना लेती है तो वस्तुतः वह उसे वास्तविक बनाना आरंभ कर देती है। दूसरे शब्दों में, यदि कोई महिला ऐसे पुरुष का काल्पनिक चित्र बना ले, जैसा वह चाहती है और अपने उस विचार को निरंतर बनाए रखे तो इस विज्ञान के सिद्धांत की तुलना में वह अपनी मानसिक तसवीर को वास्तविक बना सकती है।

कुछ पाठकों को यह अजीब लग सकता है; लेकिन मैंने यह विज्ञान बहुत सी महिलाओं को दिया है, जिन्होंने इसका अत्यंत प्रभावकारी ढंग से उपयोग किया है। अतः, यदि आप अपने जीवन में किसी खास तरह के व्यक्ति को लाना चाहती हैं तो बस, उसकी तसवीर की कल्पना करें—जरूरी नहीं कि स्पष्ट हो, वह अस्पष्ट भी हो सकती है। आप अपने पति में जो विशेषताएँ चाहती हैं, उन्हें अपने विचार विक्षेप

> ***बहुत सी महिलाएँ केवल इसलिए अविवाहित रह जाती हैं, क्योंकि वे अपने कॅरियर के बारे में गहराई से सोचती हैं और वह ऐसे किसी व्यक्ति से विवाह नहीं करना चाहतीं, जो मददगार न हो, लेकिन यदि रचनात्मक विचार का यह विज्ञान पुरुषों के लिए काम करता है तो निश्चित ही यह महिलाओं के लिए भी काम करेगा, वह भी इस स्तर तक कि जब महिला वास्तव में अपने इच्छित पुरुष की तसवीर बना लेती है तो वस्तुतः वह उसे वास्तविक बनाना आरंभ कर देती है।***

में स्थापित करें। वह दिन जरूर आएगा, जब आप उनसे मिल सकेंगी।

एक तरह से शायद महिलाओं को उनके अवचेतन मन का उपयोग करने के लिए कहकर मैं कुछ ज्यादा ही बोल रहा हूँ, क्योंकि वे इसे हमेशा से उपयोग करती रही हैं; बल्कि वे इसके उपयोग में माहिर हैं। बस, वे इसे हमेशा महिलाओं का अंतर्बोध मानती आई हैं। मेरा कहना यह है, अवचेतन अंतर्बोध से कहीं बढ़कर है। इसके पास ऐसी महान् शक्तियाँ हैं, जिन्हें पुरुष व स्त्री गतिशील विश्वास की शक्ति के क्रियान्वयन के माध्यम से अपने लाभ हेतु सक्रिय कर सकते हैं, जैसा कि मैंने पहले कहा कि अवचेतन मन को कार्य करने की इच्छा प्रदान करके चेतन मन से अद्‍भुत परिणाम हासिल किए जा सकते हैं। यह तुरंत ही अवचेतन को व्यक्ति की इच्छाओं को पूर्ण करने को प्रवृत्त कर देता है।

अब, आधुनिक समय में महिलाओं के पास एक विशिष्ट दोहरा मानसिक लाभ है। अपने अवचेतन मन का कुशलतापूर्वक उपयोग करने से उनकी लैंगिक विशेषता अत्यधिक विकसित हो जाएगी और उनका अवचेतन अंतर्बोध होने के बावजूद कई युगों तक मार्गदर्शन करता रहेगा। इसके अतिरिक्त, उनका चेतन मन आधुनिक शिक्षण की वैज्ञानिक पद्धतियों द्वारा विशेष रूप से विकसित हो जाएगा। मेरे विचार से, महिलाओं के इस संयोजन द्वारा वह गति मिलती है, जिससे वे इतने अधिक कथित पुरुषोचित कार्यों में आवश्यक कुशलता हासिल कर लेती हैं, जो महिलाओं को घरेलू पारंपरिक माहौल से उभार रहा है। संसार में प्रवेश करने पर लोगों और व्यावहारिक कार्यों के प्रति उनके दृष्टिकोण का विस्तार होता है और वे अधिक उद्‍देश्यपूर्ण हो जाती हैं; बल्कि घरेलू महिलाओं का भी पुरुषों की कार्य करने की प्रकृति के साथ-ही-साथ अपनी संतान के भावी रोजगार के प्रति गहन रुचि का बोध बेहतर हो जाता है।

मेरा मूल उद्‌देश्य यह दरशाना था कि व्यक्ति किस तरह अपनी उन अतिरिक्त शक्तियों को विकसित कर सकता है, जिनके बीज कहीं भीतर उनके अवचेतन मन में निहित होते हैं। ये अतिरिक्त शक्तियाँ आपको जैसे आप हैं या जो आपके पास हैं अथवा जिन्हें आप पाना चाहते हैं या जो बनना चाहते हैं, वे वस्तुएँ दिलवाने में समर्थ बनाती हैं।

चेतन व अवचेतन मन की इस नवीन लामबंदी से आप उन चीजों को हासिल कर सकते हैं, जो आपके जीवन और खुशहाली के लिए आवश्यक हों और साथ ही इससे आपका निजी विकास भी जारी रहता है, फिर चाहे आप जितना भी अधिक जीवित रहें।

हमेशा याद रखिए कि अवचेतन मन अंतर्बोध की बैठक होने के साथ ही एक महान् शक्ति और अक्षय संसाधनों का भंडार गृह है। आप इस संसाधन का जितना अधिक उपयोग करते जाएँगे, यह उतना ही आपके अधीन होता जाएगा। यह भी याद रखिए, अवचेतन की कोई उम्र नहीं होती। यह कभी भी थकता या बूढ़ा नहीं होता और आप इससे सारा जीवन काम ले सकते हैं। आपको केवल पूरी गंभीरता, दृढ़ता और पूर्णता सहित विश्वास की शक्ति की आवश्यकता है। एक बार जब अवचेतन आपके संदेश को प्राप्त कर लेता है और आपकी इच्छाओं व महत्त्वाकांक्षाओं को समझ जाता है, तब आपकी इच्छा पूरी होने और महत्त्वाकांक्षा की पूर्ति में अधिक समय नहीं लगता।

मेरा मूल उद्‌देश्य यह दरशाना था कि व्यक्ति किस तरह अपनी उन अतिरिक्त शक्तियों को विकसित कर सकता है, जिनके बीज कहीं भीतर उनके अवचेतन मन में निहित होते हैं। ये अतिरिक्त शक्तियाँ आपको जैसे आप हैं या जो आपके पास हैं अथवा जिन्हें आप पाना चाहते हैं या जो बनना चाहते हैं, वे वस्तुएँ दिलवाने में समर्थ बनाती हैं।

मैं अपनी महिला पाठकों का ध्यान इस ओर आकर्षित करना चाहता हूँ कि उनके पास भी ये दोनों तरह के मन हैं—चेतन एवं अवचेतन; और इन दोनों मनों की लामबंदी से वे भी इस विज्ञान का उपयोग कर बिल्कुल उसी तरह सफल हो सकती हैं, जैसे पुरुष होते हैं। यह बस, उस विश्वास की बात है, जिसके सिद्धांत यहाँ दिए गए हैं। विश्वास द्वारा होनेवाला जादू वास्तविकता है। यह कुछ अत्यधिक सफल लोगों के जीवन में निरूपित हुआ है। आपके अपने विश्वास से यह आपके जीवन में भी निरूपित हो सकता है।

□

9

विश्वास काम बनाता है

सन् 1944 में एक लोकप्रिय पत्रिका में शिकागो के वैज्ञानिकों के समूह से संबंधित खबर आई, जो कीट पर शोध कर रहे थे। एक कमरे में दुर्लभ प्रजाति की मादा कीट को रखा गया था और चार मील दूर उसी प्रजाति के नर कीट को छोड़ा गया। कुछ ही घंटों में नर कीट अपने पंख फड़फड़ाता हुआ उसी कक्ष की खिड़की पर पहुँच गया, जहाँ मादा को रखा गया था। संपादक का कहना था कि उसे विश्वास है कि विचार हवा में तैरते हुए उसी निश्चितता के साथ, जिससे मादा कीट ने नर कीट को अपनी उपस्थिति के बारे में बताया, मन के अविश्वसनीय अवरोधों को पार करते हुए वहाँ पहुँच जाते हैं, जिनके लिए वे बने होते हैं।

एक आसान से प्रयोग से आप हैरान रह जाएँगे कि पक्षियों के पास भी टेलीपैथिक या अतींद्रियदर्शी शक्ति होती है! घर के पिछवाड़े रोटी के कुछ बचे हुए टुकड़े डाल दें। उस समय वहाँ कोई पक्षी नहीं होगा, लेकिन आपके घर में प्रवेश करने से पहले ही वहाँ पक्षी एकत्र होना शुरू हो जाएँगे। सबसे पहले गौरैया आएँगी और उनके बाद अन्य छोटी फुदकी चिड़ियाएँ। दो या तीन मिनट में ही पूरा आँगन पक्षियों से भर जाएगा। खाने के अलावा आप वहाँ कुछ और रखेंगे तो कोई पक्षी नहीं आएगा। उन्हें आपके आँगन तक क्या खींच लाया? उन्हें कैसे पता चला कि रोटी उन्हीं के खाने के लिए है? विज्ञान के पास इसका कोई उत्तर नहीं है।

17 फरवरी, 1947 को एडविन सी. हिल ने कहा कि वैज्ञानिक जितनी जाँच करते जाते हैं, उनका विश्वास उतना ही पक्का हो जाता है कि पक्षियों व कीड़ों के पास उनका अपना वायरलेस या एक-दूसरे से संवाद का किसी और तरह का अदृश्य तरीका होता है। प्रकृति के विद्यार्थियों ने इस सिद्धांत को बहुत पहले ही खोज

लिया था और इस विषय पर बहुत सी पुस्तकें लिखी जा चुकी हैं, जिनमें विलियम जे. लॉन्ग की 'हाउ एनिमल टॉक्स' सबसे लोकप्रिय है।

द्वितीय विश्व युद्ध के दौरान आर्मी सिग्नल कोर ने वाहक कबूतरों और शॉर्टवेव रेडियो द्वारा प्रयोग किए। उन्होंने पाया कि कबूतर उन रेडियो वेव्स से प्रभावित हो जाते हैं और भ्रमित होने पर अकसर वृत्ताकार उड़ते हुए रास्ता भूल जाते हैं। जरा सोचिए, सान जुआन कैपिस्त्रानो, कैलिफोर्निया की अबाबीलें प्रत्येक 23 अक्तूबर को वहाँ से उड़ जाती हैं और फिर बिना चूके 19 मार्च को वापस लौट आती हैं! कोलंबियाई नदियों में छोड़ी निशान लगीं सैमन मछलियाँ चार साल तक प्रशांत महासागर में रहीं और निरंतर उस स्थान पर लौटती रहीं, जहाँ से उन्हें छोड़ा गया था। अपने घर से कई मील दूर छोड़ी गई बिल्लियाँ व कुत्ते अपने घर वापस लौट आते हैं। जंगली बतखें और हंस अपने मूल स्थानों पर वापस लौट आते हैं। क्या हम इस तथ्य से वाकिफ नहीं हैं कि मछलियों, पक्षियों और पशुओं के राज्य में, बल्कि हमारे आसपास की हर चीज में टेलीपैथिक शक्ति कार्यशील है?

कुछ लेखक दावा करते हैं—प्रत्येक जीवित प्राणी के पास एक-दूसरे के साथ संवाद करने का साधन है और इसे अतिशयोक्ति कतई नहीं कहा जा सकता। सन् 1945 की शुरुआत में रेडियो श्रोताओं ने अंधे सैनिकों की आवाज में उनके 'फेशियल साइट' अनुभव सुने, जिससे वे अपनी छठी इंद्रिय या एक तरह के 'मानसिक रडार' द्वारा अपने रास्ते की चीजों को महसूस कर सके। बोस्टन के मनोवैज्ञानिक डॉ. जैकब लेवाइन पर कनेक्टिकट के जिले एवन में ओल्ड फार्म के स्कूल का दायित्व था, जहाँ युद्ध में अंधे हुए पूर्व सैनिकों को उनकी छठी इंद्रिय का उपयोग करना सिखाया जाता था। उन्होंने घोषणा की कि वह अपनी तकनीक का खुलासा नहीं कर सकते, लेकिन वे जानते हैं कि यह काम करती है। यह 'फेशियल साइट' इस परिकल्पना पर आधारित है कि शरीर से अनजानी विविधता वाली सुनिश्चित किरणें विकर्ण होती हैं, जो किसी भी वस्तु के संपर्क में आने पर अपने को एकत्र या समूहबद्ध कर उसी की तसवीर बन जाती है। इसके बाद वे पुनः पहलेवाली अवस्था में आ जाती हैं, लेकिन वह तसवीर अभी भी उनके भीतर होती है। अंधा व्यक्ति उन लौटती किरणों को उस समय 'देखता' है, जब वे उसके शरीर से विकर्ण हो रही होती हैं।

मुझे लंबे समय से इस बात पर विश्वास है कि हम अपने जीवन में रोजाना टेलीपैथी या विचार-संप्रेषण का उपयोग करते हैं और यह संख्या लोगों के अनुमान से कहीं अधिक होती है। मेरा मानना है कि बहुत से नेता, उपदेशक, वक्ता, अधिकारी

मुझे लंबे समय से इस बात पर विश्वास है कि हम अपने जीवन में रोजाना टेलीपैथी या विचार-संप्रेषण का उपयोग करते हैं और यह संख्या लोगों के अनुमान से कहीं अधिक होती है। मेरा मानना है कि बहुत से नेता, उपदेशक, वक्ता, अधिकारी और कथित सुपर सेल्समैन इस शक्ति को विभिन्न मात्रा में उपयोग करते हैं। कुछ लोग इसे अनजाने में करते हैं तो बाकी इसकी कार्य-प्रणाली के प्रति पूरी तरह सचेत रहते हुए ऐसा करते हैं। किसी व्यक्ति से मिलने पर उससे बात किए बिना ही हम उसे पसंद या नापसंद करने लगते हैं।

और कथित सुपर सेल्समैन इस शक्ति को विभिन्न मात्रा में उपयोग करते हैं। कुछ लोग इसे अनजाने में करते हैं तो बाकी इसकी कार्य-प्रणाली के प्रति पूरी तरह सचेत रहते हुए ऐसा करते हैं। किसी व्यक्ति से मिलने पर उससे बात किए बिना ही हम उसे पसंद या नापसंद करने लगते हैं। इस एहसास के उत्पन्न होने का किसी तरह की विचार-हस्तांतरण के अलावा क्या कारण हो सकता है? मैंने पहले ही कहा है कि किसी का भी दूर से उपचार करने या उसे प्रभावित करने का तरीका इस कार्य में माध्यम द्वारा ही संभव है, जिसका वैज्ञानिक स्पष्टीकरण ढूँढ़ने की अभी हमने शुरुआत ही की है।

एक प्रख्यात वकील के अपने व्यावसायिक कार्यों से पत्र लिखवाते समय मैं अकसर उसके कार्यालय में बैठा होता था। पत्र लिखवाने के लिए बोलते समय वे हमेशा फर्श पर चहलकदमी करते रहते थे और वे काफी गहराई से सोच-विचार करते थे। एक बार मैंने उनसे पूछा कि पत्र लिखवाते समय वे हमेशा खड़े क्यों रहते हैं—और हर बार उनके पत्रों का उद्‌देश्यों के अनुरूप परिणाम कैसे मिलता है?

उन्होंने उत्तर दिया, "सबसे पहले तो मैं खड़े रहकर बेहतर सोच सकता हूँ। पत्र लिखवाना आरंभ करने के पूर्व और बोलने के दौरान पूरा समय मैं अपने सामने उस व्यक्ति के होने की कल्पना करता हूँ, जिसे मैं पत्र लिख रहा हूँ। यदि मैं उससे परिचित नहीं हूँ तो मैं उसकी तसवीर बनाने का प्रयास करता हूँ कि वह कैसा दिखता होगा! दोनों ही मामलों में मैं उनके साथ सीधे संवाद करता हूँ, बिल्कुल ऐसे, जैसे वह मेरे सामने सचमुच उपस्थित हो और उनसे मानसिक रूप से कहता हूँ कि मेरी बात सही है और उन्हें उसका पालन करना ही होगा।"

एक सफल महिला पुस्तक विक्रेता ने मुझे बताया कि यदि कोई ग्राहक सचमुच

किसी पुस्तक को खरीदना चाहता है, लेकिन जो दो पुस्तकों के बीच चयन नहीं कर पा रहा, तो वह उनके लिए जो पुस्तक सबसे सही है, उसका नाम अपने आप से लगातार कहती रहती है—और इस तरह वह अपने इस विचार को ग्राहक तक पहुँचा देती है। वह आगे कहती है कि उसकी अधिकांश बिक्री इसी विचार-निर्देशन शक्ति द्वारा होती है। एक ऑटोमोबाइल अधिकारी ने मुझे बताया, जब कोई संभावित ग्राहक आता है तो वह हमेशा अपने आप से कहता है, 'तुम इस कार को खरीदोगे, तुम इस कार को खरीदोगे।' और वह ऐसा ही करता है।

बहुत कम लोग विश्वास कर पाएँगे कि कुछ भी करते समय वे दूसरों के मौन विचारों से प्रभावित होते हैं, लेकिन इससे इस तथ्य की पुष्टि होती है कि इस अदृश्य शक्ति का अस्तित्व है और हम सब इसके सूक्ष्म प्रभाव के अधीन हैं, फिर आप इसे टेलीपैथी कहें या चाहे जो कहकर पुकारें। आपके द्वारा किया गया छोटा सा प्रयोग आपको विश्वास दिला देगा कि यह अभेद्य व सक्रिय दोनों है।

मुझे पूरा विश्वास है कि माताएँ अनजाने में इसे अपने बच्चों पर प्रयोग करती हैं और अकसर बच्चे इसे अपने माता-पिता पर प्रयोग करते हैं। इसी तरह पति व पत्नी भी निरंतर इसे एक-दूसरे पर प्रयोग करते रहते हैं, विशेष रूप से जहाँ पति व पत्नी के बीच अच्छा तालमेल हो। जो लोग विवाहित हैं और जिन्होंने इस विज्ञान का उपयोग नहीं किया है, यह उनके आजमाने लायक एक नया क्षेत्र है।

मुझे पूरा विश्वास है कि माताएँ अनजाने में इसे अपने बच्चों पर प्रयोग करती हैं और अकसर बच्चे इसे अपने माता-पिता पर प्रयोग करते हैं। इसी तरह पति व पत्नी भी निरंतर इसे एक-दूसरे पर प्रयोग करते रहते हैं, विशेष रूप से जहाँ पति व पत्नी के बीच अच्छा तालमेल हो। जो लोग विवाहित हैं और जिन्होंने इस विज्ञान का उपयोग नहीं किया है, यह उनके आजमाने लायक एक नया क्षेत्र है।

इस सूक्ष्म प्रभाव के सक्रिय होने के एक शानदार उदाहरण ने कुछ साल पहले मेरा ध्यान आकर्षित किया। मैं एक कंपनी के जिस अध्यक्ष की सहायता कर रहा था, वह अपने सेल्स मैनेजर से असंतुष्ट थे, लेकिन इस व्यक्ति की कई वर्षों की सेवा के कारण वह उसे निकालना नहीं चाहते थे। उसने मुझे बताया, "मैं कुछ भी सोच नहीं पा रहा था, तभी मुझे अचानक विचार आया कि मैं उसे मानसिक रूप से सुझाव दूँ कि उसे इस्तीफा देना चाहिए और मैनेजर की जगह सेल्समैन बनना चाहिए। मैं एक

रात इस पर कई घंटों तक विचार करता रहा। अगली सुबह सबसे पहली बात यह हुई कि वह मेरे कक्ष में आया और मुझसे कहा कि वह मैनेजर के पद से इस्तीफा देना चाहता है, क्योंकि उसे लगता है कि बतौर सेल्समैन सड़क पर काम करने से वह इससे अधिक कमाई कर सकता है।

"मैं अपनी कुरसी से लगभग गिर ही गया। मुझे पता नहीं कि मैं जादू इस्तेमाल करने का दोषी तो नहीं! लेकिन मेरी मंशा साफ थी, क्योंकि आज वह व्यक्ति उससे दोगुना अधिक कमा रहा है, जितना वह बतौर सेल्स मैनेजर रहते कमाता था। वह काफी खुश भी है और सबकुछ भलीभाँति निपट गया।"

मुझसे एक दंपती मिलने आए। पति ने मुझे बताया कि हमारी इस मुलाकात से कुछ महीने पहले तक वह मिडवेस्ट के सबसे बड़े वस्त्र निर्माताओं से एक था, लेकिन उसने उसे बेच दिया और अब देश भर की यात्रा कर रहा है। उसने कहा, "तीस सालों से भी अधिक समय तक मैं इस दुनिया के सबसे पुराने व बड़े गुप्त संगठन का सदस्य रहा, जिसकी विषय-वस्तु ए से इजार्ड तक विश्वास की थी, लेकिन हजारों अन्य लोगों की तरह मैं कभी इसे समझ नहीं पाया और मुझे इसमें निहित 'सत्य' का कभी एहसास नहीं हुआ।" हालाँकि अभी कुछ साल पहले मैं 'मन के नियंत्रण' विषय पर एक व्याख्यानमाला में शामिल हुआ और मेरी आँखें पहली बार खुलीं कि यह कितनी शानदार शक्ति है, जिसे मनुष्य अपने लिए उपयोग कर सकता है! मैंने देखा कि हम इससे अपने व्यापार में कैसे अत्यधिक लाभ ले सकते हैं और मैंने इसका उपयोग किया। कहना निरर्थक होगा, जैसे ही मैंने इसका उपयोग आरंभ किया, हमारा व्यापार धीरे-धीरे बढ़ने लगा और तब से इसका बढ़ना लगातार जारी है। मंदी के दौरान, जब हमारी जैसी फर्मों को भयानक संघर्ष करना पड़ रहा था, हम लगातार पैसा कमा रहे थे और जब मैंने अपना अधिकार बेचा तो मैं पूरी विनम्रता के साथ कहता हूँ कि मैं शीर्ष पर था।"

इस बिंदु पर उसकी पत्नी बातचीत में शामिल हुई—"इसे शुरू करने से पहले जब मैं इस विषय पर या मैंने व्याख्यानों के दौरान जो सीखा था, उस पर बात करती तो मेरे पति खुलकर मेरा मजाक भी नहीं उड़ाते, लेकिन उन्हें विश्वास था कि मैं अपना समय खराब कर रही हूँ। मैं जानती थी कि इसमें कुछ तो है और मुझे पूरा विश्वास था कि अगर मेरे पति इसे सीख लेते हैं तो इसका मतलब उन्हें व्यापार में और सौदे मिलना था। मैंने उनसे इस व्याख्यान में शामिल होने के बारे में बारंबार चर्चा की और तब एक दिन मुझे एहसास हुआ कि मैं यह गलत कर रही हूँ। मुझे इनके

साथ बात करने की जगह उस विज्ञान को स्वयं इस्तेमाल करना चाहिए, जो मैंने सीखा है। मैंने ऐसा करने की ठान ली। दिन में बहुत बार मैं और मेरी बेटी अपने आप से मानसिक रूप से लगातार कहते रहते कि 'पिताजी वहाँ जाएँगे, पिताजी वहाँ जाएँगे।' इस काम में हमें लगभग तीन हफ्ते लगे, लेकिन पिताजी वहाँ गए।"

तभी पति बीच में बोल बड़ा—

"आपने अपने 'टिप-टॉप विचार' के बारे में बताया है। मेरे लिए यह कामयाब रहा। जब मेरी पत्नी ने मुझे बताया कि उसने व्याख्यान में क्या सुना है, मुझे उसके सच होने पर रत्ती भर भी विश्वास नहीं हुआ। मैं एक अत्यधिक व्यावहारिक व्यापार जगत् में पला-बढ़ा हूँ और मैं इन कथित अजीबोगरीब चीजों पर विश्वास नहीं कर पाता। आखिर एक दिन किसी 'चीज' ने मुझे मेरी पत्नी के साथ जाने के लिए मजबूर किया। मुझे उस समय नहीं पता था कि ये 'चीज' मेरी पत्नी के मानसिक सुझाव थे और न ही मुझे यह पता था कि मेरी पत्नी और बेटी मुझ पर काम कर रहे हैं। हालाँकि यह मेरे साथ अब तक हुई सबसे बेहतर चीज है। पहले व्याख्यान के बाद मैंने कुछ परीक्षण किए और मेरे व्यापार में सुधार होने लगा—और इसमें तब तक सुधार होता रहा, जिस दिन तक मैंने इसे बेच नहीं दिया।"

आपने अपने 'टिप-टॉप विचार' के बारे में बताया है। मेरे लिए यह कामयाब रहा। जब मेरी पत्नी ने मुझे बताया कि उसने व्याख्यान में क्या सुना है, मुझे उसके सच होने पर रत्ती भर भी विश्वास नहीं हुआ। मैं एक अत्यधिक व्यावहारिक व्यापार जगत् में पला-बढ़ा हूँ और मैं इन कथित अजीबोगरीब चीजों पर विश्वास नहीं कर पाता। आखिर एक दिन किसी 'चीज' ने मुझे मेरी पत्नी के साथ जाने के लिए मजबूर किया। मुझे उस समय नहीं पता था कि ये 'चीज' मेरी पत्नी के मानसिक सुझाव थे और न ही मुझे यह पता था कि मेरी पत्नी और बेटी मुझ पर काम कर रहे हैं। हालाँकि यह मेरे साथ अब तक हुई सबसे बेहतर चीज है।

"मुझे गलत न समझें। मैं धार्मिक रूप से रूढ़िवादी प्रवृत्ति का नहीं हूँ और मैं जिसकी बात कर रहा हूँ, वह सिर्फ अच्छी-अच्छी बातें ही नहीं, बल्कि ठोस विज्ञान है। हम जो भी सोचते या विचार करते हैं, वह विकसित होकर वास्तविकता बन जाता है। हम अपने विचारों को संभवत: अनजाने में ही दूसरों तक पहुँचाते हैं और

इस तरह हम उन्हें प्रभावित करते हैं। हम अपने भीतर उत्पन्न होनेवाले नापसंदगी और घृणा के कंपनों को आगे बढ़ाते हैं—और बिंगो, वे वापस लौटकर हमें ही चारों खाने चित कर देते हैं। व्यक्ति को सिर्फ यह करना है कि वह कारण और प्रभाव के नियम को पढ़े व समझे और वे सब स्पष्ट होते जाएँगे।"

"विचारों को सबसे शक्तिशाली अनदेखे प्रभाव के रूप में संदर्भित किया जाता है और ऐसा ही है। ऐसे बहुत कम लोग हैं, जिनसे आप इस पर बात कर सकते हैं। अधिकांश लोग इस विषय से इतने अनभिज्ञ हैं कि इसका उल्लेख करने मात्र से वे आपको संदेह से देखने लगते हैं और अब मुझे समझ आता है कि ईसा ने दृष्टांतों में बात क्यों की! हालाँकि अभी इस विषय को लोगों के कानों तक पहुँचे बहुत वर्ष नहीं बीते हैं। हजारों प्रबुद्ध समझ रहे हैं कि हम विचार शक्ति के महान् विकास के द्वार पर हैं और ऐसे लोगों की संख्या निरंतर बढ़ रही है। मुझे हैरानी है कि अधिक-से-अधिक लोग इसे सीखकर इसे अपने व्यापार पर लागू क्यों नहीं कर रहे; लेकिन मुझे लगता है कि अधिकांश लोग वैसे ही हैं, जैसा मैं हुआ करता था—वे अपने दिमाग बंद रखते हैं और कोई भी उन पर काम करने की उस तरह परवाह नहीं करता, जैसा मेरी पत्नी ने मेरे लिए किया। व्यक्ति को सिर्फ विश्वास रखना है, पूरी गंभीरता और दृढ़ता के साथ कि मन की इस शक्ति का अस्तित्व है और निरंतर इस विज्ञान को उपयोग करते रहना होगा। यह कुछ वैसा ही है, जैसा आप कहते हैं—किसी के अपने या दूसरे के अवचेतन मन का उपयोग करना आरंभ करने पर सभी पुरजे जादू से सही तरह लग जाते हैं। क्या यह काम करता है? और कैसे?"

अल्फर्ड एफ. पार्कर, पैसिफिक नॉर्थवेस्ट के अत्यधिक सम्मानित बीमा एजेंट ने सन् 1937 में मुझे इस विज्ञान के उपयोग के संबंध में एक पत्र लिखा। मुझे नहीं पता कि श्री पार्कर को टेलीपैथी विषय में रुचि थी या नहीं, लेकिन उन्हें विश्वास की प्रभावोत्पादकता पर पूरा विश्वास था। उनका पत्र अपने आप में यह कहता है—

"हाल ही में मुझे आपके 'टैप-अप विचार' के अधिक अभ्यास का अवसर मिला और मुझे लगता है कि आपको इससे उत्पन्न परिस्थितियों को जानने में रुचि होगी। 29 दिसंबर, 1936 को मेरे छोटे से पुत्र को कोई अज्ञात संक्रमण हो गया। कई दिनों तक वह अस्पताल में गंभीर रूप से बीमार रहा। उसके बचने की अधिक आशा नहीं थी। मैं बेहद कष्ट में था, लेकिन मैंने हालात को सुधारने का हर बेहतर प्रयास किया। आपसे सूत्र लेते हुए मैंने उसकी एक तसवीर को अपनी डेस्क पर और दूसरी को अपनी जेब में रखा। दिन के हर घंटे मैं उसे देखता और अपने आप

हाल ही में मुझे आपके 'टैप-अप विचार' के अधिक अभ्यास का अवसर मिला और मुझे लगता है कि आपको इससे उत्पन्न परिस्थितियों को जानने में रुचि होगी। 29 दिसंबर, 1936 को मेरे छोटे से पुत्र को कोई अज्ञात संक्रमण हो गया। कई दिनों तक वह अस्पताल में गंभीर रूप से बीमार रहा। उसके बचने की अधिक आशा नहीं थी। मैं बेहद कष्ट में था, लेकिन मैंने हालात को सुधारने का हर बेहतर प्रयास किया। आपसे सूत्र लेते हुए मैंने उसकी एक तसवीर को अपनी डेस्क पर और दूसरी को अपनी जेब में रखा। दिन के हर घंटे मैं उसे देखता और अपने आप से कहता, 'वह ठीक हो जाएगा, वह ठीक हो जाएगा।'

से कहता, 'वह ठीक हो जाएगा, वह ठीक हो जाएगा।'

"पहले तो मुझे लगा कि मैं अपने आप से झूठ बोल रहा हूँ, क्योंकि उसके बचने की बहुत कम संभावना थी। फिर भी, मैंने ऐसा करना जारी रखा और धीरे-धीरे मुझे उस पर विश्वास होने लगा, जिसे मैं दोहरा रहा था। कुछ ही समय में अच्छे चिकित्सकों और देख-रेख की सुविधाओं और उसके शरीर में मेरे एक मित्र का खून चढ़ाने के बाद बच्चा वास्तव में ठीक होने लगा। अब वह घर पर है और तेजी से स्वस्थ हो रहा है।"

यह मात्र संयोग प्रतीत होता होगा कि खोखले शब्दों ने उस समय विश्वास का रूप लिया, जब वह ठीक होना शुरू हो गया था, लेकिन फिर भी, ऐसे संयोगों पर ध्यान देना महत्त्वपूर्ण है।

कुछ लोगों को अँधेरे कमरे में जाने पर वहाँ कोई भी आवाज होने के पूर्व ही किसी के होने का एहसास होने लगता है। निश्चित ही, वह किसी अनदेखे व्यक्ति का कंपन होगा, जो उसे वहाँ किसी और व्यक्ति की उपस्थिति का संकेत देता है। क्या यह टेलीपैथी का प्रमाण है? आप क्या सोचते हैं? ऐसे में होता यह है कि दूसरे व्यक्ति के प्रवेश करने पर कमरे में पहले से मौजूद व्यक्ति, जो किसी बाहरी चीज के होने की बात सोच रहा था, अपनी खोज संबंधी संपूर्ण विचारों को पूर्णतः खारिज कर देता है, क्योंकि दूसरे व्यक्ति को उसकी उपस्थिति का एहसास नहीं होता। हजारों लोग किसी-न-किसी के बारे में सोचते रहते हैं, जिसके कुछ ही समय बाद वे उन्हें सुनाई या दिखाई दे जाते हैं। इसमें उन्हें किसी प्रतिभास की भनक भी नहीं लगती। आमतौर पर इन अनुभवों को मात्र संयोग मान लिया जाता है, लेकिन क्या यह विचारों की शक्ति का यथार्थ स्पष्टीकरण नहीं है?

कोई भी व्यक्ति, जिसका दिमाग खुला हो और वह इसे पढ़ने व अनुभव करने की इच्छा रखता हो, कभी-न-कभी इस निष्कर्ष पर पहुँच जाता है कि साइकोकिनेसिस और टेलीपैथी के प्रतिभास वास्तविक हैं और एक खोजकर्ता ने संकेत दिया कि यह शक्ति सभी में मौजूद है, हालाँकि इसका विकास किसी में कम तो किसी में ज्यादा हो सकता है।

हडसन ने सन् 1893 में पहली बार प्रकाशित अपनी पुस्तक 'लॉ ऑफ साइकिक फिनॉमिना' में टेलीपैथी के अस्तित्व को प्रमाणित करनेवाले कई प्रयोगों का उल्लेख किया है, जिनमें से एक ताश के उपयोग से संबंधित है। कुछ लोगों के समूह में एक सदस्य की आँख पर पट्टी बाँध दी जाती है। इसके बाद कोई दूसरा सदस्य ताश में से कोई पत्ता चुनता है और वहाँ बैठे बाकी सदस्यों को उस पत्ते पर ध्यान केंद्रित करने के लिए कहा जाता है। इसके बाद आँख पर पट्टी बँधे व्यक्ति को सबसे पहले मिले मानसिक प्रभाव के अनुसार यह बताने को कहा जाता है कि यह पत्ता कौन सा है? इससे मिले परिणाम टेलीपैथी की वैधता को प्रमाणित करते हैं।

हडसन ने सन् 1893 में पहली बार प्रकाशित अपनी पुस्तक 'लॉ ऑफ साइकिक फिनॉमिना' में टेलीपैथी के अस्तित्व को प्रमाणित करनेवाले कई प्रयोगों का उल्लेख किया है, जिनमें से एक ताश के उपयोग से संबंधित है। कुछ लोगों के समूह में एक सदस्य की आँख पर पट्टी बाँध दी जाती है। इसके बाद कोई दूसरा सदस्य ताश में से कोई पत्ता चुनता है और वहाँ बैठे बाकी सदस्यों को उस पत्ते पर ध्यान केंद्रित करने के लिए कहा जाता है।

एक और आसान प्रयोग है, जिसे केवल तीन लोग भी कर सकते हैं। किसी पत्रिका में से कागज की पाँच रंगीन परचियाँ काट लें। इनमें से प्रत्येक लगभग आधा इंच चौड़ी और तीन इंच लंबी होनी चाहिए। रंगों में जितनी अधिक विविधता होगी (जैसे गहरा लाल या चमकीला नीला), उतना ही अच्छा है; लेकिन ये एक-दूसरे से काफी अलग होने चाहिए। अब एक व्यक्ति इन्हें अपने दाएँ हाथ के अँगूठे और तर्जनी उँगली के बीच पंखे के आकार में फँसा ले, बिल्कुल उसी तरह जैसे ताश के पत्ते पकड़े जाते हैं। अब दूसरा व्यक्ति इनमें से किसी भी रंगीन पर्चियों को छुएगा, जिसे तीसरा व्यक्ति नहीं देख सकता। इसके फौरन बाद परचियों को पकड़नेवाला व्यक्ति अपने मन को चुनी गई रंगीन परची पर केंद्रित करेगा, जिसमें वह तीसरे

व्यक्ति के मन से प्राप्त सूचना से संवाद करेगा, जो उससे सवाल करेगा कि दूसरे व्यक्ति ने किस परची को छुआ था!

तीसरे व्यक्ति का निर्णय शीघ्र व अविचारित होना चाहिए और उसे या तो अपना मन बिल्कुल कोरा कर लें या इस परीक्षण से सर्वथा अलग चीज पर विचार करें। यानी कि वे जान-बूझकर या सजगतापूर्वक परची के रंग पर विचार करने का प्रयास करें, न कि अनुमान लगाएँ, बल्कि उसे सबसे पहले प्राप्त होनेवाले मानसिक संवेग पर तुरंत प्रतिक्रिया देनी होगी। तीसरे व्यक्ति का अनेक बार दूसरे व्यक्ति द्वारा चुनी रंगीन परची को पहचान लेना आपको हैरान कर देगा। थोड़े से अभ्यास द्वारा, जिन लोगों के बीच कमोबेश तालमेल होगा (जैसे पति ने परचियाँ पकड़ी हों और दूसरे व्यक्ति द्वारा पहले परची चुनने के बाद तीसरे व्यक्ति की भूमिका पत्नी निभाए) तो इससे प्राप्त सफलता का आँकड़ा और भी बेहतर होगा। हमने ऐसा बीस से तीस बार बिना चूके होते देखा है।

यहाँ एक बार फिर विश्वास की भूमिका होती है। परचियों को पकड़नेवाले व्यक्ति में न केवल दृढ़ एकाग्रता की क्षमता होने के साथ ही यह ठोस विश्वास भी होना चाहिए कि वह उस रंग की तसवीर को तीसरे व्यक्ति के मन तक संचारित कर सकता है।

यहाँ मैं सावधान भी करना चाहता हूँ। यह तथा इस पुस्तक में बताए दूसरे प्रयोग को कभी भी मजाक उड़ानेवाले या जिन लोगों को मानसिक प्रतिभास में विश्वास न हो, उनकी उपस्थिति में प्रयास नहीं करना चाहिए। इनके नकारात्मक विचार आपके अपने विचारों के मुक्त प्रवाह को भ्रमित या बाधित कर सकते हैं, विशेष रूप से जब उनका संदेह आक्रामक होता है। हमेशा याद रखिए कि विश्वास विध्वंसक या रचनात्मक रूप से परिचालित होनेवाली शक्ति है, जो इस पर निर्भर करता है कि इसे अंत में कैसे प्रयोग किया जाता है! (डॉ. राइन ने पाया कि विश्वास न करने के साइकोकिनेसिस प्रयोगों के परिणामों को घटा सकता है।) इसके साथ ही हार्वर्ड साइकोलॉजिकल क्लिनिक, जहाँ टेलीपैथी संबंधी व्यापक प्रयोग किए जा रहे हैं, के डॉ. जी.आर. शेमीलडर ने इशारा किया कि जो विषय टेलीपैथी को मिथक मानते हैं, निरपवाद रूप से उनके अंक संयोग से भी कम आते हैं। एक बार फिर, हम काररवाई में विश्वास के जादू को देखते हैं। इसके काम करने पर विश्वास होगा तो यह करेगा। इसके काम न करने पर विश्वास होगा तो नहीं करेगा!

महान् फ्रांसीसी खगोल-शास्त्री और वैज्ञानिक कैमिले फ्लेमिरॉन विचार-संप्रेषण के शुरुआती प्रतिपादक हैं। वे कुछ हद तक इस सिद्धांत के समर्थक थे, जिसे बाद में प्रो. एडिंगटन एवं जींस ने आगे बढ़ाया और दावा किया कि मन केवल

> *महान् फ्रांसीसी खगोल-शास्त्री और वैज्ञानिक कैमिले फ्लेमिरॉन विचार-संप्रेषण के शुरुआती प्रतिपादक हैं। वे कुछ हद तक इस सिद्धांत के समर्थक थे, जिसे बाद में प्रो. एडिंगटन एवं जींस ने आगे बढ़ाया और दावा किया कि मन केवल मनुष्यों और पशु जीवन में ही नहीं, बल्कि पौधों, खनिजों तथा अंतरिक्ष में भी है— और उन्होंने यह भी घोषित किया कि मन प्रत्येक अणु के माध्यम से चमकता है।*

मनुष्यों और पशु जीवन में ही नहीं, बल्कि पौधों, खनिजों तथा अंतरिक्ष में भी है— और उन्होंने यह भी घोषित किया कि मन प्रत्येक अणु के माध्यम से चमकता है।

वर्ष 1947 की शुरुआत में डॉ. फिलिप्स थॉमस ने सार्वजनिक रूप से घोषणा की कि नौकरी से दोबारा निकाले जाने के बाद वे अपना समय टेलीपैथी के क्षेत्र में अनुसंधान में बिताना चाहते थे। डॉ. थॉमस कहते हैं, "आपको लगता होगा कि मैं सनकी हूँ, लेकिन मैं अपना समय इस क्षेत्र में अनुसंधान करने में लगाना चाहता था। हम वैज्ञानिक रूप से समझ नहीं सके हैं कि यह (टेलीपैथी) किस तरह काम करती है और न ही हम मन पढ़नेवालों की प्रत्यक्ष सफलता का खुलासा कर सकते हैं।"

इस घोषणा से पोर्टलैंड ओरेगोनियन ने संपादकीय लिखा—

इससे कहें कि आप पुकारकर कहें, 'हाँ, एक और मूर्ख!' प्रतिबिंबित करता है कि डॉ. फिलिप्स थॉमस एक प्रसिद्ध वैज्ञानिक हैं, जो कई वर्षों से वेस्टिंग हाउस कंपनी के साथ अनुसंधान इंजीनियर रहे हैं। अब उन्होंने मानव मन के इस अंतिम अंधकारमय क्षेत्र में खोज का चयन किया है।...

इलेक्ट्रॉनिक्स में अंतरराष्ट्रीय स्तर के विशेषज्ञ डॉ. थॉमस, जिनके प्रमाण को हलके में लेकर नजरअंदाज नहीं किया जा सकता, के दिए प्रमाण परम संदेहवादियों के लिए भी स्पष्ट हैं कि अपने पारंपरिक विज्ञान कहे जानेवाले अध्यवसायी प्रयोगों द्वारा हमने संभवतः कुछ मूर्खता दिखाते हुए उन चुनौतीपूर्ण परिघटनाओं को नजरअंदाज कर दिया, जिन पर बीते समय में जादू-टोने या इंद्रजाल का कलंक लगा था...

मन के आभासी प्रतिभास के प्रति समुचित और तार्किक दृष्टिकोण, यदि यह वैज्ञानिक समीक्षाओं में से एक है तो यह कड़ी कसौटी होने के बावजूद यदि निर्विवाद प्रमाण मिल जाने पर भी आस्था का विरोध नहीं कर सकता। वास्तव में, अलौकिक प्रतिभासों जैसी कोई चीज नहीं होती। यह बस प्राकृतिक नियमों की अभिव्यक्ति

मात्र है, जो अभी हमारे लिए अज्ञात है, लेकिन ऐसा भी नहीं है कि इसकी मिसाल नहीं मिलती। मन के अज्ञात क्षेत्र में प्रवेश करने का एक विख्यात वैज्ञानिक का यह निर्णय''कट्टर अविश्वास है, जो टेलीपैथी को लेकर कभी-न-कभी वैज्ञानिकों में प्रस्फुटित हो जाता है और यह प्रस्फुटन वैज्ञानिक दृष्टिकोण से बहुत दूर है।

डॉ. थॉमस जिस खोज में लगे हैं, उससे मानव जाति का क्या फायदा होने वाला है? यह बहुत कठिन प्रश्न है, क्योंकि इसमें कुछ आंतरिक रहस्य हो सकते हैं, जो निश्चित तौर पर अनुल्लंघनीय हैं, लेकिन यदि इस अनुसंधान से हम अपने आपको और मन में निहित शक्तियों को बेहतर ढंग से समझ सकें तो यह ज्ञान सभी जातियों के लिए ढेरों खुशियाँ ला सकता है।

डॉ. थॉमस जिस खोज में लगे हैं, उससे मानव जाति का क्या फायदा होने वाला है? यह बहुत कठिन प्रश्न है, क्योंकि इसमें कुछ आंतरिक रहस्य हो सकते हैं, जो निश्चित तौर पर अनुल्लंघनीय हैं, लेकिन यदि इस अनुसंधान से हम अपने आपको और मन में निहित शक्तियों को बेहतर ढंग से समझ सकें तो यह ज्ञान सभी जातियों के लिए ढेरों खुशियाँ ला सकता है।

1940 के दशक के अंत में चेसापीक एवं ओहियो रेलवे बोर्ड के आक्रामक व ऊर्जावान् चेयरमैन रॉबर्ट आर. यंग तथा उनके रेल मार्ग सुधार व विकास के बारे में बहुत कुछ लिखा गया। हालाँकि मैंने श्री यंग के अवचेतन को इस्तेमाल करने के संबंध में कुछ प्रकाशित हुआ नहीं देखा, लेकिन इस विषय के बारे में थोड़ी भी जानकारी रखनेवाला हर व्यक्ति यही निष्कर्ष निकालेगा कि श्री यंग अपने विचारों के लिए इस पर अत्यधिक भरोसा करते थे। वर्ष 1947 की शुरुआत में 'लाइफ' पत्रिका के एक लेख के अनुसार श्री यंग 'अतिरिक्त संवेदी बोध' में विश्वास रखते थे और वे "अपने से पार जाने और 'सत्य को अनुभूत' करने पर लगभग रहस्यमय हो जाया करते थे।"

यह चाहे मन हो, जिस शब्द को इसे समझने में हम आमतौर पर उपयोग करते हैं या किसी तरह का विद्युत् कंपन हो, निष्कर्ष यह है कि इसका प्रतिभास स्वयं सभी में अंतर्निहित व व्याप्त है, फिर आप इसे जो चाहे कहकर पुकारें, इसलिए किसी एक व्यक्ति के अवचेतन पर ध्यान देना उस संपूर्ण हिस्से के बहुत छोटे हिस्से पर बात करना है, जहाँ से यह कंपन विस्तार लेकर सभी को अंतर्निहित करता है। इसी से हम साइकोकिनेसिस, टेलीपैथी और ऐसे प्रतिभासों को अच्छी तरह समझ सकते हैं।

साइकोकिनेसिस का वर्णन करते हुए डॉ. राइन ने बताया कि यदि किसी व्यक्ति को इन प्रयोगों में सफल होना है तो उसमें आशावादिता की मानसिक प्रवृत्ति, विचारों में एकाग्रता और इच्छित परिणाम पाने के प्रति उत्साह होना आवश्यक है। एक बार फिर हम विश्वास के जादू को काम करता देखेंगे। विषय को इस बात पर पहले से ही विश्वास होना चाहिए कि वह पासा गिरने को प्रभावित कर सकता है। साइकोकिनेसिस (पदार्थ पर मन का नियंत्रण) और टेलीपैथी की क्षमता के प्रदर्शन में विश्वास मूल कारक है, जिसकी ड्यूक विश्वविद्यालय के प्रयोग पुष्टि भी करते हैं। 'न्यूयॉर्क हेरल्ड ट्रिब्यून' के विज्ञान संपादक जॉन जे. ओ'नील ने खबर दी कि इन प्रयोगों में अपनी साइकोकिनेसिस और टेलीपैथी की शक्ति का प्रदर्शन करने के लिए व्यक्ति के साथ छल किया जाना संभव था।

उसने बताया कि किस तरह एक युवा महिला ने पासा गिरने को नियंत्रित करने का प्रयास कर रहे युवक का ध्यान भंग किया और पदार्थों पर मन की उसकी शक्ति के प्रदर्शन की झूठी क्षमता का मजाक उड़ाया। वह उसमें इतना अधिक नकारात्मक पहलू प्रवेश करवाने में सफल रही कि महिला ने उसका अपने पर विश्वास कमजोर कर दिया और उसके उस दिन के अंक बिगाड़ दिए। श्री ओ'नील ने एक बेहद रुचिकर आकलन के बाद यह बात कही कि "इस प्रयोग पर होनेवाली चर्चा द्वारा विश्वास प्रेरक उत्साहपूर्ण चर्चा द्वारा परीक्षण में अंकों के सुधार की संभावना को बढ़ाया जा सकता है।"

ड्यूक तथा अन्य विश्वविद्यालयों में हुए हजारों प्रयोगों को देखते हुए यह स्पष्ट हुआ कि प्रयोगकर्ताओं के परिणामों

ड्यूक तथा अन्य विश्वविद्यालयों में हुए हजारों प्रयोगों को देखते हुए यह स्पष्ट हुआ कि प्रयोगकर्ताओं के परिणामों को लेकर विश्वस्त और संदेह होने पर उनके अंकों में सुधार देखा गया। इसके साथ ही, जिनमें आत्मविश्वास या विश्वास की कमी है, उन्हें इन उत्साहपूर्ण चर्चाओं से मिलनेवाली मदद से उनके अंकों में होनेवाले सुधार से अधिक तार्किक और कुछ नहीं हो सकता। यदि गोल्फ में प्रहारों को मानसिक रुख या समुचित मानसिक दर्शन द्वारा प्रभावित किया जा सकता है और 'सरपट दौड़ती हाथी दाँत की गेंद' खिलाड़ी के मानसिक आदेशों के अनुसार चल रही है तो कौन कहेगा कि घटनाएँ विचारों द्वारा प्रभावित नहीं होतीं?

को लेकर विश्वस्त और संदेह होने पर उनके अंकों में सुधार देखा गया। इसके साथ ही, जिनमें आत्मविश्वास या विश्वास की कमी है, उन्हें इन उत्साहपूर्ण चर्चाओं से मिलनेवाली मदद से उनके अंकों में होनेवाले सुधार से अधिक तार्किक और कुछ नहीं हो सकता। यदि गोल्फ में प्रहारों को मानसिक रुख या समुचित मानसिक दर्शन द्वारा प्रभावित किया जा सकता है और 'सरपट दौड़ती हाथी दाँत की गेंद' खिलाड़ी के मानसिक आदेशों के अनुसार चल रही है तो कौन कहेगा कि घटनाएँ विचारों द्वारा प्रभावित नहीं होतीं? ये क्षेत्र धीरे-धीरे हमारे समक्ष प्राचीन रहस्यों के कुछ राज अनावृत्त कर रहा है। क्या भाग्य का पहलू संयोगों या भाग्य की जगह वास्तव में शक्तिशाली विचार कंपनों का परिणाम नहीं हो सकता? ड्यूक विश्वविद्यालय के प्रयोग से बहुत पहले लेखकों का भाग्य दृढ़ मन से ही उत्पन्न होता है, जो मानसिक दर्शन, एकाग्र विचार, इच्छा-शक्ति और विश्वास का मिश्रण होता है। इस संबंध में अपने व अपने लिए तय किए गए लक्ष्यों पर विचार कीजिए, क्योंकि इन्हीं के बीच इस विज्ञान का प्रमुख रहस्य निहित है।

जुआरी लगातार जीत रहे ताश के खिलाड़ियों या बकवास निशानेबाजों के लिए 'अनुकूल' (हॉट) शब्द का इस्तेमाल करते हैं। यह अनुकूल अवधि बीत जाने पर जुआरी या तो खेल छोड़ देता है या हारने लगता है। यह लगातार जीत का सौभाग्य क्या है? यह अपने जीतने के सर्वज्ञात एहसास और गहन विश्वास से अधिक कुछ नहीं होता। जुए में भी विश्वास का जादू प्रमुख भूमिका अदा करता है।

निस्संदेह, यह पुस्तक पेशेवर जुआरियों के लिए नहीं, बल्कि जीवन में सफल होने की इच्छा रखनेवाले गंभीर स्त्री-पुरुषों के लिए लिखी गई है। संयोग आधारित खेल का संदर्भ केवल अधिक प्रमाण देने के लिए प्रयोग किया गया है कि ठोस विचार, उम्मीद और स्थिर विश्वास वास्तव में कंपन शक्ति का गति निर्धारण करते हैं, जो भौतिक प्रस्फुटन का कारण बनते हैं।

जैसा मैंने पहले बताया कि यंत्रों, गंडों और तावीजों में अपनी कोई शक्ति नहीं होती, लेकिन उनके प्रति दृढ़ विश्वास और निःशंक रुझान रखनेवाले ऐसी शक्ति या बल विकसित कर लेते हैं, जिसे आज 'साइकोकाइनेटिक' के तौर पर जाना जाता है। मैंने यहाँ स्पष्ट रूप से बताने का प्रयास किया है कि किस तरह इस विश्वास को विकसित करना आपको उतनी ऊँचाई तक ले जा सकता है, जितना आप जाना चाहते हैं; फिर भी मैं कहना चाहूँगा कि अपना विश्वास या आस्था खो देना बहुत आसान होता है। हजारों लोग सफलता की महान् ऊँचाइयों को छूने के बाद वहाँ

> ***मैंने यहाँ स्पष्ट रूप से बताने का प्रयास किया है कि किस तरह इस विश्वास को विकसित करना आपको उतनी ऊँचाई तक ले जा सकता है, जितना आप जाना चाहते हैं फिर भी मैं कहना चाहूँगा कि अपना विश्वास या आस्था खो देना बहुत आसान होता है। हजारों लोग सफलता की महान् ऊँचाइयों को छूने के बाद वहाँ से लुढ़के और आशातीत गहराइयों तक जा गिरे। वहीं स्वास्थ्य-लाभ चाहनेवाले कुछ लोग कमोबेश चमत्कारिक ढंग से ठीक हो गए, जिसके कुछ ही महीनों या सालों बाद उनकी बीमारी फिर लौट आई।***

से लुढ़के और आशातीत गहराइयों तक जा गिरे। वहीं स्वास्थ्य-लाभ चाहनेवाले कुछ लोग कमोबेश चमत्कारिक ढंग से ठीक हो गए, जिसके कुछ ही महीनों या सालों बाद उनकी बीमारी फिर लौट आई। सुझाव की प्रवृत्तिवाले बहुत से कमजोर और प्रभावित करनेवाले कारक होते हैं, जो असुरक्षित क्षणों में हमारे अवचेतन मन में प्रवेश करने की अनुमति पा जाते हैं। एक बार वहाँ पहुँचने के बाद वे अपना ध्वंसात्मक कार्य आरंभ कर देते हैं और हमारी रचनात्मक शक्तियों द्वारा पूरे किए सभी अच्छे कार्यों को निरस्त कर देते हैं। इसलिए सूर्य की ओर सीधे आगे बढ़ें। उसका सामना करें और घनी छाया आपका रास्ता कभी नहीं काट पाएगी।

मुझे लगता है कि इस विषय से पूर्णतः अपरिचित किसी भी आम व्यक्ति के लिए यह समझना आसान नहीं होगा कि सबकुछ हमारे भीतर ही है, लेकिन इसके बावजूद जहाँ तक अत्यधिक भौतिकवादी व्यक्ति की बात है, उनके लिए किसी भी चीज का तब तक अस्तित्व नहीं है, जब तक उन्हें उसका ज्ञान न हो या जब तक वह उनकी चेतना में स्थिर न हो गया हो। उनके मन में निर्मित तसवीरें उनके बाहरी जगत् को वास्तविक बनाती हैं। अतः आनंद, जिसे खोजते बहुत हैं, लेकिन मिलता बहुत कम है, पूर्णतः हमारे भीतर की बात है। आपके वातावरण और जीवन की दैनिक घटनाओं का आपके आनंद पर तब तक कोई प्रभाव नहीं पड़ता, जब तक आप उस बाहरी वस्तु की मानसिक तसवीर को अपनी चेतना में प्रवेश नहीं करने देते। आनंद पद, संपत्ति या भौतिक संपदा से पूर्णतः स्वतंत्र है। यह मन की स्थिति है, जिसके नियंत्रित करने की शक्ति स्वयं हमारे हाथ में है—और यह नियंत्रण हमारे विचारों में निहित है।

महान् दार्शनिक मार्कस ऑरलियस एंटोनियस ने कहा है, "विचार को सबकुछ

समझिए और यह विचार आपके अधिकार में है; इसलिए आपको वह सब मिलेगा, जिसे आप चुनेंगे, अपने विचारों द्वारा; और एक नाविक, जिसने अंतरीप को दोहराया हो, उसे शांति, सबकुछ स्थिर और तरंग-शून्य खाड़ी मिल जाती है।"

इसी का आधुनिक रूप मेरे अठहत्तर वर्ष की उम्र के मित्र के कथन में मिलता है, जिसने कहा, "विपत्ति उसी का परिणाम होता है, जिसे चेतन मानसिक व्यवहार द्वारा विकसित किया गया है। निराशा, शमन, अवसाद, विषाद आदि—ये सभी विचारों के रूप में एक भावनात्मक उत्तेजना या सुझाव हैं। यदि आप इन भावनात्मक प्रवृत्तियों का विरोध करते हैं तो जोरदार इच्छा-शक्ति से ऐसे प्रभावों को अपनी चेतना तक पहुँचने से रोकना होगा, तब उस विचार का आधार शून्य हो जाएगा। इसके फलस्वरूप, वह विपत्ति भी गायब हो जाती है। दमनकारी विचारों और भावनात्मक प्रतिक्रिया को उदित करनेवाली कल्पना के प्रतिरोध की कमजोरी दोनों ही आत्म-नियंत्रण में असफलता को विकसित करते हैं। सोचना बंद कीजिए। उस विचार या तरीके पर सोचने से इनकार करें। अपने विचारों की आदत को पूरी दृढ़ता सहित अपने विचारों का रचनाकार या बॉस मानें, बल्कि अजेय हो जाएँ। एक दृढ़ संकल्प-इच्छा को कोई नहीं हरा सकता। ऐसी इच्छा-शक्ति के आगे, यहाँ तक कि मृत्यु भी स्तब्ध रह जाती है।"

एमर्सन ने पूछा, "इस दुनिया का सबसे मुश्किल काम क्या है? विचार करना।" यह स्पष्ट है, जब व्यक्ति यह समझने लगे कि हम में से अधिकांश लोग सामूहिक सोच के शिकार हैं और दूसरों तक भी सुझाव पहुँचाते हैं। हम सब जानते हैं कि कारण और प्रभाव का नियम अनुल्लंघनीय है। इसके बावजूद हम में से कितने लोगों ने कभी रुककर इसकी कार्यशैली पर विचार किया है? कई बार किसी व्यक्ति तक क्षण भर में पहुँचा केवल एक विचार उसकी जिंदगी

एमर्सन ने पूछा, "इस दुनिया का सबसे मुश्किल काम क्या है? विचार करना।" यह स्पष्ट है, जब व्यक्ति यह समझने लगे कि हम में से अधिकांश लोग सामूहिक सोच के शिकार हैं और दूसरों तक भी सुझाव पहुँचाते हैं। हम सब जानते हैं कि कारण और प्रभाव का नियम अनुल्लंघनीय है। इसके बावजूद हम में से कितने लोगों ने कभी रुककर इसकी कार्यशैली पर विचार किया है? कई बार किसी व्यक्ति तक क्षण भर में पहुँचा केवल एक विचार उसकी जिंदगी के मार्ग को पूरी तरह बदल देता है।

के मार्ग को पूरी तरह बदल देता है। इतिहास उन लोगों से भरा पड़ा है, जो दृढ़ मन और दृढ़ इच्छाशक्ति के थे तथा जो स्थिर रूप से अपनी आंतरिक प्रतिबद्धता को कायम रख सकते हैं। वे अपने साथियों को भी प्रेरित करने में सक्षम होते हैं। अत्यधिक व सख्त विरोध का सामना करने पर भी उन्होंने वस्तुतः शून्य से महान् व्यवसायों, विशाल साम्राज्यों और मानवीय घटनाओं के संपूर्ण वर्तमान में बदलाव का सृजन किया है।

विचार-शक्ति पर उनका एकाधिकार नहीं है। आप तथा प्रत्येक स्त्री-पुरुष में यह मौजूद है। आपको बस, इसे प्रयोग करना है। इससे आप वह व्यक्ति बन जाते हैं, जैसा बनने की आप कल्पना करते हैं। कारण व प्रभाव के नियम की इस कार्यशैली द्वारा आप अपने जीवन में नए तत्त्व शामिल कर सकते हैं, जिससे आपके अंदर और बाहर से आकर्षित विचारों द्वारा आपके प्रबल विचारों का सृजन होता है।

सकारात्मक व रचनात्मक विचारों पर कार्य करना अंत में लक्ष्य-प्राप्ति की ओर अग्रसर करता है, लेकिन काररवाई से भी बड़ी वास्तविक शक्ति विचार है। हमेशा याद रखिए, "व्यक्ति मानसिक रूप से जिसकी भी कल्पना करता है, उसे वास्तविक बना सकता है।" यदि इसकी उचित मानसिक तसवीर बनाई जाए और इसे हमेशा कायम रखा जा सके तो स्वास्थ्य, संपत्ति और आनंद अवश्य प्राप्त होंगे; क्योंकि कारण और प्रभाव का नियम अडिग है।

'अपने आपको जानें', 'अपनी शक्ति को जानें'। इस पुस्तक को बार-बार तब तक पढ़ें, जब तक यह आपके दैनिक जीवन का हिस्सा नहीं बन जाती। काड्‍र्स और दर्पण तकनीक का पूरी आस्था सहित पालन करें और आपको अपनी शानदार उम्मीदों से भी कहीं अधिक बेहतर परिणाम हासिल होंगे। बस, विश्वास रखें कि विश्वास में विशुद्ध रचनात्मक जादू है और यह जादू आपके विश्वास को ऐसी शक्ति प्रदान करेगा, जिससे आप अपने सभी कार्यों में सफल होंगे। अपने विश्वास को दृढ़ इच्छा-शक्ति का बल दीजिए और आप अजेय व अन्य लोगों के बीच अपने आपके विशेषज्ञ बन जाएँगे।

□□□